Lex Croucher

Girls before Earls – Alte Geheimnisse und neue Skandale

LEX CROUCHER

Girls before Earls

Alte Geheimnisse und neue Skandale

Roman

Aus dem Englischen
von Babette Schröder

PIPER

Mehr über unsere Autorinnen, Autoren und Bücher:
www.piper.de

Wenn Ihnen dieser Roman gefallen hat, schreiben Sie uns unter Nennung des Titels »Girls before Earls – Alte Geheimnisse und neue Skandale« an *empfehlungen@piper.de*, und wir empfehlen Ihnen gerne vergleichbare Bücher.

Content-Warnung: Dieses Buch enthält Szenen und Beschreibungen, die potenziell triggernd wirken können. Bitte entscheide selbst, ob du emotional mit folgenden Themen umgehen möchtest: Alkohol- und Drogenkonsum, häusliche Gewalt, sexuelle Übergriffe.

Unser Versprechen für mehr Nachhaltigkeit
Klimaneutrales Produkt
FSC®-zertifiziertes Papier
Hergestellt in Europa

FSC®
www.fsc.org
MIX
Papier | Fördert gute Waldnutzung
FSC® C083411

ISBN 978-3-492-06339-5

Titel der englischen Originalausgabe:
»Reputation«, Bonnier Zaffre, ein Imprint von
Bonnier Books UK Limited, London 2021

Redaktion: Nadine Lipp
Satz: psb, Berlin
Gesetzt aus der Adobe Caslon Pro
Druck und Bindung: CPI Books GmbH, Leck
Printed in the EU

Für Jane Austen. Sorry, Jane.

Kapitel eins

Es begann auf einer Gesellschaft, wie fast alles, was reizvoll ist.

Dabei handelte es sich bei diesem Abend aber keineswegs um eine große Angelegenheit. Es gab kein Abendessen, und der Mann, der die Bratsche spielen sollte, schien das Instrument eher zu quälen. Außerdem mangelte es an Kerzen, was auf die schlechte Vorbereitung des Gastgebers zurückzuführen war und nicht etwa auf fehlende finanzielle Mittel, und so war es in fast allen Räumen gefährlich dunkel.

»Wie romantisch!«, hatte Mrs Burton großherzig gesagt, als sie einige Stunden zuvor durch das Haus geführt worden waren. Dabei war sie nur knapp einem Zusammenstoß mit einem Dienstmädchen entgangen, das ein Tablett mit verdünntem Punsch trug. Das Dienstmädchen wich geschickt aus und wurde sofort wieder von der Dunkelheit verschluckt.

Es war nicht romantisch. Ihre Tante hatte ihr einen Abend mit geübten Tänzern, zartaufblühenden Freundschaften und einer Fülle von Junggesellen mit glänzenden Jackenknöpfen und schneidigen Schnurrbärten versprochen. Stattdessen lehnte Georgiana in dem leeren Flur in einer düsteren Nische, knüpfte kleine Knoten in ihr zweitbestes Band, löste sie wieder und dachte wehmütig an Wikingerbegräbnisse.

Nordische Krieger wurden oft zusammen mit ihren Booten und einem Großteil ihrer persönlichen Habe auf Scheiterhaufen verbrannt. Georgiana hatte in einem der Bücher ihres Onkels von diesem Brauch gelesen und Anfang der Woche am Esstisch der Burtons lebhaft und in aller Ausführlichkeit darüber gesprochen, während sie ihre Kartoffeln verzehrte. Als sie gerade darüber referierte, dass auch Ehefrauen und Sklaven ihren Herren in den Tod folgten, schlug ihre Tante in einer für sie untypischen Kraftanstrengung mit der Hand auf den Tisch und rief: »Bist du jetzt fertig, Georgiana?«

Georgiana hatte von ihrem Teller aufgeschaut und in das entsetzte Gesicht ihrer Tante geblickt.

»Es tut mir leid, Mrs Burton, aber wenn Sie mich nur noch dies ergänzen ließen: Ich glaube nicht, dass es den Frauen und Sklaven etwas ausmachte, den Wikingern in den Tod zu folgen. Die Normannen glaubten an eine Art Himmel. Wenn Mr Burton morgen auf seinem Morgenspaziergang stürzte und sich den Kopf an einem Felsen zerschmetterte, würden Sie dann nicht mit ihm gehen wollen? Wenn der Himmel so schön ist, wie alle sagen, dann wäre das doch wie Urlaub. Sie freuen sich so auf St. Ives im September – es wäre, als würden Sie früher fahren. Würden Sie sich nicht auf einen brennenden Scheiterhaufen stürzen, wenn Sie morgen in St. Ives sein könnten?«

Das wollte Mrs Burton keineswegs. Und somit wurde das Thema Wikinger für immer aus der höflichen Konversation verbannt.

In den dreizehn Tagen, seit Georgiana nun schon bei ihrer Tante und ihrem Onkel weilte, hatte sie sie weit besser kennengelernt als in den letzten zwanzig Jahren ihres Lebens. Ihr war ziemlich schnell klar geworden, dass die Burtons zwar sehr freundliche und zuvorkommende Menschen waren, dass sic aber auch ein besonderes Geschick besaßen, ganze Tage und Wochen mit monotonen Nichtigkeiten zu verbringen, an denen Georgiana keine Freude fand. Wann immer sie einen Ausflug oder eine Aktivität vorschlug, die auch nur im Entferntesten etwas Aufregung oder Abwechslung versprach, wiesen sie es mit der Erklärung ab, sie müsse sich erst noch »einleben«.

Georgiana hatte das Gefühl, sich bereits so eingelebt zu haben, dass, wäre sie gezwungen, sich noch weiter einzuleben, ihre Empfindungsfähigkeit gänzlich verloren ginge und sie ein integraler Bestandteil des Hauses würde – das menschliche Äquivalent eines tragenden Balkens. Kürzlich hatte sie einen ganzen Nachmittag lang in ihrem neuen, recht kleinen Zimmer alle Kleidungsstücke anprobieren müssen, die sie besaß, während Mrs Burton und ihr schüchternes Dienstmädchen Emmeline sie auf erforderliche Reparaturen oder Änderungen hin untersuchten. Als sie ihr letztes Kleid begutachteten, konnte Georgiana nicht mehr stillhalten, ihre Augen funkelten gefährlich wütend und streitlustig.

In den Augen von Mrs Burton freilich erforderte der Prozess des »Einlebens«, dass man sich eine Zeit lang quälend langweilte und so einsam war, dass man im Geiste gebrochen wurde und sich vermutlich weit weniger gegen die üblichen Rituale des Hauses auflehnte. Man konnte nicht unendlich oft die örtlichen Anzeigen lesen, Hunderte von Sticknadeln nach Größe ordnen oder bevorstehende Mahlzeiten für drei Personen besprechen, als ob es sich um die Speisung der Fünftausend handeln würde. Der Morgen, an dem das Pferd eines Nachbarn ausgebrochen war und im Garten ausgelassen seine Runden drehte, war eine derart erfreuliche Abwechslung gewesen, dass sie sich noch Tage später daran erinnerte.

In Romanen – und Georgiana hatte eine Menge davon gelesen – begannen Neuanfänge nie so. Vor vierzehn Tagen hatte sie einen Koffer, der doppelt so schwer war wie sie selbst, zum Haus ihrer Tante und ihres Onkels geschleppt. Er war übervoll mit Büchern, von denen sie sich nicht hatte trennen können. In all den Romanen, in denen eine Heldin in einer Stadt, einem Dorf oder einem Schloss neu anfing, stolperte sie sofort in eine Reihe waghalsiger Abenteuer, verirrte sich auf dramatische Weise im Moor oder sank ohnmächtig in die Arme eines zufällig vorbeikommenden (und sehr gut aussehenden) Gentlemans.

In keiner dieser Geschichten starrte die Heldin zwei Wochen lang auf einen feuchten Fleck an der Wohnzimmerdecke und fragte sich, ob er eher wie ein Mann aussah, der über einen Hocker fiel, oder wie eine Eule, die Billard spielte.

Georgiana hatte ihre Tante beharrlich angefleht, an irgendeinem gesellschaftlichen Ereignis teilnehmen zu dürfen, und sie vermutete, dass dieses Fest ihre Buße war. Sie hatte sich nun fast eine Stunde lang in ihrer Nische versteckt und sich gewünscht, sie hätte die Geistesgegenwart gehabt, ein Buch mitzubringen. Von hier aus konnte sie perfekt das Kommen und Gehen der Gäste beobachten, die sich vom Speisesaal zum Salon bewegten, und sie belauschen. Leider schienen ihre Gastgeber, die Gadforths, nur Männer und Frauen jenseits der fünfundvierzig zu kennen, die keinen Funken Persönlichkeit besaßen. Georgiana hatte zwei völlig unterschiedliche Gruppen unabhängig voneinander genau das gleiche Gespräch darüber führen hören, ob die Vorhänge im Esszimmer rot oder lila waren und welche Farbe greller sei. Beide Male waren sich alle Beteiligten einig, dass beide Farben unschicklich seien, aber da es zu dunkel war, um die Angelegenheit zu klären, würden sie das Thema zu einem späteren, günstigeren Zeitpunkt wieder aufgreifen.

»Sie sind pflaumenfarben«, murmelte Georgiana vor sich hin und griff nach ihrem Getränk, während die jüngste Gruppe von Experten für Heimtextilien außer Hörweite schlenderte.

»Unsinn. Sie sind irgendwie weinfarben.«

Die Antwort ertönte so dicht an ihrem Ohr, dass Georgiana vor Schreck ihr Glas umstieß. Sie spürte, wie Mrs Gadforths ungenießbarer Punsch ihr Kleid und ihren Unterrock durchnässte, während sie sich umdrehte, um festzustellen, woher die Stimme kam.

Der Vorsprung, auf dem sich Georgiana niedergelassen hatte, befand sich hinter einer der vielen unechten Gipssäulen. Offenbar hatte jemand anderes einen anderen Vorsprung seit einiger Zeit in ähnlicher Weise genutzt, ohne dass sie es bemerkt hatte. Sie hörte das Rascheln von Röcken, sah eine schlanke Hand auf dem Putz und bewegte sich unbewusst zur Seite, sodass der gleichgesinnte Eindringling neben ihr Platz nehmen konnte.

Im schwachen Licht erkannte Georgiana eine schlanke Gestalt mit dunklem Teint und üppigen schwarzen Locken, die kunstvoll auf dem Kopf hochgesteckt waren. Sie duftete berauschend nach einem blumigen Parfüm, und als die Fremde ihr eine elegante Hand hinhielt, erhaschte Georgiana einen Blick auf funkelnde Edelsteine und blitzendes Gold.

»Frances Campbell«, sagte die junge Frau in geschliffener Sprache, und bevor Georgiana etwas erwidern konnte, sagte sie: »Das ist zweifellos die langweiligste Gesellschaft, auf der ich je gewesen bin. Wenn irgendetwas auch nur einigermaßen Anregendes geschähe, würden alle vor Schreck umkippen.«

»Ich bin Georgiana. Georgiana Ellers.«

»Ach. Ich wäre eigentlich gar nicht hier, wenn mein Vater nicht ein Gemälde an diese furchtbaren Leute, die Godforths, verkauft hätte. Sie waren ganz aus dem Häuschen und schwärmten davon, was für ein *Triumph* es sein würde und was für tolle *Freunde* wir werden würden. Es ist ein abscheuliches Gemälde – Vater konnte es kaum erwarten, es loszuwerden; er hatte es geerbt, um seiner Sünden willen. Aber ich nehme an, es passt gut hierhin, zu all dem hier …« Sie deutete auf die geschmacklosen Säulen.

»Sie heißen Gadforth«, verbesserte Georgiana und fragte sich, warum sie plötzlich nur noch Namen aussprechen konnte.

Frances Campbell schien es nicht zu bemerken. Sie hatte eine Hand auf den Vorsprung gelegt und zog sie schnell wieder zurück.

»Aber was in aller Welt ist mit Ihrem Kleid passiert?«

Georgiana hatte ganz vergessen, dass sie sich Punsch über das Kleid gekippt hatte. Frances musste ihre Hand direkt in eine Punschpfütze gelegt haben. »Ich hoffe, es war kein Lieblingsstück. Ein weiteres tragisches Opfer dieses abscheulichen Punschs. Ärgern Sie sich nicht, nehmen Sie etwas hiervon.«

Sie reichte Georgiana einen kleinen Flachmann, den diese, ohne zu fragen, leicht benommen an die Lippen führte. Anschließend prustete sie, weil etwas viel Stärkeres als Punsch in ihrer Kehle brannte.

»Das ist Cognac. Schrecklich, nicht wahr?«, sagte Frances fröhlich, als Georgiana hustete. »Nehmen Sie noch einen Schluck.«

Georgiana folgte ihrer Aufforderung.

Sie hatte noch nie jemanden getroffen, der in so kurzer Zeit einen derart starken Eindruck auf sie gemacht hatte. Sie kannte Frances Campbell vielleicht seit fünfzig oder sechzig Sekunden und fürchtete bereits den Moment, in dem sie von dem Vorsprung rutschen und Georgiana dem Rest ihres einsamen Abends überlassen würde. Sie war sicherlich kein verwegener Abenteurer oder windgepeitschter Adliger, aber Georgiana wusste sofort, dass sie es mit einer Hauptfigur zu tun hatte.

»Ich kann nicht fassen, dass sie die Dreistigkeit besitzen, *dies* als Gesellschaft zu bezeichnen«, sagte Frances und gestikulierte heftig mit der freien Hand, während sie mit der anderen das Cognacfläschchen entgegennahm. »Sie ist so fröhlich und charmant wie ein Hundebegräbnis. Und warum ist es überhaupt so dunkel? Vorhin wäre ich fast über den Saum meines Kleides gestolpert und aus einem

Fenster gefallen. Dann dachte ich, dass das im Großen und Ganzen vielleicht sogar dem hier vorzuziehen wäre. Wir befinden uns ja schließlich im Erdgeschoss.«

Georgiana schnaubte vor Lachen und schämte sich dann sogleich, dass sie ein so abstoßendes Geräusch gemacht hatte.

»Wer hat Sie eigentlich hierhergeschleppt?«

»Oh.« Georgiana räusperte sich, ihre Stimme war heiser, da sie sie den ganzen Abend über nicht gebraucht und sich mehr oder weniger durch demütiges Nicken verständigt hatte. »Ich wohne bei meiner Tante und meinem Onkel, den Burtons. Ich glaube, sie sind schon seit einiger Zeit mit den Gadforths befreundet. Sie sind reizend, die Burtons«, sagte sie eilig und sah Frances' dunkle Augenbraue zucken, »aber ihr Geschmack, was Gesellschaften angeht, ist mir unverständlich. Glauben Sie mir, wenn mir das mit dem Fenster eingefallen wäre, würden Sie mich jetzt nur noch als fernen Punkt sehen, der immer schneller den Hügel hinunterrollt.«

Frances lachte. Sie nahm Georgiana das leere Glas ab, füllte es mit Cognac, gab es ihr zurück und hob den Flachmann, als wollte sie einen Toast aussprechen.

»Prost – auf unsere schrecklichen Familien und auf die unendlich vielen, viel besseren Gesellschaften, die wir in diesem Augenblick verpassen! Mögen unsere Freunde an unserer Stelle ausgelassen feiern.«

Georgiana fand die Burtons nicht besonders schrecklich, und aufgrund ihres derzeitigen kläglichen Mangels an Beziehungen gab es für sie keinen besseren Ort, aber es schien ihr unhöflich, das in diesem Moment anzusprechen.

Also stieß sie ihr Glas gegen den Flachmann und nahm einen großen Schluck. Frances seufzte erschöpft und lehnte sich gegen die Säule, als gäbe es keine größere Qual auf dieser Welt, als ein unterdurchschnittliches gesellschaftliches Ereignis zu ertragen.

»Der einzige Trost ist, dass die Dame des Hauses eine echte *Persönlichkeit* ist. Haben Sie ihr Kleid gesehen? Es ist ganz aus rosa Atlas gefertigt, mit einem fragwürdigen Korsett. Sie sieht aus wie ein matschiger Erdbeerpudding. Ich kann mir vorstellen, dass Mr Gadforth sie mit Gänseschmalz einreiben muss, um sie später davon zu befreien.«

Georgiana kicherte, ihre Wangen waren gerötet, und ihr schwindelte von der Aufmerksamkeit und dem Cognac, was Frances nur anzustacheln schien. Gerade beschrieb sie den Schnurrbart von Mr Gadforth – »Haben Sie jemals ein Eichhörnchen gesehen, das von einem Pferd zertrampelt wurde?« –, als sie hörten, wie jemand mit etwas Metallischem an ein Glas schlug und sich der Lärm im Salon legte. Offenbar sollte eine Rede gehalten werden. Frances verdrehte die Augen, stand auf, strich die Falten ihres Kleides glatt und verstaute den Flachmann ordentlich in ihrem Pompadour.

»Kommen Sie. Mr Gadforth ist im Begriff, vor Freude zu weinen und meinem Vater seinen irdischen Körper und seine unsterbliche Seele zum Dank für das verdammte Gemälde zu vermachen. Ich sollte dabei sein, um zu lächeln und einen Knicks zu machen – oder ihn zumindest zurückhalten, wenn er sich zu einem Kuss hinreißen lässt.«

Sie bot Georgiana ihren Arm an, und sie mischten sich

unter die Menge, wobei sie den Eindruck machten, als seien sie gute alte Freundinnen und engste Vertraute.

Mr und Mrs Gadforth standen in der Tat direkt vor »dem verdammten Gemälde«, strahlten ihre Gäste an und hielten übervolle Gläser in den Händen. Unwillkürlich sah sie die arme Mrs Gadforth jetzt genau so, wie Frances sie beschrieben hatte, und musste sich ein Lachen verkneifen, als die Gastgeberin ungeschickt ihr Mieder zurechtrückte und ihren Busen optimistisch nach oben schob. Frances dagegen gab sich keinerlei Mühe, ihre Heiterkeit zu verbergen. Dann löste sie sich von Georgiana und verbeugte sich kurz und sarkastisch zum Abschied, bevor sie den Raum durchquerte und sich zu zwei Personen stellte, von denen Georgiana annahm, dass es sich um Mr und Mrs Campbell handelte.

Ohne ihre neue Freundin oder eine Verwandte, hinter der sie sich verstecken konnte, fühlte sich Georgiana plötzlich unwohl und trat in den hinteren Teil des Raumes, als Mr Gadforth sich räusperte und zu sprechen begann. Sie hörte kein Wort von dem, was mit Sicherheit ein quälender Monolog war; stattdessen beobachtete sie die Campbells.

Frances' Vater war ein stattlicher Mann: groß, blass und breitschultrig, mit dunklem Haar und ordentlich gekämmtem Schnurrbart. Seine Haltung wirkte beeindruckend, fast militärisch, und auf seinen Lippen lag ein kleines Lächeln, das zwar ein wenig brüchig wurde, je lauter und enthusiastischer Mr Gadforth sprach, aber nie ganz verschwand. Seine Frau war ebenfalls von großer eindrucksvoller Gestalt. Doch während er von kräftiger Statur war, war sie schlank und hatte schwarze Haut. Georgiana vermutete, dass sie aus Afrika oder vielleicht von den Westindischen Inseln stammte – zweifellos von einem Ort, der weit weniger grau war als England. Niemand schien ihr Beachtung zu schenken, aber als Georgiana noch einmal zu ihr hinschaute, bemerkte sie, dass der Blick eines Gentleman, der ein paar Meter entfernt stand, alle paar Sekunden zu Mrs Campbell glitt. Ein Diener, der mit einem Tablett mit Getränken vorbeikam, starrte sie unverhohlen an. Sie war in prächtige marineblaue Seide gekleidet, und ihre dichten schwarzen Locken waren meisterhaft in Form gebracht und festgesteckt; die Halskette, die sie trug, war unverkennbar mit echten Diamanten besetzt.

So beeindruckend ihre Eltern auch waren, Frances übertrumpfte sie.

Georgiana konnte sie jetzt deutlich sehen, denn Mrs Gadforth hatte offensichtlich ihr Budget für Kerzen ausschließlich auf diesen Raum verwandt. Frances' Kleid war einfach geschnitten, aber sorgfältig mit Juwelen besetzt, sodass sie schimmerte, wann immer das Licht auf sie fiel. Ihre Wangen waren leicht gerötet, was jene, die nicht wussten, dass dieser Effekt von größeren Mengen französischen Cognacs herrührte, vermutlich für das Feuer der Jugend hielten. Ihre goldbraunen Augen, die sich verblüffend hell von ihrer bernsteinfarbenen Haut abhoben, verrieten, dass sie gerade an etwas außerordentlich Lustiges gedacht hatte. Alles, von den Bändern in ihrem Haar bis zu ihrer Haltung, zeugte von unvorstellbarem Reichtum und der natürlichen Eleganz, die mit ihm einherging.

Georgiana fühlte sich einer solchen Gesellschaft nicht würdig, empfand jedoch zugleich den dringlichen und verzweifelten Wunsch, Frances irgendwie zu umwerben und sie als Freundin zu gewinnen.

Derweil erreichte Mr Gadforth den Höhepunkt seiner Rede.

»Dieses schöne Gemälde, dieses *exquisite* Kunstwerk, hat unser Heim vervollständigt, und ich werde jedes Mal, wenn ich es betrachte, liebevoll an meinen außerordentlich gütigen Freund, den hochgeschätzten Lord Campbell, denken.«

Georgiana erschrak und verschüttete beinahe zum zweiten Mal an diesem Abend ihr Getränk, dann warf sie einen weiteren ehrfürchtigen Blick auf Frances' Eltern – nicht Mr und Mrs Campbell, sondern *Lord und Lady* Campbell. Erneut sah sie zu Frances, die Mr Gadforth nun unverhohlen angrinste. Er lächelte freundlich zurück und erhob sein Glas, als wäre er in den Scherz eingeweiht und nicht das unglückliche Opfer desselben.

Die Rede endete mit höflichem Applaus, und Georgianas Magen krampfte sich unangenehm zusammen. Wenn Frances und ihre Eltern jetzt verschwinden würden, wäre diese kurze unterhaltsame Unterbrechung ihres monotonen Lebens bei den Burtons abrupt beendet. Sollte sie eine weitere Woche mit Gesprächen über die Fadenzahl von Schals oder die richtigen Bedingungen für den Anbau von Rüben ertragen müssen, würde sie den Verstand verlieren. Frances versprach geistreiche Gespräche, angesehene Gesellschaft und Gesellschaften, denen man nicht entfliehen wollte, indem man sich einen steilen Hügel hinunterrollte und in einem stehenden Gewässer landete. Frances fühlte sich wie ein verheißungsvoller Anfang an, der Anfang einer Geschichte, die Georgiana unbedingt zu Ende verfolgen wollte.

Die Stimmen im Raum wurden lauter, und es kam wieder Bewegung in die Gesellschaft, doch sie wagte nicht, den Blick zu heben, um zu sehen, ob sich die Campbells anmutig entfernt hatten. Als dann plötzlich eine kühle Hand ihren Arm berührte, schwindelte ihr vor Erleichterung.

»Sie wirken furchtbar einsam hier hinten«, sagte Frances. »Als hätten Sie gerade einen Korb bekommen. Kommen Sie, ich stelle Ihnen meine Eltern vor.« Und schon lenkte Frances Georgiana geschickt durch den Raum.

»Werden Sie den Sommer hier verbringen, Miss Ellers?«, fragte Lady Campbell, nachdem die Formalitäten ausgetauscht waren.

»In gewisser Weise ja, Lady Campbell, doch womöglich werde ich auch über den Sommer hinaus bleiben«, sagte Georgiana in einem, wie sie hoffte, leichten und unbeschwerten Tonfall, als ob ihr die Umstände nichts ausmachten. »Meine Mutter war unpässlich. Wegen der besseren Luft sind mein Vater und sie deshalb an die Küste gezogen. Sie hielten es für das Beste, wenn ich näher an der Zivilisation bleibe. Meine Tante und mein Onkel – die Burtons – waren so freundlich, mich bei sich aufzunehmen. Sie wohnen gleich hinter der Westbrücke.«

Die Lage des Hauses der Burtons – zu dicht an der Stadt für ein großes Anwesen und zugleich zu weit entfernt, um schick zu sein – verriet genug über ihre Mittel (vielmehr die nicht vorhandenen Mittel), und Georgiana fürchtete, sie werde vielleicht etwas weniger herzlich aufgenommen. Doch sie hätte sich deshalb keine Sorgen machen müssen; die Campbells schienen die Art von Menschen zu sein, die ihre Tante als »fein und aufrecht« beschreiben würde – was so viel bedeutet wie »Leute, die nicht offen über die finanziellen Angelegenheiten anderer höhnten« –, und erkundigten sich höflich nach der Gesundheit der Burtons.

Mrs Burton, die ein Stück hinter den Campbells im Raum stand, ohne zu ahnen, dass gerade über sie gesprochen wurde, blickte auf und sah, mit wem Georgiana sich unterhielt. Sie schenkte ihrer Nichte ein schwaches, angespanntes Lächeln und raunte ihrem Mann sodann mit besorgter Miene etwas ins Ohr. Georgiana vermutete, dass sie sich an ihre Geschichte über die Begräbnisse der Wikinger erinnerte.

»Frances, Liebes, könntest du mit Mrs Gadforth sprechen und Miss Ellers helfen, Ersatz für ihr Kleid zu finden?«, fragte Lady Campbell leise, legte Frances eine Hand auf den Arm und warf einen kurzen Blick auf den großen Punschfleck, den Georgiana in all der Aufregung ganz vergessen hatte.

»Natürlich!«, sagte Frances. »Meine Güte, und ich stehe hier herum, während Sie ganz durchnässt sind. Kommen Sie mit.«

Georgiana machte einen Knicks und ließ sich dann aus dem Zimmer führen, wobei sie Frances auf dem Weg die dunkle Treppe hinauf darauf hinwies, dass sie sich genau in die entgegengesetzte Richtung von Mrs Gadforths wogendem Busen bewegten.

»Oh, Sie sind ein süßes kleines Ding – das wird niemandem auffallen«, sagte Frances tröstend. »Außerdem kann ich es kaum erwarten, den Rest von Mrs Gadforths Garderobe zu sehen. Ich tippe auf unendlich viel Goldbrokat und irgendeinen festlichen Hut mit Früchten obendrauf.«

Der Cognac schien seine Wirkung zu entfalten. Georgiana hatte deutlich das Gefühl, dass sie protestieren sollte, doch stattdessen folgte sie Frances bereitwillig auf der Suche nach dem Ankleidezimmer, wobei sie sich erneut unterhakten. Es in der Dunkelheit zu finden, erwies sich als nicht so einfach, aber schließlich riss Frances die richtige Tür auf und klatschte freudig jubelnd in die Hände.

Georgiana nahm auf Mrs Gadforths Fußbank aus rosa Samt Platz und beobachtete, wie Frances ein abscheuliches Kleidungsstück nach dem anderen aus dem Schrank zog – einen Schal aus Pfauenfedern, eine Maske, die aus Leder zu sein schien, ein graues Kleid mit einem so tiefen Ausschnitt, dass es unmöglich einen menschlichen Busen bedecken konnte –, bis sie sich beide vor Lachen bogen. Frances bedeutete ihr, die Knöpfe auf dem Rücken ihres Kleides zu öffnen, und Georgiana hielt eine Sekunde lang unsicher inne, bevor sie ihr etwas ungeschickt half. Anschließend erkundete Frances den Kleiderschrank mit neuer Entschlossenheit.

»Hier«, sagte sie schließlich und nahm Georgiana den Flachmann ab, wobei Georgiana sich gar nicht erinnern konnte, ihn überhaupt genommen zu haben. »Probieren Sie das mal an.«

Sie warf Georgiana einen nicht zu identifizierenden

Stoffhaufen zu und verschwand aus dem Raum. Georgiana betrachtete ihn einen Moment lang – das Kleid wirkte zu groß und war mit geschmacklosen Rüschen verziert –, dann zog sie es über den Kopf. So allein kam ihr das Ganze plötzlich mehr als lächerlich vor, dennoch grinste sie albern in den Schminkspiegel. Ihr Haar löste sich, und sie wirkte ob ihrer Trunkenheit insgesamt etwas aufgelöst, was ihr vollkommen fremd war. Doch das spielte keine große Rolle. All das trat in den Hintergrund, denn es war einfach wunderbar, nach Wochen der Einsamkeit einen albernen unbeschwerten Moment mit einer Freundin zu haben – auch wenn sich diese noch frische Freundschaft bisher nur darum zu drehen schien, ein korpulentes Paar mittleren Alters zu schikanieren.

»Mrs Gadforth, Sie sehen einfach hinreißend aus«, sagte Frances mit verstellt-tiefer Stimme, als sie zurück ins Zimmer trat.

Georgiana wurde von einem erneuten Lachanfall geschüttelt, als sie sah, dass Frances sich alle Mühe gab, den unglücklichen Ehemann der Gastgeberin zu mimen. Sie hatte sich einen Morgenanzug und einen Zylinder besorgt, die ihr viel zu groß waren und die sie beim Gehen festhalten musste, um nicht plötzlich ohne Kleidung dazustehen.

»Oh, Mr Gadforth, Sie *Schurke*«, antwortete Georgiana mit einer albernen Fistelstimme. »Vernaschen Sie mich wie einen Ihrer französischen Puddings!«

Frances kicherte vergnügt, schlurfte zu Georgiana und brach neben ihr auf der Fußbank zusammen. Sie lachten ausgelassen weiter, während Georgiana Frances dabei half, sich mit Mrs Gadforths Kajalstift einen schiefen Schnurrbart zu malen. Nachdem sie fertig war, nahm Frances einen ihrer Ringe ab und steckte ihn anstelle eines Eherings auf Georgianas Finger.

Sie setzten sich rittlings auf die Fußbank und bekundeten ihre tiefen ehelichen Gefühle füreinander (»Mr Gadforth, neben diesem Gemälde sind Sie ein wahres Kunstwerk!« »Oh, danke, Mrs Gadforth, und ich muss sagen, dass ich die nahezu pornografischen Bilder bewundere, die Sie auf dem hinteren Rasen in Auftrag gegeben haben.«) Und das war der Moment, in dem sie Lady Campbell entdeckte.

Georgiana erstarrte, als die Tür aufging, und war so beschämt, dass sie am liebsten auf der Stelle im Boden versunken wäre. Zu ihrer Überraschung schien Lady Campbell nicht wütend zu sein, sie wirkte vielmehr erschöpft.

»Wasch dein Gesicht und hol deinen Mantel, Frances«, sagte sie ruhig. »Dein Vater sagt, wir gehen.« Sie machte auf dem Absatz kehrt und entfernte sich ohne ein weiteres Wort.

Georgiana fühlte sich gedemütigt und drehte sich zu Frances um, in der Erwartung, auf ihrem Gesicht dasselbe Gefühl zu entdecken. Doch ganz im Gegenteil: Frances sah schlicht verärgert aus.

»Wie aufs Stichwort. Kaum hat man etwas Spaß, muss sie ihn sofort im Keim ersticken. Sie ist eine *furchtbare* Langweilerin.«

Sie entkleidete sich bis auf ihr Höschen und begann, ihre Sachen wieder anzuziehen, während Georgiana sich mit hochrotem Kopf Mrs Gadforths Rüschenkleid über den Kopf zog und es vorsichtig zurück in den Schrank hängte. Frances ließ Mr Gadforths Anzug auf dem Boden liegen, als hätte sie nichts mit ihm zu tun, und nahm ihren Ring an sich.

»Hoffentlich sehen wir uns beim nächsten Mal wieder.« Sie winkte Georgiana zum Abschied, dann drehte sie sich um und verließ den Raum. »Es war mir ein Vergnügen, Miss Ellers.«

Plötzlich allein, hob Georgiana den Stapel herausgerissener Kleidung auf und begann eilig, alles wieder an seinen Platz zu räumen. Sie brachte Mr Gadforths Anzug zurück und eilte dann die Treppe hinunter. Während sie sich fragte, was genau Frances mit »beim nächsten Mal« gemeint hatte, stieß sie mit den Burtons zusammen.

»Was in aller Welt hast du getrieben, Georgiana?«, rief Mrs Burton aus. »Warum bist du so rot? Bist du gestürzt? Bist du krank?«

»Keineswegs, mir geht es gut«, sagte Georgiana, während sie den Handrücken auf ihre Wange legte und feststellte, dass sie sich heiß anfühlte.

»Nun, dann komm«, sagte Mrs Burton und musterte sie mit größtem Misstrauen. »Dein Onkel hat eine schlechte Weintraube gegessen und fühlt sich gar nicht gut. Wir gehen nach Hause.«

Kapitel zwei

Im Haus der Burtons gab es weder viele Zimmer, noch waren sie sonderlich hübsch eingerichtet, aber dieses Manko wurde in Georgianas Augen durch eine gut ausgestattete und gemütliche Bibliothek ausgeglichen, die nach Westen ausgerichtet war und von der letzten Abendsonne profitierte. Das Haus wirkte allgemein etwas verwohnt, wogegen Mrs Burton ständig anzukämpfen schien – sich wölbende Tapeten, Kratzer in den Möbeln, die sich nicht wegpolieren ließen –, und obwohl dies auch auf die Bibliothek zutraf, fand Georgiana nicht, dass es dem Raum schadete. Sie hatte es sich zur Gewohnheit gemacht, sich jeden Abend nach dem Essen dorthin zurückzuziehen und stundenlang im rissigen Ledersessel ihres Onkels zu lesen, und obwohl Mrs Burton sie häufig aufforderte, mit ihr im Salon so schreckliche Dinge zu tun wie fette kleine Kätzchen auf Kissen zu sticken, ließ man sie im Allgemeinen in Ruhe.

Bei ihrer Ankunft hatte sie versucht, ihren Onkel zu seiner Bibliothek auszufragen, aber er schien sie zugunsten endloser Zeitungen, hinter denen er sich zu verschanzen pflegte, völlig aufgegeben zu haben. Er hatte ziemlich unbefriedigend geantwortet: »Ah, ja. Bücher.« Vor seiner Frühpensionierung war Mr Burton Anwalt gewesen, und

Georgiana fragte sich oft, ob er während seines Berufslebens den Wortschatz eines ganzen Lebens aufgebraucht hatte, sodass ihm für seinen Lebensabend nur noch sehr wenige Worte übrig geblieben waren.

Also erkundete sie den Inhalt der Bibliothek auf eigene Faust.

Zu Hause hatte sie ihre persönliche, sorgfältig kuratierte Büchersammlung, aber sie konnte mit den Regalen, die fast jede Wand im Rest des Hauses säumten, und dem Arbeitszimmer, in dem sich die Bibliothek ihres Vaters befand, nicht mithalten. Ihr Vater hatte ein ziemlich bedeutendes Internat geleitet, und sie hatten auf dem Internatsgelände gewohnt. Wenn Georgiana also jemals in ihren eigenen Regalen etwas vermisst hatte, musste sie ihm nur eine Liste vorlegen, und er kehrte mit einem Bücherstapel aus der Schulbibliothek zurück. Ihre Eltern waren selbst begeisterte Leser und saßen oft noch lange nach dem Essen am Tisch, um über literarische Stile oder die Vorliebe eines bestimmten Autors für Bindestriche oder Schachtelsätze zu diskutieren. Georgiana war jedoch nicht befugt, ihre Bücher ohne ausdrückliche Erlaubnis auszuleihen. Das war auf einen speziellen Vorfall zurückzuführen, bei dem sie mit ihren tintenverschmierten Händen Fingerabdrücke in einer unbezahlbaren Erstausgabe hinterlassen hatte, was man ihr nie ganz verziehen hatte. Dabei war sie damals erst vier Jahre alt gewesen.

Es schmerzte Georgiana, jetzt an all das zu denken: das Haus, das Arbeitszimmer, die Bücher. Ihr Zuhause war fort, und ihre Eltern diskutierten wahrscheinlich ohne sie über Zeichensetzung, während sie die frische, kinderfreie Luft an der Küste genossen.

Kurz nachdem die Gespräche über den Umzug ernsthafte Züge angenommen hatten, beschloss Georgiana, sich auf keinen Fall selbst zu bemitleiden oder sich den Gedanken zu gestatten, sie sei verlassen, abgeschoben oder zurückgelassen worden. Ihre Eltern waren immer überaus pragmatisch gewesen, und ihre Mutter litt schon so lange regelmäßig unter Kopfschmerzen, dass eine drastische Veränderung der nächste logische Schritt war. Jeder vernünftige Mensch konnte nachvollziehen, warum sie ihre erwachsene Tochter nicht mitnehmen wollten, als sie einen neuen Lebensabschnitt begannen. Ihr Vater sollte eine neue Stelle antreten, und die von der neuen Schule zur Verfügung gestellte Unterkunft war kaum geeignet, Georgiana *und* die Bücher ihres Vaters aufzunehmen.

Georgiana hatte nur ein einziges Mal geweint, als sie die Dokumente unterzeichnet hatten, mit denen das Haus und ihr ganzes bisheriges Leben an den neuen Schulmeister übergeben wurden – einen Mann mit einer lächelnden Frau und drei glücklichen, pummeligen Kindern. Anschließend hatte sie sich vorgenommen, nie wieder zu weinen. In den dunklen Tiefen ihres Geistes stellte sie sich vor, wie sie sich vor ihre Füße warf und sie anflehte, sie aufzunehmen und zu ihrem vierten Kind zu machen. Sie würde ihnen anbieten, sich im Arbeitszimmer ihres Vaters einzuschließen, sich die Mahlzeiten durch die Tür reichen zu lassen und ansonsten das Leben eines traurigen, literarischen Gespensts zu führen. In Wirklichkeit war ihr durchaus bewusst, dass sie kein Kind mehr war; sie hatte großes Glück, dass ihre Tante und ihr Onkel gewillt waren, sie bei sich aufzunehmen. Zumal ihre mangelnden Heiratsaussichten bislang darauf hindeuteten, dass sie eine sehr schlechte Investition war. Beim Abschied von ihren Eltern hatte sie sich zusammengerissen, und ihre Wangen waren trocken geblieben. Doch in ihrem Inneren hatte sie gespürt, wie etwas schmerzhaft und für immer abstarb.

Ihr Vater wollte ihr schreiben, sobald sie sich eingelebt hatten, aber sie waren weit weg, und es gab vieles zu regeln, sodass Georgiana noch keine Nachrichten erhalten hatte. Mrs Burton hatte das Thema ein paarmal angesprochen, aber mit ungewöhnlich viel Taktgefühl davon abgelassen, als sie merkte, dass es nicht gut ankam. Georgiana wusste, dass ihre Tante über die eher laxen Erziehungsmethoden ihrer Schwester ziemlich empört war. Zu Hause war sie stets als Gleichberechtigte behandelt worden, eine Miniaturerwachsene, selbst in ihrer Kindheit. Mrs Burton hingegen – für die die Rolle des Vormunds neu war und die keine eigenen Kinder hatte – wollte ständig, dass Georgiana Kuchen backte oder sich um ihr Haar kümmerte, und wies sie zudem lautstark für das Vergehen zurecht, »zu lange aufzubleiben« und »zu zügig zu gehen«.

Leider war das Ausbleiben von Nachrichten ihrer Eltern ziemlich vorherrschend in Georgianas Gedanken, da es nicht viel anderes gab, worüber sie nachdenken konnte. Ihre wenigen Freundinnen von zu Hause hatten ihr ebenfalls nicht geschrieben, vermutlich waren sie selbst in der Sommerfrische oder hatten Georgiana bereits vergessen, nachdem sie nun nicht mehr bei jeder Dinnerparty und jedem Kartenspiel vor ihnen saß. Ihre Eltern hatten oft Kollegen zu lebhaften Debattierabenden eingeladen, und deren Kinder waren Georgianas ständige Begleiter gewesen. Es waren ruhige, belesene Individuen, alle von ähnlich ernstem Gemüt. Einige von ihnen waren mit einer gewissen Eloquenz gesegnet, doch die wurde meist an ausufernde, bösartige Debatten über bestimmte Teilbereiche der römischen Geschichte verschwendet. Manche nutzten sie auch dazu, sich während langer Schachpartien gegenseitig abzulenken und sich zu unverzeihlichen Fehlern zu verführen. Bei einer besonders denkwürdigen Gelegenheit hatte ein Junge während eines Gesprächs einen Infinitiv grob getrennt, und sie hatten eine Woche lang über nichts anderes gesprochen.

Doch sie kannte diese Menschen seit ihrer Kindheit, und ihr Schweigen verletzte sie. Wenn Georgiana sich nicht gerade ausgeklügelte biblische Strafen für sie ausdachte, weil sie sie ignorierten, bestand ihre einzige Beschäftigung darin, ein Übermaß an Brot zu essen, bei schönem Wetter durch die nahe gelegenen Gassen und Wälder zu spazieren und sich nach ihrer Rückkehr mit einer zerlesenen Ausgabe von *Robinson Crusoe* oder einem Gruselroman von Mrs Radcliffe in die Bibliothek zurückzuziehen.

Obwohl ihr die Bücher Trost spendeten und sie ablenkten, stieß Georgianas bis dahin unendliche Freude am geschriebenen Wort bald an eine Grenze. Nach stundenlangem Lesen legte sie ein Buch beiseite, sah sich nach einer anderen Quelle der Unterhaltung um und nahm es dann seufzend wieder zur Hand, denn es war weit und breit keine anregendere Gesellschaft zu finden. Die Burtons ließen nicht zu, dass sie auf der Suche nach Anregung allein richtige Ausflüge unternahm. Das Haus lag so weit draußen am Stadtrand, dass die Kutschfahrt in die Stadt zwanzig Minuten dauerte, und sie selbst hatten selten das Bedürfnis, dorthin zu fahren.

Sie begnügten sich größtenteils damit, im Haus und im Garten herumzusitzen und Georgiana dabei zuzusehen, wie sie allmählich verrückt wurde.

Ein paar Tage nach dem Fest der Gadforths empfing Georgiana zusammen mit ihrer Tante eine Besucherin in dem überladenen weizengelben Salon auf der Vorderseite des Hauses. Ihre unmittelbare Nachbarin Mrs Clenaghan, die in einem fast identischen Haus nur ein paar Hundert Meter die Straße hinunter wohnte, war älter, schlecht gelaunt und neigte dazu, wegen Nichtigkeiten zornig zu werden. Sie war zwar nicht gerade die Gesellschaft, die Georgiana sich wünschte, doch wegen ihrer direkten Art und da sie eine unerschöpfliche Quelle an örtlichem Klatsch und Tratsch war, schien ihre Gesellschaft gerade noch erträglich – manchmal sogar leicht amüsant. Die meisten unglücklichen Opfer ihrer Geschichten waren Freunde und Bekannte der Burtons, die Georgiana nicht interessierten. So vertrieb sie sich eine Weile die Zeit, indem sie mit den Fingern über die ausgefransten Polster ihres Sessels fuhr und die Haare in Mrs Clenaghans Damenbart zählte – doch sie waren gerade dabei, Tee zu trinken, als sie den Namen »Campbell« hörte und sogleich aufhorchte.

»Die jüngste Tochter macht ihnen eine Menge Ärger, heißt es. Ein flatterhaftes, unruhiges Ding. Sie neigt zur Hysterie. Eine anständige Ohrfeige sollte sie davon kurieren, aber es heißt, die Ohrfeige sei so ziemlich aus der Mode gekommen. Letzten Sommer hat Mr Grange – Sie kennen Mr Grange, er hat diesen Kropf und nur zwei Paar Stiefel – nun, er hat behauptet, er habe sie unten in seiner alten Mühle mit einigen dieser schrecklichen Typen gesehen, mit denen sie sich herumtreibt, und sie seien«, hier lehnte sie sich vor, als hätte sie Angst, in dem ansonsten leeren Raum belauscht zu werden, »*halb nackt* gewesen.«

Mrs Burton schien entsetzt. Georgiana stellte sich Frances sogleich entblößt vor und errötete bis zu den Ohrenspitzen.

»Ja, da dürfen Sie ruhig erröten, Liebes«, sagte Mrs Clenaghan äußerst zufrieden. »Die Campbells sind eine besonders alte, äußerst bedeutende Familie. Lord Campbell ist Militärangehöriger und von ausgezeichneter Herkunft. Ich glaube, er hatte häufig geschäftlich in Westindien zu tun, und von einer dieser Reisen kehrte er mit *Lady* Campbell zurück. Nun, ich sage Ihnen ganz offen, dass das damals für einiges Aufsehen gesorgt hat. In seinen Kreisen hat man sich inzwischen an sie gewöhnt, aber seine eigene Familie hätte ihm den Geldhahn zugedreht, wenn er nicht schon geerbt hätte. Meiner Meinung nach war das zu viel Geld für eine Familie – ich persönlich würde mich schämen, so viel Vermögen zu besitzen. Das Haus, Longview, ist großartig. Es gibt in der ganzen Grafschaft kein schöneres – und ich habe mir gelegentlich sagen lassen, dass ich mit Lob nicht gerade großzügig sei. Ich habe nie viel von Lady Campbell gehalten und anders als andere den Schock ihretwegen nie ganz überwunden, aber offenbar haben sie die extravagantesten Gesellschaften und Abendessen gegeben. Ich halte Gesellschaften für ziemlich vulgär und bin glücklicherweise nie eingeladen worden, jedenfalls scheinen sie in letzter Zeit nicht mehr so viele zu geben. Ihre ältere Tochter, Eleanor, wurde vor etwa fünf Jahren verheiratet und soll nach allem, was man hört, eine sehr angenehme Person sein. Frances Campbell muss in Ihrem Alter sein, Miss Ellers, vielleicht ein oder zwei Jahre älter – es ist eine Schande, dass sie sie so zu ruinieren scheint.«

»Ein lebendigerer Geist als der Ihre, Mrs Clenaghan, muss nicht zwangsläufig den Ruin bedeuten«, sagte Georgiana etwas schärfer als beabsichtigt, woraufhin Mrs Burton ihr einen vorwurfsvollen Blick zuwarf.

»Ach?« Mrs Clenaghan sah Georgiana aus schmalen Augen an und lehnte sich in Mrs Burtons bestem Sessel vor, ganz offensichtlich vergnügte sie sich großartig. »Ist sie etwa Ihre Freundin, Miss Ellers?«

»Georgiana und Miss Campbell haben sich erst letzte Woche auf einem Fest kennengelernt«, warf Mrs Burton hastig ein. »Man kann sie wohl kaum als Freundinnen bezeichnen – und außerdem bin ich mir sicher, wenn Georgiana von irgendeiner Ungehörigkeit von Miss Campbell erführe, wäre sie so vernünftig, den Kontakt abzubrechen – mit Anstand natürlich, aber zügig.«

Georgiana dachte schuldbewusst an Cognac und Rüschenkleider und an Frances' kecken, mit Kajalstift gemalten Schnurrbart.

»Am besten halten Sie sich von ihr fern, Miss Ellers. In der Stadt gibt es viele gut vernetzte Damen, deren Gesellschaft Sie sicher genießen würden. Ich kenne da eine Gruppe, die sich jeden Samstag zu Tee und Kartenspiel trifft. Und das«, fügte Mrs Clenaghan hinzu und hob ihre dichten Augenbrauen, »*mit* Kleidern.«

Georgiana fand, dass ein wenig Nacktheit die Art von Kartenspiel, das irgendwelche Freundinnen von Mrs Clenaghan veranstalteten, durchaus etwas auflockern könnte, doch anstelle einer Antwort setzte sie nur ein angespanntes Lächeln auf.

Die Wahrheit war, dass sie sämtliche Teegesellschaften Englands gegen einen weiteren Moment in Frances' Gesellschaft eingetauscht hätte. In ruhigen Stunden war Georgiana ihr Treffen immer wieder durchgegangen. Sie hatte sogar begonnen, weitere Gespräche zu erfinden und sich künftige Treffen auszumalen, bei denen Georgiana Frances mit ihrem Witz und ihrem Charme beeindruckte, woraufhin eine lebenslange Freundschaft entstünde, der Beginn von vielen Abenteuern, die sie gemeinsam erleben würden. Frances würde ihr wahrscheinlich Zutritt zu allen möglichen glamourösen Festen und bezaubernden Ausflügen verschaffen, aber was noch wichtiger war, sie wäre Georgianas Komplizin. Ihre Vertraute. Ihr Kapitän.

In ihren Tagträumen war Georgiana sogar so weit gegangen, sich einen gut aussehenden Bruder vorzustellen, einen künftigen Lord Campbell mit Humor und angenehmen Gesichtszügen, den sie heiraten könnte, um auf Dauer mit Frances in schwesterlicher Liebe verbunden zu sein. Sie würden alle zusammen über die nahe gelegenen windgepeitschten Moore reiten. Er würde ihr aus der Kutsche helfen, wobei seine Hand einen Moment länger als nötig auf der ihren verweilen würde. Sobald sie verheiratet wären, würden sie nicht mit ihrem Reichtum prahlen, sondern lange Aufenthalte in fernen Ländern vorziehen und sich auf zwei oder vielleicht drei Häuser außerhalb der Stadt beschränken.

Ihr neu erworbenes Wissen, dass Frances nur eine ältere Schwester hatte, die bereits verheiratet war, versetzte diesem Traum einen Dämpfer, konnte ihn aber nicht ganz auslöschen. Vielleicht gab es ja einen flotten Cousin? Einen Freund aus Kindertagen, der aus einem schrecklichen Krieg zurückgekehrt war? Sie würde sich sogar mit einem jungen Onkel zufriedengeben, solange er wohlgeformte Arme und noch einen Großteil seiner Haare besaß.

Das Gespräch im Salon hatte sich auf die Reparaturen an einer nahe gelegenen Brücke verlagert, sodass Georgiana es erneut ausblendete, da sie weder Brückeningenieurin noch eine Langweilerin war. Die wirkliche Herausforderung bestand nun darin, Frances wieder zu begegnen, wo die Burtons sich doch am liebsten in eine ruhige Ecke setzten und um halb zehn ins Bett gingen. Mrs Burton hatte Georgiana versichert, dass der Sommer eine Fülle von Ausflügen mit sich bringen würde, aber was sie bisher von dem gesellschaftlichen Kalender der Burtons gesehen hatte, gab ihr nicht viel Grund zur Hoffnung. Georgiana wusste nicht, wie sie ihre Verbindung wieder aufleben lassen konnte, es sei denn, sie schrieb Frances einen Brief. Aber was konnte sie schon schreiben, wenn sie zum Stift griff?

Liebe Miss Campbell,
ich habe unser trunkenes Verkleidungsspiel neulich sehr genossen und hoffe, es zu einer regelmäßigen Angelegenheit zu machen.
Hochachtungsvoll,
Georgiana Ellers

Das ging wohl kaum.

Nachdem der Tee getrunken war – Georgiana meinte, Mrs Clenaghans Tasse müsse verzaubert sein und sich stets aufs Neue füllen, so lange dauerte es, bis sie den Boden der Tasse erreicht hatte – und ihre Besucherin gegangen war, warf Mrs Burton ihrer Nichte einen vorwurfsvollen Blick zu.

»Denk ja nicht, ich hätte dich und Miss Campbell nicht beobachtet, Georgiana. Was um alles in der Welt habt ihr da oben getrieben?«

»Ach Tante, wir haben tiefgehende Gespräche geführt. Gespräche … kultureller Art.«

»*Gespräche kultureller Art?* Über welche Kultur, wenn ich fragen darf, habt ihr gesprochen?«

»Die Trinkkultur«, antwortete Georgiana mit großen Augen und ohne eine Miene zu verziehen. »Sie ist eine Geißel unserer Gesellschaft, wissen Sie. Menschen fallen in der Straße um – Verlobungen werden gelöst, Leben ruiniert. Ich habe gehört, dass die Themse zu fast siebzig Prozent aus Gin besteht.«

»Oh, Georgiana, das ist doch Unsinn«, schnaubte Mrs Burton und zögerte dann. »Oder?«

»Es wird untersucht«, sagte Georgiana vage.

Mrs Burton seufzte. »Ich weiß, dass du es hier manchmal ein wenig eintönig findest, aber ich bin sicher, dass es mehr Bälle und Abendgesellschaften geben wird. Du musst ein wenig Geduld haben. Es wird sich reichlich passende Gesellschaft finden – Ladys *und* Gentlemen –, die anders als Miss Campbell keinen Anlass für Klatsch und Tratsch bieten. Nimm dich vor ihr in Acht, Georgiana. Sie ist von unermesslich hohem Stand, das ist wahr, aber das bedeutet nur, dass sie umso tiefer fallen kann.«

»Machen Sie sich keine Sorgen«, sagte Georgiana knapp. »Ich werde mich vor schamlosem Verhalten und Nacktheit hüten, wenn die Gadforths ihre nächste Gesellschaft geben, um die Anschaffung neuer Tischdecken zu feiern.«

»Georgiana, du hast keinen Grund, unhöflich zu werden. Ich habe nur gesagt, was ich denke«, erwiderte Mrs Burton und lächelte angespannt in dem Bemühen, die gute Stimmung wiederherzustellen. »Ich hole jetzt meine Stickerei, und du kannst endlich mit deiner anfangen. Ich habe ein reizendes Muster mit ein paar sehr hübschen Putten, das dir sicher gefallen wird.«

Den Rest des Nachmittags verbrachten sie schweigend. Mrs Burton hielt es wahrscheinlich für friedlich und liebenswürdig und ahnte nicht, dass Georgiana sich vorstellte, ihr die Sticknadel durchs Auge und ins Gehirn zu bohren, sobald sie die schrecklichen, lüsternen kleinen Engel gesehen hatte, die sie mit Garn verewigen sollte. Sie beneidete Mr Burton, dem es oft gelang, Mrs Burtons Launen zu entgehen, indem er viele Spaziergänge »zum Wohle der Gesundheit« unternahm. Jeden Morgen und jeden Abend hatte er eine feste Verabredung mit der frischen Luft, und wenn seine Frau besonders gesprächiger oder anstrengender Stimmung war, unternahm er deutlich mehr Ausflüge, wobei ihm manchmal spontan neue Routen einfielen, wenn sie mitten im Satz war. Von seinem letzten Ausflug – von dem Georgiana annahm, dass er sehr dringlich geworden war, als er von Mrs Clenaghans bevorstehender Ankunft gehört hatte – kehrte er gerade rechtzeitig zum Abendessen zurück.

»Es ist so schade, dass Sie sie verpasst haben, Mr Burton.«

»Die Middletons haben Sonnenblumen gepflanzt«, antwortete er, ohne weiter auf sie einzugehen. Sie schien es nicht zu bemerken.

»Sonnenblumen! Nun, ich hoffe, sie halten sie im Zaum. Garstige Dinger – wenn sie zu groß werden, erinnern sie mich an Voyeure, die einen beim Vorbeigehen über die Mauer hinweg anstarren.«

Georgiana versuchte, diese Bemerkung beiseitezuschieben und in Ruhe weiterzuessen, aber es gelang ihr nicht. Sie legte Messer und Gabel weg.

»Ist die Sonnenblume Ihrer Meinung nach die unzüchtigste Blume, Mr Burton?«

Mr Burton verschluckte sich an seinem Bier und brauchte eine ganze Weile, um sich zu erholen. Georgiana sah ihn weiterhin erwartungsvoll an.

»Ah … ich denke schon«, antwortete er schließlich.

»Ich finde viele Blumen ziemlich aggressiv«, sagte Mrs Burton mit einem Schaudern. »Sie haben etwas äußerst Vulgäres an sich.«

»Ich bin ganz Ihrer Meinung«, bemerkte Georgiana beiläufig, nahm ihr Besteck wieder auf und aß ihr Hähnchen. »Man sollte sie verbieten.«

»Verbieten?«, fragte Mr Burton entsetzt. »Blumen *verbieten*? Die Krönung der Natur verbieten?«

Georgiana tat so, als ob sie sehr angestrengt über die Angelegenheit nachdächte.

»Nun, wenn nicht verbieten, dann zurechtstutzen. Sie in angemessenere Formen bringen.«

»Ja, ich glaube, das wäre gut«, sagte Mrs Burton zustimmend, während ihr Mann sie entgeistert ansah.

»Ich habe einmal eine Blume gesehen, die sah genauso aus wie bei einem Gentleman der …«

»Georgiana!«, rief ihre Tante aus.

»… Zylinder, Mrs Burton. Ehrlich! Manchmal weiß ich nicht, was Ihnen durch den Kopf geht.«

Sie setzten ihr Essen in eisigem Schweigen fort.

Zum Glück für die Burtons wurde Georgiana bald von ihren Versuchen abgelenkt, sie am Esstisch zu quälen. Wenige Tage später saß sie allein mit einem Buch im Esszimmer, atmete den Geruch von Holzpolitur ein und beobachtete, wie Staubpartikel durch das Sonnenlicht tanzten, als Mrs Burton triumphierend hereinkam und einen Brief über ihrem Kopf schwang.

»Von Mutter? Oder Vater?«, fragte Georgiana. Sofort hellte sich ihre Stimmung auf, und sie sprang aus dem Sessel.

»O nein, Liebes, das tut mir leid, aber sie werden sicher schreiben, sobald es ihre Situation zulässt.«

Georgiana setzte sich wieder, ihr war schwer ums Herz. Natürlich war sie kein verarmtes Waisenkind – sie bettelte nicht auf der Straße um Münzen oder kämpfte auf der London Bridge gegen einen unterernährten Bären, um sich eine spärliche Mahlzeit zu verdienen –, aber sie hätte gern ein Zeichen bekommen, dass ihre Eltern sich noch daran erinnerten, eine Tochter zu haben. Außerdem war sie in der langweiligsten Grafschaft Englands zurückgelassen worden; vielleicht wäre es eine interessante Abwechslung, sich mit einem Bären anzulegen.

Mrs Burton kam an den Tisch und legte Georgiana den Brief hin, der ihre Nichte mit so viel Hoffnung erfüllt hatte. Georgiana nahm ihn und stellte fest, dass das Papier von überraschend edler Qualität war.

»Es ist eine Einladung«, sagte sie und versuchte, sie so schnell wie möglich zu lesen. »Zu einem Ball – wer sind die Woodleys?«

»Eine wirklich großartige Familie! Sie haben eine Tochter in deinem Alter. Ich hatte noch nicht das Vergnügen, sie persönlich kennenzulernen, aber ich habe die Nachricht gestreut, dass wir eine junge Dame zu Gast haben, die Gesellschaft braucht, und das müssen sie erfahren haben!« Mrs Burton schien etwas in den Sinn zu kommen, und sie rang in plötzlicher Verzweiflung die Hände. »Oh, aber wir brauchen neue Kleider – und ich muss mich um Mr Burtons Schuhe kümmern. Wir waren noch nie bei einer solchen Veranstaltung! Ihr Haus ist riesig, und sie haben einen weitläufigen Rosengarten.«

Georgiana spürte Nervosität in sich aufsteigen, die jedoch gegen angenehmere Gefühle wie Hoffnung, Freude und Aufregung verblasste. Ein großes Haus und ein *weitläufiger* Rosengarten klangen nach genau dem Ort, an dem man das Glück haben konnte, auf eine flatterhafte, verdorbene Miss Frances Campbell zu stoßen.

Kapitel drei

Mrs Burton, berüchtigt für ihre Fähigkeit, sich über fast alles aufzuregen, war wundervoll, wenn sie wirklich Grund dazu hatte. Sogleich wurde neuer Stoff für Kleider bestellt – schlichter elfenbeinfarbener Musselin, obwohl Mrs Burton ausdrücklich darauf hinwies, dass er mit ein wenig Spitze aufgewertet werden könnte. Für die Haare wurden neue Bänder geschnitten, und am Abend des Balls sah Georgiana sogar, wie Mr Burton, die Zeitung in der Hand, ganz still dastand und seiner Frau erlaubte, seinen Schnurrbart mit einer Nähschere zu stutzen.

Ihre Tante plapperte unentwegt auf der Fahrt in der klapprigen Kutsche, und Georgiana verspürte den plötzlichen Drang, die Tür der Kutsche aufzureißen und sich anmutig in die Hecken fallen zu lassen, nur um ihr zu entkommen. Zum Glück hatte sich Mrs Burton bei ihrer Ankunft bereits müde geredet, und so fuhren sie in ehrfürchtigem Schweigen die große Auffahrt zu dem größten Haus hinauf, das Georgiana je aus der Nähe gesehen hatte. Mr Burton, der noch halb schlief, schien unbeeindruckt.

Nervöse Aufregung durchströmte sie, als sie die belebte Eingangshalle betrat und versuchte, kaum merklich den

Kopf zu drehen, damit nicht zu sehr auffiel, dass sie alles in sich aufnehmen wollte. Allein dieser Raum war so groß, dass die Leistung, ihn mit Gästen zu füllen, einem Wunder gleichkam. Mindestens fünfzig Leute lachten höflich, fächelten sich Luft zu, stießen mit ihren Gläsern an und riefen über die Menge hinweg fröhlich nach ihren Freunden. Ein riesiger Wandteppich, der eine biblisch anmutende Schlacht darstellte, hing über der geschwungenen Treppe, an deren oberem Ende das Familienwappen prangte, und über ihren Köpfen befand sich ein Kronleuchter, der unter der Last des Kristalls geradezu zu ächzen schien.

Georgiana fragte sich, ob die Besitzer des Hauses vielleicht ärmere Verwandte Gottes waren.

Mr und Mrs Burton waren hinter ihr im Eingangsbereich mit irgendetwas beschäftigt – wahrscheinlich mit dem Zählen der Rosensträucher –, und Georgiana nutzte die Gelegenheit, um sich von ihnen zu entfernen und in der anmutigen Menge zu verschwinden, wobei sie unterwegs ein Getränk entgegennahm. Dies war in der Tat anders als die Enthüllung eines Gemäldes bei den Gadforths. Die Kleider waren aus raschelnder Seide und hatten edle Bordüren. Der Champagner floss in Strömen, und die Herren waren gepflegt und standen in ordentlich gestärktem Leinen aufrecht da.

Georgiana hatte drei Stunden gebraucht, um sich anzuziehen und für den Abend vorzubereiten. Das Dienstmädchen Emmeline hatte mit äußerster Sorgfalt darauf geachtet, dass jede Locke genau an ihrem Platz saß, jede Schleife gebunden war. Sie lächelte Georgiana schüchtern im Spiegel an, als sie fertig war. Georgiana fand ihr eigenes Spiegelbild nicht besonders inspirierend – sie wusste, dass ihr Haar einen langweiligen Braunton hatte und ihr blasses Gesicht von Sommersprossen verunstaltet war, aber sie hatte sich Mühe gegeben und fand, dass sie hübscher aussah als je zuvor.

Trotz der sorgfältigen Vorbereitung war das Haus der Woodleys derart einschüchternd, dass Georgiana das Gefühl hatte, sie hätte genauso gut ein Gewand aus Geschirrtüchern tragen können. Immer wieder zupfte sie an ihrem Kleid und glättete ihr Haar, während sie sich einen Weg durch das Gedränge bahnte, womit sie wahrscheinlich das Gegenteil von dem bewirkte, was sie beabsichtigte, und sie sich noch mehr in Unordnung brachte. In Wirklichkeit schenkte ihr niemand einen zweiten – oder gar ersten – Blick, dennoch hatte sie das Gefühl, dass alle sie begutachteten und für mangelhaft befanden. Jeden Moment könnte sie jemand entdecken, »Oh, guter Gott – ein armes kleines Streichholzmädchen!« rufen, und ihr mitfühlend ein paar Münzen vor die Füße werfen.

Georgiana ging einen langen Flur mit imposanten Ölgemälden und Marmorbüsten entlang, deren Gesichter aussahen, als litten sie unter Verstopfung, bis sie den Hauptballsaal erreichte. Sorgsam wich sie Tänzern und Feiernden aus, während sie sich am Rand hielt. In diesem einen Raum befanden sich mehr schöne junge Männer und Frauen, als sie je in ihrem Leben gesehen hatte, und sie schienen im Kerzenlicht zu leuchten. Man konnte sie nur schwer einzeln wahrnehmen, denn sie verschwammen zu einer Menge eleganter Hände, die behandschuhte Handgelenke berührten, polierter Absätze, die über den Marmorboden klackerten, und wohlerzogener Münder, die sich senkten, um in gerötete zierliche Ohren zu flüstern.

Jeder hier schien auf irgendeine Weise von Bedeutung zu sein. Keiner von ihnen sah aus, als hätte er sich in seinem ganzen Leben jemals mehr als zehn Sekunden gelangweilt. Georgiana fühlte sich wie eine Verhungernde, die über ein Festmahl gestolpert war.

Einige Leute nickten ihr im Vorbeigehen höflich zu. Sie erwiderte die Geste schüchtern und dachte, dass sie bald gezwungen sein könnte, eine Schleife zu drehen und sich wieder den Burtons anzuschließen, doch plötzlich entdeckte sie Frances. Sie stand in der Nähe der offenen Terrassentüren im Schein eines Kandelabers und sah noch prächtiger aus als beim letzten Mal, als Georgiana ihr begegnet war. Damals war sie in dem dunklen tristen Flur der Gadforths verkümmert, jetzt war sie ganz in ihrem Element, strahlte in hellen Grün- und Goldtönen und schwang ein Weinglas in der Hand.

Sie war in ein lebhaftes Gespräch mit einer Gruppe junger Männer und Frauen verwickelt, die so prächtig und gut gekleidet waren, dass Georgiana viel zu schüchtern war, sich ihnen zu nähern, geschweige denn sie anzusprechen, weil sie sich von ihr beleidigt fühlen und sie von oben herab behandeln könnten.

Georgiana wollte sich abwenden und eine weitere Runde durch den Raum drehen, um Mut zu sammeln, bevor sie sich ihnen erneut näherte – doch dann hörte sie Frances ihren Namen rufen. Sie hatte kaum die Stimme erhoben, aber irgendwie drangen die vier Silben durch den Lärm der

Menge und die Musik zu ihren Ohren durch, wie ein Pfiff zu einem Hund.

Aufgeregt machte sich Georgiana auf den Weg zu der Gruppe.

»Sieh an, wer da ist«, sagte Frances und schien ehrlich erfreut zu sein. »Meine einstmalige Ehefrau!«

Georgiana wurde der Reihe nach jedem der Anwesenden vorgestellt. Miss Cecily Dugray war groß, blass und außerordentlich hübsch, mit hyazinthblauen Augen und wunderbar vollen Lippen; sie erinnerte an einen goldenen Palomino. Miss Jane Woodley, deren Familienfeier sie beiwohnten, war klein, dunkler und schlichter. Ihre Statur wirkte leicht gedrungen, und sie war mit kräftigeren Strichen gezeichnet als Miss Dugray. Etwas verhalten gab sie Georgiana flüchtig die Hand.

Von den beiden anwesenden Herren begrüßte einer – ein Mr Jonathan Smith – sie überschwänglich und strich sich das rotblonde Haar zurück, das ihm in die lächelnden Augen gefallen war, während er sich vorbeugte, um Georgiana die Hand zu küssen. Der andere, Mr Christopher Crawley, der einen gut gewachsten Schnurrbart trug und ziemlich auffällig in Scharlachrot gekleidet war, zwinkerte ihr schelmisch zu, sodass sie fast vergaß, einen Knicks zu machen. Sie erinnerte sich sofort an die Beschreibung eines Piraten, die sie gelesen hatte, und fühlte sich ein wenig unbehaglich, als ob er ihr jeden Moment einen Degen vorhalten und sie ihrer Haarnadeln berauben würde.

Bislang schien keiner von ihnen auch nur im Geringsten geneigt zu sein, sie zu schmähen.

Sie nahmen sogleich ihr Gespräch wieder auf, und

Georgiana hörte zufrieden zu, erfreut über die erstklassige Gesellschaft und dass man sie in den Kreis einbezog. Zudem war sie ziemlich besorgt, dass sie, wenn sie den Mund öffnete, etwas außerordentlich Dummes über das Wetter oder den Lebenszyklus eines Frosches sagen könnte.

»Nein, ich sage euch, wenn Mr Weatherby mich am Sonntag noch einmal misstrauisch anschaut, werde ich ihn öffentlich als Perversen bezeichnen und der Gemeinde erklären, dass er während des Gottesdienstes versucht hat, einen Blick auf meine Knöchel zu erhaschen, als ich mich hingekniet habe«, sagte Frances zur allgemeinen Erheiterung. »Ehrlich gesagt, ist es kein Wunder, dass ich kaum noch in die Kirche gehe – das genügt, um eine Frau in die liebenden Arme des Teufels zu treiben. Wenn er mich ansieht, während er von Familie und Pflichten predigt, weiß ich, was er sich vorstellt – mich als seine Frau, dick um die Mitte, mit einem Stall voller Kinder, die einmal im Jahr einzig zum Zweck der Fortpflanzung die Beine spreizt und die ganze Zeit eifrig an Gott denkt.«

Georgiana verschluckte sich an ihrem Getränk und nahm mit stillem Dank das Taschentuch mit Monogramm an, das Mr Crawley ihr galant anbot.

»Nun, wenn nicht der ehrwürdige Pfarrer, wer darf dann frei auf diese Knöchel blicken, Franny?«, fragte Mr Smith mit einer Vertrautheit, die Georgiana sofort den Eindruck vermittelte, dass er selbst gern die fraglichen Gliedmaßen sehen würde. »Ich habe eine Menge Gerüchte gehört, aber ich befrage gern die Quelle selbst.«

»Dazu darf ich nichts sagen«, entgegnete Frances, nippte an ihrem Getränk und warf den anderen Damen ein

Lächeln zu. Georgiana wünschte, sie wüsste, was Frances damit bezwecken wollte, damit sie sich Miss Dugray anschließen konnte, die ihr im Gegenzug ein wissendes Lächeln schenkte. Miss Woodleys einzige Antwort war ein kaum hörbares Schniefen.

»Wer ist der glückliche Mann?«, fragte Mr Crawley. »Oh, Frances, sag mir nicht, dass es dieser aufgeblasene arrogante Dandy ist – der *einzigartige* Mr Russell?«

»Du bist genauso aufgeblasen wie er, Christopher, und das weißt du«, erwiderte Frances. »Und du trägst Samt im Juni, verdammt noch mal. Ein wenig Selbsterkenntnis würde dir nicht schaden.«

»Nun, ja – aber ich besitze die Würde und den Anstand, meine vielen Vorzüge und meine wenigen Schwächen zu kennen und zu akzeptieren«, sagte Mr Crawley, der nicht im Geringsten beleidigt zu sein schien. »*Er* tut so, als hätte er keine Ahnung von seinen wenigen, unerklärlichen Reizen – zusammen etwa zwanzigtausend im Jahr –, und macht jedes Mal ein erstauntes Gesicht, wenn sich eine Mutter mit einer Schar Töchter im Schlepptau nähert, die praktisch in Ohnmacht fallen. So ist er schon seit Eton. Und außerdem«, fügte er süffisant hinzu, als sei er im Besitz einer pikanten Information, »war er mit Kitty Fathering im Bett.«

Die Damen schnappten unisono nach Luft. Georgiana spürte, wie sich ihre Augen weiteten, und bemühte sich, sie wieder auf eine angemessene Größe zu verkleinern.

»Das war er nicht, und das weißt du auch«, erwiderte Frances schroff. »Kitty Fathering ist wahrscheinlich betrunken in den Stall ihres Vaters gefallen und hat die

Arme um ein besonders hübsches Pony geschlungen, von dem sie aufgrund der Farbe seiner Stirnlocke überzeugt war, dass es sich um Jeremiah handelte.«

»Und der Geruch«, sagte Mr Crawley über sein Glas hinweg.

»Miss Ellers, wir müssen furchtbar langweilig sein, wenn wir über Leute sprechen, die Ihnen unbekannt sind«, sagte Mr Smith. »Mr Russell lebt die Hälfte der Zeit in irgendeiner tristen Stadt in den Midlands, aber er kommt in den meisten Sommern mit seinen Freunden und seiner Familie zur Jagd hierher. Ich bin überrascht, dass er nicht hier ist.«

Georgiana war ein wenig aufgeregt, weil sie so direkt angesprochen wurde, und lächelte.

»Er *ist* hier«, sagte Mr Crawley zögernd. »Ich habe ihn mit ein paar seiner Anhänger im Garten gesehen, als ich zum Rauchen hinausging.«

»Und das hast du für dich behalten, was?«, sagte Frances und warf ihm einen bösen Blick zu.

Miss Woodley lachte humorlos. »Hast du Angst, dass du übertrumpft wirst, Christopher?«

»Na gut, na gut, statten wir ihm einen freundlichen Besuch ab, damit die arme Franny nicht nur an Gott denken kann, wenn sie das nächste Mal ihre Beine für einen vorbeikommenden Landarbeiter breitmacht«, sagte Mr Smith und lenkte Frances in Richtung der Terrassentüren, während sie spielerisch mit ihrem Fächer nach ihm schlug. Miss Woodley sah weiterhin so aus, als wäre sie lieber woanders – was bedauerlich war, dachte Georgiana, denn dies war schließlich *ihr* Ball.

Sie hatte noch nie in ihrem Leben so viele unverblümte Anspielungen auf Unzucht gehört – ihre Mutter und ihr Vater waren um das Thema herumgeschlichen und hatten es einmal, nachdem Georgiana zwei Schweine beim Liebesspiel beobachtet hatte, als »die besondere Umarmung« bezeichnet. Sie bemühte sich, die Tatsache, dass Frances und ihre Freunde so unflätige und bissige Bemerkungen machten wie eine Mannschaft von besonders erfahrenen Matrosen, mit einer gewissen Nonchalance zu betrachten. Sex war etwas, das hinter verschlossenen Türen stattfand, in knarrenden Ehebetten oder in den dunklen Nischen von Bordellen oder was *nach dem Ende* der Liebesromane geschah oder in den gewagteren Romanen manchmal kurz angedeutet und dann aus Gründen des Anstands schnell übergangen wurde. Es war nichts, worüber man offen auf einer Gesellschaft sprach, als unterhielte man sich über das Wetter oder den Butterpreis.

Georgiana folgte Frances und den anderen, umklammerte ihr Getränk und versuchte, nicht zu viel Aufmerksamkeit auf sich zu ziehen, als sie auf die weitläufige Terrasse hinausgingen. Sie hielt es für möglich, dass sie sich umdrehen und sie fragen würden, warum sie ihnen immer noch wie ein verrücktes Entenküken folgte. Eine Gruppe junger Männer – vielleicht in Georgianas Alter oder ein paar Jahre älter – lungerte um einen verzierten Brunnen herum, die Krawatten um den Hals gelockert. Sie lachten laut und hemmungslos. Als sie sich ihnen näherten, beugte sich einer von ihnen über den Rand des Brunnens nach hinten und öffnete den Mund, sodass das Wasser in Kaskaden in seinen Mund floss. Er prustete und kam hustend und grinsend wieder hoch, und die anderen jubelten. Da die Frau, die auf dem Brunnen abgebildet war, ihre Kleidung abgelegt zu haben schien und an einer äußerst unglücklichen Stelle ein Leck hatte, war es nicht schwer, sich vorzustellen, was sie so lustig fanden.

Einer der Männer lachte nicht, sondern lächelte höflich, wie man es vielleicht bei einem Zahnarzttermin oder bei der ausführlichen Schilderung einer Banktransaktion tat. Er trug schlichte weiß-blaue Kleidung und hatte die Hände hinter dem Rücken verschränkt, als würde er strammstehen. Bei genauerer Betrachtung stand sein gesamter Körper unter Strom, und seine deutlich spürbare Anspannung bildete einen starken Gegensatz zu dem lässigen Auftreten der anderen. Er war groß, hatte einen braunen Teint – vielleicht ein indisches Erbe, dachte Georgiana, wobei sie über wenig Referenzen verfügte – und unmoderne lange Locken, die er halbherzig aus dem Gesicht strich. Er hatte große braune Augen, in denen jedoch ein bedrückter Ausdruck lag, was ihm eine ruhige und melancholische Ausstrahlung verlieh, und sein Kinn war derart scharf geschnitten, dass Georgiana dachte, man würde sich vermutlich verletzen, wenn man es berührte.

Sie fragte sich sofort, warum sie überhaupt daran dachte, es zu berühren.

Während die anderen Männer mit heiteren Rufen die Gruppe begrüßten, die auf sie zukam, verbeugte er sich höflich und wandte sich dann den Gärten zu.

Der bestaussehende Mann der Gruppe und ihr natürlicher Anführer war eindeutig Mr Jeremiah Russell. Er war groß, gut gebaut und von klassischer Schönheit, blass, mit klaren Gesichtszügen und gekonnt frisiertem blondem Haar. Georgiana fragte sich, wie viele Diener es wohl gebraucht hatte, um eine einzige Haarlocke so attraktiv über sein linkes Auge fallen zu lassen. Frances war offensichtlich sehr angetan von ihm. Während Hände geschüttelt und geküsst wurden, konnte sie den Blick nicht von ihm lösen und kicherte überraschend mädchenhaft, als er mit seinen Lippen auf ihren Fingern verweilte.

»Und wer ist das?«, rief er und wandte sich mit seinem charmanten Lächeln an Georgiana, die augenblicklich errötete.

Obwohl er etwas übertrieben frisiert wirkte, sah er sehr gut aus.

»Die bezaubernde Miss Georgiana Ellers«, sagte Frances. »Ich habe sie entdeckt, als sie sich auf einer schrecklichen Gesellschaft in einer Wandnische versteckt hat. Sie hat einen unerträglichen Abend erträglich gemacht. Sie ist *neu,* Jeremiah – sie wohnt in der Nähe bei ihrer Tante und ihrem Onkel.«

Georgiana machte einen verlegenen Knicks.

»In einer Wandnische?«, erwiderte Mr Russell und musterte Georgiana mit hochgezogener Augenbraue, wobei ein schwaches Lächeln seine Lippen umspielte. »Wie drollig.«

Er richtete seine Aufmerksamkeit wieder auf Frances. »Möchten Sie etwas *Besonderes* rauchen, Miss Campbell? Wir haben gerade mit dem Gedanken gespielt, eine Runde durch den Garten zu drehen.«

»Oh, Sie sind schrecklich – aber das würde ich wohl gern«, antwortete Frances und strahlte ihn an.

Georgiana versuchte, diesen Austausch zu entschlüsseln, was ihr nicht gelang; »eine Runde durch den Garten drehen« hatte in diesem Kreis ganz offensichtlich eine etwas andere Bedeutung.

»Wir *alle*«, erklärte Mr Crawley mit Nachdruck, und ohne ein weiteres Wort setzte sich der Zug in Bewegung. Nur die Gastgeberin, Miss Woodley – die die Augen verdrehte und das Ganze mit einem Achselzucken abtat – und ein paar von Mr Russells Freunden blieben zurück. Georgiana bemerkte, dass der Lockenkopf nicht mitkam, und verspürte einen Anflug von Enttäuschung.

Ihr Ziel war ein kleiner duftender Rosengarten, der von allen Seiten von hohen Hecken umgeben und somit vom Haus aus nicht einsehbar war. An den Hauptwegen über das Anwesen leuchteten Fackeln, doch sobald sie durch die Öffnung in den Hecken geschlüpft waren, wurden sie alle von dem Indigoblau der Dämmerung umfangen. Sie setzten sich auf kühle Steinbänke, die Männer lachten über einen Witz, den Georgiana nicht gehört hatte, und waren in der Dunkelheit kaum zu erkennen, bis jemand ein Licht anzündete.

Georgiana fragte sich gerade, was genau sie zu rauchen gedachten, als in der Nähe eine Pfeife aufflammte und der Mann, der sie in der Hand hielt, hinter einer Rauchwolke verschwand. Fasziniert und etwas beunruhigt beobachtete sie, wie die Pfeife von Hand zu Hand weitergereicht wurde. Kurz darauf wurde sie ihr von Mr Smith, der links von ihr saß, in die Hand gedrückt. Georgiana hatte absolut keine Ahnung, was sie damit anfangen sollte. Sie hatte ihren Vater und ihren Onkel rauchen sehen, aber nie daran gedacht, dass es ihr selbst erlaubt sein könnte, etwas so überaus Anzügliches mit ihrem Mund anzustellen. Außerdem, so fragte sie sich aufgeregt, was war so besonders an dieser Pfeife?

Sie starrte sie einen Moment lang an, und Jeremiah sah von seinem Platz neben Frances auf.

»Wir haben nicht den ganzen Tag Zeit, Miss Ellers«, sagte er mit einer Miene, die verblüffend an eine strenge Gouvernante erinnerte. Frances lachte.

»Ich bin mir nicht sicher, ob das …«, hob Georgiana an, doch Frances unterbrach sie mit einem leichten Lächeln und schüttelte ihre Locken.

»Sie sind sicherlich nicht verpflichtet, es zu probieren – aber ich bin mir sicher, es wird Ihnen gefallen, Georgiana. Ich würde sogar mein Leben darauf verwetten. Wenn nicht, werde ich … gebe ich Ihnen die Schlüssel zu meinem Haus und Sie können sofort einziehen – wie wäre das?«

Jeremiah lachte und legte eine Hand auf ihren Arm. Offensichtlich erfreut, drehte sie sich zu ihm um und murmelte etwas, das Georgiana nicht hören konnte.

Verzweifelt wandte sie sich an Mr Smith. »Ich weiß nicht …«, gestand sie ihm mit leiser Stimme. »Das heißt, ich habe noch nie …« Er grinste sie verschwörerisch an, und sie lächelte unwillkürlich zurück.

»Legen Sie einfach Ihre Lippen um die Öffnung und atmen Sie ein«, riet er leise und hob die Pfeife an ihren Mund. »Halten Sie den Rauch so lange wie möglich in Ihren Lungen, bevor Sie ihn wieder ausstoßen. Versuchen Sie, nicht zu husten«, fügte er streng hinzu, »sonst bringen Sie mich in Verlegenheit.«

Sie tat wie ihr geheißen, und obwohl ihre Augen tränten, gelang es ihr, nicht zu würgen, bevor sie die Pfeife an Miss Dugray weiterreichte. Sie beobachtete mit größter Ehrfurcht, wie Cecily dreimal tief ein- und ausatmete und die Pfeife weitergab. Bei ihr wirkte es so lässig, als würde sie einfach nur frische Luft einatmen. Als sie bemerkte, dass Georgiana sie beobachtete, lächelte sie selig.

»Frances sagte, Sie wohnen bei Ihrer Tante und Ihrem Onkel?«, fragte sie. »Sind Ihre Eltern ebenfalls zu Besuch?«

Cecily war so schön, dass Georgiana einen Moment brauchte, um zu begreifen, dass eine Antwort von ihr erwartet wurde.

»Äh … nein. Meiner Mutter geht es nicht gut – sie leidet unter Kopfschmerzen –, also sind sie wegen der Luftveränderung ans Meer gezogen«, erklärte Georgiana. Ihre Fingerspitzen fühlten sich seltsam taub an, es war recht angenehm. »Wobei ich glaube, sie waren des Elterndaseins überdrüssig.«

Das hatte Georgiana noch nie laut ausgesprochen – sie hatte sich kaum gestattet, so etwas zu denken – und keine Ahnung, was sie dazu trieb, es jetzt vor einer Fremden zu tun. Sie fühlte sich ziemlich benommen und schloss daraus, dass der Inhalt der Pfeife den Raucher entspannte, bis er guten Mutes allen möglichen Unsinn über seine Lippen kommen ließ. Schwach registrierte sie, dass ihr, nachdem sie einen Zug des dichten duftenden Rauchs eingeatmet hatte, alles irgendwie viel weniger schockierend erschien. Rauchende Frauen? Gut. Unbegleitete Jugendliche, die sich im Dunkeln in einem Garten aufhielten und so dicht beieinandersaßen, dass ihre Knie und Schultern ständig aneinanderstießen? Was war schon dabei?

»Ach, Sie armes Ding«, sagte Miss Dugray und schüttelte den Kopf in einer Weise, die nach echter Reue aussah. »Hier – nehmen Sie noch einen Zug.«

Es schien nicht die schlechteste Lösung zu sein. Je mehr Georgiana rauchte, desto unbedeutender erschienen ihre Probleme, bis der Gedanke, dass ihre Eltern ihres einzigen Kindes überdrüssig waren und es gegen einen Meerblick ausgetauscht hatten, fast belanglos wirkte.

Frances und Jeremiah saßen zusammen auf einer Bank und unterhielten sich leise, ihre gegenseitige Zuneigung und ihr Vertrauen waren unübersehbar. Er hielt ihre Hand in seiner, und während Georgiana sie beobachtete, krümmte er den Zeigefinger und strich sanft über ihren Handteller. Als sie es sah, befiel Georgiana ein starkes Gefühl – vielleicht Scham –, Zeugin einer so intimen Geste zu sein, aber auch eine vage Sehnsucht. Frances war ganz offensichtlich glücklich verlobt mit einem Mann, den sie zu lieben schien – etwas, das keineswegs selbstverständlich war.

Georgiana wandte den Blick ab und sah verwundert die jungen Männer an, die um sie herum saßen. Jeremiahs anonyme Freunde sahen gut aus und waren offensichtlich wohlhabend, aber sie hatten auch etwas Hartes an sich, eine Sorglosigkeit, die sie beunruhigte. Georgiana hatte sich nie groß um Männer geschert, und sie hatten sich revanchiert – die Kinder der Freunde ihrer Eltern waren keine vielversprechenden Kandidaten für eine Verlobung, eine Heirat oder irgendeine Art von Spannung gewesen, die über ein mitreißendes Kartenspiel hinausging.

Mr Jonathan Smith war durchaus freundlich, doch Georgiana hatte den Eindruck, dass er Frances zugeneigt war, auch wenn dies aussichtslos schien. Er unterhielt sich mit einem von Mr Russells Freunden, hatte aber ständig ein Auge auf Frances. Mr Crawley beunruhigte sie, ehrlich gesagt, ein wenig. Er zwirbelte ständig an seinem Schnurrbart, offenbar wusste er nicht, dass dies in der Literatur den klassischen Schurken auszeichnete. Mr Russell selbst war offensichtlich vergeben und erkundete gerade die Unterseite von Frances' Handgelenk. Georgianas Gedanken schweiften zurück zu dem Fremden mit dem lockigen Haar, der nicht mitgekommen war – er war ganz anders, faszinierend, gerade weil er etwas verdrießlich ausgesehen und nichts gesagt hatte. Verglichen mit einigen von Jeremiahs anderen Freunden – von denen einer gerade versuchte, die Pfeife durch sein linkes Nasenloch zu inhalieren –, ließ ihn das äußerst vielversprechend erscheinen.

In Wahrheit käme natürlich niemand im Umkreis von dreißig Metern auf die Idee, sie als ebenbürtig zu betrachten. Solange Georgianas Eltern nicht Land, Erbe und Titel erworben hatten, seit sie sie das letzte Mal gesehen hatte, war sie zu unbedeutend, um eines zweiten Blickes würdig zu sein. Ihre zarte Freundschaft mit Frances, die noch in den Kinderschuhen steckte, war die einzige Beziehung, die sie hatte. Selbst wenn sie an einem der anwesenden Gentlemen Gefallen fände, würde es nur Spott hervorrufen, wenn sie diese Gefühle zugab.

Schließlich hielt sie es immer noch nicht für ganz ausgeschlossen, dass man sie schmähte.

»Wer war der Mann, der am Brunnen bei Mr Russell

gestanden hat?«, fragte sie Cecily. Sie bemühte sich, lässig zu klingen, was ihr jedoch nicht gelang. »Der Herr mit dem dunkleren Teint und den Locken?«

»Oh, ich glaube, er ist ein … vielleicht ein Hornsley? Horsely? *Hawksley*, das ist es. Er ist ein Freund der Familie Russell, wohnt oben im Highbourne House. Seine Mutter kommt von irgendwo aus dem Ausland, ich kann mich nicht genau erinnern, woher …«

»Indien?«, fragte Georgiana.

»Oh, genau! Sie schlaues Ding. Indien. Er stammt aus einer reichen Familie von dort, die irgendetwas mit … Handel zu tun hat. *Neues* Geld, obwohl ich sicher bin, dass sein Vater ebenfalls viel hatte. Früher war er oft mit Jeremiah unterwegs, aber ich habe ihn seit Jahren nicht mehr gesehen. Jetzt ist er eher der ruhige Typ, wobei ich mir sicher bin, dass er das nicht immer war – man sagt, er sei unverschämt reich, aber das sagt man ja über jeden. Und – nett ist er auch«, fügte sie noch hinzu. Sie wurden unterbrochen, als Mr Smith ihnen eine Taschenflasche reichte.

Georgiana versuchte es erneut. »Sind die Hawksleys …«

»Hawksley?« Einer von Mr Russells Freunden unterbrach sie, beugte sich vor und lachte freudlos. »Mit dem würde ich an Ihrer Stelle nicht meine Zeit verschwenden, meine Damen. Das Wort ›Spaß‹ hat dieser Kerl schon vor ein paar Jahren aus seinem Wortschatz gestrichen. Am lustigsten ist er heute noch am ehesten, wenn er eine Krawatte trägt, die nicht ganz zu seinen Strümpfen passt.«

Er griff nach dem Flachmann und nahm ihn an sich, bevor Georgiana einen Schluck getrunken hatte, dann wandte er sich wieder seinen Begleitern zu.

»Meist sieht er furchtbar traurig aus«, sagte Cecily nachdenklich. »Als ob sein Pferd gerade gestorben wäre.«

»Vielleicht ist es das«, überlegte Georgiana.

»Ich hatte einmal ein schönes Pferd, eine Stute«, erzählte Cecily wehmütig. »Sie hieß Hestia. Ich habe ihr alle meine Geheimnisse anvertraut, und ich glaube, sie hat mir wirklich zugehört. Es ist so selten, dass man jemanden findet, der einen wirklich versteht, ob Mensch oder Tier.«

Georgiana fragte sich, ob es sich um einen Scherz handelte. Cecily hatte eine etwas nichtssagende Ausstrahlung, aber sie war sehr ernsthaft und schien keineswegs zu scherzen, als sie von den Gesprächen mit ihrem Pferd erzählte.

»Wo ist der Unterschied?«, antwortete Georgiana, als hätte sie schon alle Arten von Tändeleien hinter sich, und Cecily neigte den Kopf zur Seite und lächelte träge. Alles an ihr vermittelte Georgiana den Eindruck, sie spräche mit einer Art ätherischer Prinzessin, die aus einem anderen Reich stammte. Ihr einziger erkennbarer Makel war vielleicht ein gewisser Mangel an Esprit, aber Georgiana war momentan sicher nicht in der Lage, das zu beurteilen. Was auch immer in der Pfeife gewesen war, war stark, und alles wirkte nun beängstigend konfus.

Es entstand eine Gesprächspause, und Georgiana stellte fest, dass Cecily oder sie mindestens schon eine Minute lang nichts mehr gesagt hatten. Irgendeine kaum wahrnehmbare Änderung in der Atmosphäre, die höchstwahrscheinlich auf ihr pfeifenvernebeltes Gehirn zurückzuführen war, bewirkte, dass Georgiana sich plötzlich von all diesen Menschen eingeengt und bedrängt fühlte. Sie verspürte den starken Wunsch, sich von der Gruppe zu entfernen und näher zu den Lichtern am Ende des Gartens zu gehen. Lichter, dachte sie, waren von Natur aus gut. Menschen hingegen konnten schlecht sein.

Sie entschuldigte sich, trat wenig anmutig durch die Hecke, stolperte mit einem, wie sie hoffte, höflichen und unverfänglichen Gesichtsausdruck den Kiesweg hinunter und konzentrierte sich auf den angenehmen Schein der Lampen, die einzigen hellen Punkte in der Dunkelheit.

So weit vom Haus entfernt war sie ganz allein, die kühle Abendluft hielt die meisten Gäste davon ab, hinauszugehen. Die Unterhaltungen waren nicht mehr als ein leises Murmeln in der Ferne.

Georgiana war guter Dinge, sie hatte es fast bis zu ihrem Ziel geschafft, als wie aus dem Nichts ein paar störende Steinstufen vor ihr auftauchten. Sie bemerkte sie eine Sekunde zu spät, stolperte ziemlich spektakulär über ihren Saum und stürzte. Visionen von gebrochenen Knochen und grässlichen Wunden blitzten vor ihrem inneren Auge auf, doch angenehm überrascht bemerkte sie, dass eine warme feste Hand sie auffing, bevor sie auf dem Boden aufschlug.

»Sie haben mich gerettet«, sagte Georgiana dramatisch und etwas undeutlich.

Ihr Retter lachte kurz und überrascht auf und half ihr vorsichtig, sich auf die Treppe zu setzen. Als er sich neben ihr niederließ, blinzelte Georgiana zu der vom Licht halb erleuchteten Gestalt und sah, dass es kein anderer als Mr Hawksley war.

»Sie sind das!«, sagte sie laut.

Er schien nicht zu wissen, wie er darauf reagieren sollte, und schenkte ihr nur ein leicht angespanntes Lächeln. Aus der Nähe – und sie war ihm *ziemlich* nah – war er unbestreitbar gut aussehend, obwohl er ausgesprochen erschöpft aussah. Er hatte die außergewöhnlichsten Wimpern, die sie je gesehen hatte, und in der Dunkelheit wirkte seine Iris fast schwarz. Es war, ehrlich gesagt, entwaffnend, diese Augen so aufmerksam auf sich gerichtet zu sehen. Fast wollte sie ihr Gesicht schützen, aber zum Glück registrierte irgendein Teil ihres Gehirns, dass das ziemlich verrückt aussehen würde.

Georgiana merkte, dass sie ihn schon seit einiger Zeit schweigend betrachtete.

»Gefällt Ihnen der Ball?«

»Oh? Er ist … sehr angenehm«, antwortete er und sah sich um, als hätte er nicht bemerkt, dass er auf einem Ball war. Seine Stimme war nicht so geschliffen und glatt wie die von Jeremiah Russell, sondern tief und ein wenig heiser wie abgenutzter Samt.

»Ich bin sicher, es ist nichts im Vergleich zu den Bällen, die Sie gewohnt sind«, sagte Georgiana. »Ich bin sicher, Sie besuchen Bälle, die vom preußischen Königshaus ausgerichtet werden, wo Schweine um die Wette rennen … und … exotische Früchte gegessen und Truthähne serviert werden, die in Hühner gestopft sind, die wiederum in Spatzen gestopft sind.«

»Die Spatzen wären in der Mitte«, sagte er ausdruckslos. »Ein Truthahn passt nicht in einen Spatz.«

»Oh«, sagte Georgiana und kam sich dumm vor. »Nun, *Sie* wissen so etwas natürlich. Ich bin sicher, Sie haben fünfzig Hektar Land, fünfzehntausend im Jahr und eine enorme Sammlung großer Hüte.«

Mr Hawksley bewegte sich und wirkte dabei peinlich berührt. Georgiana staunte mit offenem Mund.

»Es stimmt, nicht wahr? Sie haben fünfzig Hektar und fünfzehntausend im Jahr und fast ebenso viele Hüte!«

»Ich habe nicht einmal annähernd fünfzehntausend Hüte. Fünfzig … vielleicht.«

»Oh«, rief Georgiana wieder aus.

Nach dem anfänglichen, durch den Adrenalinschub gestärkten Selbstvertrauen wusste sie nicht, was sie als Nächstes sagen sollte. Sie fragte sich, wie anderen Menschen immer etwas einfiel. Nach einer Weile hatte sie eine Eingebung.

»Ich bin Georgiana Ellers«, sagte sie und streckte ihre Hand aus.

»Thomas Hawksley«, erwiderte er langsam und ergriff ihre Hand, »obwohl mir anscheinend meine Begeisterung für Schweinerennen vorauseilt.«

An dem flüchtigen Handkuss war nichts Geheimnisvolles. Man bekam ihn in einem überfüllten Raum von einem überschwänglichen – oft sehr viel älteren – Herrn, der unangenehmerweise etwas Spucke hinterließ, die man sofort an einem Möbelstück abwischen musste. Doch wenn ein wahnsinnig gut aussehender Fremder in einem verlassenen Garten, der nur vom Flackern ferner Fackeln erhellt wurde, langsam seine Lippen auf die Hand presste, fühlte sich das äußerst intim an.

Leider fand dieser Kuss nur in Georgianas blühender Fantasie statt. Mr Hawksley räusperte sich nur leise und ließ ihre Hand schnell los, als würde sie an einer ansteckenden Krankheit leiden.

»Entschuldigen Sie. Ich weiß nicht, was mich dazu getrieben hat…«, hob sie an.

Er hatte sich umgedreht, um über den Rasen zu blicken. Georgiana war froh, dass er sie in der Dunkelheit nicht erröten sehen konnte. Sie fühlte sich im Nachteil, neben jemandem zu sitzen, der so lässig etwa fünfzig Hüte sein Eigen nennen konnte.

»Es gibt hier eine ganze Menge gut gekleideter Leute, ist Ihnen das aufgefallen?«, fragte Georgiana unvermittelt und zu laut. »Unter den Anwesenden sieht niemand so aus, als hätte er jemals ein Pferd striegeln müssen oder… seine eigenen Schnürsenkel zubinden. Wahrscheinlich denken sie, Pferde würden sich mit langen Zungen selbst striegeln wie Katzen – und der Gedanke an einen Schnürsenkel ist ihnen wahrscheinlich noch nie in den Sinn gekommen. Vermutlich kündigen sie einfach an, dass sie das Haus verlassen möchten, und irgendwo weit unter ihnen macht ein Dienstmädchen irgendetwas Unverständliches, und dann – hurra, sind sie fertig zum Aufbruch!«

Es folgte ein erstauntes Schweigen, das Georgiana für angemessen hielt.

»Ich striegele sehr gern mein Pferd«, sagte Mr Hawksley schließlich. »Ich finde es eine beruhigende Tätigkeit.«

»Aber natürlich«, erwiderte Georgiana grob. »Es ist sehr beruhigend, wenn man *wählen* kann, ob man sein Pferd striegelt oder nicht. Und vor allem, wenn das Striegeln die einzige häusliche Aufgabe des Tages ist, wonach Sie sich an den Kamin zurückziehen können, um… ich weiß nicht, einen Eimer edlen Brandys zu trinken und sich selbst auf die Schulter zu klopfen, weil Sie einen harten Arbeitstag hinter sich gebracht haben.«

»Hm. Pflegen Sie für gewöhnlich Pferde zu striegeln, Miss Ellers?«, fragte Mr Hawksley.

Im Laufe ihres kurzen Gesprächs schien er sich irgendwie entspannt zu haben und lehnte sich nun mit ungezwungener Leichtigkeit gegen die Stufen. Sie beobachtete, wie er sich geistesabwesend mit der Hand durchs Haar fuhr, und sah dann schnell wieder weg. Es war eine recht angenehme Hand, aber sie konnte sich die Stärke der Gefühle, die sie in ihr auslöste, nicht wirklich erklären.

»Ähm, nein. Mein Onkel hat jemanden, der das übernimmt.«

»Ach, verstehe. Es handelt sich also um rein ideologische Ansichten zu den Regeln der Pferdepflege, die nicht auf der Realität Ihres täglichen Lebens fußen?«

Georgiana schwieg. Möglicherweise hatte er in diesem Punkt recht, aber sie sah keinen Grund, ihn das wissen zu lassen.

»Ich weiß sehr wenig über Sie, Miss Ellers, über Ihre Familie, wo Sie leben oder wie Sie zu diesem Ball gekommen sind, umgeben von Leuten, von denen Sie so unbeeindruckt zu sein scheinen …« Georgiana wollte ihn unterbrechen, aber er fuhr fort. »Ich kann nicht behaupten, dass ich einige Ihrer Bedenken über unsere gegenwärtige Gesellschaft nicht teilen würde, aber mir scheint, dass Sie die Leute erst einmal *fragen* sollten, ob sie unter Anflügen von Größenwahn leiden, oder sie vielleicht sogar zunächst in ein höfliches Gespräch verwickeln sollten, bevor Sie sie als schlechte Menschen abtun.«

Er machte Anstalten, aufzustehen. Georgiana konnte sich des Gefühls nicht erwehren, dass sie etwas Falsches gesagt hatte, aber in ihrem derzeitigen Zustand wusste sie nicht, was. Sie wollte nicht, dass er ging, aber ihr fiel nichts ein, was sie hätte sagen können, um ihn aufzuhalten.

»Ich verabschiede mich von Ihnen, Miss Ellers. Ich glaube, Ihre Freunde suchen nach Ihnen.«

Georgiana drehte sich ungeschickt um und sah, wie Frances und Cecily aus dem Ziergarten herausstolperten und dabei ihren Namen flüsterten.

»Übrigens: Ich habe zwar noch nie eine Schweinejagd gesehen, aber ich habe einmal ein Entenrennen erlebt. Das war ziemlich verstörend. Sie hatten kleine Hauben auf.«

Georgiana drehte sich lächelnd um, eine Antwort bereits auf den Lippen – aber er war schon weg und warf einen langen Schatten, als er über den Weg zurück zum Ball ging.

Kapitel vier

Mrs Burton fehlten stichhaltige Beweise dafür, dass ihre Nichte den Abend in unerwünschter Gesellschaft verbracht und sich unerlaubten Aktivitäten hingegeben hatte – Georgiana hatte sich bereits um zweiundzwanzig Uhr zu ihrer Tante und ihrem Onkel gesellt, was eine durchaus respektable Uhrzeit war. Dennoch wies sie Georgianas Erklärung, sie habe einfach zu viel Champagner getrunken, mit einem Tadel ab und hielt ihr auf der Heimfahrt in der Kutsche einen fast einstündigen Vortrag über damenhaftes Benehmen (und die Bedeutung von Anstandsdamen, Bescheidenheit und die richtige Einführung in die Gesellschaft). Georgiana lehnte ihre Stirn an das verblichene Interieur der Kutsche und versuchte, einen unschuldigen Eindruck zu machen und so zu tun, als würde sie aufmerksam zuhören, leider ohne Erfolg. Vielmehr sah sie aus, als litte sie unter Magen-Darm-Beschwerden.

Mit pochendem Kopf stand sie spät am nächsten Tag auf und kam gerade noch rechtzeitig zum Mittagessen mit ihrer Tante und ihrem Onkel, die sie laut und enthusiastisch begrüßten und sie dann misstrauisch beäugten, als sie zusammenzuckte.

Georgiana wusste immer noch nicht genau, was in dieser Pfeife gewesen war, aber sicherlich nicht nur Tabak, so viel stand fest. Sie hatte noch nie erlebt, dass ihr Onkel auf hübsche Lichter zuging oder unkontrolliert zu kichern begann, wenn er nach dem Essen genüsslich rauchte, obwohl er sie zugegebenermaßen einmal schockiert hatte, als er schamlos den obersten Knopf seiner Weste aufgeknöpft hatte.

Die Georgiana, die bei ihren Eltern lebte und ihre Samstagabende damit verbrachte, ihre Bücher nach Erscheinungsjahren zu ordnen, wäre von der Vorstellung, mit wildfremden Menschen geheimnisvolle bewusstseinsverändernde Substanzen zu rauchen, vollkommen entsetzt gewesen, aber sie merkte schnell, dass sie nicht mehr diese Georgiana sein musste. Vielleicht war diese Version ihrer selbst – die sich mit Frances Campbell mit Vornamen ansprach, mit ihren High-Society-Freunden mithalten konnte und herzlich in einen im wahrsten Sinne des Wortes inneren Kreis aufgenommen wurde, der von Rosensträuchern umschlossen war – auch die Art von Person, die so tat, als wären solche Dinge nicht ungewöhnlicher als der Genuss einer besonders gut gebrühten Tasse Tee.

Georgiana stocherte halbherzig in ihrem Essen, als Emmeline kam, um ihnen mitzuteilen, dass jemand nach Georgiana gefragt habe und nun an der Tür warte – eine hübsche dunkelhaarige Person mit einer so beeindruckenden Kutsche, dass sie offenbar einer ausführlichen Beschreibung bedurfte.

»Oh, mein Gott! Das ist Miss Campbell, nicht wahr?«, sagte Mrs Burton laut und schlug sich die Hände vors Gesicht.

»Sie kann Sie hören«, zischte Georgiana sie an.

Die Tatsache, dass Frances zu ihr gekommen war – dass sie ihre Adresse ausfindig gemacht und die Mühe auf sich genommen hatte, sie tatsächlich aufzusuchen –, begeisterte sie in ungebührlichem Ausmaß. Sofort beschleunigte sich ihr Herzschlag, und ihre Handflächen waren feucht, aber jetzt war keine Zeit, das alles zu analysieren.

Es folgte eine kurze und ziemlich absurde Panik, in der Mrs Burton instinktiv ein Stück Käse versteckte, während Georgiana eilig ihren Umhang überwarf und ihre Haube aufsetzte. Mr Burton blieb stoisch und rührte sich nicht – ganz der Fels in der Brandung. Georgiana hatte ihr Mittagessen willkürlich in einen Picknickkorb gepackt und war aus der Tür, bevor ihre Besucherin einen Blick ins Innere des Hauses werfen konnte. Unterstützt wurde sie dabei von Mrs Burton, deren Bedenken hinsichtlich des Anstands von Miss Campbell nur noch von ihrem Entsetzen darüber übertroffen wurde, dass jemand von Frances' Rang das bescheidene und leicht verstaubte Innere ihres Hauses sehen könnte.

In diesem Punkt waren Georgiana und ihre Tante ausnahmsweise einer Meinung.

Frances schien höflich irritiert von der Eile, mit der man sie fortschaffte, willigte aber in den Plan ein, ein Picknick zu veranstalten – schließlich war es ein schöner Tag. Sie wies ihren Kutscher an, sie an einen Ort zu bringen, den Georgiana empfahl – eine ländliche Wiese, zehn Minuten vom Haus entfernt, den schmalen unebenen Weg hinunter. Georgiana hatte sich dort oft allein mit einem guten Buch niedergelassen, eine Angewohnheit, die ihr eine Predigt von Mrs Burton über »das Übel, im Freien zu lesen« eingebracht hatte. Sie ließen sich im Schatten auf einem Teppich nieder, der aus den Tiefen der Kutsche geholt worden war und den Eindruck erweckte, von irgendwoher importiert worden zu sein.

Frances sah erschöpft, aber glücklich aus. Sie lehnte sich lässig nach hinten und stützte sich auf die Ellbogen. Georgiana versuchte, es ihr gleichzutun, als ob ihr nicht gerade eine Million Gedanken durch den Kopf wirbelten; als ob sie nicht so aufgeregt wäre, hier mit Frances unter einem Baum zu sitzen, dass ihr ein bisschen schlecht war.

»Wie war es noch auf dem Ball?«, fragte sie beiläufig und blinzelte, als das gesprenkelte Sonnenlicht ihre Augen streifte und ihr einen Schmerz durch den Kopf jagte. Georgiana fand die Entdeckung, dass amüsantes, aber fragwürdiges Verhalten Konsequenzen hatte, sehr enttäuschend.

»Es war *wundervoll*«, sagte Frances und zog träge Schuhe und Strümpfe aus. Sie trug immer noch die grüne und goldene Seide vom Vorabend, die jetzt etwas zerknittert aussah. Sie streckte sich katzenhaft und wackelte im Gras mit den Zehen. »Jeremiah konnte sich kaum losreißen. Kurz nach Mitternacht wurde es ruhiger, aber er und ich haben uns noch bis in die frühen Morgenstunden unterhalten. Ich habe bei Jane geschlafen – das sind ihre Strümpfe. Ein bisschen kitschig für meinen Geschmack.«

Georgiana bot Frances ein Sandwich an, das sie sofort mit großem Appetit verspeiste.

»Ich erwarte einen Antrag, bevor der Sommer vorbei ist«, sagte sie zwischen zwei Bissen. »Ehrlich gesagt, Gott selbst hätte keine perfektere Partie arrangieren können.«

»Aber … Sie meinen, Sie sind noch nicht verlobt?«, fragte Georgiana und fror in der Bewegung, ihr Sandwich zum Mund zu führen, ein.

Sie hatte angenommen, dass Frances und Jeremiah verlobt seien, so wie sie miteinander umgingen – so *vertraulich*, wie sie gewesen waren. Georgiana wusste nicht, was Gott zu erotischem Handstreicheln vor der Ehe sagen würde, aber sie konnte sich nicht vorstellen, dass er es guthieß.

»Machen Sie sich auf etwas gefasst, Georgiana, denn ich werde Sie in Ihrem Innersten erschüttern – nein, wir sind nicht verlobt«, sagte Frances und rollte mit den Augen. »Oh, sehen Sie mich nicht so an. Es wird jeden Moment passieren. Ich muss sagen, ich fände das Ganze eher lästig, aber die Vorfreude ist, ehrlich gesagt … *köstlich.*«

»Er sieht Sie an, als ob er Sie gern verschlingen würde«, sagte Georgiana und erntete ein verschmitztes Lächeln von Frances.

»Gott, ich hoffe, er tut es«, antwortete sie, und Georgiana schnaubte entsetzt und lachte auf. »Kommen Sie, ich bin nicht die Einzige, die in Janes Garten ihre Possen getrieben hat – ich habe gehört, dass Sie Ihre eigenen Bande geknüpft haben, Georgiana. Miss Woodley sah Sie mit unserem zurückhaltenden Mr Hawksley schäkern. Wissen Sie, er ist ein Rätsel – aber das scheint die Damen nur noch mehr anzulocken.«

»Welche Damen?«, fragte Georgiana und legte ihr Sandwich wieder ab, ohne dass sie davon abgebissen hatte.

»Ach, wissen Sie.« Frances machte eine wegwerfende Handbewegung. »Alle. Er ignoriert sie alle, die Ärmsten. Natürlich ist Jeremiah auch sehr begehrt – viele haben es versucht, und viele sind gescheitert. Ich kann es kaum erwarten, ihre enttäuschten armen kleinen Gesichter zu sehen, wenn wir unsere Verlobung bekannt geben. Aber kommen Sie, wechseln Sie nicht das Thema – Mr Hawksley. Ich will alle schmutzigen Details wissen.«

»Da gibt es nicht viel zu erzählen«, sagte Georgiana wahrheitsgemäß und strich sich die Krümel von ihren Röcken. »Wir haben nur … über den Ball und die Gäste und ein wenig über … Pferde gesprochen.«

Das war eine Unterlassungslüge, aber Frances musste ja nicht wissen, wie sehr sie sich vor Mr Hawksley blamiert hatte, und auch nicht von ihrer Unterstellung, jemand wie Frances verstünde das Konzept eines Schnürsenkels nicht. Immerhin hatte sie gerade gesehen, wie ihre Freundin ihre Schuhe aufgebunden hatte, sodass dieser Punkt zu Mr Hawksleys Gunsten ausgegangen war.

Selbstverständlich war es unvermeidlich, dass er die Aufmerksamkeit der Frauen auf sich zog – er war wohlhabend und geheimnisvoll und hatte Wimpern, die mit denen eines neugeborenen Kalbs vergleichbar waren –, dennoch ärgerte es Georgiana, die natürlich wusste, dass sie absolut keinen Anspruch auf ihn hatte. Sie war sich nicht sicher, warum er sie so faszinierte, aber aus irgendeinem Grund sehnte sie sich danach, in seiner Gunst zu stehen.

Wenn sie ehrlich war, erschien ihr das nicht sonderlich wahrscheinlich, es sei denn, er hatte eine besondere Vorliebe für Beleidigungen.

»Jeremiah und ich haben gestern Abend über ihn gesprochen. Er lebt eigentlich das ganze Jahr über hier, wissen Sie – anders als wir anderen kommt er nicht nur im Sommer her. Vor ein paar Jahren haben wir ihn öfter gesehen, er gehörte auf Bällen oft zu den Aufrührerischen, doch dann verschwand er auf mysteriöse Weise und ist erst jetzt wieder aufgetaucht. Das ist wahrscheinlich das Interessanteste, was er je getan hat, und das spricht Bände – ich glaube nicht, dass ich es seitdem geschafft habe, ein richtiges Gespräch mit ihm zu führen. Er hat ein *beträchtliches* Erbe, und ich weiß, dass er die Geschäfte seiner Familie leitet. Da war etwas … mit seiner Familie, Jeremiah hat so etwas angedeutet, aber er ist nicht ins Detail gegangen – nun, er war abgelenkt.« Sie grinste, und Georgiana fragte sich, was genau Frances getan hatte, um ihn abzulenken. »Das einzige Problem ist, dass all diese Verantwortung ihn unerträglich langweilig gemacht hat. Ich fürchte, ihn zu heiraten wäre wie die Heirat mit einem besonders gut vernetzten Besenstiel.«

»Mir schien er ganz erträglich«, sagte Georgiana und dachte, dass er wahrscheinlich nicht dasselbe von ihr sagen konnte.

»Ach ja? Na, jedem das Seine. Ich kann mir jedenfalls nicht vorstellen, ein Haus einzurichten und ein Leben lang Bälle am Arm eines Mannes zu feiern, der sich derart weigert, sich zu amüsieren. Er trinkt kaum, er raucht nicht. Sein bevorzugtes Hobby scheint es zu sein, für unangenehme Gesprächspausen zu sorgen und seine Hände zu studieren. Er ist natürlich sehr höflich, sehr nett.« Sie schüttelte sich theatralisch.

Georgiana konnte nicht verstehen, warum Frances so versessen darauf war, Mr Hawksleys Charakter niederzumachen; wahrscheinlich hatte sie noch nie so nah bei ihm gestanden, um von seinen Wimpern bezaubert zu werden.

»Ihre anderen Freunde – waren sehr nett«, sagte sie, um das Thema zu wechseln, und biss endlich in ihr Sandwich.

»Oh, meine Hofdamen«, sagte Frances lachend. »Jane ist eine harte alte Nuss, aber eigentlich ist sie ganz in Ordnung. Ich kenne sie schon ewig – seit wir Kinder waren. Ich fürchte allerdings, dass sie mit dem Alter immer anstrengender wird. Sie scheint ihre eigenen Bälle kaum noch zu genießen. Cecily ist amüsant. Sie sieht schrecklich gut aus, das ist nicht zu übersehen, aber sie ist nicht gerade … Nun, sie wird nicht als erste Frau Teil der Regierung werden, so viel steht fest. Aber sie ist unterhaltsam, immer für jede Schandtat zu haben, und sie hat so schöne Brüder. Natürlich alle schon verheiratet«, sagte sie mit einem wehmütigen Seufzer. »Alle sind so groß und schön wie sie. Ich dachte, die Jüngsten würden sich für mich interessieren, aber ihre Mutter hat sie so schnell wie möglich mit ein paar frischen Mädchen der Gesellschaft in London verlobt.«

»Mr Smith scheint Sie sehr zu mögen«, wagte Georgiana zu sagen. »Haben Sie und er jemals …?«

Frances schaute sie ehrlich erstaunt an, warf dann den Kopf zurück und lachte.

»Oh, nicht Jonathan! Der arme Mann, Sie verleumden ihn. Er ist wie ein Bruder für mich – und ich will Sie nicht schockieren, Georgiana, aber ich bin ganz und gar nicht sein Typ. Er ist ein eingefleischter Junggeselle im reifen Alter von zweiundzwanzig Jahren.«

Georgiana hatte absolut keine Ahnung, wovon sie sprach, und schaffte es nicht, eine entsprechende Miene aufzusetzen, um etwas anderes vorzutäuschen.

»Er ist ein Mann für Männer, Georgiana. ›Zutritt für Damen untersagt‹, wie in diesen Clubs in der Stadt.«

»Oh!«, sagte Georgiana, und ihr Gesicht rötete sich, als sie endlich begriff. »Sie meinen …?«

»Ich bin mir ziemlich sicher, dass ich gestern gesehen habe, wie er mit einem von Jeremias schrecklichen Freunden hinter dem Gewächshaus verschwand«, sagte sie und zog eine dunkle Augenbraue hoch.

»Oh«, sagte Georgiana wieder, und ihre Gedanken rasten.

Sie hatte schon von solchen Männern gehört – wenn man sich auch nur etwas mit der klassischen griechischen Literatur beschäftigte, lernte man eine ganze Reihe von ihnen kennen –, aber soweit sie wusste, hatte sie noch nie einen persönlich kennengelernt. Mr Smith war ihr nicht im Geringsten sonderbar oder teuflisch vorgekommen – jedenfalls nicht mehr als die anderen. Georgiana hatte sich sogar mehr für ihn erwärmt als für die anderen.

Sie konnte nur erahnen, was ihre Tante dazu sagen würde – schließlich war sein Verhalten gesetzwidrig –, aber irgendwie, dachte Georgiana, verlieh ihm das einen gewissen romantischen Reiz. Er war bereit, alles zu riskieren, das Gesetz für die Liebe zu brechen – oder für was auch immer die Leute hinter den Gewächshäusern taten.

Frances schien recht zufrieden, dass es ihr gelungen war, sie zu schockieren. Georgiana begriff, dass sie ihre Nähe, seine häufigen Blicke durch den Rosengarten, falsch interpretiert hatte. Es waren keine sehnsuchtsvollen Blicke, vielmehr wachte er aufmerksam über seine liebe *Franny.*

»Er hat großes Glück, dass wir alle so geübt im Wegsehen sind«, sagte Frances. »Eine Zeit lang haben wir sogar so getan, als würden wir uns den Hof machen. Er wollte die Leute von der Spur ablenken, und sie haben uns bereitwillig geglaubt. Das Ganze flog jedoch auf, als eine Gruppe von uns ihn auf meiner Geburtstagsfeier splitterfasernackt mit diesem schrecklichen Italiener im Billardzimmer vorfand.« Bei der Erinnerung daran rümpfte sie die Nase und seufzte. »Er und Christopher sind immer kurz davor, sich gegenseitig umzubringen. Ehrlich gesagt, wünschte ich, Jonathan würde sich beeilen und ihn mit einer seiner grässlichen Krawatten erdrosseln. Christopher ist so von der Idee besessen, ein Frauenheld zu sein, dass er nicht bemerkt, dass alle Frauen ihn abstoßend finden. Ehrlich, der Junge ist der leibhaftige Teufel in protzigem Zwirn. Wir dulden ihn nur, weil er über beste Verbindungen verfügt, um Nachschub für die Laster zu besorgen, denen wir alle gern frönen. Er ist ein Cousin zweiten Grades von Jane, und er ist mit Jeremiah zur Schule gegangen. Steigen Sie nicht allein mit ihm in eine Kutsche und trinken Sie nichts, was er Ihnen gibt und was er nicht selbst trinkt. Eigentlich nicht einmal dann, *wenn* er es selbst trinkt, denn wahrscheinlich ist er inzwischen gegen fünfzig verschiedene Arten von Gift immun.« Georgiana musste ein entsetztes Gesicht gemacht haben, denn Frances lenkte ein wenig ein. »Na gut, so schrecklich ist er auch wieder nicht. Es geht nur manchmal etwas mit ihm durch – aber passiert uns das nicht allen ab und zu?«

Die wildeste Nacht, die Georgiana je erlebt hatte, lag erst vierzehn Stunden zurück, und das hatte sie allein Frances zu verdanken, aber sie nickte, als ob auch ihr nachgesagt würde, sie sei halb nackt im Mühlenteich eines Fremden geschwommen.

»Es sind nicht immer nur wir fünf, manchmal verpassen Leute ein paar Saisons oder sind auf einmal verheiratet. Bislang scheinen wir diesen Sommer die einzigen Überlebenden zu sein. Letztes Jahr waren wir acht und hätten fast das Sommerhaus von Henrietta King abgebrannt, also hat eine kleinere Gruppe wahrscheinlich nur Vorteile. Wir haben natürlich Dutzende von Bekannten, und dann ist da noch Jeremiahs Kreis. Aber ich denke, es ist am besten, eine kleinere Gruppe von wirklich festen Freunden zu haben, finden Sie nicht auch?«

»Ja, selbstverständlich«, sagte Georgiana, in der Hoffnung, dass ihr Gesichtsausdruck nicht verriet, wie sehr sie hoffte, dass aus den fünf sechs wurden. Sie war sich sicher, dass sie die Gruppe um sie erweitern könnten, ohne Gefahr zu laufen, Brandstiftung zu begehen.

»Meine Eltern hatten eigentlich erwogen, dieses Jahr zur Abwechslung mal woanders hinzufahren, aber ich habe darauf bestanden, herzukommen. Im September ist Jeremiah wieder in Manchester, und ich kehre nach London zurück. Zweihundert Meilen mit der Kutsche ist der Liebe sicher nicht zuträglich, es hängt also alles von diesem Sommer ab. Aber ich glaube schon jetzt, dass es ein ganz besonderer Sommer werden wird.«

Der bevorstehende Sommer, von dem Georgiana ausgegangen war, er würde sich unendlich trostlos hinziehen, verwandelte sich plötzlich in eine Zeit voller Verheißungen. Vielleicht, so dachte sie, würde es nicht so eintönig und einsam sein, wie sie es befürchtet hatte; vielleicht war sie für Größeres bestimmt. Wenn ein gewisses Maß an Unangemessenheit der Preis war, den sie dafür zahlen musste, dann sei dem so.

Frances Campbell musste nicht wissen, dass sie all ihre vorherigen Sommer damit verbracht hatte, Schach zu spielen, allein Chaucer zu lesen und kaum zu träumen gewagt hatte, dass es eine andere Art zu leben geben könnte. Frances und ihre Freunde waren schlagfertig, schillernd und so lebendig. Georgiana sehnte sich danach, dazuzugehören. Sie wünschte sich, in der Gesellschaft der Dugrays, Woodleys und Campbells gesehen zu werden und in diesem Kreis einen Lebenssinn zu finden. Sie wünschte sich Abende voller Gelächter und wilder Eskapaden, sie wünschte sich Einladungen, die die Burtons einfach nicht erhielten. Sie wollte in Frances' Haus in London eingeladen werden, sie hoffte auf eine Freundschaft, die über die Sommerabende hinausging und sich auf Aufenthalte zu Michaeli und Weihnachten erstreckte. Und sie wollte unbedingt an Gesellschaften mit Fremden mit gelocktem Haar teilnehmen, die sich weigerten, über unzüchtige Witze zu lachen, die seltsam faszinierende Hände hatten und die ihre Pferde nur zum Vergnügen striegelten.

»Es tut mir leid wegen meiner Mutter neulich Abend«, sagte Frances, seufzte und griff nach einem weiteren Sandwich. »Sie war nicht immer so eine Zicke. Sie und mein Vater haben immer die wunderbarsten Gesellschaften gegeben. In letzter Zeit war er ein richtiger Mistkerl, immer auf Auslandsreisen, und wenn er da ist, hört man sie überall im Haus streiten. *Eheglück,* wissen Sie.«

»Ach, das war doch nichts«, sagte Georgiana. »Hätte meine Tante uns entdeckt, hätte man mich in die Kutsche verfrachtet und direkt in ein Kloster gebracht.«

Frances lachte. »Wahrscheinlich wäre es das Beste für uns, George, damit wir keinen Ärger bekommen«, sagte sie und tätschelte liebevoll Georgianas Bein.

Georgiana errötete vor Freude über die Vertrautheit und den Kosenamen und griff nach einem weiteren Sandwich, um ihr Gesicht dahinter zu verbergen, doch der Korb war leer.

»Oh, verdammt, ich habe dein ganzes Mittagessen aufgegessen«, sagte Frances. »Du musst bald zu mir nach Hause kommen, dann können wir dich ordentlich füttern. Es wird dir gefallen – wir haben die liebsten Hunde und die besten Pferde in der ganzen Gegend. Vater scheint unendlich viele von ihnen zu sammeln, obwohl er sie nur noch selten ausführt. Wir könnten an einem Nachmittag ausreiten. Es sei denn, du hast andere Pläne.«

Frances ahnte ganz offensichtlich, dass Georgiana keine anderen Verpflichtungen hatte. Ein Moment stillschweigenden Einvernehmens verging, und Georgiana erkannte, dass ihre neue Freundin, auch wenn sie keine Einzelheiten über ihr Leben wusste, nicht dumm war. Ihr war durchaus bewusst, was sie in diese Freundschaft einbrachte und woran es Georgiana mangelte. Sollte sie morgen beschließen, sie zu meiden, würde Georgiana den Rest des Sommers – vielleicht den Rest ihres Lebens – damit zubringen müssen, in Mrs Burtons Salon pastellfarbene Albträume zu sticken und dabei an die wenigen glorreichen Tage zu denken, die sie in der Gesellschaft der geschätzten Miss Campbell verbracht hatte.

Frances verkehrte wissentlich unter ihrem Niveau. Georgiana konnte sich nicht vorstellen, warum, aber sie kannte ihre Rolle: es hinnehmen und dankbar sein.

Und sie *war* dankbar. Unermesslich dankbar. Frances konnte jeden Tag alle ihre Sandwiches essen, solange sie befreundet waren, und Georgiana würde kein Wort sagen.

»Nein. Ich habe noch nichts anderes vor«, sagte Georgiana schließlich.

»Ausgezeichnet«, erwiderte Frances mit einem Grinsen, stand auf und reichte Georgiana die Hand. »Komm schon, George. Zieh die Stiefel aus. Ich habe dort hinten einen Bach gesehen, in den ich unbedingt meine Füße eintauchen möchte.«

Kapitel fünf

Die sanften Ermahnungen von Mrs Burton waren fast so quälend, als wenn sie sie offen schalt. Wenn man sie nicht provozierte, war sie eine recht sanftmütige Frau – sie jammerte und klagte gern, wenn es um Gesellschaften und Anstand ging, aber sie war eine freundliche Seele, die es gut meinte. Gleich nachdem Georgiana von ihrem Ausflug zurückgekehrt war, hatte sie ihr jedoch klargemacht, dass sie ihre neue Freundschaft nicht guthieß. Und nichts wies darauf hin, dass sie bei diesem Thema lockerlassen würde. Mr Burton, der schweigend hinter seiner Zeitung saß, ließ sie gewähren.

»Unter anderen Umständen würde ich die Verbindung empfehlen, Georgiana – aber deine Mutter und dein Vater haben dein Wohlergehen in unsere Hände gelegt, und sollten sie aus ihrem Urlaub zurückkehren und deine Gesellschaft auf dem Land hat für Klatsch und Tratsch gesorgt, würde ich mir das nicht verzeihen.«

»Es ist wohl kaum ein Urlaub, Tante, es sei denn, sie hätten das Haus versehentlich verkauft«, erwiderte Georgiana und hängte ihren Umhang auf. Sie wollte an Mrs Burton vorbei und in der Stille der Bibliothek Zuflucht suchen.

»O nein, das tust du nicht! Ich verstehe durchaus, dass du dich nach Gesellschaft sehnst, aber Miss Campbell ist nicht die richtige Wahl. Ich werde jemanden finden, der dich unter die Fittiche nimmt und dir die Vorzüge der Gegend zeigt. Selbstverständlich waren die Zügel bei dir zu Hause lockerer – und vermutlich kann ich meiner Schwester keinen Vorwurf machen, da sie in letzter Zeit so abgelenkt war –, aber das hat jetzt ein Ende.«

Georgianas Drang, die Augen zu verdrehen, war so stark, dass ihr Kopf schmerzte, so sehr musste sie sich beherrschen. Während sie sich die Handschuhe auszog, betrachtete sie aufmerksam Mr Burtons Rücken und bemerkte, dass sich die Nähte seiner Jacke an der Schulter gelöst hatten. Ihre Tante hatte recht, wenn sie annahm, dass ihre Mutter und ihr Vater nie besonders auf ihr Kommen und Gehen geachtet hatten – sie waren tatsächlich oft ihren Geschäften nachgegangen, als hätten sie gar keine Tochter. Georgiana hatte sich an diesen Zustand gewöhnt und wollte nicht, dass jemand großes Aufheben um sie machte und sich einmischte. Mrs Burton seufzte, machte ein abfälliges Geräusch, griff dann nach den Briefen, die auf dem Tisch lagen, und ging sie durch. Als sie fand, wonach sie gesucht hatte, hielt sie es triumphierend in die Höhe.

»Aha! Miss Walters ist in der Stadt! Die Enkelin meiner lieben Freundin Mrs Walters – sie ist etwa in deinem Alter. Schauen wir mal – eine Miss Betty Walters, ein aufgewecktes junges Mädchen, sehr begabt in Schönschrift und Handarbeit. Sie hat bei ihren Cousins und Cousinen gelebt, kommt nun jedoch her, vielleicht für immer. Betty Walters wäre eine gute Gesellschaft für dich. Ich werde sofort etwas arrangieren.«

»Sie sollten nichts dergleichen tun!«, rief Georgiana, die sich nicht länger beherrschen konnte. »Ich bin mir sicher, dass Miss Betty Walters Ihrer Einschätzung nach ein kluges junges Mädchen ist und somit überaus langweilig. Ich kann mir nichts Unerträglicheres vorstellen, als meine Freizeit mit jemandem zu verbringen, der für seine *schöne Schrift und seine Handarbeit* gelobt wird. Ehrlich gesagt, wenn das alles ist, was Mrs Walters an Vorzügen einfällt, um ihre Enkelin anzupreisen, dann hätte sie genauso gut sagen können, dass Betty es versteht, in regelmäßigen und höchst angenehmen Abständen ein- und auszuatmen.«

Mrs Burton schnaubte, wurde rot und zauderte. Sie öffnete den Mund, um zu sprechen, schloss ihn aber wieder und schaute hilfesuchend zu Mr Burton. Seine Augenbrauen lugten hinter der Zeitung hervor, und Georgiana konnte sehen, dass er die Stirn runzelte.

»Du gehst zu weit«, sagte Mrs Burton schließlich, bevor sie mit rauschenden Röcken gekränkt aus dem Zimmer stürmte. Georgiana bekam ein schlechtes Gewissen, und ihr Magen zog sich vor Schuldgefühlen zusammen.

Einen Moment lang herrschte Schweigen, dann senkte Mr Burton zu Georgianas Erstaunen die Zeitung. Er hegte eine derart große Abneigung gegen Konflikte und Dramatik jeglicher Art, dass sie erwartet hatte, er werde vorgeben, nichts gehört zu haben.

»Georgiana«, sagte er mit der festen tiefen Stimme, die sie so selten hörte, »man kann sich selbst durchaus für *zu* schlau halten. Du tätest besser daran, deinen Verstand dazu zu nutzen, dich und die Menschen um dich herum zu verbessern, anstatt deine Klugheit in Grausamkeit ausarten zu lassen.«

Dann schlug er die Zeitung wieder auf, und sein Kopf verschwand dahinter. Georgiana starrte ihn an.

Es blieb ihr wohl nichts anderes übrig, als es bei Mrs Burton wiedergutzumachen, indem sie sich auf einen Nachmittag mit Miss Walters einließ – einem Mädchen, von dem sie bereits jetzt fand, womöglich zu Unrecht, dass es ungefähr so unterhaltsam war wie ein Aderlass.

Mrs Burton sprach nun so gut wie gar nicht mehr mit Georgiana. Gelegentlich bat sie ihren Mann, Informationen oder Fragen an ihre Nichte weiterzugeben, aber da Mr Burton von Natur aus wortkarg war, erreichten sie selten ihr Ziel. Infolgedessen erfuhr Georgiana erst einen Tag vorher, dass sie und die Burtons zu einem gemeinsamen Ausflug eingeladen worden waren, um das schöne Juniwetter zu nutzen – ein Picknick mit einigen Familien, die ebenfalls am Stadtrand wohnten.

Mrs Burton unterhielt sich nun, da sie nicht mehr mit ihrer Nichte sprechen konnte, häufiger mit der Köchin Marjorie, und so erfuhr Georgiana von ihrem Ausflug, als sie im Flur herumschlich. Ihr Lauschen trug noch weitere Früchte, als sie hörte, wie Mrs Burton berichtete, wer teilnehmen würde: Nachbarn und Freunde, die Georgiana nicht im geringsten interessierten, und natürlich »Mrs Walters wird mit ihrer Enkelin kommen – ich hoffe nur, dass es eine gewisse junge Dame, die in letzter Zeit recht dickköpfig war, zur Vernunft bringt, wenn sie sieht, wie sich eine Lady benehmen sollte.«

Ein sehr kindischer Teil von Georgiana überlegte, sie in dramatischer Weise zu unterbrechen und ihren Streit von Neuem zu beginnen, aber ihr war klar, dass es nichts Gutes bringen konnte, ihre Tante weiter zu verärgern. Wenn überhaupt, sollte sie um der armen Marjorie willen Wiedergutmachung leisten. Diese hatte Georgiana einmal hinter dem Rücken ihrer Tante bedeutet, sich erhängen zu wollen, um keine weiteren Klagen über das Reetdach des Nachbarn hören zu müssen.

Georgiana kehrte in ihr Zimmer zurück – sie brauchte drei Anläufe, um die verzogene Tür zu schließen –, dann ließ sie sich seufzend in den Stuhl an dem winzigen Schreibtisch vor dem Fenster fallen. Sie würde Miss Walters bei diesem Picknick kennenlernen und ganz und gar höflich und freundlich sein. Aber es gab keinen Grund, warum es ihr nicht erlaubt sein sollte, auch ein wenig Spaß nach ihrem Geschmack zu haben.

Georgiana nahm sich nicht die Zeit, lange darüber nachzudenken und ihre Meinung womöglich noch einmal zu ändern, sie öffnete die Schreibtischschublade und tastete nach Feder, Papier und Tinte, die sie von unten gestohlen hatte, als sie überlegt hatte, ihren Eltern zu schreiben. Sie schrieb eine eilige Notiz an Miss Frances Campbell und machte sich sofort auf die Suche nach Emmeline, wobei sie darauf bestand, dass der Brief noch in dieser Stunde zugestellt wurde.

Sicherlich konnte Mrs Burton ihr nicht böse sein, wenn Frances aus eigenem Antrieb bei dem Picknick aufzutauchen schien – und Georgiana blieb vielleicht ein Teil der endlosen unvermeidlichen Gespräche mit Miss Walters über die Vorzüge einer guten Handschrift erspart.

Einige Stunden, nachdem die anfängliche Aufregung über ihre Idee abgeklungen war, wurde Georgiana äußerst nervös, lief im Haus umher und ordnete Dinge spontan neu. Im besten Fall erschien Frances *nicht,* und Georgiana verschwendete einfach einen schönen sonnigen Tag in öder Gesellschaft – denn wenn sie kam, konnte sich Georgiana jetzt alle möglichen Katastrophen vorstellen. Diese Freundschaft war noch frisch und äußerst zerbrechlich; eine dumme Bemerkung ihrer Tante über Brückenreparaturen könnte das Ganze zum Einsturz bringen.

Am nächsten Tag brachen sie am Vormittag zu einem weitläufigen Anwesen auf, das einem jungen Grafen namens Haverton gehörte. Er stellte seine gepflegten Gärten der Öffentlichkeit zur Verfügung, da er so selten zu Hause war. Es war ein angenehmer Tag ohne eine einzige Wolke am Himmel, und die Hitze der Sommersonne wurde durch eine leichte Brise gemildert. Mrs Burton machte viel Aufhebens um das Ausbreiten der Decken und das Auspacken des Picknicks, doch nachdem sie sich erst einmal eingerichtet hatten, empfand Georgiana die Situation als überraschend angenehm. Es waren etwa zehn oder elf Familien anwesend, und als sie sich alle wieder miteinander vertraut gemacht und die Frauen Neuigkeiten und Klatsch über ihre Tiere, Kinder und Ehemänner (in dieser Reihenfolge) ausgetauscht hatten, konnte sie in Ruhe den Gesang der Vögel genießen, den Geruch von Gras und das leise Gemurmel von Gesprächen, an denen sie sich nicht beteiligen musste. Paare schlenderten vorbei, die Damen am Arm des Herrn, und drüben auf dem Zierteich ging eine Schar aggressiver Schwäne aufeinander los.

Frances würde nicht zu diesem Picknick kommen, beruhigte sich Georgiana. Vielmehr würde Frances eher auf der Straße erschossen werden, als auf Mrs Burtons leicht haarigen Pferdedecken Platz zu nehmen. Sie konnte sich nicht vorstellen, dass Miss Campbell mit den Burtons müßig über das Wetter plauderte, genauso wenig wie sie sich vorstellen konnte, dass ihre Tante und ihr Onkel eine Einladung zum unerlaubten Drogenkonsum im Gebüsch annehmen würden.

Georgiana war sehr erleichtert, die Angelegenheit in ihrem Kopf geklärt zu haben, und ließ gerade einen kleinen freudigen Seufzer über ihre Lippen kommen, als sie eine stämmige junge Frau entdeckte. Sie kam zielstrebig am Arm einer älteren Dame auf sie zu, deren Gesicht trotz der Schönheit des Tages recht griesgrämig wirkte.

Miss Betty Walters – denn es schien nahezu sicher, dass sie es war – war mollig, hatte ein eher schlichtes Gesicht und war sehr blond. Die einzigen Stellen, die nicht die Farbe von Stroh hatten, waren ihre rosigen Wangen und ihre wässrig blauen Augen. Sie verzog den Mund zu einem Lächeln, aber ihre Augen wirkten verängstigt, als ob sie jeden Moment damit rechnete, ihr friedliches Picknick werde von Wölfen überfallen.

Obwohl sie sich vehement gegen dieses Treffen gewehrt hatte, hielt Georgiana es in ihrem neuen entspannten Zustand für großzügig, dem armen Mädchen eine Chance zu geben. Schließlich waren weder ein Stift noch eine Nadel in Sicht.

Mrs Burton schien zu vergessen, dass sie gerade nicht mit ihrer Nichte sprach, und begann sofort begeistert, alle einander vorzustellen. Miss Walters errötete noch mehr und setzte sich unbeholfen neben Georgiana, woraufhin eine unangenehme Pause entstand.

»Wie gefällt Ihnen die … Gegend?«, wagte sich Georgiana vor, um das Schweigen zu brechen.

»Oh! Überaus ansprechend!«, sagte Betty und keuchte fast vor Erleichterung, dass ihr eine Frage gestellt worden war, die sie beantworten konnte. »Nun – in der Stadt selbst bin ich noch nicht gewesen, aber das werde ich morgen nachholen. Wissen Sie, es gibt hier so viele wunderbare Einfahrten und Zaunpfähle – überall, wo ich hinschaue, denke ich, was für ein *schönes* Haus sich hinter diesem Zaun … oder dieser wunderbaren Einfahrt befinden muss. Natürlich sind viele Häuser von der Straße aus nicht zu sehen, aber man kann sie oft nach der Qualität des Kieses beurteilen.«

Georgiana biss sich auf die Lippe und neigte den Kopf ein wenig, sodass der Schatten ihrer Haube ihren nicht gerade freundlichen Gesichtsausdruck verdeckte.

»Ja«, sagte sie, als sie sich wieder gefasst hatte. »So ein wunderbarer Kies, wirklich.«

»Ich frage mich – ja, ich frage mich übrigens auch, woher man Kies bekommt. Ich kann mir nicht vorstellen, dass er auf natürliche Weise in so kleinen Stücken aus dem Boden kommt. Vielleicht ist es wie mit dem Sand an den

Stränden? Oder vielleicht nehmen sie einen größeren Felsen und bearbeiten ihn mit Schlägeln und Äxten, bis er ganz zerbrochen ist. Oh, Großmutter …« Ihre Großmutter, die sich mit Mrs Burton unterhalten hatte, sah auf. »Wissen Sie, woher der Kies kommt?«

»Kies, Liebes?«, fragte Mrs Walters und schien verwirrt. »Kies?«

»O ja, Kies. Kies für Einfahrten. Kleine Steine – Kieselsteine und Ähnliches.«

»Darüber wage ich nicht zu spekulieren«, antwortete Mrs Walters und wandte sich wieder Mrs Burton zu.

»Ah! Ja.« Nachdem es ihr nicht gelungen war, ihre Großmutter in das Gespräch einzubinden, um sie zu retten, wirkte Miss Walters geradezu panisch. »Auf jeden Fall hat er oft sehr schöne Farben. Alle Schattierungen von Grau und Weiß und Braun – und dunkleres und helleres Braun …«

»Ich denke, das Thema Kies ist vielleicht jetzt erschöpft«, sagte Georgiana entschlossen und fragte sich, wie lange Betty ihre Liste ohne ihr Eingreifen fortgesetzt hätte. »Waren Sie schon auf vielen Gesellschaften, seit Sie hier sind?«

»Oh! Noch nicht – aber ich hoffe es, ich hoffe es *sehr*, ich liebe Gesellschaften. Zu Hause haben wir so fröhliche kleine Zusammenkünfte – es gibt Essen und Getränke, und wenn wir Glück haben, wird getanzt, und alle sehen so gut aus in ihren Kostümen, und – wir tanzen und essen und trinken. Ich glaube, es hilft, einen ganz kleinen Schluck zu trinken, vielleicht ein bisschen mit Wasser verdünnten Wein – dann ist man nicht so befangen –, na ja, es ist dann etwas leichter, sich zu unterhalten, glaube ich.«

Georgiana konnte sich nicht vorstellen, dass noch so viel Alkohol Bettys Konversationsfähigkeiten verbessern würde. Zumindest schien sie sich selbst fast so lächerlich zu finden, wie Georgiana sie fand. Sie errötete jetzt noch mehr, offensichtlich gedemütigt von den Dingen, die aus ihrem eigenen Mund gekommen waren.

Georgiana wusste, dass sie Mitgefühl mit ihr haben sollte, aber in Miss Walters' Blick lag eine derart starke Sehnsucht, ihr war so deutlich anzumerken, wie sehr sie dazugehören wollte, dass Georgiana sie kaum ansehen konnte. Es zeigte sich in ihren geballten Fäusten, den Schweißperlen auf ihrer Stirn und der entschuldigenden kleinen Grimasse, die sie zog, sobald sie zu Ende gesprochen hatte. Die unangenehme Wahrheit war, dass Georgiana, wäre sie nicht zufällig Frances in den dunklen Gängen der Gadforths begegnet, bei diesem Picknick vielleicht ebenso verzweifelt nach einer Freundin gesucht hätte. Zugegeben, sie würde sich niemals lächerlich machen, indem sie wie ein Wasserfall über die Vorzüge von Zaunpfählen spräche – sie hoffte inständig, dass sie generell einen deutlich besseren ersten Eindruck machte –, aber dass Betty keine Freunde hatte, was sie und Georgiana vielleicht verbunden hätte, war ihr so deutlich anzusehen wie ein Ausschlag. Wenn sie sie ansah, war es, als sähe sie ihre eigene frühere Verzweiflung wie in einem Spiegel, und Georgiana reagierte mit einem Anflug von Abscheu, als ob so etwas ansteckend wäre.

Miss Walters redete weiter, sagte aber nichts von Bedeutung. Georgiana machte leise unverbindliche Laute, wenn es angebracht war, und versuchte, sich durch das ständige Geplapper nicht von dem herrlichen Tag ablenken zu lassen. Sie ließ den Blick über die weiten üppigen Rasenflächen zum See wandern, dann zum Obstgarten – und hielt abrupt inne. Zwischen den Ästen mit unreifen Früchten konnte Georgiana eine vertraute schwarze Kutsche erkennen, die von zwei glänzenden Pferden gezogen wurde und just zum Stehen kam. Sie beobachtete, wie fünf wohlgeformte Gestalten leichtfüßig heraustraten, sich beieinander einhakten und Witze machten. Ihr Lachen drang bis zu ihr herüber.

Wenn Georgiana sich nicht sehr täuschte, hatte Frances sich über alle Vernunft hinweggesetzt und beschlossen, doch an diesem bescheidenen Picknick teilzunehmen.

Georgiana war nicht die Einzige, die überaus erstaunt darüber war, dass Frances und ihre Freunde gekommen waren. Der Rest der Gesellschaft begann, zu tuscheln und zu flüstern, sobald sie bemerkten, dass die Neuankömmlinge sich ihnen näherten. Georgiana kam sich plötzlich genauso unbeholfen vor wie Miss Walters und beobachtete mit hochrotem Kopf, wie Frances' Augenbrauen tanzten, als sie sich unterwegs zu Jonathan hinüberbeugte, um ihm etwas ins Ohr zu flüstern. Georgiana hatte keine Ahnung, was sie hier taten – was sie alle dazu veranlasst haben könnte, einen Nachmittag zu opfern, den sie sicher normalerweise damit verbracht hätten, auf ihren weitläufigen Rasenflächen importierte Spirituosen zu trinken oder Bürgerliche zu jagen, oder was auch immer sehr wohlhabende Leute taten, um sich die angenehmen Sommerstunden zu vertreiben. Eines schien sicher: Wenn Frances sah, dass sie mit Betty Walters sprach, war sie auf jeden Fall erledigt.

Mrs Burton blickte voller Argwohn von Frances zu Georgiana, aber ihre Nichte wirkte so ehrlich erstaunt, dass sie nicht ihre Finger im Spiel haben konnte, wie sie zufrieden feststellte.

Diejenigen der Gesellschaft, die am äußersten Rand saßen, erhoben sich, um die Neuankömmlinge zu begrüßen, und nach vielem aufgeregtem Knicksen und Verbeugen erreichten Frances und ihre Begleiter die Ecke der Burtons. Alle anderen setzten sich wieder hin, doch Frances und ihre Freunde blieben stehen. Das brachte Georgiana in eine ziemlich unangenehme Lage. Nachdem sie sich wieder gesetzt hatte und die anderen nicht, musste sie ihren Hals recken und sich schützend eine Hand über die Augen halten, um Frances' Blick zu begegnen.

Das war eine unglückliche, weil allzu treffende Metapher.

»Was für eine entzückende Versammlung, Georgiana«, sagte Frances und betrachtete die bunte Menge. »Wir waren gerade auf dem Weg aus der Stadt, aber wir dachten, wir kommen mal vorbei und sehen, womit man sich auf dieser Seite der Brücke die Zeit vertreibt.«

»Oh, wir erfreuen uns hier an allem Möglichen«, sagte Mrs Burton und klang leicht gehetzt. »Jagen, tanzen, essen … äh … schlafen – das Übliche eben.«

Georgiana schenkte ihrer Tante ein gequältes Lächeln. *Schlafen,* in der Tat.

»Oh, das kann ich mir vorstellen«, sagte Frances und sah Mrs Burton mit hochgezogener Augenbraue an.

Sie hatte eine ganz besondere Art zu lächeln, die beinahe aufrichtig schien, sich aber jeden Moment in ein Grinsen zu verwandeln drohte. Oft funkelte in ihren Augen eine kaum verhohlene Heiterkeit, die nicht ganz zur Situation passte, und es vermittelte Georgiana den Eindruck, als amüsiere sie sich stets über einen Scherz, den nur sie kannte.

Das Rätsel, warum Frances und ihre Freunde noch standen, war bald gelöst. Zwei Diener kamen mit Klappstühlen und Kissen herbeigeeilt und stellten sie mit militärischer Präzision auf. Erst als sie sich in sicherer Entfernung von Grasflecken und Erde befanden, nahmen alle Platz, wobei sie Georgiana und die anderen von ihrem Aussichtspunkt aus noch immer überragten. Ein großer Korb wurde herbeigebracht und mit einer schwungvollen Geste Wein hervorgeholt und sorgfältig eingeschenkt, bevor sich die Diener zur Kutsche zurückzogen, um sich um die Pferde zu kümmern. Miss Walters schien sehr beeindruckt – vielmehr starrte sie die glamourösen Neuankömmlinge durch und durch ehrfurchtsvoll an. Miss Woodley bemerkte es und stupste Miss Dugray an, die daraufhin schnaubte.

Frances unterhielt sich weiter mit Mrs Burton, die zunächst zögerte, sich aber bald für sie zu erwärmen schien, da Miss Campbell sich von ihrer lebhaftesten und charmantesten Seite zeigte. Georgiana widerstand dem Drang, zu lauschen, und verwickelte stattdessen Jonathan Smith und Christopher Crawley in ein Gespräch.

»Ich muss sagen, ich bin überrascht, Sie zu sehen. Ich habe nicht wirklich mit Frances gerechnet, geschweige denn mit dem Rest von Ihnen«, sagte sie und versuchte, so zu klingen, als wäre es nur eine kleine Überraschung und nicht der Grund, warum sie ihre Nägel so fest in den Handteller grub, dass sie wahrscheinlich eine Narbe fürs Leben davontragen würde.

»Nun ja, Franny hat ihren eigenen Kopf«, sagte Mr Smith, schenkte Georgiana ein Glas Wein ein und reichte es ihr. »Sie winkt, und wir stolpern ihr hinterher wie blinde kleine Welpen, die ihrer verrückten Mutter folgen.«

»Oder Lemminge«, sagte Mr Crawley finster, nahm sein eigenes Glas entgegen und stieß mit Georgiana an. »Zum Wohle.«

»Oh … zum Wohl.« Georgiana versuchte unbeholfen, ihr Glas auf ihn zu erheben, bevor sie einen Schluck nahm und zu Frances hinüberblickte, die eine Hand auf Mrs Burtons Arm gelegt hatte, als wären sie beste Freundinnen. »Nun … es ist schwer, ihr zu widerstehen.«

»Uns wird sicher nie langweilig«, sagte Jonathan, wobei ihn sein momentaner Gesichtsausdruck Lügen strafte. »Gelegentlich geraten wir in große Gefahr, verhaftet zu werden, aber nie in Gefahr, uns zu langweilen.«

Georgiana sah schnell zu ihrer Tante, um sich zu vergewissern, dass sie ihn nicht gehört hatte, aber diese lachte leicht nervös über etwas, das Frances gesagt hatte. Wenn Mrs Burton sich ein wenig für sie erwärmen könnte, würde sie ihr vielleicht alle vulgären Vergehen vergeben – sowohl die tatsächlichen als auch die eingebildeten – und aufhören, jedes Mal, wenn Georgiana den Namen Campbell aussprach, zu erstarren, als würde sie zum Galgen geführt.

Jane und Cecily hatten, zum Leidwesen beider Parteien,

ein Gespräch mit Miss Betty Walters begonnen. Jonathan und Christopher stritten sich nun über die Wahl des Weins, sodass Georgiana sich hinüberbeugte, um mit einiger Besorgnis zuzuhören. Es schien, dass Miss Woodley und Miss Dugray Betty zum Sprechen aufgefordert hatten und sie einfach reden ließen. Ohne jegliche Unterstützung oder Unterbrechung nahm sie in einem alarmierenden Tempo an Fahrt auf. Es war wie bei einem Kutschenunfall, Georgiana konnte nicht wegsehen.

»Ich habe so wunderbare Dinge über Ihre Familien gehört und über die entzückenden Gesellschaften, die Sie geben, Miss Woodley – und ich habe mich oft gefragt, ob ich vielleicht irgendwann einmal zu einer solchen Gesellschaft eingeladen werde. Natürlich möchte ich mich nicht aufdrängen oder um eine Einladung bitten und auch nicht speziell *zu Ihrer* Gesellschaft gebeten werden, nur einfach *zu irgendeiner* Gesellschaft, zu einer der vielen Gesellschaften. Ich habe ein Kleid, das ich für eine solche Gelegenheit aufbewahre – es ist rosa, aber kein grelles Rosa, obwohl meine Großmutter oft sagt, dass ich in Rosa etwas krank aussehe, gar wie ein Ferkel. Ich mag Schweine und nehme keinen Anstoß daran, mit einem verglichen zu werden, aber sie wälzen sich so gern in Dreck und Schlamm, und ich möchte nicht, dass jemand denkt, ich stecke bis zum Hals im Schlamm, ha! Ich liebe das Land, aber Großmama meint, es würde mir schon auch gefallen, in der Nähe der Stadt zu leben, wenn ich mich erst einmal daran gewöhnt habe, und ich freue mich so sehr darauf …«

Hier unterbrach sie Georgiana, denn sie konnte es nicht ertragen, noch mehr zu hören.

»Vielleicht, Betty, ist jetzt nicht der richtige Zeitpunkt, sich mit einem Schwein zu vergleichen, auch wenn Sie sie noch so sehr mögen«, sagte sie mit Nachdruck.

Dies war der letzte Strohhalm für Miss Woodley und Miss Dugray, die in Gelächter ausbrachen, wobei Miss Dugray sich die Hände auf den Mund presste, um sich zu beherrschen. Betty, von der Georgiana geglaubt hatte, es sei fast unmöglich, sie zu verletzen, sah gekränkt aus. Sie richtete ihren verletzten Blick eher auf Georgiana als auf die anderen, was ein wenig unfair schien. Schließlich wandte sie sich mit einem Schnauben ab, um mit ihrer Großmutter zu sprechen.

Georgiana verdrehte die Augen und sah Jane und Cecily an, die immer noch unkontrolliert kicherten. Das war als Rettungsversuch und nicht als Angriff gemeint.

Frances löste sich von Miss Burton, zog ihren Stuhl zu den anderen und beugte sich dicht zu ihnen, damit man sie nicht belauschen konnte.

»Deine Tante ist eine Wucht«, sagte sie in vertraulichem Ton und nahm Jonathan ein weiteres Glas Wein ab, nachdem sie ihr erstes bereits geleert hatte. »Sie konnte eine Miss Betty Walters gar nicht genug empfehlen – sie schien ganz vernarrt in sie zu sein. Wenn ich es nicht besser wüsste, würde ich sagen, dass sie versucht, eine gottlose Verbindung zwischen euch zu stiften.«

Georgiana lachte und hielt sich eine Hand vor den Mund.

»Sei still, Frances, bring mich nicht in Verlegenheit, denn der fragliche Galan sitzt dort drüben«, flüsterte sie und deutete mit dem Kopf auf Betty.

»Ist sie das?«, fragte Frances, zog die Augenbrauen hoch und gab sich keine Mühe, die Stimme zu senken. »Meine Güte – ich kann nicht sagen, dass ich viel von ihrem Kleid halte, George, und sie muss mindestens drei oder vier Jahre älter sein als du. Ich hoffe, sie ist fabelhaft wohlhabend und belesen und beabsichtigt, dir ein äußerst zuvorkommender und *aufmerksamer* Ehemann zu sein.«

»Oh, ich bezweifle nicht, dass sie äußerst amüsant ist«, warf Jane ein und verzog spöttisch die Lippen. »Sie hat uns gerade erzählt, wie oft sie mit einem Schwein verwechselt wird.«

Das war zu viel für Cecily, die erneut zu kichern anfing, was die anderen ansteckte, darunter auch Georgiana, die sich zu zügeln versuchte und einen Blick auf Miss Walters' Rücken wagte.

Sie war sich nicht sicher, aber sie glaubte, dass sich Bettys Körper leicht anspannte, als sie ihr Kichern hörte.

Dann gaben Jonathan und Christopher eine recht anrüchige Geschichte zum Besten, die sich vor einigen Wochen auf einer Gesellschaft zugetragen hatte, an der keiner von ihnen zugegen gewesen war – sie unterbrachen sich immer wieder gegenseitig und waren sich nicht einig, *wer* genau *wen* in den Fischteich geschubst hatte. Das Ganze wurde in einem leisen, verschwörerischen Tonfall vorgetragen und von den Ausrufen und dem unterdrückten Kichern der anderen unterbrochen.

Bald schaute sich Frances unruhig um und verkündete, dass sie zu einer weiteren Verabredung aufbrechen müssten. Georgiana verspürte einen Anflug von Sehnsucht, fragte sich, wohin sie wohl fuhren, und stellte sich vor, wie wunderbar es sich anfühlen würde, zu ihnen zu gehören. Als sie träge aufstanden und die Weingläser und die Stühle wieder in die Kutsche geladen wurden, kam Mrs Burton herüber, um mit Frances zu sprechen, und hatte Mr Burton im Schlepptau.

»Es war mir eine Freude, Ihre Bekanntschaft zu machen, Miss Campbell. Bitte grüßen Sie Ihre Eltern von mir. Ich würde sie sehr gern kennenlernen.«

»Natürlich, Sie müssen alle nach Longview kommen!«, rief Frances und drückte Mrs Burton die Hand, als wäre sie ganz verzückt. »Sehr erfreut, Mrs Burton, sehr erfreut.«

Mrs Burton schien wirklich ebenso erfreut zu sein, wie Miss Campbell es vorgab. Noch lange, nachdem sie sich verabschiedet hatte und die elegante Kutsche verschwunden war, hörte Georgiana höflich zu, wie ihre Tante das Gespräch mit Frances wiedergab und ihre Freundin von all den schlechten Umgangsformen und dem schweren Fehlverhalten freisprach, dessen sie sie zuvor beschuldigt hatte.

»Sie war sehr zuvorkommend, in der Tat sehr zuvorkommend – und wie könnte sie das, aus einer solchen Familie stammend, denn nicht sein! Ich denke, man hat ihr großes Unrecht getan, denn ich kann mir nicht vorstellen, dass die Gerüchte, die ich über ihr Verhalten gehört habe, der Wahrheit entsprechen. Sie hat mir von ihren Eltern erzählt, insbesondere von ihrem Vater, eine so interessante Geschichte … Ach, ich hoffe, sie laden uns zum Essen ein, Georgiana. Miss Campbell schien sich dessen sehr sicher zu sein. Eine feine Familie! Ein feines Mädchen.«

Georgiana hielt es für das Beste, den raschen Meinungsumschwung ihrer Tante nicht zu kommentieren und ihr einfach höflich zuzustimmen, obwohl sie innerlich natürlich einen Freudentanz aufführte. Als das Picknick zu Ende ging und sie in ihre jeweiligen Kutschen stiegen, war Georgiana sehr zufrieden damit, wie sich der Tag entwickelt hatte.

Das Bild wurde einzig etwas getrübt, als sie in der Kutsche neben dem ziemlich sonnenverbrannten Mr Burton Platz nahm und einen letzten Blick auf das Anwesen warf, das in der Abendsonne golden glänzte.

Unter den letzten Anwesenden erhaschte sie einen kurzen Blick auf das rote tränenüberströmte Gesicht von Miss Betty Walters.

Kapitel sechs

Schon am nächsten Tag kam ein Schreiben, in dem Georgiana eingeladen wurde, am folgenden Freitag bei den Campbells zu Gast zu sein. Die Einladung bezog sich nicht auf ihre Tante und ihren Onkel, doch Mrs Burton nahm es erstaunlich gut auf und gab Georgiana sofort ihre Erlaubnis. Sie schien zu glauben, dass dies die Wahrscheinlichkeit, zu einem späteren Zeitpunkt selbst eine Einladung zu bekommen, erhöhte. Georgiana hielt das eher für Wunschdenken, bewunderte aber ihren Optimismus.

Emmeline half ihr, ihre vier besten Kleider einzupacken. »Vier?«, rief Mrs Burton entsetzt, als sie ihren Koffer sah. »*Vier* Kleider, für eine Übernachtung? Was hast du mit den ersten beiden vor? Willst du darin schwimmen?«

Am Freitagmorgen machte sich Georgiana früh auf den Weg, begierig, die ganze Länge des Tages auszukosten. Sie war so aufgeregt, so unfähig, still zu sitzen, dass sie sich schließlich auf ihre Hände setzte, damit nicht noch ein Unglück geschah. Sie konnte immer noch nicht so recht glauben, dass sie bei *Lord und Lady Campbell* zu Gast sein würde. Hätte sie die Einladung nicht vor Augen gehabt, als sie sich dem Haus näherte, sie hätte es nicht geglaubt. Sie hatte sie an die tausendmal gelesen, um sich zu vergewissern, dass sie tatsächlich eingeladen war und es sich nicht etwa um einen Scherz handelte oder um die Bitte, sie *nicht* zu besuchen.

Longview war genauso unglaublich, wie alle behaupteten. Das Anwesen lag direkt nördlich der Stadt auf einem Hügel, der ihm die herrliche Aussicht bescherte, die in seinem Namen festgehalten war. Das Gelände war groß und weitläufig, die Gärten in der Nähe des Hauses perfekt gepflegt, und Georgiana konnte sich keinen schöneren Platz zum Sitzen und Lesen vorstellen als an dem naturbelassenen See, an dem sie auf ihrem Weg nach oben vorbeikamen. Das Haus selbst war von einschüchternder Pracht, es schien so fest in die Landschaft integriert zu sein, dass Georgiana das Gefühl hatte, es müsse mindestens seit Anbeginn der Zeit dort stehen. Es war aus hellgelbem Stein gebaut und verfügte auf der Vorderseite über eine Reihe von breiten Fenstern, die in der frühen Morgensonne glänzten.

Es schien ganz und gar einleuchtend, dass dieses Haus eine Frances Campbell hervorgebracht hatte.

Als Georgiana aus der Kutsche stieg, ging die Haustür auf, und Frances stürzte heraus, um sie zu begrüßen. Sie trug nicht mehr als ihr Unterkleid und einen seltsam verzierten Morgenmantel, die dunklen Locken fielen ihr locker über die Schultern. Der Kutscher errötete und wandte den Blick ab, als er Georgianas Koffer zur Tür brachte.

»George! Du bist da!«, rief sie. »Du hast es den ganzen Weg und bis hierherauf geschafft, du schlaues Ding!«

»Sind deine Eltern nicht da?«, fragte Georgiana, immer noch ein Nervenbündel, und blickte an Frances vorbei, als erwarte sie, dass sie jeden Moment in aufeinander abgestimmten Morgenmänteln in der Tür erschienen.

»Nein! O Gott, habe ich das nicht gesagt? Sie sind weg. Das Haus ist leer – es gehört uns!«

Georgiana hätte es nicht gerade als leer beschrieben. Frances legte ihr einen Arm um die Schultern und führte sie hinein, wo sie auf dem Weg von der riesigen Marmorhalle zu dem Gästezimmer, das für sie vorbereitet worden war, mindestens einem Dutzend Dienern begegneten. Das Zimmer war riesig, hatte hohe Decken und war mit einem kunstvoll geschnitzten Himmelbett sowie perlmuttverzierten Beistelltischen eingerichtet. An den Wänden hingen zahlreiche Porträts von streng aussehenden Verwandten und ihren noch strenger dreinsehenden Hunden. Georgiana war in ihrem ganzen Leben noch nie in einem so prunkvollen Schlafzimmer gewesen. Sie hätte bequem auf einem Pferd dort herumreiten können.

Ein Dienstmädchen packte ihren Koffer für sie aus, wobei sie den Bedarf an vier Kleidern fraglos akzeptierte, und Frances ließ Georgiana allein, damit sie sich »frisch machen« konnte. Die Person, die sie aus dem vergoldeten Spiegel nervös ansah, wirkte fade und sittsam – sie war gekleidet, als sei sie für alles Aufregende bereit, das in einer Kirche oder einem besonders lebhaften Kloster stattfinden könnte. Daran war jetzt nichts mehr zu ändern, dachte Georgiana entschlossen. Sie würde einfach genug Kleidung für sie beide tragen müssen.

Auf dem Weg zum Garten hätte sie sich fast verlaufen und musste mehrere gelangweilt aussehende Diener nach dem Weg fragen. Als sie endlich ankam, lag Frances auf einer von zwei gut gepolsterten Chaiselongues aus Samt, die offensichtlich auf ihren Wunsch hin nach draußen geschleppt worden waren. Ihre Augen waren geschlossen, und sie rauchte eine Pfeife. Das Bild erinnerte an ein erotisches Gemälde.

Georgiana hatte sich im Geiste auf einen Besuch voller sittenstrenger Nachmittagstees und übermäßig formellen Abendessen vorbereitet. Sie hatte geistreiche Sprüche und Meinungen zu verschiedenen Themen einstudiert, um die Campbells mit ihrer Schlagfertigkeit und ihrem Charme gründlich zu beeindrucken. Sie war sogar so weit gegangen, eine Liste ihrer Lieblingswerke aus Literatur, Musik und Kunst zu erstellen, denn wenn man sie nach ihren Vorlieben fragte, hatte sie nie sogleich eine Antwort, als hätte sie noch nie in ihrem Leben ein Pamphlet oder eine Blechflöte in die Hand bekommen.

Die weitaus zwanglosere Realität des Besuchs, die sich vor ihren Augen entfaltete, empfand sie als enorm erleichternd. Als Frances Georgiana einen Zug von ihrer Pfeife und ein Glas Wein anbot, nahm sie beides an, zog ihre Schuhe aus und lehnte sich auf der anderen Chaiselongue zurück.

»George, George, das ist das gute Leben«, sagte Frances und seufzte glücklich. »Weißt du, ich war einmal ziemlich verliebt in einen Jungen, der George hieß. Das war bei einem verfluchten Besuch in Brighton. Er war einfach so *ausdrucksstark.* Er hielt sich für den nächsten Byron. Er hat ein Gedicht für mich geschrieben. Es war furchtbar – ich glaube, er verglich mich darin mit einer Holztaube –, aber ich sagte ihm, dass ich es für immer in Ehren halten würde. Was ich *tatsächlich* für immer bewahren werde, ist die Erinnerung, wie furchtbar gut er in seinen obszön engen Hosen aussah, als er sich bückte, um mein Taschentuch aufzuheben.« Georgiana lachte ziemlich unfein in ihr Weinglas. »Was ist mit dir, George? Ich spüre, dass sich hinter diesen Grübchen Abgründe verbergen. Bist du heimlich von irgendwelchen Schurken verdorben worden? Oder hast du noch nie die schöne Flanke eines Gentlemans auf dem Rückzug bewundert?«

»*Niemand* ist so durch und durch verdorben wie du, mit deinem besonderen Blick für die Passform von Männerhosen«, gab Georgiana zurück, und Frances warf ihr einen verwegenen Blick zu.

»Weich mir nicht aus, George. Du musst mich unterhalten.«

Georgiana erwog, eine faszinierendere romantische Vergangenheit für sich zu erfinden – heimliche Affären, dramatisch verpasste Verbindungen –, aber ihr fehlte die Erfahrung, um zu kaschieren, dass sie sich nur bei ihren Liebesromanen bediente.

»Um ehrlich zu sein, gab es niemanden. Meine Eltern waren zu beschäftigt, um sich um solche Dinge zu kümmern, also haben sie meine Zuneigung nicht in eine bestimmte Richtung gelenkt. Mit siebzehn *dachte* ich einmal, ich würde jemanden mögen. Ich habe jedenfalls versucht, es mir einzureden. Er hieß Patrick Elliott. Er war der Sohn eines guten Freundes meines Vaters, also war er oft bei uns zu Hause, und ich dachte, dass die Nähe sicher Vertrautheit und Zuneigung erzeugen würde, so wie man einen Hund oder … einen viel getragenen Hut lieb gewinnt. Er hatte auch etwas Geld, genug, um es sich gut gehen zu lassen, aber ich fürchte, an diesem Punkt fand die Liste seiner lobenswerten Eigenschaften ein ziemlich abruptes Ende. Patrick wurde von seinen Eltern ermutigt, die die Verbindung guthießen, und brachte mir fast jeden Morgen prächtige Blumensträuße.« Georgiana schauderte bei der Erinnerung daran und schloss die Finger fest um ihr Weinglas. »Sobald er ernsthaft interessiert und begierig war, merkte ich, dass ich ihn gar nicht wollte. Vielmehr begann er, mich abzustoßen. Jedes Mal, wenn er sich näherte, suchte ich nach einer Ausrede, um den Raum zu verlassen. Ich versteckte mich – einmal habe ich mich sogar hinter eine Kirchenbank gekauert, damit er mich nicht sehen konnte, nur um dann festzustellen, dass er natürlich die ganze Zeit den oberen Teil meiner Haube sehen konnte. Am Ende hat er den Wink verstanden.«

»Ach, du böses Ding«, rief Frances. »Ich bin sicher, du hast ihm das Herz gebrochen. Es sind doch alles welpenhafte Kreaturen! Ehrlich gesagt, ist es ein Wunder, dass überhaupt jemand heiratet. Die meisten Männer halten es für den Gipfel der Romantik, wenn sie einem zur Begrüßung etwas deutlicher zunicken als der nächsten Frau in der Reihe. Und hinter der ganzen Angeberei ist nichts – sie können kein Schwert halten und keine Frau. Ich habe mich, ehrlich gesagt, nie für den Heiratstyp gehalten. Ich habe mir vorgestellt, ich würde eine reiche exzentrische Jungfer – so eine, die, umgeben von gleichgesinnten Damen, extravagante Abendessen mit Akrobaten und Feuerschluckern veranstaltet und an Weihnachten die Kinder der Schwester gegeneinander ausspielt. Das erzählte ich sehr zu ihrem

Kummer auch meinen Eltern. Aber dann fing Jeremiah letzten Sommer an, so attraktiv auszusehen, und er ist … Nun, ich glaube, er passt perfekt zu mir.«

Sie streckte sich genüsslich und musterte dann Georgiana in ihrem Kleid, ihrer Haube und ihren Handschuhen.

»Oh, George, zum *Dinner mit den Campbells* musst du bequem gekleidet sein.« Sie klatschte in die Hände. »Komm, wir holen uns noch mehr Wein und besorgen dir angemessenere Kleidung.«

Sie führte Georgiana ins Haus, durch die unendlich langen getäfelten Korridore und die Treppe hinauf zu ihrem eigenen Ankleidezimmer, wo sie einen weiteren Morgenmantel wie ihren hervorholte.

»Aus Frankreich. Kriegsbeute, nehme ich an. Sind sie nicht grässlich?«

Frances war erst zufrieden, als Georgiana ebenfalls nur ihr Unterkleid und den Morgenmantel trug, wobei sie ihr in letzter Minute auch noch ein paar lange Halsketten umhängte, deren Gesamtwert sicherlich das Haus der Burtons um ein Vielfaches überstieg.

»Siehst du, jetzt bist du bereit, mit einem Mann ins Bett zu gehen oder im See zu baden«, sagte Frances vergnügt, reichte Georgiana die Hand, um ihren Morgenmantel zurechtzurücken, und kniff ihr liebevoll in die Wange.

Georgiana hoffte sehr, dass beide Vorschläge nur ein Scherz waren. So heiß es auch war, das grünliche Wasser des Sees schien ihr nicht besonders einladend, und sie hatte kürzlich gelesen, dass es in den meisten Gewässern Englands von Aalen wimmelte. Und mit einem Mann ins Bett gehen … nun ja …

Dann lieber die Aale im See.

Den Rest des Vormittags verbrachten sie auf höchst angenehme Weise, unterstützt durch Frances' unerschöpflichen Vorrat an exquisitem Alkohol. Alles schien sich sehr langsam zu bewegen – die Brise, die durch die Weißbirken strich, die durchscheinenden Wolken und Frances selbst, die sich zu weit aus der Chaiselongue lehnte, während sie eine lebhafte Geschichte über die Gouvernante ihrer Kindheit erzählte, und recht anmutig auf den Rasen fiel. Sie machte sich nicht die Mühe aufzustehen. Als es auf ein Uhr zuging, kam ein Diener mit tadelloser Haltung aus dem Haus und flüsterte Frances etwas ins Ohr.

»Mittagessen! Oh, das hätte ich fast vergessen. Jonathan kommt zum Mittagessen.«

Als Georgiana schläfrig aufstehen wollte, um ins Haus zu gehen und sich anzuziehen, sagte Frances, sie solle sich nicht die Mühe machen – also blieb Georgiana, wo sie war, und versuchte, den Morgenrock fester um sich zu wickeln, um einen letzten Rest Anstand zu bewahren. Die Diener brachten Stühle und einen Tisch nach draußen, entfalteten ein Tischtuch wie ein Segel und deckten vollkommen unbeeindruckt drei Plätze mit poliertem Silberbesteck ein, als sei es nichts Ungewöhnliches, vor halb nackten Gästen ein Essen auf dem Rasen zu servieren.

»Werden sie das nicht deinen Eltern erzählen?«, fragte Georgiana besorgt, nachdem das letzte feine Porzellan sorgfältig vor ihnen abgestellt worden war.

»Ha! Nein, ganz sicher nicht«, sagte Frances und schenkte mehr Wein ein. »Nicht, weil sie in Angst vor mir leben – ich bin kein widerwärtiger Tyrann. Sie würden meine Eltern einfach nicht mit solchen Kleinigkeiten belästigen. Es gibt schon genug Zwietracht in diesem Haus, ohne dass sie auch noch Klagen über meine Garderobe oder die Tatsache hören müssten, dass ich gern im Freien speise.«

Georgiana konnte sich nicht vorstellen, welche Art von Zwietracht in einem Haus existieren könnte, das so groß war, dass die Bewohner eine Woche lang ihrem Leben nachgehen konnten, ohne einander zu begegnen, aber sie hielt es nicht für höflich, danach zu fragen – und kurz darauf traf Jonathan ein.

»Habe ich euch beim Beischlaf gestört, oder seid ihr gerade erst aufgestanden?«, fragte er, als er sich zu ihnen an den Tisch setzte, sein cremefarbenes Jackett auszog und sogleich sein Halstuch abnahm. Er sah herrlich müde aus, hatte dunkle Ringe unter den Augen, und sein Haar war etwas zerzaust. Sofort holte er eine Pfeife aus der Tasche und zündete sie an.

»Oh, so schlimm ist es nicht«, sagte Frances.

»Es ist schlimmer«, sagte Georgiana ernsthaft. »Sie sollten nicht über unseren unbekleideten Zustand spotten, Mr Smith, denn Sie haben soeben einen Vorfall verpasst, der uns Anlass gegeben hat, um unser Leben zu fürchten.«

»Hat er?«, fragte Frances mäßig interessiert, während sie einen einzigen Tropfen Wein auf das schneeweiße Tischtuch verschüttete und ihn stirnrunzelnd betrachtete.

»Sie hat es vor lauter Schreck vergessen«, sagte Georgiana und beugte sich zu Jonathan. »Wir waren gerade dabei, Kerzen anzuzünden – zum Beten, verstehen Sie –, als Miss Campbells Kleid in Flammen aufging! Ich habe mein eigenes ausgezogen, um damit die Flammen zu ersticken. Leider sind sie beide nur noch Asche. Eine ungeheure Schande, aber wie Sie sehen können – völlig unvermeidlich. Und da sind wir.«

»Wenn ihr nicht selbst für eure Seelen betet, sollte jemand es dringend für euch tun«, sagte Jonathan und fuhr sich grinsend mit der Hand durchs Haar. »Franny, wir haben dieses Mädchen verdorben. Erst letzte Woche war sie noch so jung, so frisch … so voller Hoffnung.«

»Das war letzte Woche«, sagte Georgiana.

»Sie ist nicht verdorben, sie ist nur ein bisschen … ich weiß nicht, *frech*«, bemerkte Frances und zwinkerte Georgiana zu.

Sie aßen ein Vier-Gänge-Menü im Schatten von Schirmen, die Jonathan von den Dienern bringen ließ – »um meinen Porzellanteint zum Wohle der Bevölkerung zu schützen« –, und schließlich drehte sich das Gespräch um Jeremiah Russell.

»Ich weiß, Christopher ist ein Schuft, aber ich glaube, an dem, was er über Kitty Fathering gesagt hat, ist etwas dran«, führte Jonathan aus, während sie dekadente Puddingdesserts verspeisten. »Neulich Abend habe ich mit ihrem Bruder einige Partien Hazard gespielt, und er erzählte von einem furchtbaren Unfug, der dazu geführt habe, dass Kitty zu Freunden aufs Land geschickt wurde. Du weißt ja, wie er ist – ein aufrechter Militärtyp, mehr wollte er nicht sagen –, aber sie wurde letzten Sommer ziemlich oft mit Jeremiah gesehen.«

»Nun, ich betrachte mich als gewarnt«, sagte Frances in leicht gefährlichem Ton. »Wenn du denkst, dass ich so dumm wie Kitty bin, Jonathan, musst du es für ein Wunder halten, dass ich es überhaupt schaffe, so viele schöne Wörter zu Sätzen zusammenzufügen.«

»Sei nicht so, Franny. Ich meine nur …«

»Ich weiß sehr wohl, was du meinst, und ich brauche deine versteckten Warnungen nicht. Das ist engstirnig, Jonathan, diese Eifersucht. Du bist nicht mein *Bruder,* und ich brauche keinen Schutz. Es gibt also keinen Grund für diesen ganzen Unsinn mit Faustschlägen im Morgengrauen. Außerdem ist der Mann ganz vernarrt in mich. Es ist fast schon peinlich! Das sieht jeder. Du siehst es doch auch, nicht wahr, George?«

Georgiana nickte zur Bestätigung, den Mund voller Pudding.

Jonathan seufzte. »Du bist unerträglich.«

»Ich weiß«, sagte Frances und lächelte jetzt, woraufhin sich ihr Tonfall abrupt änderte. »Aber *du* erträgst mich. Ich wünschte, du *wärst* mein Bruder. Vielleicht bist du es – vielleicht bist du ja das Ergebnis der Tändelei meines Vaters mit einer hübschen Frau im Ausland. Vielleicht wurdest du versteckt und bist getrennt von mir aufgewachsen. Wie schön, dass wir uns nach all der Zeit wiedergefunden haben! Ich bin mir sicher, dass ich irgendwo ein halbes Medaillon habe, das *perfekt* zu einem von dir passt.«

»Wie wunderbar. Vor allem, weil ich, wenn dem so sein sollte, deinen Vater zu meinem ernennen werde, sobald seine Gesundheit nachlässt. Und dann werde ich Longview erben und dich sofort auf die Straße setzen, damit du wie das Flittchen lebst, das du bist.«

»Das möchte ich erleben«, sagte Frances und richtete drohend ihren Löffel auf ihn, als wäre er ein Dolch, aber ganz offensichtlich war zwischen ihnen alles in Ordnung.

Später, nachdem sie noch viel getrunken und eine Weile sehr wenig gesprochen hatten, forderte Frances ihre beiden Gäste beschwipst auf, mit ihr zur Abkühlung in den See zu springen. Georgiana hielt es für das Beste, auf dem Trockenen zu bleiben, nachdem sie so viel Wein getrunken hatte, und Jonathan zog nur eine Augenbraue hoch und blieb sitzen. Frances zuckte mit den Schultern, zog ihren Morgenmantel aus und watete bis zur Hüfte in den See, kreischte und spritzte mit dem Wasser um sich.

Als sie wieder herauskam, legte Jonathan ihr widerwillig seine Jacke um die Schultern, um ihren Anstand zu wahren. Georgiana versuchte, nicht hinzuschauen, was ihr nicht gelang. Frances schien es jedoch nicht zu kümmern, denn sie spritzte sie fröhlich beide nass, was Jonathan dazu veranlasste, ziemlich beeindruckend zu fluchen und damit zu drohen, sie zu ertränken. Während sie sich trocknen ließen, lagen sie verschlungen auf dem Rasen, Jonathan zwischen Georgiana und Frances, und beobachteten die Wolken, die über ihnen vorbeizogen, während der Wind auffrischte.

»Glaubst du an die wahre Liebe?«, fragte Frances, drehte ihren Kopf zu Jonathan und blinzelte ihn an.

»Ich glaube, dass Geld, Erziehung und ein gutes Gebiss alles überwinden können«, antwortete er ohne große Überzeugung.

»Guter Gott, Jonathan, das ist so romantisch«, erwiderte Georgiana und rümpfte die Nase. »Du solltest ein Buch schreiben.«

»*Einige* von uns können es sich nicht leisten, romantisch zu sein«, erklärte er mit Nachdruck.

Frances nahm seine Hand. Georgiana zögerte einen Moment, aber dann setzte sich die Wirkung des Weins durch, und sie nahm die andere.

»Die wahre Liebe haben wir sowieso schon, mein Junge. Du siehst sie vor dir«, sagte Frances und drückte fest seine Hand. »Und außerdem, wenn alles zum Teufel geht, bin ich sicher, dass George dich heiraten wird. Sie hat absolut nichts zu verlieren. Nichts für ungut, Georgiana.«

Als sich allmählich die letzten langen Strahlen der Sommersonne zurückzogen, entschuldigte sich Jonathan und ging, obwohl Frances und Georgiana ihm hinterherriefen, er solle bleiben (»Wir tun alles! Wir geben dir unseren Reichtum!«, »Unseren Wein!«, »Unsere weichen unschuldigen Körper!«). Da es Frances zu kalt und zu feucht war, um noch länger draußen zu bleiben, zogen sie sich an den Kamin in einem der vielen Salons der Campbells zurück und spielten eine furiose Partie Schach, bei der Frances die Regeln ganz nach Belieben zu gestalten schien. Sie bestand gerade darauf, dass »Pferde über alle Steine springen dürfen, und zwar egal, in welche Richtung – hast du noch nie ein Pferd gesehen, George?«, als sie einen Aufruhr in der Halle hörten – laute Stimmen und das Geräusch von Hundekrallen auf Marmor. Dann sahen sie, wie Bedienstete an der offenen Tür des Salons vorbeieilten.

Frances verzog verächtlich das Gesicht.

»Dieser Aufruhr da draußen kann nur eines bedeuten: Unser Lehnsherr ist zurück. *Verdammt.* Sie sollten nicht vor morgen wieder da sein. Schnell – wenn wir die Hintertreppe nehmen, können wir schwierigen Fragen entgehen …«

Sie deutete auf sich und Georgiana, dann schnappte sie die Flasche Sherry, die sie getrunken hatten, und eilte mit Georgiana auf den Fersen aus dem Zimmer. Sie gelangten ohne Zwischenfall nach oben. Frances sagte Georgiana, sie solle sich rasch anziehen, damit sie einen seriösen Eindruck machen und Guten Abend sagen könnten, und verschwand dann in Richtung ihres Schlafzimmers weiter hinten im Haus.

Als Georgiana sich anzog und versuchte, ihr Haar wieder festzustecken, was mit ungeschickten Fingern in angeschwipstem Zustand schwierig war, hörte sie plötzlich Stimmen durch die halb geöffnete Tür – es waren unverkennbar Lord und Lady Campbell. Georgiana erstarrte in einer komischen Pose und lauschte. Es hörte sich an, als wären sie auf der Treppe in der Eingangshalle – der Treppe, die sich nach oben wand und schließlich direkt an ihrem Schlafzimmer vorbeiführte. Lord Campbell rief etwas in einem harschen, wütenden Ton, und Georgiana konnte nicht umhin, angestrengt zu lauschen.

»Ich bin kein Narr. Ich lasse mich nicht vorführen«, zischte er mit einer Stimme, die Georgiana das Blut in den Adern gefrieren ließ. »Du stellst mich nicht vor meinen Partnern bloß.«

»Ich entschuldige mich«, sagte Lady Campbell kühl.

»Du *entschuldigst* dich? Aber das reicht nicht, Joanna – du musst es richtigstellen! Weißt du, welchem Spott ich mich ausgesetzt habe, als ich dich geheiratet habe? Weißt du, wie wenige Männer von gutem Ruf sich in meine Lage begeben hätten?«

»Ja«, sagte Frances' Mutter. »Ja, ich glaube, das hast du sehr deutlich gemacht.«

»Das habe ich für *dich* getan, Joanna, für *uns* – Gott steh mir bei, ich dachte, du verstehst, in was für eine prekäre Lage mich das bringen könnte – und so revanchierst du dich für alles, was ich dir gegeben habe. War ich nicht gut zu dir?« Lord Campbells Stimme war für einen Moment sanfter geworden, als ob er sie zur Vernunft bringen wollte, doch als er wieder sprach, zischte er geradezu. »Du weißt sehr wohl, dass dein Verhalten unter deiner Würde war. Ganz gewiss war es unter *meiner Würde.* Alle haben über dich gelacht, Joanna. Und in der Folge … in der Folge über mich.«

Lady Campbell erwiderte nichts, soweit Georgiana hören konnte.

»Hörst du mir zu? Dann antworte mir! Vorhin hattest du ja sehr viel zu sagen – *sprich,* Frau!«

Sie antwortete nicht. Stattdessen hörte Georgiana den dumpfen Laut von etwas Großem, Schwerem, das auf etwas stieß, dann das Zerschellen von Porzellan. Das Geräusch war so laut und kam so plötzlich, dass Georgiana zusammenzuckte, als wäre sie selbst zerbrochen. Sie hörte zügige Schritte über den Marmorboden eilen, dann herrschte Stille, bis auf das entfernte Winseln eines Hundes.

Georgiana wagte kaum, sich zu bewegen, aber plötzlich wollte sie so weit wie möglich fort von hier sein, denn sie hatte Angst, die Wut und die Gewalt könnten auch sie erreichen. Leise schlich sie aus dem Zimmer, um Frances zu suchen, und hatte bereits entschieden, dass ihre Freundin nicht wissen musste, was sie gehört hatte.

Doch Frances lehnte an der Wand vor Georgianas Zimmer, immer noch in ihrem Unterkleid, die Augen geschlossen. Sie öffnete sie, als sie spürte, wie Georgiana auf sie zukam, und sah sie schweigend an. Georgiana fühlte, wie Übelkeit in ihr hochstieg, während sie beide einen langen, quälenden Moment lang Lady Campbells Schritten lauschten, die sich entfernten.

Georgiana wollte etwas sagen, ohne zu wissen, was, aber Frances machte augenblicklich auf dem Absatz kehrt und ging den Flur hinunter. Georgiana folgte ihr, weil sie nicht wusste, was sie sonst tun sollte.

Wie sich herausstellte, hatte Frances einen sehr schönen Kamin und ein eigenes Schachspiel in ihrem großen champagnerfarbenen Schlafzimmer, das nach Westen auf ein weites hügeliges Gelände mit Bäumen hinausblickte. Sie nahmen ihr Spiel wieder auf, zunächst schweigend – doch dann schnaubte Frances, als Georgiana die Königin kokett in Ohnmacht fallen ließ, weil eines ihrer Pferde auf sie zukam. Schließlich kehrten sie zu einer leisen Unterhaltung und mäßigem bis starkem Alkoholkonsum zurück. Frances lächelte viel und scherzte über Georgianas ernsten Gesichtsausdruck, als sie sich dem Schachmatt näherte. Sie machte keine Anstalten, über das zu sprechen, was Georgiana mitangehört hatte, oder einzugestehen, dass es überhaupt passiert war. Das Haus war so groß, dass noch zehn weitere Streitereien in voller Lautstärke hätten stattfinden können, ohne dass sie in diesem Raum auch nur ein Wort davon gehört hätten.

Den Rest des Abends verbrachten sie, als ob nichts Ungewöhnliches geschehen wäre, doch als Georgiana zu müde und betrunken wurde, um ihre Augen noch länger offen zu halten, und vorschlug, sich ins Bett zu legen, hielt Frances sie auf.

»Bleib hier«, sagte sie schnell und schloss die Finger um Georgianas Handgelenk. »Am anderen Ende des Flurs bist du so weit weg. Bleib hier, dann können wir uns beim Einschlafen weiter unterhalten.«

Georgiana war viel zu erschöpft, um eine gute Gesellschafterin zu sein, aber Frances wirkte plötzlich so entschlossen, dass sie zustimmte. Dienstmädchen wurden gerufen, um ihnen die Haare zu flechten, frisches Bettzeug zu bringen und die Vorhänge um das Himmelbett zuzuziehen, als Frances und Georgiana kichernd hineinkletterten. Die Dienstmädchen entfernten sich und ließen nur eine einsame Kerze auf dem Frisiertisch brennen, deren Licht träge durch die Lücken in den Vorhängen flackerte.

Georgianas Kopf fühlte sich benebelt an, und das Bett war äußerst bequem. Sie war fast eingeschlafen, als ihre Freundin zu sprechen begann.

»Hast du dich jemals gefragt, wie es ist?«, flüsterte sie. »Mit einem Mann ins Bett zu gehen?«

Georgiana war froh über die Dunkelheit, da Frances so nicht sehen konnte, wie sie errötete.

»Das habe ich wohl«, gab Georgiana leise zu. »Ein bisschen.«

»Ein bisschen! Bist du eine Heilige?«, sagte Frances hitzig, und Georgiana lachte.

Sie drehten sich im Dunkeln einander zu, wobei Frances' Hand fast die von Georgiana berührte, als sie ihren Kopf auf dem Kissen zurechtrückte. Ihre Gesichtszüge wirkten weicher durch die Locken, die sich aus ihrem Zopf gelöst hatten, ihr in die Stirn fielen und ihren Nacken streiften, der sich dunkel von dem frischen weißen Laken abhob.

»Ich muss zugeben, dass ich das Ganze anfangs ziemlich abstoßend fand«, sagte Frances, »aber meine Schwester Eleanor sagt, dass es einen Punkt gibt, an dem man sich so nah ist, dass es einem gefällt und man nicht mehr … aufhören will. Das klingt furchtbar unangenehm. Ich stelle mir Jeremiah zwar gern in unbekleidetem Zustand vor, aber der Rest …« Sie brach ab. »Eleanor will mir nicht mehr erzählen, diese *Hexe*. Es sollte kein Geheimnis sein, das verheiratete Frauen für sich behalten. Wir sollten es alle wissen, damit wir uns gründlich vorbereiten können.«

Georgiana lachte schläfrig. Ihre Gedanken waren unwillentlich sofort zu Mr Hawksley gewandert, der auf Janes Party so gut ausgesehen hatte. Sie versuchte, ihn sich ohne Hose vorzustellen, und war sofort derart entsetzt über sich selbst, dass sie sich eine Hand auf den Mund presste. Frances schien ihre Beunruhigung nicht zu bemerken und schloss die Augen.

»Gute Nacht, George«, sagte sie leise in das Kissen.

»Gute Nacht, Frances«, antwortete Georgiana.

Gerade war sie erneut dabei einzuschlafen, als sie

Unruhe im Bett neben sich spürte und bemerkte, dass Frances zitterte. Ihre Schultern bebten, aber so sanft, dass es kaum wahrnehmbar war. Georgiana wollte gerade fragen, ob sie sich unwohl fühlte, als sie begriff, dass Frances weinte.

Es schien so wenig zu ihr zu passen, dass Georgiana nicht wusste, was sie tun sollte. Aufgewühlt überlegte sie, ob es das Beste wäre, vorzugeben, sie hätte nichts bemerkt, um Frances' Würde zu wahren, doch dann fing Frances an zu sprechen.

»Ich ertrage das nicht«, flüsterte sie bitter. »Seit Eleanor weggegangen ist, um zu heiraten, ist es furchtbar. Oder … vielleicht war es schon immer so schlimm, und sie hat mich davor beschützt.« Wütend rieb sie sich die Augen, und Georgiana griff nach ihrem Arm, um sie zu trösten. »Mein Vater tut so, als ob meine Mutter – als ob sie ihn irgendwie ausgetrickst hätte, als ob nicht *er sie* verfolgt hätte. Er wütet und wütet, und er zerbricht Gegenstände, und am nächsten Tag ist immer alles vergeben und vergessen. Das Chaos ist beseitigt, als wäre es nie passiert. Und meine Mutter ist sofort wieder an seinem Arm, bis ihn irgendeine Kleinigkeit erneut aus der Fassung bringt – und Gott bewahre, wenn sich ihm jemand in den Weg stellt.« Eine weitere Träne stahl sich aus ihrem Auge, und sie wischte sie fort.

»Frances, es tut mir so … Ich weiß nicht, was ich sagen soll«, sagte Georgiana hilflos. »Kann man denn gar nichts tun?«

»Gott. Nein. Wen würde das interessieren? Wer würde sein Verhalten überhaupt für ungewöhnlich halten? Alle denken … Sie dachten, er wäre verrückt, sie zu heiraten. Nein. So ist es nun mal.« Frances tat einen tiefen Atemzug, um sich zu beruhigen. Sie fasste Georgianas Hand, die auf ihrem Arm lag, und umklammerte sie so fest, dass ihre Nägel kleine halbmondförmige Rillen in Georgianas Haut hinterließen, als sie sie wieder freigab. Und dann raschelten die Laken, und Frances drehte sich zu ihr um.

Unbeholfen bewegte sie sich im Halbdunkel, bis ihr Gesicht fast das von Georgiana berührte, ihre Nasen streiften sich, und Frances sah so ernst und einsam aus, dass Georgiana sich vorbeugte, um sie auf die Wange zu küssen. Sie verfehlte ihr Ziel und presste stattdessen ihre Lippen auf Frances' Mundwinkel. Sie schmeckte nach süßem Sherry und Pfeifenrauch, und ihre Wangen waren heiß und feucht vom Weinen. Georgiana spürte, wie eine Träne, die nicht die ihre war, über ihre Wange glitt, als sie sich zurückzog.

So schnell, wie es begonnen hatte, war es auch schon wieder vorbei.

»Das ist albern«, sagte Frances ausdruckslos, als ob ihr Gespräch nicht unterbrochen worden wäre. »Vergiss es – vergiss einfach, dass ich etwas gesagt habe. Bald werde ich verheiratet sein, wie Eleanor, dann bin ich weg, und nichts von alledem spielt noch eine Rolle.« Sie holte noch einmal tief Luft, um sich zu beruhigen. »Jeremiah und ich werden verlobt sein, noch bevor der Sommer zu Ende geht.«

Georgiana, die verwirrt, müde und betrunken war, sie aber dennoch beruhigen wollte, legte einen Arm um ihre Freundin. Frances schmiegte sich an sie, ein warmes und beruhigendes Gewicht an ihrer Seite.

»Das weiß ich«, sagte Georgiana. »Es wird alles gut werden, Frances.«

»Es ist nur …«, sagte Frances und klang völlig erschöpft. »Manchmal ist alles so viel, George. Alles da draußen. Alles hier drinnen. Ich bin es ziemlich leid. Die Leute sehen mich an und erwarten von mir, etwas Besonderes zu sein, im Guten wie im Schlechten, und ich denke oft … es wäre schön, einfach nur zu *sein.* Verstehst du?«

»Natürlich«, sagte Georgiana, die nicht sicher war, ob sie überhaupt etwas verstanden hatte.

»Aber bei uns ist das nicht so«, murmelte Frances und drückte ihr Gesicht mit einem kleinen Seufzer an Georgianas Hals. »Du bist nicht wie der Rest von ihnen, George. Ganz und gar nicht.«

»Bin ich – bin ich nicht?«, flüsterte Georgiana zurück und wartete gespannt auf eine Antwort, aber Frances sagte nichts und war kurz darauf eingeschlafen.

Danach lag Georgiana noch lange Zeit wach. Ihr Arm wurde unter Frances' Gewicht allmählich taub, dennoch rührte sie sich nicht. Sie lauschte auf Frances' Atem und das Knarren im Haus und schlief schließlich genau in dieser Position ein.

Kapitel sieben

Als Georgiana am nächsten Morgen erwachte, lag sie immer noch auf der Seite und stellte fest, dass das andere Kissen leer war. Frances stand vollständig bekleidet und frisiert am Fußende, als ob die vorherige Nacht schlicht nicht stattgefunden hätte.

»Beeil dich, George«, sagte sie und warf Georgiana einen Morgenrock zu. »Der Morgen vergeht wie im Flug!«

Sie frühstückten im Garten an einem Tisch, der auf der hinteren Terrasse aufgestellt war, und genossen alle Arten von Brot, Gebäck und Obst, wobei Frances Georgiana aufforderte, kleine Bissen von allem zu probieren. Danach spazierten sie über das Anwesen, über weitläufige Rasenflächen und durch eingezäunte Gärten bis zu den etwa zwei Meilen entfernten Ställen, wobei ihnen drei schlanke dunkle Windhunde auf den Fersen folgten. Frances zeigte Georgiana die Pferde ihres Vaters, stellte ihr jedes einzelne mit Namen und Stammbaum vor und erzählte ihr ohne den leisesten Groll in der Stimme, wie ihr Vater dazu gekommen war, sie zu erwerben. Georgiana sah nicht die geringste Spur von Lord oder Lady Campbell, aber Frances bemerkte, dass das Lieblingspferd ihres Vaters verschwunden war, was darauf hindeutete, dass er wohl einen frühen Ausritt machte.

Georgiana suchte unablässig bei Frances irgendwelche Hinweise auf das zu entdecken, was in der Nacht zuvor geschehen war. Sie konnte sich fast einreden, dass sie alles nur geträumt hatte – das Weinen, die in der Dunkelheit geflüsterten Worte und das flüchtige Streifen ihrer Lippen –, aber sie wusste, dass sie sich weder Lord Campbells Wut noch das Geräusch von gegen die Wand geschmettertem Porzellan eingebildet hatte. Frances lächelte, als sie jetzt von ihm und seinen Pferden sprach, was Georgiana nicht verstand. Wie konnte Frances so hübsch lachen und eine Anekdote erzählen oder sich bei Georgiana einhaken, als hätte sie ihren Arm in der Nacht zuvor nicht so fest gepackt, dass sie verräterische Spuren hinterlassen hatte? Sie hatte erwartet, dass Frances ihren seltsamen Beinahe-Kuss erwähnen würde, um ihn vielleicht zu verharmlosen, aber auch das schien mit dem Rest zur Seite gelegt worden zu sein. Georgiana fiel auf, dass es sich nicht so seltsam angefühlt hatte, wie es sich vielleicht hätte anfühlen sollen.

Als der Nachmittag anbrach und die Kutsche der Burtons eintraf, lächelte Frances immer noch, bat sie, die Halskette zu behalten, die sie gestern Abend getragen hatte, und sagte, sie müsse wiederkommen.

»Oh, und ehe ich es vergesse: Christopher Crawley hat für den vierten Juli einen kleinen Ausflug in die tiefste, *dunkelste* Provinz geplant. Er hat eine ganze Gruppe von uns eingeladen, für ein paar Nächte in diesem malerischen kleinen Cottage zu übernachten, das einem seiner niederträchtigen Verwandten gehört. Du musst die Erlaubnis bekommen, mitzufahren, sonst langweile ich mich zu Tode.«

»Ich werde da sein«, versicherte Georgiana, die sich freute und etwas erleichtert war, eine weitere Einladung erhalten zu haben.

Die Kutsche setzte sich in Bewegung, und sie holperten langsam davon, wobei Georgiana sich umdrehte und winkte, bis Frances im Schatten ihres schönen riesigen Hauses unendlich klein erschien.

Am Sonntagmorgen wurde Georgiana von einem Klopfen an ihrer Zimmertür geweckt, das so leise war, dass sie erst dachte, sie hätte es nur geträumt. Sie drehte sich mit dem Gesicht zur Wand, den Blick auf die verblasste Blumentapete gerichtet, während sie versuchte, einfach weiterzuschlafen, doch das Klopfen wiederholte sich.

Es konnte nur ihre Tante sein – wobei sie doch üblicherweise einfach hereinplatzte. Georgiana quälte sich aus dem Bett und riss die Tür auf. Es war nicht Mrs Burton, sondern Mr Burton, der äußerst verlegen wirkte und sofort den Blick abwandte, als er sah, dass Georgiana im Nachthemd war.

»Deine Tante hat mich gebeten, dir einen guten Morgen zu wünschen und dir zu sagen, dass es Zeit für die Kirche ist.«

Georgiana hatte die Kirche nicht vergessen, sie war seit ihrem Besuch bei den Campbells nur so sehr in eine Reihe von relativ unheiligen Gedanken vertieft gewesen, dass es ihr kurzzeitig entfallen war. Ihre Eltern, das musste sie zugeben, waren etwas nachlässig gewesen, was ihre geistliche Erziehung betraf. Sie war jede Woche mit ihnen in die Schulkapelle gegangen und hatte dabei meist auf ihre Bibel gestarrt und so getan, als habe sie das Gemurmel und die Aufmerksamkeiten der Schuljungen um sie herum nicht bemerkt. Ansonsten war sie nicht ermutigt worden, sehr häufig an den Herrn zu denken. In ihrem Haus wurden die Lehren der großen Schriftsteller – von Homer und Virgil, Shakespeare und Burns – wie die Heilige Schrift behandelt und Georgina jederzeit dazu befragt, wenn sie doch eigentlich nur ihr Frühstück genießen wollte.

Die Burtons hatten eine andere Haltung zur Kirche. Sie kleideten sich sorgfältig, ließen trotz des relativ kurzen Weges immer die Kutsche vorfahren und erwarteten von Georgiana, dass sie den ganzen Vormittag mit einer dem Anlass entsprechenden Ehrfurcht verbrachte. Georgiana fand das eher langweilig. Seit ihrer Ankunft hatte sie an jedem Sonntag wehmütig an die Tage zurückgedacht, an denen ihr Vater mit der Gabel auf sie gezeigt und verlangt hatte, dass sie »An die Waldlerche« von Robert Burns auswendig aufsagte.

»Ihnen auch einen guten Morgen, Onkel«, krächzte Georgiana. »Ich kann mir nicht vorstellen, dass Mrs Burton Sie tatsächlich gebeten hat, mir das zu sagen.«

»Nichtsdestotrotz …«, sagte ihr Onkel.

Georgiana wartete einen Moment, doch er nickte ihr nur zu und entfernte sich schnell.

Emmeline wurde gerufen, um ihr beim Ankleiden zu helfen, und Georgiana gehorchte, noch im Halbschlaf. Erst als sie die Treppe hinunterstolperte und die Uhrzeit auf der Kutschenuhr sah, wurde ihr klar, dass etwas nicht stimmte.

»Warum brechen wir so früh auf?«, fragte sie verwirrt,

als Mrs Burton die Treppe herunterkam, sie schwungvoll mitriss und aus der Tür beförderte.

»Herrgott, ich habe es dir erzählt, Georgiana – der Vikar ist erkrankt, und man konnte keinen Ersatz finden. Stattdessen sollen alle nach St. Anne's fahren.«

Georgiana tat so, als würde sie sich erinnern, und konnte daher keine weiteren Fragen stellen. Die Kutschfahrt zur örtlichen Kirche dauerte normalerweise nur fünf Minuten, während die Fahrt nach St. Anne's wesentlich mehr Zeit in Anspruch nahm. Der Weg führte Richtung Norden aus der Stadt hinaus, folgte ein Stück dem Weg zum Anwesen der Campbells und ging dann noch weiter. Schließlich erreichten sie ein sehr kleines Dorf, in dem es nur ein oder zwei andere Gebäude gab, die *nicht* zu St. Anne's gehörten.

»Sind wir zu früh?«, erkundigte sich Georgiana, als sie sah, dass sich statt des üblichen Stroms sonntäglicher Kirchgänger nur drei andere Familien dem Gotteshaus näherten.

»Sie müssen zwei Gemeinden in einer Kirche unterbringen, Georgiana – ich gehe kein Risiko ein«, sagte Mrs Burton, richtete ihre Haube und straffte die Schultern, als wollte sie sich auf einen Kampf vorbereiten.

Sie führte sie zielstrebig über den schönen weitläufigen Hof in die Kirche, die so malerisch war, dass sie einem Gemälde glich. Einige der bereits Versammelten schienen Freunde der Burtons zu sein. Sie besetzten eine gut polierte Bank im vorderen Teil, und ihre Tante begann, in gedämpftem wichtigem Tonfall mit der Familie vor ihnen zu sprechen, während Georgiana versuchte, unbemerkt ein kleines Nickerchen zu machen.

Um eine annehmbarere Zeit füllte sich die Kirche allmählich, und Georgiana wurde von Mrs Burton, die mit dem Finger gegen ihren Arm stupste, aus ihren Tagträumen gerissen.

»Was ist?«, murmelte sie und erhielt zur Antwort einen missbilligenden Blick.

Georgiana richtete sich widerwillig auf, drehte sich um und sah, wie Miss Cecily Dugray mit zwei ebenso statuenhaften blonden Personen eintrat, von denen sie annahm, dass es sich um ihre Eltern handelte. Sie setzten sich in eine Bank ein paar Reihen hinter den Burtons auf der anderen Seite des Ganges, dann fiel Cecilys Blick auf Georgiana, und ihre Augen leuchteten auf.

»Oh, Miss Ellers!«, sagte sie, ohne sich die Mühe zu machen, ihre Stimme zu mäßigen. »Geht es Ihnen gut? Sie müssen sich zu mir setzen.«

Sie klopfte auf den Platz neben sich. Georgiana sah zu ihrer Tante, die leicht verwirrt schien, aber zustimmend nickte.

Georgiana erwartete, den Dugrays vorgestellt zu werden, doch sie unterhielten sich bereits mit einem Paar auf der anderen Seite.

»Wie geht es Ihnen?«, fragte sie Cecily, die kornblumenblau gekleidet war und sehr gut aussah.

»Sehr gut«, sagte sie und bestätigte damit Georgianas Eindruck. »Ich habe heute Morgen fünf Dreier und eine Sieben getroffen.«

»Fünf Dreier und eine …?«

»Oh! Langbogen«, erklärte Cecily begeistert. »Ich schieße im Garten auf Ziele – oder im Ballsaal, wenn es regnet. Ich bin furchtbar schlecht, aber ich werde immer besser.«

»Aber Sie haben heute bereits geschossen? Heute Morgen?«, fragte Georgiana und versuchte, diese neuen Informationen schnell zu verarbeiten. »Es ist noch nicht einmal zehn Uhr.«

»Oh, ich schlafe nicht viel«, sagte Cecily überaus fröhlich. »Um diese Jahreszeit ist es ziemlich hell, selbst um sechs Uhr morgens … Ach, da ist Jane.«

Tatsächlich waren die Woodleys ebenfalls eingetroffen. Wenn sie gewusst hätte, dass dies die Kirche war, die alle Freunde von Frances bevorzugten, dachte Georgiana reumütig, hätte sie ihr Haar ein wenig sorgfältiger gekämmt.

»Morgen«, sagte Jane, als sie auf ihrer Höhe war. »Gut geschossen, Ces?«

»Fünf Dreier und eine Sieben«, erwiderte Cecily lächelnd und richtete sich zu ihrer vollen Größe auf.

»Du machst Fortschritte«, sagte Jane und zog eine Augenbraue hoch. »Irgendwelche Verluste?«

»Ach«, sagte Cecily leichthin, »nicht wirklich.«

»Nicht wirklich?«, fragte Georgiana erschrocken, und Jane schien sie zum ersten Mal zu bemerken, obwohl sie über ihren Kopf hinweg gesprochen hatte.

»Guten Morgen, Miss Ellers«, sagte sie, wobei ihr Blick sofort zu Georgianas Haar sprang. »Windig in der Stadt, was?«

Noch bevor Georgiana sich eine Antwort überlegen konnte, wurde sie von ihren Eltern mitgezogen. Christopher Crawley kam ein oder zwei Augenblicke später mit einem Mann vorbei, der wohl sein Bruder war. Er sah ungeheuer verkatert aus und blieb nur stehen, um beiden die Hand zu küssen, bevor er in eine Kirchenbank sank, den Platz an der Wand einnahm und sich fast in die Horizontale gleiten ließ.

»Wird sich Miss Campbell ebenfalls zu uns gesellen?«, fragte Georgiana und blickte sich um, ob sie bereits eingetroffen war, ohne dass sie es bemerkt hatte. »Oder … Mr Smith?«

»Hm – unwahrscheinlich«, sagte Cecily. »Frances macht normalerweise keine Termine vor elf Uhr, und ihre Eltern sind oft verreist, sodass niemand da ist, der sie zwingen könnte. Jonathan kommt gar nicht.«

»Warum nicht?«

»Er sagt, er habe Gott umgangen, einen Bogen um ihn gemacht und jetzt nur noch mit seinem nächsten Verwandten zu tun.«

»Wie – mit Christus?«

»Nein«, sagte Cecily strahlend. »Dem Teufel.«

»Ah«, erwiderte Georgiana, die wieder einmal nicht wusste, was sie sagen sollte.

»Da ist Jeremiah«, rief Cecily und blickte zur Tür zurück. »Starren Sie nur nicht. Frances wird immer wütend, wenn ich das tue.«

Es fiel Georgiana schwer, ihrer Aufforderung zu folgen. Bald stellte sich heraus, dass Mr Russell mit einer ziemlich großen Gruppe eingetreten war, darunter verschiedene Familienmitglieder, einige Männer, mit denen Georgiana ihn auf Janes Party gesehen hatte, und schließlich – und das war entscheidend – der große dunkle und sehr unglücklich aussehende Mr Hawksley. Die vorderen Kirchenbänke, die quer zum Rest standen, sodass sie das Rednerpult auf beiden Seiten flankierten, schienen für sie frei geblieben zu sein. Sie gingen den Gang hinunter und grüßten Freunde und Nachbarn, wobei Mr Hawksley die Nachhut bildete. Georgiana bereitete sich darauf vor, den Blick abzuwenden und desinteressiert zu tun, sobald er sie sah, aber er ging an ihr vorbei, ohne sie überhaupt zu bemerken.

Sobald sie Platz genommen hatten, räusperte sich der etwas untersetzte junge Vikar, Mr Weatherby, und bat um Ruhe, was überwiegend beherzigt wurde. Die Predigt begann, aber Georgiana war nicht in der Lage, sich zu konzentrieren. Sie beobachtete Mr Hawksleys Profil – die losen Locken, die ihm bereits aus dem Zopf geglitten waren, die ernste Miene und wie behutsam er die Seiten der Bibel umblätterte. Sie wandte erst den Blick ab, als Cecily sie fragte, welches Lied sie als Nächstes singen sollten, und sie erklären musste, dass sie keine Ahnung hatte.

Nachdem das Lied zu Ende war, nahmen sie wieder Platz, und Cecily beugte sich vor, um Georgiana etwas ins Ohr zu flüstern.

»Dieser Mann, Mr Hawksley, schaut Sie an.«

»Oh«, sagte Georgiana und hielt ihren Blick auf die Lehne der Bank vor ihr gerichtet. »Nun – auf welche Art? Schaut er absichtlich, oder fällt sein Blick nur zufällig in diese Richtung?«

»Ich finde, er sieht ziemlich verärgert aus – haben Sie sich mit ihm gestritten? Er blinzelt oft, das scheint … Oh, nein, Moment, ich glaube, er hat etwas im Auge. Ja, er versucht, es herauszuwischen. Meine Güte, er gibt sich wirklich Mühe.«

»Großartig«, flüsterte Georgiana verzweifelt. »Danke.«

»Warten Sie«, sagte Cecily und stupste sie an, »ich glaube, *jetzt* schaut er in diese Richtung. Er hat den Gentleman neben sich gerade leise etwas gefragt. Ich bin sicher, er hat in unsere Richtung genickt … Ach nein, er hat ihn nur nach einem Taschentuch gefragt. Und der Gentleman – ja, der Gentleman hat ein Taschentuch, das er ihm leihen kann. Jetzt hat er das Taschentuch.«

»Vielen Dank, Cecily«, sagte Georgiana. »Ich denke, Sie können jetzt aufhören.«

»*Haben* Sie sich mit ihm gestritten?«, wollte Cecily wissen, aber Georgiana wurde durch die Ankündigung eines weiteren Liedes davor bewahrt, antworten zu müssen.

Der Rest des Gottesdienstes zog sich hin, und Georgianas Nerven tanzten in Erwartung des Augenblicks, in dem Mr Hawksley an ihr vorbeigehen und sie vielleicht dieses Mal bemerken würde. Als es so weit war, konzentrierte sie sich so sehr darauf, unbeteiligt zu wirken und Cecily freundlich anzulächeln, damit er einen guten Eindruck von ihr erhielt, dass sie nicht bemerkte, dass er und Jeremiah Russell tatsächlich direkt neben ihr stehen geblieben waren. Erst als Cecily jemandem hinter ihrem Rücken breit und sehr betont zulächelte, fiel es ihr auf.

»Miss Dugray«, sagte Mr Russell und nickte ihr zu. »Und … verzeihen Sie, ich bin mir nicht sicher, ob wir uns schon vorgestellt wurden.«

»Georgiana Ellers, Sir«, sagte Georgiana und spürte, wie sie errötete, obwohl sie einander ja schon vorgestellt worden waren und er sie offensichtlich sofort wieder vergessen hatte. Er sah so gut aus, dass man unter seinem

Blick das Gefühl hatte, in einem Sonnenstrahl zu baden, auch wenn er ein sehr kurzes Gedächtnis zu haben schien.

»Ah, ja. Nun, seien Sie brav, Ladys – Gott schaut zu«, sagte er, hob bedeutungsvoll eine Augenbraue und nickte ihnen zum Abschied noch einmal zu.

Mr Hawksley hatte schweigend neben ihm gestanden. Erst als Jeremiah sich zum Gehen wandte, begegnete er schließlich Georgianas Blick und zuckte sichtlich erschrocken zusammen. Georgiana wusste nicht viel über Gentlemen, aber sie war sich relativ sicher, dass es kein gutes Zeichen war, wenn sie bei ihrem Anblick zusammenzuckten.

Cecily und sie sahen ihn erwartungsvoll an, er schenkte ihnen ein kurzes angespanntes Lächeln und neigte den Kopf.

»Guten Tag«, sagte er, dann entfernte er sich zügig.

Einen Moment lang saßen sie schweigend da, während der Rest der Gemeinde an ihnen vorbeilief.

»Vielleicht«, sagte Cecily mitfühlend, »hatte er noch etwas im Auge?«

»Sicher«, erwiderte Georgiana und stand auf, als Mrs Burton ihr bedeutete, zu kommen. »Ich denke, das wird es gewesen sein.«

Kapitel acht

Als endlich ein Brief von ihren Eltern eintraf, saß Georgiana in höchst undamenhafter Haltung quer auf der Fensterbank in der Bibliothek und las – das Haar offen, den Rücken gegen die eine Wand gelehnt, die Beine angehoben und an der anderen abgestützt. Zum Mittagessen hatten sie Mürbegebäck genossen, und anschließend war Georgiana heimlich zu Marjorie in die Küche geschlichen. Sie hatte ihr einen Teil aus dem Buch erzählt, das sie gerade las – Henry Fielding, häusliche Tragödien und halbherzige Seitensprünge –, und dafür weitere Kekse erhalten, die sie genussvoll beim Lesen verschlang und sich dabei vollkrümelte.

Der Brief ihres Vaters wurde ihr von einer sehr neugierigen Emmeline direkt in die Hand gedrückt, da ihre Tante und ihr Onkel auf einem Nachmittagsspaziergang waren. Sie legte augenblicklich ihr Buch weg, schüttelte die Krümel von ihrem Kleid und zog den Stuhl ihres Onkels an den kleinen Schreibtisch, um dem Brief ihre volle Aufmerksamkeit zu schenken.

Georgiana,
entschuldige, dass dieser Brief so spät kommt, aber wir mussten das Haus einrichten und bewohnbar machen

und haben uns nun endlich so weit eingelebt, dass ich unsere Korrespondenz wieder aufnehmen kann. Deiner Mutter geht es wesentlich besser. Sie macht regelmäßig Spaziergänge, badet im Meer und genießt das Leben an der Küste in vollen Zügen – bis auf das fast unablässige Geschrei der Möwen. Bislang habe ich fünf geschossen und hoffe, noch viele weitere zu erlegen. Wir bedauern natürlich, dass du nicht bei uns bist, aber wir wissen dich in guten Händen. Wenn es die Zeit erlaubt, planen wir Ende des Sommers einen Besuch. Bitte richte deiner Tante und deinem Onkel unseren Dank dafür aus, dass sie dich in ihre Obhut genommen haben.
Übrigens vermisse ich meine Ausgabe von Richard II. Wenn du sie derzeit hütest, lass sie mir bitte so bald wie möglich per Post zukommen.
Dein Vater,
Mr Jacob Ellers

Georgiana drehte den Brief um, um zu sehen, ob es ein Postskriptum gab, und überprüfte dann noch einmal den Umschlag, um zu sehen, ob es vielleicht der erste von vielen Briefen war. Doch das war er nicht. Sie las ihn erneut und versuchte, ihm eine weitere Bedeutung zu entlocken, dann fühlte sie sich leer und legte ihn beiseite. Sie starrte auf den Schreibtisch und musste sich beherrschen, um nicht zu weinen.

Als Georgiana sieben Jahre alt war, hatte sie eine herumliegende Sticknadel in die Hand genommen und versucht, ihrer Mutter nachzueifern, indem sie die Nadel mit solcher Wucht durch eine halb fertige Decke stach, dass sie sie in die Handfläche der anderen Hand trieb. Sie war völlig hysterisch vor Schmerz und Schreck, rannte durchs Haus und schrie nach ihrer Mutter und ihrem Vater. Schließlich fand sie sie im Salon, wo sie mit Büchern im Schoß saßen und leicht verärgert über die Störung wirkten.

Als ihr Vater den Grund für die Aufregung begriff, entfernte er die Nadel kurzerhand, drückte sein Taschentuch auf die Einstichwunde und versuchte, sie wieder fortzuschicken.

»Ich habe versucht«, hatte Georgiana unter Schluchzen erklärt, »ich habe versucht, Mama mit der Decke zu helfen.«

»Ach, Georgiana«, hatte ihre Mutter enttäuscht gesagt und ihr Buch zur Hand genommen. »Das ist doch nicht die richtige Nadel, um mit Wolle zu arbeiten.«

Georgiana hatte ihr ganzes Leben lang bei ihren Eltern etwas anderes gesucht als ruhige maßvolle Sachlichkeit, und sie war wütend auf sich selbst, weil es sie immer noch überraschte, dass sie es nicht bekam.

Bisher habe ich fünf Möwen erschossen und hoffe, noch viele weitere zu erlegen.

Fast einen Monat lang keine Nachricht, und dann meinte ihr Vater, dass die Jagd auf Seevögel eine ausführlichere Erwähnung verdiente als jede Art von Zuneigung für seine Tochter. Er wollte Georgiana nicht zurückhaben, ganz und gar nicht – aber *Richard II.* brauchte er *dringend.*

Plötzlich schoss heiße Wut durch ihre Adern, und sie stand auf, ging zu den Bücherregalen und suchte wahllos, fast manisch in der Abteilung, die ihr Onkel ihr für ihre Bücher zugewiesen hatte. Als sie fand, was sie suchte, zog sie es heraus und starrte es einen Moment lang an.

Verdammter *Richard II.* Sie hielt es nicht einmal für ein besonders gutes Stück.

Georgiana ergriff ein paar Seiten und riss sie mit einer schnellen Bewegung heraus. Sie beobachtete, wie das feine vergilbte Papier zu Boden fiel, dann zerfetzte sie in einer Art Rausch den Rest des Buches. Sie hörte auch nicht auf, als eine Seite einen langen Schnitt in ihrer Hand hinterließ, und fuhr fort, bis nur noch der harte Einband und ein Haufen Anzündpapier übrig waren.

Anschließend folgte unweigerlich Bedauern. Ein Buch zu zerstören, kam ihr wie ein Sakrileg vor – als hätte sie etwas beschädigt, das man nicht berühren durfte. Sie hätte es stattdessen behalten und es oft lesen sollen. Sie hätte sich daran erfreuen und es umso mehr genießen sollen, da sie es lesen konnte und ihr Vater nicht.

Dafür war es jetzt zu spät. Sie saugte das Blut von ihrer Hand, fühlte sich ziemlich erschöpft und sehr klein und schaffte es gerade noch, die Tränen zurückzuhalten. Es half ihr, sich auf eine Aufgabe zu konzentrieren und die Papierfetzen aufzusammeln. Sie achtete sorgsam darauf, keine Spuren zu hinterlassen. Nachdem sie alles aufgehoben hatte, brachte sie es in die Küche, wo sie es Marjorie zum Verbrennen anbot. Die ältere Frau sah sie fragend an, sagte jedoch nichts, sondern betrachtete noch einen Moment lang Georgianas Miene, bevor sie das Papier nahm und ihr stattdessen noch einen Keks in die Hand drückte.

Als die Burtons von ihrem Spaziergang zurückkehrten, war Georgiana immer noch schlecht gelaunt. Wortlos reichte sie den Brief ihrer Tante und ging zu Bett, damit sie ihn in Ruhe lesen konnte.

Später kam Mrs Burton zu ihr, sie klopfte an und stieß dann mit einem so freundlichen mitfühlenden Gesichtsausdruck die Tür auf, dass Georgiana am liebsten geschrien hätte. Ihre Tante setzte sich auf die Kante des Bettes, das knarrend protestierte, und tätschelte ihr liebevoll den Arm.

»Deine Eltern … können ihre Zuneigung nicht gut in Worte fassen«, sagte sie sanft.

»Das kann man wohl sagen«, brummte Georgiana in ihr Kissen. »Übrigens vermisse ich meine Ausgabe von *Richard II.*«

»Ah. Ja. Und – hast du sie gesehen? Sie scheint nicht in der Bibliothek zu sein.«

»Nein«, sagte Georgiana schuldbewusst, setzte sich auf und sah ihre Tante an. »Ich gönne ihnen den Umzug, Mrs Burton, und ich bin froh, dass es meiner Mutter besser geht. Und natürlich bin ich dankbar, hier zu sein, aber wäre es so schwierig gewesen, zumindest so zu tun, als würden sie mich vermissen? Nur ein bisschen?«

»Nein, das wäre es nicht«, antwortete Mrs Burton mit einem traurigen Seufzer.

»Vermutlich würden sie in Panik geraten und mich augenblicklich erschießen, wie diese armen Möwen, wenn ich unangemeldet auftauchen würde.«

»Das glaube ich nicht, Liebes«, sagte Mrs Burton wenig überzeugend, und dann zog sie Georgiana fest in ihre Arme. Es fühlte sich erschreckend fremd an, auf diese Weise geliebt zu werden, so körperlich, so umständlich, und es war ihr peinlich, dass ihre Augen ein wenig nass waren, als sie sich von ihrer Tante löste. »Du hast hier aber doch keine allzu schreckliche Zeit, oder? Ich hoffe, du weißt, dass dein Onkel und ich sehr froh sind, dich hier zu haben. Wir werden noch ein paar Ausflüge unternehmen – und du hast gesagt, du hattest einen schönen Aufenthalt bei den Campbells.«

»Das stimmt«, sagte Georgiana mit schlechtem Gewissen.

Sie hatte ihrer Tante eine sehr verzerrte Version der Wahrheit wiedergegeben, indem sie ihr erzählte, sie habe mit den Campbells zu Abend gegessen und furiose Schachpartien am Feuer gespielt, wobei sie die Tatsache unterschlug, dass dies alles halb bekleidet und in völlig betrunkenem Zustand stattgefunden hatte. So nett wie ihre Tante war, schien es der perfekte Moment zu sein, um die Cottage-Gesellschaft zur Sprache zu bringen, die Frances erwähnt hatte. Georgiana rang mit sich, um ihr dann noch mehr Lügen und Halbwahrheiten aufzutischen.

»Mrs Burton, die Campbells fahren bald aufs Land und wollten mich einladen …«

Mrs Burton hörte zu, als Georgiana stockend – und falsch – die Natur der Reise erklärte, dann lächelte sie und drückte die Hand ihrer Nichte.

»Ich finde, das klingt herrlich. Genau das Richtige, um deine Laune zu heben. Gehen wir morgen in die Stadt und suchen etwas Spitze aus, um eines deiner alten Kleider aufzuwerten«, sagte sie und nestelte an Georgianas Ärmel.

Georgiana zog ihren Arm weg, gereizt über die Andeutung, dass ihre Kleider aufgewertet werden müssten, und besorgt, dass Frances und ihre Freunde vielleicht dasselbe denken könnten. Alle Schuldgefühle ob ihres Betrugs waren augenblicklich vergessen.

»Sehr gern«, sagte sie zu Mrs Burton, die ein wenig enttäuscht wirkte, als sie das Zimmer verließ.

So pessimistisch sie auch war, was ein paar Bahnen Spitze an ihrer scheinbar jämmerlichen Garderobe verbessern könnten, blühte Georgiana dennoch auf, als die Kutsche in die Stadt hineinfuhr. Die Cottages und Hecken wichen Reihen mit schmalen Häusern, die so dicht standen, dass sie sich nicht vorstellen konnte, wie die Menschen darin Platz zum Atmen fanden. Sie waren alle aus dem gleichen honigfarbenen Stein gehauen, hübsche Blumenkästen mit Stiefmütterchen und Gänseblümchen bildeten die einzigen Farbtupfer in all dem Braun. In den Straßen herrschte reichlich Trubel. Sie waren umgeben vom Geschrei der Straßenverkäufer, dem Geruch von Abwasser und Pferdedung und Menschenmengen, die unter Sonnenschirmen spazieren gingen und Kutschen wie der ihren auswichen, wenn sie unachtsam die Straße überquerten.

Sie verbrachten sehr viel Zeit in der Kurzwarenabteilung, wo Mrs Burton Georgiana so viele fast identische Spitzenstoffe vorlegte, dass sie bei jedem Blinzeln verschlungene Muster auf der Innenseite ihrer Augenlider zu sehen begann. Schließlich willigte ihre Tante ein, dass sie sich draußen im Schatten auf eine Bank setzen durfte, solange sie in Sichtweite des Ladens blieb. Georgiana eilte davon, bevor Mrs Burton ihre Meinung ändern konnte, und genoss die plötzliche Freiheit.

Die Stadt verfügte über zwei gut befahrene Hauptstraßen, die sich in der Ortsmitte trafen, wo die beliebtesten Geschäfte und Gasthäuser und die eindrucksvollsten Versammlungsräume einen breiten gepflasterten Marktplatz säumten. Georgiana war von ihrer Tante während der Kutschfahrt gewarnt worden – und zwar dreimal –, dass das Wirtshaus an der Ecke des Platzes ausschließlich von Gaunern und Schurken besucht werde und dass es einem Todesurteil gleichkäme, wenn man sich in die daran anschließende Straße wagte.

Als Georgiana sich nun umsah, hegte sie den Verdacht, dass ihre Tante etwas übertrieben hatte. An der Ecke standen ein paar ältere Herren, die ziemlich schäbig aussahen und sich unterhielten, und ein Stück weiter die Straße hinunter eine Frau, die mit wenig Erfolg zu betteln schien. Georgiana beobachtete, wie sich eine sehr gut gekleidete Frau, die teilweise von einem Sonnenschirm verdeckt war, vorbeugte, um der Bettlerin eine Handvoll Münzen in die ausgestreckten Hände zu legen. Diese sah auf das Geld hinunter, dann wieder zu ihrer Wohltäterin hinauf und lächelte, doch dann stockte sie. Ihr Lächeln wich einer finsteren Miene, und zu Georgianas Verwirrung spuckte sie der Frau vor die Füße, während diese eilig davonlief.

Als die Frau näher kam, dicht gefolgt von einem Diener, dessen Arme mit Paketen beladen waren, erkannte Georgiana erschrocken, um wen es sich handelte: Lady Campbell, deren Gesicht seltsam ausdruckslos war, den Blick starr nach vorn gerichtet, ohne dass sie etwas zu sehen schien.

»Oh«, ertönte Mrs Burtons Stimme hinter Georgiana und erschreckte sie noch mehr. »Ist das nicht …? Lady Campbell!«

Bevor Georgiana sie aufhalten konnte, winkte ihre Tante Frances' Mutter herbei. Sofort wich die Leere in ihrem Gesicht einem höflichen Lächeln, und sie blieb stehen, um die beiden zu begrüßen.

»Wir sind uns natürlich noch nicht richtig vorgestellt worden, aber meine Georgiana ist ganz angetan von Ihrer Frances«, sagte Mrs Burton strahlend. »Es war so nett von Ihnen, meine Nichte bei sich aufzunehmen.«

Georgiana war augenblicklich übel, als sie sich vorstellte, dass nun all ihre Lügen vor ihr ausgebreitet wurden, als stünde sie vor Gericht. Vermutlich ahnte Lady Campbell nicht im Entferntesten, dass Georgiana über ihre Schwelle getreten war, geschweige denn, dass sie eine betrunkene Frances aus dem See gezogen oder einen häuslichen Streit mitangehört hatte, der eindeutig privat sein sollte.

»Bitte lassen Sie uns wissen, ob wir uns dafür jemals revanchieren können.«

»Ah … ja«, sagte Lady Campbell und sah Georgiana mit leicht gerunzelter Stirn an, die wie versteinert aussehen musste. »Das hat keine Umstände gemacht. Sie ist jederzeit willkommen.«

Georgiana bemühte sich, sich ihre Erleichterung nicht zu sehr anmerken zu lassen, und versuchte gleichzeitig, Frances' Mutter ihren stillen Dank zu übermitteln, die jedoch völlig desinteressiert schien. Ihr Blick glitt bereits an ihnen vorbei, als sei ihr ein fesselnderer Gedanke gekommen.

»Nun, wir wollen Sie nicht aufhalten«, sagte Mrs Burton, die spürte, dass sie ihr Publikum bereits verloren hatte. »Einen schönen Tag, Lady Campbell.«

»Schönen Tag«, wiederholte diese und entfernte sich bereits.

Mrs Burton begann sofort, ihre Tugenden zu preisen und jedes Detail ihres Gesprächs zu sezieren, doch Georgiana hörte nicht zu. Sie beobachtete zwei Damen, die zur Seite traten, um Lady Campbell in das Hutgeschäft eintreten zu lassen. Sie gaben sich einigermaßen höflich, als sie ihnen zum Dank zunickte, doch sobald sie in dem Geschäft verschwunden war, eilten sie leise tuschelnd davon.

Mrs Burton begleitete Georgiana zurück zu ihrer Kutsche, die fünf Minuten entfernt auf sie wartete. Als sie auf dem Heimweg erneut den Platz überquerten, beobachtete Georgiana Lady Campbell durchs Schaufenster, wie sie aufrecht und mit leerer Miene dasaß, während ihr ein Hut nach dem anderen gebracht wurde.

Kapitel neun

Als Georgiana das letzte Mal einen Jahrmarkt besucht hatte, war sie zwölf gewesen. Er hatte in der Schule ihres Vaters stattgefunden, und ein Junge namens Tommy Hannock hatte ihr gegen das Schienbein getreten und sie als »Schnecke« bezeichnet, weil sie ihn beim Bogenschießen geschlagen hatte. Es erschien ihr unklug, sie zu beleidigen, solange sie noch eine Waffe in der Hand hielt, vor allem eine Waffe, mit der sie gerade bewiesen hatte, dass sie sie viel besser beherrschte als er – aber sie hatte ihn mit einigem Bedauern nicht erschossen.

Als Frances Georgiana am letzten Junisonntag zum Jahrmarkt eingeladen hatte – durch eine schriftliche Nachricht am Samstagabend, gefolgt von Frances selbst, die am nächsten Morgen in ihrer Kutsche auftauchte und Mrs Burton mit einem Augenzwinkern fragte, ob Georgiana »zum Spielen« herauskommen dürfe –, hatte sie es für Frances' Verhältnisse überraschenderweise für eine gesunde Aktivität gehalten.

Wie sich herausstellte, bedeutete der Besuch eines Jahrmarkts für Erwachsene, dass Alkoholkonsum zulässig – vielleicht sogar erforderlich – war, und Georgiana war bereits in Hochstimmung, nachdem sie sich zusammen mit Cecily und Jane im Haus von Frances auf den

Nachmittag vorbereitet hatte. Lord und Lady Campbell waren erfreulicherweise wieder einmal abwesend. Jonathan schickte ein Entschuldigungsschreiben, in dem er mitteilte, dass er anderweitig beschäftigt sei, und auch wenn er es nicht wäre, sicherlich so tun würde, als ob, um den Besuch eines Jahrmarkts auf dem Land zu umgehen. Christophers Aufenthaltsort war, wie Frances es ausdrückte, »unmöglich festzustellen«.

»Ein Mädchentag!«, hatte Frances vorhin fröhlich gesagt, als sie in ihrem Garten saßen und etwas tranken, das Cecily zusammengebraut hatte und das nach Wundbenzin und Holunderblüten schmeckte. Jane war besser gelaunt als sonst und hatte ihnen Blumen aus den Gärten der Campbells ins Haar geflochten, sodass sie wie vier heidnische Feen aussahen. Sie hatten den Kirchenbesuch ausgelassen, um sich fertig zu machen, und Mrs Burton hätte wahrscheinlich sofort den Pfarrer gerufen, wenn sie sie ohne Handschuhe oder Hauben gesehen hätte. Sie und Mr Burton waren jedoch am Vormittag aufgebrochen, um seine Schwester zu besuchen, die zwanzig Meilen entfernt wohnte. So musste Georgiana sich keine Sorgen machen, dass sie überraschend auftauchen und sie dabei erwischen könnten, wie sie wie eine Schönwetterfee herumlief.

Auf dem Gelände von St. Anne's, das auf allen Seiten von Ulmen gesäumt war, die ihre letzten papiernen Samen wie Konfetti abwarfen, waren zahlreiche Stände und Spiele aufgebaut. Kinder in Sonntagskleidern rissen Grasbüschel aus und bewarfen sich gegenseitig damit, kicherten wie wild und jagten sich zwischen den Tischen umher. Ein Kraftprotz forderte die Passanten auf, es mit seinem

Hammer zu versuchen. Es gab sogar eine Kapelle – wobei der Begriff Kapelle vielleicht etwas übertrieben war, denn sie schienen ihre Instrumente aus Holz- und Blechresten selbst hergestellt zu haben.

»Jane *liebt* den Jahrmarkt«, stichelte Frances, und Jane versetzte ihr mit dem Ellbogen einen Stoß in die Seite.

»Es würde mir sehr viel besser gefallen, wenn du aufhörtest, mich zu piesacken«, antwortete sie, lächelte jedoch, und Frances lächelte zurück.

Georgiana hatte keine Ahnung, was dahintersteckte, und fand es etwas beunruhigend, aber es war auf jeden Fall eine Abwechslung zu Janes üblicher mürrischer Miene und ihrem Pessimismus, und so bemühte sie sich, das Beste daraus zu machen.

»George, ich gebe dir ein Pfund, wenn du es schaffst, den Kopf abzuschlagen«, sagte Frances, hielt sich schützend eine Hand über die Augen und deutete mit der anderen auf einen Stand. Dort schien die Aufgabe darin zu bestehen, Äpfel von Gegenständen herunterzuschlagen, und zwar mithilfe von etwas kleineren Äpfeln. Im Mittelpunkt stand eine Vogelscheuche, die auf ihrem Kopf aus Sackleinen Früchte balancierte. Der Preis war ein Korb mit Erdbeeren, die so rot und reif aussahen, dass sie zu platzen drohten. Auf beiden Seiten des Standes wurden Äpfel in Körben zum Verkauf angeboten.

Im Großen und Ganzen fand Georgiana, dass sie mit dem Thema etwas übertrieben hatten.

Ein Pfund war ein unvorstellbar hoher Betrag für einen Wetteinsatz, aber vermutlich war es für Frances eine derart unbedeutende Summe, dass sie davon ausging, alle

Beteiligten würden sie sofort wieder vergessen. Georgiana schritt auf den Stand zu und zahlte ein paar Münzen, um zu spielen, und der Junge, der sich darum kümmerte, gab ihr einen kleinen Haufen schrumpeliger Äpfel. Sie schwang den Arm zurück, schloss ein Auge und versuchte, zu zielen. Dann schleuderte sie einen Apfel auf das Ziel und verfehlte es spektakulär. Die anderen jubelten – Frances und Jane sarkastisch, Cecily aufrichtig –, und Georgiana spürte, wie ihr unter dem Kleid ein wenig heiß wurde. Sie zuckte mit den Schultern und verzog verlegen den Mund.

Sie warf noch zweimal daneben und wurde immer verzweifelter. Sie konnte sehen, dass Frances das Interesse verlor, Jane etwas zuflüsterte und sich nach einer anderen Beschäftigung umsah. Georgiana musterte die Vogelscheuche mit zusammengekniffenen Augen, als hätte sie sie persönlich beleidigt, und gab beim letzten Wurf alles. Diesmal traf sie genau, doch der Apfel fiel nicht herunter. Stattdessen zerbrach er in zwei Hälften, und es wurde deutlich, dass ein Pflock durch ihn getrieben worden war, sodass er gar nicht herunterfallen konnte. Es war völlig unmöglich, das Spiel zu gewinnen.

Georgiana drehte sich um, sah die anderen mit offenem Mund ungläubig an und zeigte auf den zerteilten Apfel. Einen Moment lang schien es, als würde sich niemand ihrer Sache annehmen, doch dann bemerkte Frances, was geschehen war.

»Betrug!«, rief sie.

Der Junge blickte von seinem Platz auf, an dem er müßig sein Bier getrunken hatte und die Passanten beobachtete. Als er den Zustand seines Apfels sah, entfernte er ihn schnell, untersuchte ihn, legte einen anderen an seinen Platz und stieß ihn fest auf den Pfahl, um den nächsten ahnungslosen Kunden zu überlisten.

»Das können Sie doch nicht machen! Ich will meine Erdbeeren!«, sagte Georgiana, und der Alkohol schürte eine Wut, die ihr in diesem Moment völlig angemessen schien.

Frances stand nun mit verschränkten Armen neben ihr.

»Da steht: ›Wer ihn herunterwirft, bekommt einen Preis‹«, sagte der Junge und zeigte mit einem ärgerlichen Grinsen auf ein Schild, auf dem genau das stand.

»Aber es ist unmöglich, ihn herunterzuwerfen! Da könnte genauso gut stehen – ich weiß nicht – ›Flieg eine Runde um den Jahrmarkt, um einen Preis zu gewinnen‹.«

»Ja, nun. Das steht da aber nicht, oder?«

Jane kam mit bedrohlichem Blick auf ihn zu.

»Was gewinne ich, wenn ich dir den Kopf abschlage?«, zischte sie, und er schien so erstaunt, von jemandem wie Jane auf diese Weise angesprochen zu werden, dass alle lachen mussten.

»Komm schon, George. Überlassen wir diesen Jungen seiner glanzvollen Karriere als *Apfelhüter*«, sagte Frances, hakte sich bei Georgiana ein und zog sie weg. Der Junge grinste höhnisch hinter ihnen her, und Georgiana verspürte den starken Wunsch, jeden einzelnen seiner Äpfel nach ihm zu werfen.

»Er sollte … ich weiß nicht … vom Jahrmarkt verbannt werden. Lebenslanges Verbot für alle Aktivitäten erhalten, die mit Äpfeln zu tun haben«, sagte Georgiana betrunken und verletzt, und Frances tätschelte ihr tröstend den Arm.

»Komm schon«, sagte sie. »Ich weiß, was dich aufmuntern wird.«

Cecily und Frances feilschten mit dem Mann, der Wein verkaufte. Er war Mitte fünfzig, hatte einen kleinen Bauch und sichtlich seinen Spaß, als sie ihm schmeichelten, mit den Wimpern klimperten und all ihren weiblichen Charme aufboten, damit er ihnen eine Kiste seines besten Weins für die Hälfte des Preises überließ. Georgiana vermutete, dass sie es nur aus Spaß an der Freude taten, denn sie hatten keinen Bedarf an rabattiertem Wein von einem Mann, der sich schon zweimal im Schritt gekratzt hatte, seit sie zu feilschen begonnen hatten.

Jane stand derweil etwas abseits und unterhielt sich mit dem Mann, der den Pastetenstand betrieb, was an und für sich schon seltsam war. Georgiana bezweifelte, dass Jane jemals in ihrem Leben eine Pastete gegessen hatte, und das hier waren dickkrustige fettige Dinger mit obskurem Inhalt. Cecily und Frances verließen den Weinhändler, wobei sie ihm zum Abschied einen Kuss zuwarfen, und als sie sich Jane näherten, schüttelte sie dem Pastetenverkäufer die Hand und wandte sich mit ernster Miene zu ihnen um.

»An alle – das ist John Louis.«

»John Louis!«, riefen sie erfreut im Chor, als wäre er ein sehr alter und lieber Freund. Georgiana betrachtete ihn einen Moment lang.

»Wer ist John Louis?«, fragte sie Frances leise.

»Ich habe nicht die leiseste Ahnung«, antwortete Frances.

»John Louis verkauft uns eine Pastete«, sagte Jane langsam. »Es ist eine ganz *besondere* Pastete, und wir müssen ihn zu seinem Wagen begleiten, um sie zu holen.«

»Geht es ihr gut?«, erkundigte sich Georgiana bei Frances, als John Louis sich auf den Weg zu den Bäumen machte und sie ihm alle folgten.

Es stellte sich heraus, dass die fragliche Pastete gar keine Pastete war, sondern eine schlichte hölzerne Schnupftabakdose.

»Die bekomme ich aber wieder«, sagte John Louis mit strenger Stimme.

Jane nickte, und Frances wackelte zum Abschied mit den Fingern, bevor sie sich bei Jane einhakte und mit Cecily und Georgiana davonlief, die sich beeilten, um Schritt zu halten.

Jane führte sie zwischen den Bäumen hindurch, weg von dem eigentlichen Kirchhof und zu einer Art Nebengebäude. Vielleicht waren dort früher einmal Pferde untergebracht, doch jetzt bestand es nur noch aus drei Wänden und einem teilweise eingestürzten Dach, und in der einzigen Ecke, die noch überdacht war, waren Heuballen gestapelt.

Jane und Frances setzten sich auf einen Ballen, und Georgiana beugte sich neugierig vor, um zu sehen, welche Geheimnisse die Schnupftabakdose barg.

»Ist das … Ist das Schnupftabak?«, fragte Georgiana zweifelnd, als Frances ehrfürchtig den Deckel anhob und eine hellbraune pulverförmige Substanz zum Vorschein brachte.

Die anderen lachten wissend, und Georgiana fühlte sich gründlich vorgeführt.

»So etwas Ähnliches«, sagte Frances freundlich.

»Nein. Das ist ein *spezieller* Schnupftabak. Schnupftabak plus. Du nimmst ihn wie immer«, sagte Jane.

Sie machte es ihr vor, indem sie etwas davon auf ihren Handrücken streute und ihn an die Nase führte, dann hielt sie Georgiana die Schachtel hin.

Sie zögerte nur einen Moment, doch dann vertraute sie darauf, dass Frances sie nicht mit etwas zu Unheilvollem konfrontieren würde, senkte das Gesicht und schniefte kräftig. Ihre Nebenhöhlen brannten, und sie sah mit tränenden Augen zu, wie Frances und Cecily sich ebenfalls bedienten.

»Bauerndrogen sind die besten Drogen«, seufzte Frances fröhlich und wischte sich die Nase. »Sie haben absolut nichts, wofür es sich zu leben lohnt, und das merkt man.«

»Herrgott, Frances«, sagte Jane, lächelte aber nur träge und lehnte sich mit geröteten Wangen an einen Heuballen. Dieses Lächeln wurde langsam ein wenig beunruhigend.

»Ein Hoch auf die Bauern!«, rief Cecily und hob eine Weinflasche in die Höhe.

Georgiana zuckte zusammen, sie fühlte sich dem Bauern etwas zu nahe, um sich ihnen ernsthaft anzuschließen, doch sie trank trotzdem einen Schluck. Sie stießen auf Jahrmärkte und Heu an, und vor allem auf John Louis, bis die Nüchternheit nur noch ein ferner Traum war und die Sonne deutlich tiefer am Himmel stand.

Georgiana hatte sich nie für eine besonders begabte Tänzerin gehalten – aber heute bot sie aus irgendeinem Grund eine ausgezeichnete Vorstellung. Frances hatte verkündet, die Kapelle sehen zu wollen, und so waren sie alle zu der behelfsmäßigen Bühne gelaufen, waren kichernd übereinander gestolpert, um beim nächsten Tanz mitzumachen. Sie waren bei Weitem die enthusiastischsten Tänzer und stellten sich immer wieder so auf, dass sie Partner bleiben konnten, auch wenn die anderen Tänzer die Plätze wechselten. Das ärgerte einige der anwesenden jungen Männer, die sie unverhohlen anstarrten und sich gegenseitig anrempelten, um näher an sie heranzukommen. Der Mann, der auf der Bühne die Flöte spielte, schien von ihrer Energie ermutigt und begann, beim Spielen mit dem Fuß zu stampfen. Alle feuerten ihn an, während sie immer schneller tanzten, sich drehten und im Takt klatschten. Die Blütenblätter fielen aus ihren Haaren und wurden unter ihren Füßen zertreten.

Nachdem sie in der spätnachmittäglichen Hitze zu sieben Liedern in Folge getanzt hatten, musste sich Georgiana hinsetzen. Die Menge war inzwischen riesig geworden, und sie konnte ihre Freundinnen zwischen den anderen Tänzern kaum noch sehen. Alle tanzten, sogar die Kinder, die auf den Armen ihrer Eltern hin- und hergeschwenkt wurden. Was auch immer in dem Pulver gewesen war, es hatte sie gleichzeitig beschwingt, verwirrt und schrecklich durstig gemacht. Sie besorgte sich einen kühlen Becher Bier und setzte sich an einen Tisch mit Blick auf die Tänzer, wobei sie so ungeschickt trank, dass ihr die Hälfte des Getränks das Kinn hinunterrann.

Jemand klopfte ihr auf die Schulter, und sie hätte sich fast zu Tode erschrocken, aber es war nur der Mann vom Pastetenstand.

»John Louis!«, sagte sie schwach und erhob ihren Becher auf ihn.

»Wo ist Ihre Freundin?«, fragte er.

»Ich weiß nicht …« Georgiana deutete auf die Menge, woraufhin sich beide einen Moment umsahen und feststellten, dass Jane nirgends zu sehen war.

»Sagen Sie ihr, ich will es zurück«, erklärte er eindringlich. »Sofort.«

Georgiana nickte und erhob sich auf ihre müden Füße, um ihre Bereitschaft zu bekunden, ihm zu helfen. Vermutlich hatte Jane sich wieder in das Nebengebäude verzogen, um sich noch mit etwas mehr von dem zu vergnügen, was John Louis so dringend zurückhaben wollte, und Georgiana ging in die Richtung.

Nach einigen Fehlstarts – unter anderem einem, bei dem Georgiana einen hübschen Frosch gesehen hatte und so abgelenkt war, dass sie ihn mindestens eine Minute lang bewundernd angestarrt hatte (der Frosch schien ungerührt), fand sie das Nebengebäude schließlich. Zunächst konnte sie dort niemanden entdecken, hörte jedoch das Rascheln von Heu und schloss daraus, dass jemand dort war.

Als sie Jane und Frances sah, war ihr erster Gedanke, dass sie miteinander kämpften – auf einem Heuballen miteinander rangen. Das ergab natürlich keinen Sinn, aber es dauerte einen Moment, bis ihr Gehirn die Szene zu etwas Sinnvollem formte.

Sie *küssten* sich – und es waren sicherlich keine keuschen Küsse unter Freundinnen. Frances lag faul auf dem Rücken im Heu und beobachtete lächelnd unter halb geschlossenen Lidern, wie Jane sich langsam ihre Brust und ihr Schlüsselbein hinaufküsste und schließlich ihre Lippen erreichte. Sie hatte eine Hand auf Janes Taille gelegt, und Georgiana konnte sehen, wie ihre Knöchel weiß hervortraten, als sie die Augen schloss und sie näher an sich zog.

Georgiana wusste, dass sie sich dringend davonstehlen sollte, aber sie war wie erstarrt, und plötzlich war es zu spät – Frances hatte die Augen geöffnet und sah sie direkt an. Georgiana erwartete, dass sie sich schlagartig aufsetzen, Jane fortschieben und so tun würde, als sei nichts passiert. Doch stattdessen hielt sie Georgianas Blick fest, während Jane sie irgendwo in der Nähe ihres Ohrläppchens küsste, und lächelte sie selig an.

»Was willst du?«, fragte Frances schließlich.

Jane erschrak, schaute über ihre Schulter und schob sich auf die Knie zurück.

»Ähm, es tut mir leid, ich … Ich wurde geschickt, um – aber dann habe ich …«, stotterte Georgiana. Die beiden sahen sie erwartungsvoll an. »Ich habe einen Frosch gesehen«, sagte sie kleinlaut, und Jane rollte mit den Augen.

»Du hast einen *Frosch* gesehen?«, wiederholte sie ungläubig.

»Ja, und … Oh! John Louis will seinen Schnupftabak zurückhaben.«

Frances tastete im Heu danach, schloss dann die Finger darum und warf ihn Georgiana recht grob zu, wenn man bedachte, wie ehrfürchtig sie ihn zuerst geöffnet hatte. Sie schien nun keine Verwendung mehr dafür zu haben, also war er wertlos geworden.

»Danke«, sagte Georgiana und rannte geradezu in Richtung des Jahrmarktes zurück.

Ihr schwirrte der Kopf von dem, was sie gesehen hatte. Sie hatte noch nie gehört, dass Frauen so etwas taten – dass sie sich auf diese Weise begehrten. Sie verstand nicht, warum ihre Handflächen plötzlich so feucht waren und ihr Hals so rot wurde. Es war einfach so unerwartet – das musste es sein. Denn Frances war in Jeremiah verliebt – warum in aller Welt wälzte sie sich dann mit Jane im Heu?

Als Georgiana die Tänzer erreichte, sah sie sich halbherzig nach John Louis um, war in Gedanken aber voll und ganz mit dem äußerst lebhaften Bild ihrer Freundinnen beschäftigt, die kurz davor waren, sich gegenseitig zu schänden. Es war beeindruckend kühn, dachte sie leicht hysterisch, so etwas keine fünfzehn Meter von einer Kirche entfernt zu tun. Vor Schreck brach sie in Kichern aus und presste sich die Fingerknöchel auf den Mund. Wenn *Georgiana* dabei ertappt würde, wie sie mit einer Frau zusammenlag und sie leidenschaftlich küsste – ihre Augen weiteten sich allein bei dem Gedanken daran, und ihr stieg erneut die Farbe in die Wangen. Mrs Burton würde ihr wahrscheinlich für den Rest ihres Lebens die Augen verbinden, damit sie nicht den sanften Schwung einer Frauenwange oder das anzügliche Aufblitzen eines Knöchels sehen konnte. Sie würde dazu verleitet werden, eine unauslöschliche Sünde in einer Hütte zu begehen, die schwach nach Pferdemist roch.

Als John Louis neben ihr auftauchte, wurde Georgiana aus diesen übermächtigen Gedanken gerissen und reichte ihm wortlos die Dose. Er öffnete sie kurz, um zu sehen, wie viel übrig war, schloss sie dann mit einem missbilligenden Laut und steckte sie in seine Tasche.

»Willst du tanzen?«, fragte er unwirsch.

»Oh … Nein danke«, sagte Georgiana.

Er wirkte nicht besonders enttäuscht, dennoch hatte sie das Gefühl, eine Spielverderberin zu sein. Schließlich hatten sie eine Stunde zuvor noch mit jedem Schluck auf ihn angestoßen.

Gerade dachte sie, dass sie nach Cecily suchen musste – wusste sie von Jane und Frances? Hatte sie es überhaupt bemerkt? –, als sich die Menge teilte und Jeremiah Russell in Hemdsärmeln auf sie zuschritt. Frances hatte etwas über ihn gesagt … irgendetwas davon, dass er sie vielleicht später treffen würde, wenn sein Zeitplan es zuließ. Georgiana war jedoch so abgelenkt gewesen, dass sie einen Moment lang durch seine Anwesenheit völlig verwirrt war, als wäre er ein Einhorn, das in ihrem Schlafzimmer aufgetaucht war, und kein Mann, der einen Jahrmarkt besuchte. Er kam auf sie zu und sah im goldenen Licht des frühen Abends unglaublich gut aus. Irgendwie kunstvoll nachlässig. Sie empfand ein seltsames Gefühl von Stolz, als er sie erkannte und nach ihr rief – als wäre es ein großes Kompliment, dass ein Mann sich bei ihrer dritten Begegnung an sie erinnerte, nachdem er ihr bereits zweimal vorgestellt worden war.

»Wo ist Frances?«, fragte er, nachdem er ihr die Hand geküsst hatte, und erst da wurde ihr bewusst, in welcher Lage sie sich befand.

»Ich glaube …« Sie überlegte fieberhaft, was sie sagen konnte. »Ich glaube, sie wollte sich eine Pastete besorgen.«

»Eine *Pastete?* Frances?«

»Ja. Sie sagte – äh – sie sagte, sie sei sehr hungrig von all dem Tanzen und sie müsse etwas essen … und natürlich wäre es nicht ihre erste Wahl«, plapperte Georgiana nun. »Ich glaube, sie konnte in ihrem ganzen Leben noch nie viel mit einer Pastete anfangen, aber heute Abend war eine Pastete genau das Richtige …«

»Jeremiah! Was soll das mit den Pasteten?«

Frances' Stimme ertönte hinter ihr, und Georgiana fühlte sich schwach vor lauter Erleichterung. Sie kam Arm in Arm mit Jane auf sie zu und sah vollkommen unschuldig aus. Doch Georgiana bemerkte, dass Frances' Kleid hochgerutscht war und Janes Hand an Frances' nacktem Oberschenkel hinaufglitt.

»Miss Ellers hatte den Eindruck, dass du dir eine besorgen wolltest«, sagte Jeremiah fröhlich.

»Mein Gott, nein. Wahrscheinlich haben sie ihre Kinder hineingebacken«, erwiderte Frances.

Sie löste sich von Jane, um zu Jeremiah zu gehen und sich ausgiebig die Hand küssen zu lassen. Er bot ihr seinen Arm an, und sie nahm ihn und schmiegte sich eng an ihn. Georgiana riskierte einen Blick auf Jane, deren Gesicht voller Groll war.

Sie tanzten noch etwas, aber Georgiana hatte sich daran gewöhnt, mit Cecily zu tanzen – die in anderen Sphären zu schweben schien und die Menschen um sie herum kaum noch wahrnahm –, sodass Jane nun die Außenseiterin war. Sie wurde immer wieder mit Fremden zusammengeführt, die leicht verängstigt schienen – und das zu Recht, denn sie sah sie regelrecht wütend an. Jane konnte nicht aufhören,

Frances anzustarren; das taten fast alle. Sie und Jeremiah waren der Inbegriff junger Liebe, sie lachten und genossen jede gegenseitige Berührung.

Jane sah aus, als würde sie nichts auf der Welt lieber tun, als Jeremiah den Hammer des Kraftprotzes in den Schädel zu rammen.

Als die letzten Sonnenstrahlen hinter den Bäumen verschwanden und die verschwitzten Tänzer eine Pause einlegten, erschien Frances an Georgianas Seite und zog kichernd an ihrem Ärmel.

»Komm mit, komm schon«, flüsterte sie, und Georgiana folgte ihr.

Ihr Ziel entpuppte sich als der Apfelstand, an dem Georgiana so unerhört um ihren Gewinn betrogen worden war. Anscheinend hatte niemand die Erdbeeren gewonnen, denn sie standen immer noch in dem Korb auf dem Tisch – aber der Junge von vorhin war nirgends zu sehen.

»Hol dir deinen Preis!«, sagte Frances und schob sie vorwärts, und Georgiana ergriff triumphierend den Korb.

Sie schaute sich verstohlen um und machte Anstalten, zu gehen, in der Annahme, sie würden so schnell wie möglich davonschleichen, um mit den anderen zu feiern. Doch Frances war noch nicht fertig. Sie zwinkerte Georgiana zu, dann drehte sie sich um und trat gegen einen der Körbe mit Äpfeln, die zum Verkauf dastanden. Die Äpfel verteilten sich auf dem Boden, und sie trampelte darauf herum und zerquetschte sie.

»Lass ihn nicht davonkommen, er ist ein … ein *fauler Apfel*«, raunte sie Georgiana kichernd und betrunken zu, die sich umschaute, ob sie jemand beobachtete. Ihr Instinkt sagte ihr, sie sollte weglaufen, aber Frances bedeutete ihr erwartungsvoll, mitzumachen.

»Aber … Sollen wir wirklich …? Ich meine, das ist doch sein Geschäft?«, wandte Georgiana schwach ein, und Frances lachte.

»Sein *Geschäft* ist es, unschuldige junge Mädchen um ihr Geld zu betrügen, Georgiana. Er ist ein Dieb! Und wir rächen all jene, die vor uns gekommen sind und die Erdbeeren genauso verdient haben wie du oder ich! Es ist Zeit, sich zur Wehr zu setzen – gegen diesen Apfeltyrannen aufzustehen!«

Aufgeschreckt durch diese Rede, schloss Georgiana sich ihr an. Sie rissen den Zaun um und warfen die Vogelscheuche in den Schlamm. Georgiana trug sicherlich ihren Teil dazu bei, dennoch war sie ziemlich erschrocken, als sie nur zehn oder fünfzehn Sekunden später aufsah und feststellte, was für eine Verwüstung sie angerichtet hatten.

»Schnell, schnell!«, rief Frances.

Sie fasste Georgiana an der Hand und eilte mit ihr davon. Als sie jemanden näher kommen hörten, rannten sie los, erreichten lachend und keuchend die anderen und stützten sich auf den Knien ab, um wieder zu Atem zu kommen.

»Was um Himmels willen habt ihr zwei gemacht?«, fragte Jeremiah und sah Frances mit erhobener Augenbraue schalkhaft an.

»Erdbeeren!«, sagte Georgiana atemlos und hielt den Korb in die Höhe, woraufhin die anderen erfreut aufschrien und sich bedienten. Aus der Richtung des Apfelstandes ertönte ein ehrlicher Schreckensschrei, und Georgiana sah Frances an.

»Worüber regt er sich so auf?«, fragte Cecily milde.

Frances und Georgiana lachten leise und hielten sich die Münder zu, als der Erdbeersaft durch ihre Finger rann.

»Über nichts«, sagte Frances schließlich. »Iss deine Erdbeeren, Ces.«

Kapitel zehn

Schließlich kam der Freitag, an dem die Reise zum Cottage stattfinden sollte, und Georgiana war eine volle Stunde zu früh abfahrbereit. Angekleidet und schwitzend vor Aufregung, wartete sie auf das Rumpeln der Kutsche, die sie abholen sollte. Mrs Burton setzte sich eine Weile zu ihr, fand ihre Nichte aber viel zu abgelenkt, um eine gute Gesellschaft zu sein. (Als sie nach dem Buch gefragt wurde, das sie gelesen hatte, war Georgiana nicht in der Lage, den Titel zu nennen oder den Inhalt wiederzugeben. Es gab keinen Hinweis darauf, dass sie überhaupt noch wusste, was ein Buch war.)

Endlich vernahm sie draußen Geräusche. Georgiana lief äußerst unelegant zu ihrer Tante, um sie zum Abschied zu küssen, und eilte dann hinaus. Mrs Burton sollte keine Gelegenheit haben, mit ihr hinauszukommen und zu bemerken, dass sich in der Kutsche keine angemessene elterliche Aufsicht befand.

Der Kutscher nahm Georgiana den Koffer ab, und sie stieg in die große überdachte Kutsche, in der bereits eine Art Gesellschaft stattfand. Es war in der Tat sehr gut, dass ihre Tante gerade noch einmal die Tür öffnete, um ihnen zum Abschied zu winken, als sich die Pferde schon zurück auf die Straße begaben. Denn Frances, Cecily, Jane und

Jonathan tranken und rauchten und jubelten lautstark, als sie Georgiana erblickten, ohne sich darum zu scheren, dass es erst zehn Uhr morgens war.

Nüchtern wie sie war, kam sich Georgiana auf einmal sehr langweilig vor. Sie nahm einen großen Schluck aus dem Glas, das Jonathan ihr reichte, was leider dazu führte, dass ihr augenblicklich übel wurde. Sie riss sich zusammen und trank einen weiteren Schluck, weil sie fand, dass es der Sache nicht dienlich war, wenn sie sich übergab, bevor sie überhaupt ihr Ziel erreicht hatten. Frances, die ein wunderschönes Kleid in einem dunklen Grünton trug und geradezu überschäumend wirkte, hielt ihr eigenes Glas in die Höhe.

»Ein Toast! Ein Toast auf Freunde und das Land und auf Christophers bösen, bösen Onkel, der ihm das Bastards Cottage geschenkt hat!«

Alle jubelten und stießen ungeschickt mit ihren Gläsern an, da sie in der Kutsche umhergeworfen wurden.

»Bastards Cottage?«, fragte Georgiana, nachdem sie einen weiteren Schluck getrunken hatte.

»Du siehst schockiert aus, George. Wir haben es so genannt, weil Christophers Onkel das Haus gekauft hat, um seine Bastardkinder vor neugierigen Blicken zu schützen. Jetzt sind sie alle erwachsen und verschwunden, um ihr Schweigegeld auszugeben und Pläne zu schmieden, wie sie seine leiblichen Kinder umbringen können. Darum darf Christopher es benutzen.«

»Ich hoffe, er hat es reinigen lassen«, sagte Jonathan mit Nachdruck. »Ich will mir gar nicht erst vorstellen, wofür Christopher es benutzt, wenn wir nicht da sind. Ich bin mir jedenfalls sicher, dass große Mengen an unschicklichen Körperflüssigkeiten im Spiel sind.«

Die Mädchen kreischten und schrien angewidert auf, und Cecily boxte ihn spielerisch gegen die Schulter.

»Was ist? Er ist obszön! Ich bin mir sicher, dass wir uns alle viel besser amüsieren würden, wenn wir von einem dieser guten ehrlichen Bastard-Cousins bewirtet würden.«

»Hört, hört«, sagte Jane düster.

Sie schien wieder niedergeschlagen zu sein, aber zumindest glaubte Georgiana jetzt eine Ahnung zu haben, warum. Frances hatte sie auf dem Jahrmarkt kaum angesehen, nachdem Jeremiah gekommen war, und als Jane sich auf dem Rückweg zur Kutsche bei ihr einhaken wollte, hatte sie sie sogar weggestoßen. Georgiana hatte Jane einen mitfühlenden Blick zugeworfen, aber das Mädchen war vorausgestürmt und hatte den ganzen Heimweg über stillschweigend vor Wut gekocht.

Seit dem Tag hatte Georgiana die Momente des letzten Monats immer und immer wieder in ihrem Kopf Revue passieren lassen: Frances, die ein Paar geliehener Strümpfe auszog, die tränennassen Wimpern, die ihr in der Dunkelheit ihres Schlafzimmers viel zu nah gewesen waren; Jane, die bei der ersten Gesellschaft allein auf der Veranda gestanden und sich geweigert hatte, noch einen Schritt mit Jeremiah Russell zu gehen. In Georgianas Kopf begann sich ein vollständiges Bild zu formen, obwohl sie alles, was sie über die Charaktere zu wissen glaubte, ganz und gar umschreiben musste, damit es einen Sinn ergab. Die Erfahrung war erschütternd gewesen, obwohl es sich von Minute zu Minute weniger so anfühlte. Georgiana musterte Frances. Sie sah schön und elegant aus, beobachtete Jonathan mit düsterem Blick und schwang gefährlich das Glas in ihrer Hand. Eigentlich hatte sich nichts geändert. So war sie schon die ganze Zeit gewesen, auch wenn Georgiana zu blind gewesen war, um es zu erkennen.

Frances verdrehte die Augen. »Wenn ihr bitte alle eure Meinung über Mr Crawley noch ein paar Tage für euch behalten könntet, ihr undankbaren Menschen. Ich möchte meinen Urlaub genießen, ohne wegen eurer abscheulichen Manieren ins Moor geworfen zu werden, vielen Dank.«

Das Wetter war sehr schön. Die Sonne schien durch die Bäume und blitzte ab und zu durch die Fenster, während die Kutsche sich weiter von der Stadt entfernte. Sie tranken unablässig und gestalteten ihre Geschichten immer wilder und unflätiger, je leerer die Weinflaschen zu ihren Füßen wurden.

Georgiana hatte gerötete Wangen und war außer sich vor Freude darüber, wie leicht sich alles anfühlte. Niemand schien sie als Außenseiterin oder als unwillkommenes Mitglied ihrer Gruppe zu sehen. In den ersten Wochen ihrer Freundschaft mit Frances hatte sie sich fast wie bei einem Vorsprechen gefühlt – ein Versuch, sich ihren Platz zu verdienen, zu beweisen, dass sie dazugehörte –, doch jetzt nicht mehr. Sie hatte die Rolle bekommen, sie war *angekommen*. Nun konnte sie sich unbeschwert amüsieren, ohne fürchten zu müssen, dass man ihrer spontan überdrüssig werden und sie mit ihrem Koffer an einer Kreuzung zurücklassen könnte, damit sie dort auf die abendliche Postkutsche wartete.

Gegen Ende der Reise wurden die Trinksprüche immer

alberner (»Auf den Weinstock, der uns die Trauben für diesen Wein geschenkt hat!«, »Auf die Hunde, die darauf gepinkelt haben!«). Georgiana war völlig ausgehungert und schätzte, dass es schon weit nach Mittag war, als sie eine sehr steile Auffahrt hinauffuhren und dann übereinander purzelten, als sie versuchten, alle gleichzeitig auszusteigen. Hinter Frances rollte eine fast leere Weinflasche hinaus und zerschellte, aber sie lachte nur und trat mit ausgebreiteten Armen über die Sauerei hinweg, als würde sie Georgiana das Cottage präsentieren.

Es war viel größer, als sie erwartet hatte – mindestens so groß wie das Haus der Burtons, und sie würde es niemals wagen, das in Gegenwart ihrer Tante als Cottage zu bezeichnen. Es sah aus, als wäre es unter dem dichten Blätterdach aus Glyzinien und Efeu weiß getüncht. Sie waren von Bäumen umgeben, und als Georgiana sich umdrehte, konnte sie kaum den Weg erkennen, den sie bis hierher zurückgelegt hatten. Sobald die Kutscher ihr Gepäck abgeladen und sich auf den Weg in die Stadt gemacht hatten, würden sie ganz allein sein.

Es war die Art von Ort, die äußerst friedlich hätte sein sollen – aber natürlich stand nicht im Entferntesten so etwas wie Frieden auf der Tagesordnung.

Die Haustür ging auf, und Christopher kam in einem grellen lavendelfarbenen Hemd heraus, das halb aufgeknöpft war, eine Flasche Wein in jeder Hand, die Arme zur Begrüßung in die Höhe gereckt. Als ihre Koffer hineingetragen wurden, folgten sie ihm durch den kleinen Eingang und einen schmalen Korridor hinunter in die Küche, die bereits mit leeren Flaschen übersät war.

Auf dem Tisch standen einige Platten mit Essen: dünn geschnittenes Fleisch, Torten, Käse und Brot, alles bereit zum Verzehr.

»Etwa eine halbe Stunde östlich von hier gibt es ein bescheidenes Anwesen, das fast immer leer steht. Also habe ich das Personal von dort ausgeliehen, um uns am Leben zu erhalten. Sie bringen uns drei anständige Mahlzeiten am Tag, frisches Wasser, Bier – und außerdem wird uns der Keller gut versorgen.« Christopher wies mit einer der Weinflaschen auf eine offene Falltür, aus der er anscheinend vor Kurzem gestiegen war. »Ich fürchte, dass sie nicht viel Hausarbeit übernehmen, darum werdet ihr euch selbst kümmern müssen. Versuche, nicht vor Schreck in Ohnmacht zu fallen, Smith. Zieht euch selbst an, badet euch selbst. Wischt euch selbst den Hintern ab.«

Jeder nahm eine Platte, und Christopher reichte weitere Flaschen aus dem Keller herauf und vergewisserte sich, dass jeder eine trug, bevor er sie durch den hinteren Teil des Hauses auf das Grundstück führte. Dies waren nicht die weitläufigen gepflegten Gärten von Longview, es gab lediglich einen langen schmalen Rasen, der von duftenden Blumenbeeten gesäumt war, und im hinteren Bereich dichtes Gebüsch.

Auf dem Rasen saßen bereits Mr Russell und ein paar andere Leute von Janes Ball. Georgiana musterte sie schnell und stellte fest, dass Mr Hawksley nicht unter ihnen war. Sie hatte sich nicht gestattet, auf seine Anwesenheit zu hoffen, in der Annahme, sie werde die Enttäuschung dann gegebenenfalls besser verkraften.

Es hatte jedoch nicht funktioniert.

Die Männer sahen aus, als hätten sie eine Partie Pall Mall zu spielen begonnen, seien dann aber plötzlich zu erschöpft gewesen, um weiterzumachen, und auf der Stelle umgefallen. Sie lagen zwischen den Körben auf Decken, hatten die Jacken abgelegt, und einige von ihnen hielten immer noch die Schläger in der Hand, während sie lachten und tranken. Frances hielt die Weinflasche wie eine Trophäe über ihren Kopf, während sie direkt auf Jeremiah zuging.

Es stellte sich heraus, dass Mr Russells Anhänger beide James hießen, und Georgiana taufte sie James I. und James II. Sie machten sich nicht die Mühe, von ihrer Diskussion über die verschiedenen Vorzüge ihrer Pferde aufzusehen, um die Neuankömmlinge zu begrüßen. Da sie kein Interesse an ihrer Prahlerei hatte, setzte Georgiana sich zu Cecily, Jonathan und Jane und aß mit ihnen eine Weile in geselligem Schweigen, bis die zunehmende Lautstärke des Pferdegesprächs ihre Ruhe störte.

Jonathan deutete ganz leicht mit dem Kopf in Richtung der beiden James und verdrehte die Augen.

»Ich wette fünf Pfund, dass sie heimlich ihre geliebten Pferde ficken«, sagte er im Bühnenflüsterton.

Jane schnaubte. Georgiana, die in ihrem ganzen Leben noch nie ein derart obszönes Schimpfwort gehört hatte, wurde kurz heiß vor Scham, bevor sie sich ermahnte, zu lächeln.

»Darauf werde ich mich nicht einlassen«, antwortete Jane trocken. »Die Chancen stehen viel zu gut, dass du recht hast.« Sie lehnte sich zu ihm und fuhr gelangweilt fort: »Ich wette mit dir, dass sie ihre Pferde ficken, und ich wette, dass ihre Pferde alle nach ihren Müttern benannt sind.«

»Aber er sieht gut aus, Jane«, sagte Cecily ernst und schien sie nicht gehört zu haben. Sie starrte den größeren James an und empfand irgendwie keine Scham dabei, einen Mann zu bewundern, den sie gerade einen Pferdeficker genannt hatten.

»Lass dich von uns nicht aufhalten, Ces, ich bin sicher, er ist so reich wie Gott«, sagte Jonathan. »Gib ihm einfach einen Klaps von mir, wenn er versucht, dich mit einer Karotte zu füttern.«

»Ja, oder wenn er darauf besteht, dich in den Nebengebäuden zu halten«, fügte Jane hinzu.

»Oder wenn er dich mit der *Gerte* schlägt, wenn er will, dass du ein bisschen schneller läufst …«

Cecily war schon losgegangen und strich sich das Kleid und ihr Haar glatt. Sie wollte herausfinden, ob sie einem Pferd die Show stehlen konnte. James II. musterte sie anerkennend, als sie auf ihn zukam.

»Man kann hören, was er denkt«, sagte Georgiana mit leiser Stimme. »*Sechzehneinhalb Hand groß, gute Zähne, ein schön geschwungener Rücken, eignet sich für einen Sattel.*«

Jonathan und Georgiana platzten vor Lachen, Jane grinste. Jonathan öffnete die Weinflasche, die er rausgetragen hatte, und trank direkt daraus. Georgiana tat es ihm gleich. Wenn ihre Tante sie jetzt sehen könnte, wie sie mit fremden Männern auf einer Wiese herumlag und trank, anstatt von verantwortungsbewussten Eltern beaufsichtigt zu werden, die zügige Spaziergänge mit ihr machten und Tee tranken, würde sie auf der Stelle vor Scham tot umfallen.

»Der schmeckt wie Pisse«, sagte Jonathan und verzog das Gesicht.

Georgiana hätte nicht zwischen guten und schlechten Weinen unterscheiden können, selbst wenn ihr Leben davon abhinge. Sie trank sie, ohne sie wirklich zu genießen. Jonathan, der offenbar einen wesentlich raffinierteren Geschmack hatte, war mit dem Wein eindeutig nicht zufrieden. Unvermittelt stand er auf und ging zurück ins Haus, um eine bessere Traube zu suchen, wobei er im Gehen etwas Finsteres über Christophers Geschmack murmelte.

Mit Jane allein gelassen, fühlte sich Georgiana sofort unwohl. Es fiel ihr selbst dann schon schwer, sich mit Frances' schweigsamster Freundin zu unterhalten, wenn sie Teil einer Gruppe war. Nachdem sie nun wusste, was sie wusste – und nachdem Jane wusste, dass sie es wusste –, konnte sie ihr nicht mehr in die Augen zu sehen. Sie wollte ihr irgendeine Art von Mitgefühl entgegenbringen, aber sie konnte sich nicht vorstellen, dass das besonders gut ankommen würde. Die ständige unterschwellige Härte, die Distanz ergaben nun Sinn. Jane schien tatsächlich in Frances verliebt zu sein – vielleicht so sehr, wie Frances in Jeremiah –, und es musste schrecklich sein, die beiden ständig bei etwas zu beobachten, das einem Paarungsritual der Oberschicht gleichkam. Georgiana hatte schon von Anfang an das Gefühl, dass sie Janes Missbilligung auf sich gezogen hatte, aber jetzt kam ihr der Gedanke, dass Jane vielleicht einfach *vom Leben* enttäuscht war und deshalb abweisend auf alles und jeden reagierte.

Sie griffen beide nach ihren Weinflaschen und nahmen

einen großen Schluck, um die Stille zu füllen, und obwohl es nichts an der Unbehaglichkeit des Augenblicks änderte, fühlte sich Georgiana durch den Gedanken gestärkt, dass Jane sich vielleicht ähnlich unwohl fühlte wie sie. Jeder Beweis für Janes Menschlichkeit war ihr zu diesem Zeitpunkt willkommen.

»Ich nehme an, das muss alles furchtbar aufregend sein«, sagte Jane schließlich, und Georgiana sah auf.

»Oh! Ja, das ist es wohl«, antwortete sie und bemühte sich sehr, nicht durchscheinen zu lassen, dass dies der aufregendste Tag ihres bisherigen Lebens war.

»Hm«, sagte Jane, die sich offenbar nicht täuschen ließ. »Du scheinst wirklich ein nettes Mädchen zu sein.« Irgendwie klang das nicht wie ein Kompliment.

»Danke …?«, antwortete Georgiana.

»Ich sage das nicht, um dir zu schmeicheln«, erklärte Jane rundheraus. »Sondern, um dich zu warnen. Du hast kein Geld – jedenfalls nicht bedeutend viel Geld. Das alles ist neu für dich. Du solltest irgendwo in einem glanzlosen kleinen Salon sitzen und mit Mädchen aus der Gegend verkehren, bis du mit einem bescheidenen Mann mit bescheidenem Grundbesitz verheiratet wirst, der eine ältere Köchin und ein pickliges Dienstmädchen beschäftigt, die dich anziehen und dir hübsche Ohrringe mit künstlichen Steinen anlegen.«

Jetzt wusste Georgiana, dass sie beleidigt wurde. Sie wollte etwas erwidern, aber Jane fuhr fort.

»Nochmals, bitte versteh mich nicht falsch. Ich sage das nicht, um dir zu schaden. Ich lege nur die Tatsachen dar. Ich denke, mit einem gewöhnlichen Leben, das deinem Stand entspricht, wärst du nicht unglücklich. Hier bist du in die Höhle des Löwen gestolpert. Die Chance, unglücklich zu werden, ist hier enorm groß. Niemand von uns wird für die vielen Sünden, die wir sicher noch vor Montag begehen werden, bloßgestellt oder ausgestoßen. Wir können kaum etwas tun, das nicht aufgrund unseres Wohlstands oder unseres Standes entschuldigt würde. Aufgrund unserer Abstammung. Kannst du dasselbe von dir behaupten?«

Jane hatte die gesamte Rede in einem direkten selbstsicheren Ton gehalten. Georgiana kam sich wie ein gescholtenes Kind vor, und ihr stiegen unwillkürlich Tränen in die Augen, was angesichts von Janes teilnahmsloser Miene äußerst peinlich war. Welcher innere Aufruhr Jane auch immer plagte, dachte Georgiana, er entschuldigte sicher nicht, dass sie so ein Ekel war. Vielleicht war Eifersucht im Spiel. Frances hatte ihr in letzter Zeit viel mehr Aufmerksamkeit geschenkt als Jane. Schließlich hatte Frances sich an Georgiana gewandt, um die Gesellschaft zu besprechen. Sie hatte Georgiana eingeladen, in ihrem Haus zu übernachten. Sie hatte Frances' Geheimnisse erfahren, das Bett mit ihr geteilt und sie in den Armen gehalten, als sie mitten in der Nacht geweint hatte. Vielleicht empfand Jane ihre Vertrautheit als Bedrohung – ein lächerlicher und unangebrachter Gedanke, wenn man bedachte, dass Frances in diesem Moment mit Jeremiah Russell kicherte. Sie ließ sich von ihm Dinge ins Ohr flüstern und zappelte vor Vergnügen, wenn er ihr einen verirrten Grashalm aus dem Haar zog.

Bevor sie überlegen konnte, wie sie auf diese Tirade

reagieren sollte, rief Frances nach ihr und kam freudestrahlend auf sie zu.

»Komm und spiel mit uns, George! Wir brauchen noch ein Mädchen, damit die Teams vollständig sind. Lass dich von unserer Jane nicht zu Tode langweilen.«

Georgiana ließ sich von ihrer Freundin fortziehen und verspürte einen Anflug von grausamer Befriedigung, dass Jane zurückblieb.

Das Spiel, an dem Georgiana teilnehmen sollte, war so lächerlich, dass sie es sich sicherlich gerade erst ausgedacht hatten. Die Damen sollten auf die Rücken der Herren klettern und auf ihnen reiten, als wären sie Ponys im Frack, und ihr Pall-Mall-Spiel fortsetzen. Als Frances es mit Jeremiah vormachte, sah Georgiana mit Schrecken, dass die Männer ihre Arme um die Beine der Damen legen und die Damen im Gegenzug die Männer zwischen ihre Schenkel klemmen mussten. Trotz der schützenden Schichten aus Rock und Unterrock errötete Georgiana, als sie sah, wie Jeremiah Frances so lässig hochhob. Niemand sonst schien auch nur im Geringsten schockiert zu sein, und Jeremiah wirkte überaus zufrieden mit sich. Georgiana vermutete allmählich, dass dieses Spiel nur dazu diente, allen Beteiligten einen gesellschaftsfähigen Vorwand zu liefern, sich gegenseitig zu begrapschen.

Cecily sollte ihren bevorzugten James reiten, und Georgiana erkannte mit einem mulmigen Gefühl, dass Frances Christopher als ihr Pferd vorgesehen hatte. Er streckte die Arme nach ihr aus und hob die Augenbrauen, und Georgiana wich unwillkürlich zurück.

»Ach, komm schon, kleine Georgie«, sagte er in einem

herablassenden Ton, der ihr eine Gänsehaut über den ganzen Körper trieb. »Ich werde mich nicht danebenbenehmen, ich bin schon geübt.«

»Ich glaube … Ich bin immer noch ziemlich hungrig, ich glaube, ich gehe wieder rein …«

Georgianas Ausrede wurde von einer verärgerten Frances unterbrochen.

»Komm schon, George, sei keine Spielverderberin. Wir können nicht mit nur zwei Paaren spielen.«

Sie schmollte, und Georgiana spürte, dass alle Augen auf sie gerichtet waren, während sie auf ihr Urteil warteten. Sie fand es nicht fair, dass sie als die Lächerliche hingestellt wurde, nur weil sie nicht an einem Spiel teilnehmen wollte, bei dem ein erwachsener Mann Pferdchen spielte. Nichtsdestotrotz hatte sie nicht wirklich eine Wahl. Sie seufzte frustriert und fühlte sich zutiefst gedemütigt, als sie zu Christopher ging und ungeschickt auf seinen Rücken stieg.

Georgiana hatte noch nie die Hände eines Mannes auf ihren Beinen gespürt, geschweige denn auf ihren Schenkeln. Ihr war äußerst heiß unter ihrem Kleid, und ihr Herz schlug so schnell, dass sie sicher war, Christopher konnte es an seinem Rücken spüren. Cecily und Frances schienen nicht im Geringsten beunruhigt zu sein und lachten vergnügt, während James II. und Jeremiah durch den Garten eilten und »übten«. Die anderen wurden hinzugezogen, um ihnen die heruntergefallenen Schläger hochzureichen und die Punkte zu zählen, und sie spielten ein schnelles schmutziges Spiel, für das es kaum Regeln zu geben schien.

Es war ein klarer warmer Tag, und Georgiana konnte die Wärme spüren, die von Christophers Rücken ausging, und die Schweißperlen sehen, die sich im Nacken über seinem Kragen bildeten. Es war unangenehm, einen derart intimen Moment mit jemandem zu teilen, den sie kaum kannte – insbesondere, da ihr das, was sie über ihn wusste, so wenig gefiel.

Sie spielten miserabel, was vor allem daran lag, dass sie versuchte, Christopher so wenig wie möglich zu berühren. Als er sie sicherer auf seinen Rücken ziehen wollte, indem er sie weiter oben anpackte, stieß sie ihm schnell das Knie in die Rippen, woraufhin er sie mit einem Grunzen fallen ließ.

»Herrgott, es ist doch nur ein Spiel«, sagte er und versuchte, heiter zu klingen. In seiner Stimme lag jedoch eine gewisse Schärfe, die darauf hinwies, dass er sie für eine Spielverderberin hielt.

»Ja, es ist nur ein Spiel, nicht wahr, Christopher?«, sagte Georgiana verärgert. »Und wir scheinen verloren zu haben.«

Während die anderen abgelenkt waren und sich über Punkte und Fouls stritten, ließ sie ihren Schläger fallen, hob ihre Weinflasche auf, die verlassen auf dem Rasen lag, und ging schnell davon.

Kapitel elf

Zwischen sieben und acht Uhr abends schien sich die Zahl der Gäste im Cottage zu vervierfachen. Georgiana verlor den Überblick über Namen und Gesichter, was auch damit zu tun hatte, dass sie ihre Weinflasche ganz ausgetrunken und von einer zweiten bereits einen erheblichen Teil zu sich genommen hatte. Sie hatten einen so müßigen Nachmittag verbracht, dass sie nun schläfrig und etwas durcheinander war und nicht mehr unterscheiden konnte, wo ihre Hand aufhörte und der sonnengewärmte Rasen begann. So einen Rausch hatte sie noch nie erlebt – sie war zu betrunken, um noch gerade zu gehen oder sich darum zu scheren, dass Jane sie immer noch wütend anstarrte, oder um sich an den immer derberen Witzen der Männer zu stören, die den Frauen zahlenmäßig deutlich überlegen waren.

Als die Sonne schließlich unterging, forderten einige der temperamentvolleren energiegeladenen Herren sich gegenseitig zu Wettläufen heraus. Georgiana saß oben am Haus und schaute mit Cecily zu, die unablässig seufzte und ihr von den lustigen Dingen erzählte, die James II. im Laufe des Nachmittags gesagt hatte (»Oh! Und er hat mir seine Taschenuhr gezeigt. Er hat erzählt, sie sei einem General bei Waterloo aus dem Mantel gefallen, es hat sogar etwas französisches Blut daran geklebt, sie war wunderschön.«) Georgiana lächelte und nickte. Sie behielt ihre Meinung über die völlige Mittelmäßigkeit von Mr Russells Bekannten für sich, betrachtete den Garten, der in das flüssige Gold des Sonnenuntergangs getaucht war, und war zutiefst zufrieden mit ihrer gegenwärtigen Situation. Sie streifte ihre Schuhe ab und wunderte sich, dass es sich gar nicht seltsam anfühlte, in einer Gesellschaft von Fremden auf Strümpfen zu gehen, wie eine Art … nun ja, wie eine Art wildes Tier auf Strümpfen.

Ihre Stimmung wurde nur dadurch etwas gedämpft, dass niemand versuchte, *sie* mit einem blutbefleckten französischen Zeitmesser zu umwerben. Sogar Miss Woodley wurde im Gespräch mit einem kleinen, entschlossen wirkenden Mann gesichtet, der immer wieder selbstbewusst seine Krawatte so zurechtrückte, als ob streitsüchtige, einschüchternde Frauen ein rotes Tuch für ihn wären. Nachdem sie betrunken genug war, sich deshalb nicht zu schämen, hatte Georgiana wenig subtil herumgefragt, ob Mr Hawksleys erwartet werde. Die Antworten waren nicht eindeutig ausgefallen, sodass es ihr nicht klug erschien, ihr Vergnügen heute Abend von seinem Erscheinen abhängig zu machen. Außerdem, so dachte sie bei sich, brauchte sie keinen Mann, um sich zu amüsieren. Sie amüsierte sich schon genug, indem sie so tat, als ob sie Cecily zuhörte.

Sie sprach *immer noch* von James, und zwanzig Minuten später hatte Georgiana das Gefühl, dass das Thema gründlich erschöpft war. Sie murmelte Cecily eine kaum verständliche Entschuldigung zu – was ihre Freundin nicht bemerkte, da das Objekt ihrer Bewunderung sich an den

Wettläufen beteiligte und sich zum Start gerade äußerst vorteilhaft nach vorn beugte. Georgiana ging ins Haus, um noch etwas zu trinken zu suchen. Eigentlich hatte sie erwartet, es leer vorzufinden, da der Abend zu mild für häusliche Aktivitäten war. Als sie weiter hinten aus dem engen dunklen Flur leise Stimmen kommen hörte, hielt sie inne.

»Ich weiß«, murmelte jemand. Frances, erkannte Georgiana. »Ich weiß. Ganz gleich, was du von mir denkst, du musst wissen, dass ich genauso empfinde – aber wir dürfen das jetzt nicht tun.«

Sie trat rückwärts in Georgianas Blickfeld, wobei sie denjenigen, mit dem sie gesprochen hatte, nicht aus den Augen ließ. Als eine Hand nach ihr griff, um sie aufzuhalten, rechnete Georgiana damit, Jeremiah zu sehen.

Doch es war Jane.

»Wann *sollen* wir es dann tun?«, sagte sie spöttisch und abweisend, wobei sie Frances' Arm etwas zu fest umklammert hielt. »Lass uns einfach gehen. Ich will nicht hier sein. Komm mit.«

»Komm schon, Janey«, sagte Frances sanft, beugte sich nah zu ihr und berührte mit den Fingerspitzen Janes Kinn. Ihre Stimme war weich vom Wein. »Wir können das nicht alles noch einmal durchgehen. Lass uns realistisch sein, nur mal zum Spaß.«

»Nein«, gab Jane wütend zurück, aber Frances hatte sich losgerissen und verschwand durch eine Tür. Jane folgte ihr wie ein Schatten.

Georgiana stolperte in die leere Küche und erinnerte sich kaum noch, warum sie überhaupt hergekommen war.

Dann entdeckte sie die noch offene Falltür zum Weinkeller, und der Schein einer Lampe von unten gab ihr die Gewissheit, dass sie nicht in völlige Dunkelheit hinabsteigen würde. Unbeholfen raffte sie ihre Röcke, um die Leiter zu betreten, und wäre fast ausgerutscht, als sie sich nach unten tastete. Sie fluchte leise und seufzte dann laut vor Erleichterung, als ihre Füße den kühlen rauen Steinboden berührten. Sie drehte sich um und überlegte, ob es im Keller von Christophers Onkel vielleicht einen etwas weniger außergewöhnlichen Jahrgang gab, der dafür eher zu genießen war. Sie wollte damit das Gespräch hinunterspülen, das sie gerade belauscht hatte – dann stieß sie einen Schrei aus.

Sie war nicht allein. Kaum hatte sie den Boden berührt, war eine hochgewachsene Gestalt aus der Dunkelheit aufgetaucht. Sie trat ins Lampenlicht – und verwandelte sich.

Weil sie so oft an ihn gedacht hatte, schien es, als sei Mr Hawksley wie durch Zauberei plötzlich vor ihr aufgetaucht. Er sah einigermaßen beunruhigt aus.

Sie schlug die Hände vor den Mund und starrte ihn an, fassungslos, dass er tatsächlich da war und seine dunklen Augenbrauen hochzog. Nachdem sie sich ihn seit ihrer letzten Begegnung in der Kirche mindestens drei Dutzend Mal vor ihrem inneren Auge vorgestellt hatte, war sie überrascht, dass er etwas kleiner und nicht ganz so übernatürlich schön war wie in ihrer Fantasie. Nichtsdestotrotz war er immer noch sehr nett anzusehen, und, was noch wichtiger war, er schien tatsächlich vor ihr zu stehen. Kurz berührte er ihren Arm, um sie zu stützen, und sie spürte die Wärme seiner festen Hand, die bewies, dass er echt und keine Einbildung war.

»Bitte verzeihen Sie – ich wurde geschickt, um etwas für einen Freund herauszusuchen. Ich dachte, es wäre besser, Sie nicht anzusprechen und zu erschrecken, solange Sie … geklettert sind.«

Er nahm seine Hand weg, und Georgiana vermisste sie sofort.

»Ich bin nicht geklettert«, widersprach sie mit so viel Würde, wie es einer Person möglich war, die kurz zuvor noch wie eine Furie gekreischt hatte. »Ich habe einen … kontrollierten Abstieg gemacht.«

»Ah, natürlich«, sagte Mr Hawksley höflich. »Ich bitte um Verzeihung. Für einen Moment sah es wie Klettern aus.«

Georgiana erinnerte sich plötzlich, wie sehr sie sich während ihres letzten Gesprächs blamiert hatte, und befand, dass es vielleicht am besten wäre, wenn sie diesmal schwieg. Sie strich sich eine lose Haarsträhne hinters Ohr und ging entschlossen, aber etwas unsicheren Schrittes, als würde sie sich bei Seegang auf einem Schiff bewegen, an ihm vorbei. Die Regale waren mit Hunderten von Weinflaschen und -fässern bestückt, und sie tat so, als würde sie sie kritisch prüfen. Sie war sich sehr wohl bewusst, dass sie nicht allein mit einem Gentleman – selbst mit einem von Mr Hawksleys Rang – ausgerechnet in Onkel Crawleys Sexkeller sein sollte. Ihr Herz pochte heftig, was jedoch keinesfalls etwas mit der Angst vor der unangemessenen Situation zu tun hatte.

Die Geräusche von der Gesellschaft waren hier unten

nur gedämpft zu hören, das Lampenlicht flackerte über die Wände und tanzte auf den Glasflaschen. Thomas Hawksley beobachtete, wie sie mit der Hand über ein Etikett strich, um es von Staub zu befreien, und auf handgeschriebene Namen und Daten blinzelte, die ihr nichts sagten. Sie spürte seinen Blick in ihrem Nacken wie eine körperliche Berührung.

»Ich bitte nochmals um Verzeihung, dass ich Sie gestört habe«, sagte er, und seine Stimme klang genauso angenehm tief, wie sie es in Erinnerung hatte.

Sie sah sich um und bemerkte, dass er im Begriff war zu gehen und bereits einen Fuß auf die unterste Sprosse der Leiter gesetzt hatte. Er wirkte etwas niedergeschlagen, und Georgiana fragte sich, ob er hergekommen war, um allein zu sein.

»Moment«, sagte Georgiana laut, ohne zu wissen, was sie als Nächstes sagen sollte. »Äh … Kennen Sie sich mit Wein aus?«

»Ein bisschen«, sagte er und stieg wieder hinunter, behielt eine Hand jedoch auf der Leiter, als wäre er sich nicht ganz sicher.

»Ausgezeichnet«, sagte sie und stützte sich mit einem Arm an der Wand ab. »Das bedeutet, dass Sie mindestens doppelt so viel wissen wie ich und mich vor der Schande bewahren können, etwas aus minderwertigen Trauben von irgendeinem Kretin auszuwählen.«

Daraufhin lächelte er und stellte sich mit verschränkten Armen neben sie.

»Was erwarten Sie für gewöhnlich von einem Wein?«

»Dass er leicht ist und nicht zu berauschend«, sagte

Georgiana, die sich gerade genauso fühlte. »Etwas, das … fruchtig schmeckt vielleicht, oder etwas Blumiges.«

»Im Grunde möchten Sie also etwas, das so wenig wie möglich nach Wein schmeckt?«, folgerte Mr Hawksley und zog eine Augenbraue hoch. »Haben Sie an einen Fruchtsirup gedacht? Ein leichtes Ale? Oder vielleicht etwas Wasser? Ich kann Ihnen einen herrlichen Jahrgang anbieten, der gestern aus dem Brunnen unten an der Straße abgefüllt wurde. Er hat ein leichtes wässriges Bouquet, gefolgt von einem angenehm wässrigen Abgang.«

»Sie machen sich über mich lustig, Sir«, sagte Georgiana, ohne sich darum zu scheren. »Ich bin gekränkt.«

»Sie sind betrunken«, stellte Mr Hawksley unverblümt fest, und nun war Georgiana tatsächlich etwas verletzt.

»Sie nicht?«, erwiderte sie.

Bevor er antwortete, ließ auch er den Blick über die Regale schweifen und strich mit der Hand leicht über die Flaschen. Georgiana spürte, wie sich die feinen Haare auf ihren Unterarmen aufrichteten. In diesem Moment wäre sie sehr gern eine Flasche von Onkel Crawleys Merlot gewesen.

»Nein«, sagte er schließlich und beugte sich vor, um in der Dunkelheit besser sehen zu können. »Ich habe genau zwei Gläser Wein getrunken – sehr guten Wein, muss ich sagen –, aber ich brauche kein weiteres, vor allem nicht, wenn ich auf Leitern klettern, Damen bei der Auswahl von Getränken helfen soll und so weiter.«

»Oh«, sagte Georgiana und gab nicht weiter vor, selbst nach Wein zu suchen, sondern beobachtete ihn bei seinen Erkundungen. »Ich hatte … mehr als zwei Gläser.«

Wieder bewunderte sie seine Hand. Groß, mit kurzen gleichmäßigen Nägeln, die Handteller vielleicht ein wenig schwielig vom Reiten – doch insbesondere die Sicherheit, mit der er sie bewegte, machte sie äußerst attraktiv.

»Ja«, sagte Mr Hawksley, als wäre es überflüssig, dass sie etwas so Offensichtliches sagte.

Georgiana schwankte wieder und hatte Mühe, sich gerade zu halten.

Mr Hawksley drehte sich zu ihr um und runzelte die Stirn. »Miss Ellers?«

Ihren Namen von seinen Lippen zu hören, war so wundervoll, dass sie fast vergaß, zu antworten.

»Oh … mir geht's gut. Ich gehe nur wie ein Seemann, wissen Sie. Das ist erst das dritte oder vierte Mal, dass ich weitergetrunken habe, nachdem eine Flasche leer war.«

»Ah«, sagte Mr Hawksley, als würde das einiges erklären, und sah sie noch einen Moment lang an, bevor er sich wieder dem Wein zuwandte. »Und fielen diese Gelegenheiten zufällig mit der Zeit zusammen, die Sie in Gesellschaft von Miss Campbell verbracht haben?«

Georgiana sah ihn aus schmalen Augen an. »Und wenn?«

Mr Hawksley fand eine vielversprechende Flasche, zog sie aus dem Regal und blies sanft die feine Staubschicht fort.

»Ich frage nur, weil ich beobachtet habe, dass Sie und Ihre Freunde oft unter dem Einfluss verschiedener … Substanzen zu stehen scheinen.«

»Das ist keine Voraussetzung für ihre Freundschaft«, sagte Georgiana und runzelte die Stirn.

»Nun«, sagte er und überreichte ihr die Flasche. »Es geht mich natürlich nichts an. Ich dachte nur, Sie wirkten, als bräuchten Sie etwas … Wie auch immer, das ist ein Weißwein aus dem Burgund.«

Georgiana griff nach der Flasche, ließ sie aber – da die Koordination zwischen ihren Augen und ihren Händen mehr als nur ein wenig gestört war – sofort fallen. Sie schlug mit einem dumpfen Schlag auf dem Boden auf, und sie blickten beide nach unten, um zu sehen, ob sie zerbrochen war. Sie schien unversehrt. Gemeinsam bückten sie sich, um sie aufzuheben, und in dem verzweifelten Versuch, einen Zusammenstoß mit Mr Hawksleys Kopf zu vermeiden, wich Georgiana übertrieben zur Seite aus, stieß dennoch mit ihm zusammen und warf beide zu Boden.

Ihre Brust rammte so heftig gegen Mr Hawksleys Schulter, dass ihr die Luft aus den Lungen gepresst wurde und sie eine Weile nur ein kräftiges Keuchen von sich geben konnte. Er schnaufte leicht gequält, setzte sich rasch auf und fasste sie sanft am Oberarm und am Rücken, um ihr dabei zu helfen, sich hinzusetzen. Einen herrlichen Moment lang hielten seine Hände sie, und auch der kleinste Berührungspunkt fühlte sich so heiß an, als hätte er seine Finger im Ofen vorgewärmt.

Es hatte sie schon einmal jemand berührt. Man hatte sie in Räume gelotst, hatte sich bei ihr eingehakt, hatte mit ihr keusche – oder zumindest überwiegend keusche – Küsse geteilt. Christopher hatte ihre *Beine* berührt, Herrgott, und es war auch nicht so, dass sie noch nie Thomas Hawksleys Hände auf sich gespürt hätte – leider neigte sie in seiner Gegenwart zu unbedachter Amateurakrobatik. Trotz alledem war diese Berührung – allein im halbdunklen Keller, mit Wein auf der Zunge und in einem abgewetzten Kleid – anders als alle anderen zuvor.

Auch wenn sie schon lange jeden Sinn für Anstand verloren hatte, war es bei ihm nicht der Fall. Er wirkte durch die anhaltende Berührung ziemlich beschämt, zog seine Hand von ihrer nackten Haut zurück und murmelte eine Entschuldigung. Zu betrunken, um ihre niederen Instinkte zu zügeln, zu erpicht darauf zu erfahren, wie es sich anfühlte, streckte Georgiana die Hand aus und nahm seine, die er gerade zurückziehen wollte, in ihre.

Er wehrte sich nicht. Sein Handteller war kühl und trocken, aber sie konnte die Schwielen spüren, die sie sich vorhin vorgestellt hatte. Sie verursachten einen kaum wahrnehmbaren Widerstand auf ihrer Haut. Sie saßen ungewöhnlich nah beieinander – Georgiana hätte jede der langen Wimpern zählen können, die seine dunklen Augen umrahmten. Sie war immer noch aus der Puste, was ihre unregelmäßige Atmung erklärte. Er hingegen war überhaupt nicht außer Atem gewesen, sodass es keine logische Erklärung für das schnelle Heben und Senken seines Brustkorbs gab. Sie konnte seinen Atem sogar *spüren,* wie er heiß über ihre Wange strich.

Georgiana wurde bewusst, wie gern sie ihn küssen wollte, und sie stellte entsetzt fest, dass sie versucht war, es tatsächlich zu tun. Sie fühlte sich bis ins Innerste erregt, und zugleich war ihr leicht übel, wenn sie nur daran dachte. Sie zog sanft an seiner Hand, um die Lücke zwischen ihnen zu schließen – doch dann ertönte von oben plötzlich ein Schrei. Sie wich von ihm zurück und war erschrocken und beschämt wie ein brünstiger Straßenhund, den man mit kaltem Wasser übergossen hatte. Weitere Rufe ertönten – sie waren weiter entfernt, als es zunächst den Anschein hatte, aber immer noch nah genug, um beunruhigend zu wirken. Georgiana vergaß den Wein, sprang auf und zog sich wackelig die Leiter hinauf. Dabei wagte sie nicht, sich noch einmal umzudrehen, um zu sehen, ob Thomas Hawksley ihr folgte.

Kapitel zwölf

Georgiana stieg in die Küche hinauf und suchte den Ursprung des Aufruhrs, bis sie die Terrassentüren erreichte, wo Christopher nicht ganz ernsthaft rief: »Ist ein Arzt im Haus?«, und wie ein Notsignal eine brennende Kerze über seinem Kopf schwenkte.

»Was in aller Welt ist passiert?«, fragte Georgiana, als er an ihr vorbeiging.

»Ces stirbt«, lallte er mit einer deutlichen Alkoholfahne. »Das ist … sehr bedauerlich.«

»Wie bitte?«, rief Georgiana erschrocken und sah sich um. »Wo ist sie?«

»Sie ist im Salon, das arme Küken«, antwortete er. Er schielte sie an und beugte sich unangenehm nah zu ihrem Gesicht heran. »Bist *du* Arzt?«

»Nein«, sagte Georgiana fest, schob ihn weg und ging zurück in den kleinen Salon an der Vorderseite des Hauses.

Cecily schien tatsächlich zu leiden. Sie lag auf dem Sofa – lange blasse Glieder zwischen rosa Musselin und goldenem Haar, das sich im Laufe des Abends teilweise gelöst hatte – und sah furchtbar grau aus. Jane saß neben ihr und hielt etwas in der Hand, das wie ein Nachttopf aussah. Der pferdenärrische James war nirgends zu sehen, wie Georgiana bemerkte – ebenso wenig wie Frances.

Sie beobachtete, wie Jane ihrer Freundin tröstend eine Hand auf die Stirn legte und ihr das Haar zurückstrich. Diese Zärtlichkeit schien Georgiana immer noch so ungewohnt, dass sie kaum wusste, was sie davon halten sollte. Jane beugte sich hinunter und murmelte etwas in Cecilys Ohr. Daraufhin warf sich Cecily plötzlich nach vorne und würgte in den Nachttopf, womit dessen Funktion geklärt war. Was auch immer aus ihrem Mund kam, war so dunkel, dass es schwarz aussah, was nicht besonders beruhigend war.

»Sie hat sich vergiftet«, sagte eine Stimme hinter Georgianas linkem Ohr.

Sie zuckte zusammen, erholte sich aber schnell wieder. Mr Hawksley hatte nach ihr das Zimmer betreten. Vermutlich war er anstandshalber noch etwas länger im Keller geblieben, um ihr zum einen Zeit zu geben, die Leiter hinaufzusteigen, ohne dass er versehentlich einen Blick unter ihre Röcke warf, und damit zum anderen niemand sah, wie sie gemeinsam aus einem engen Kellerraum stiegen.

»Vergiftet?«, fragte Georgiana, unfähig, ihm in die Augen zu sehen.

»Ja, durch den Konsum großer Mengen Alkohol«, erklärte er und wich ihrem Blick ebenfalls aus.

Sie bemerkte, dass er die Weinflasche in der Hand hielt, die sie zurückgelassen hatte. Das schien angesichts der Umstände unangemessen, und er stellte sie unbeholfen auf einen Beistelltisch.

»Gut gefolgert«, bemerkte Jane sarkastisch und zuckte zusammen, als Cecily die Vermutung durch erneutes Erbrechen unterstrich. »Normalerweise bekommt sie alles innerhalb weniger Stunden von allein wieder heraus.«

»Sie braucht einen Arzt«, sagte Mr Hawksley entschieden. »Es geht ihr nicht gut. Meine Kutsche steht draußen, ich hatte nicht vor, lange zu bleiben. Ich nehme sie mit.«

»*Sie?*«, fragte Jane scharf. »Sie ist *meine* Freundin, und um ganz ehrlich zu sein, kenne ich Sie kaum.«

»Ich kann Ihnen versichern, dass sie in guten Händen sein wird. Im Dorf gibt es einen Arzt – es ist nur eine halbe Stunde von hier entfernt. Ich bringe sie persönlich hin.«

»Gut«, sagte Jane. »Ich komme mit.«

»Gut. Würden Sie …?«

Er deutete auf Cecilys schlaffe Gestalt, und Georgiana trat eilig vor, um Jane zu helfen. Gemeinsam gelang es ihnen, Cecily auf die Beine zu hieven und sie nach draußen zu manövrieren, wo Mr Hawksley tatsächlich eine Kutsche samt Kutscher bereithielt. Nachdem sie ihre Freundin abgesetzt und Jane und Mr Hawksley halbherzig zum Abschied gewinkt hatte – die sie beide ignorierten –, stand Georgiana in der dunklen Auffahrt und sah ihnen nach. Seltsamerweise verspürte sie eine leichte Enttäuschung. Sie musterte die gefährliche Vordertreppe des Hauses und erwog kurz, dort zu stolpern, um ihrerseits zum Arzt zu müssen. Dann seufzte sie jedoch und ging wieder hinein, wobei sie an die Flasche Wein dachte, die im Salon auf sie wartete.

Nun, da es keine Chance mehr auf eine weitere überraschende Begegnung mit einem gewissen dunkelhaarigen Gentleman gab – und die dramatische Situation mit

Cecilys Vergiftung hinter ihr lag –, begann Georgianas Interesse an der Gesellschaft zu schwinden. Das hätte sich leicht ändern lassen, wenn sie Frances gefunden hätte, aber ihre Freundin war nun schon seit geraumer Zeit verschwunden. Sie fühlte sich ein wenig verlassen. Schließlich hatte Frances sie eingeladen, und ein nagendes Gefühl sagte ihr, dass sie den *richtigen* Spaß verpasste, wenn sie nicht an ihrer Seite war. Frances strahlte eine Energie aus, die alle um sie herum in den Bann zog und sie zum Mittelpunkt jeder Gesellschaft, jedes Gesprächs, jedes Orbits machte. Ohne sie fühlte sich Georgiana allein.

Sie wanderte zwischen den verstreuten Gruppen umher, umklammerte die Flasche Weißwein, nahm kleine Schlucke daraus und schätzte diese kleine Verbindung zu Mr Hawksley. Sie mochte ihn, und in ihrem berauschten Zustand gab er ihr das Gefühl, dass er eine wichtige Facette ihres Wesens verstand.

Es musste nach Mitternacht gewesen sein, als eine Gruppe ihren Namen rief. Ohne zu zögern, gesellte sie sich zu ihnen und fühlte sich geschmeichelt, dass ihre Anwesenheit ausdrücklich erwünscht war. Als sich herausstellte, dass es Christopher war, der sie gerufen hatte, ließ das Gefühl ein wenig nach. Jonathan war jedoch ebenfalls da, und so nahm sie in einem Kreis von Gästen Platz, die mit einer Art Trinkspiel beschäftigt zu sein schienen.

»Das Spiel heißt ›Bekenntnisse‹«, erklärte Jonathan. Er lallte nicht so undeutlich wie Christopher, aber er war ziemlich betrunken. »Jemand gesteht etwas Schreckliches, und wenn du dich einer ebenso niederträchtigen Tat schuldig gemacht hast, trinkst du.«

Ein hübsches rothaariges Mädchen neben Christopher war an der Reihe.

»Ich gestehe, dass ich ... äh ... ein Familienerbstück zerbrochen habe. Und die Schuld auf das Dienstmädchen meiner Mutter geschoben habe.«

Alle in der Runde tranken. Georgianas Wein blieb unangetastet.

»Ach, komm schon«, sagte Christopher und klang dabei aus den falschen Gründen empört. »Ist das das Schlimmste, was du zu bieten hast? Absolut *erbärmlich*. Als ich zwölf war, habe ich mir das Lieblingspferd meines Vaters ausgeliehen und dem armen Tier bei einem unbedachten Sprung das Bein gebrochen. Vater hat es selbst erschossen – der alte Bastard war den Tränen noch nie so nah. Ich beschuldigte den Jungen eines Dieners und dachte, er würde den dummen kleinen Burschen ebenfalls erschießen, aber er hat sie nur beide entlassen.«

Alle lachten. Georgiana nicht.

»In Ordnung, Georgie, du bist dran«, sagte Christopher, und sie hatte das unangenehme Gefühl, dass alle Blicke auf sie gerichtet waren und gierig auf etwas Anzügliches warteten. Ihr Kopf war völlig leer; zum Glück rettete Jonathan sie.

»Lass das arme Ding in Ruhe, das ist noch neu für sie«, sagte er verärgert, wahrscheinlich nur, um Christopher zu schelten. »*Ich* gestehe, dass ich einem hübschen kleinen Ding, das in den Ställen der Campbells arbeitet, einen Nachmittag lang Küsse gestohlen habe. Es roch zwar penetrant nach Pferdescheiße, aber das tat unserer Leidenschaft keinen Abbruch.«

Alle lachten, und Georgiana fragte sich, wie viele von ihnen wussten, dass die Campbells nur Stallburschen beschäftigten.

»Gestohlene Küsse also! Kommt schon, trinkt, ihr armseligen Huren!«

Zu ihrer Überraschung tranken fast alle – sogar die Frauen. Georgiana war wieder einmal verblüfft, dass die sonst üblichen Regeln für diese Leute keinerlei Bedeutung hatten. Jemanden zu küssen, mit dem man nicht verlobt war – jemanden, dem man nicht in irgendeiner Weise über den Abend hinaus versprochen war –, und es so offen zur Schau zu stellen. Zu Hause oder in den Kreisen ihrer Tante und ihres Onkels wäre das ihr Ende gewesen. Sie hatte sich immer vorgestellt, dass für alle die gleichen Regeln galten, dass alle gleich beurteilt wurden, aber vermutlich gab es in dieser speziellen Kaste eine Art Geheimhaltungsvereinbarung. Und sie schienen deswegen nicht weniger voneinander zu halten. Denn wenn *alle* Amok gelaufen waren und geküsst hatten, wen sie wollten – wie sollte es dann auch anders sein? Man konnte dann seine potenziellen zukünftigen Partner nicht auf jene beschränken, die ideologisch rein geblieben waren und sich nicht an unerlaubten Küssen beteiligt hatten, denn das war alles so üblich wie eine Erkältung.

Christopher hatte bemerkt, dass sie nichts getrunken hatte.

»Meine Güte, eine Heilige wandelt unter uns«, sagte er unfreundlich. »Ich bin sicher, dass wir heute Abend jemanden finden, der Abhilfe schaffen kann, Georgie.«

»Hat dir schon mal jemand gesagt, dass du *genau* wie

die Männer klingst, die in den Hinterzimmern der Bordelle sitzen? Die lüstern und schwitzend die Frauen an schäbige Kunden verteilen?«, fragte Jonathan bissig.

»Was machst du in dieser Art Bordell, Smith?«, schoss Christopher zurück. »Versuchst du, dich von deinem schrecklichen Leiden zu heilen?«

Damit war die Stimmung ruiniert, das Spiel abrupt beendet und Georgiana wieder auf den Beinen. Sie wollte nun einfach ein Versteck finden, bis es ruhig genug war, um ins Bett zu gehen. Es war ein seltsam klaustrophobisches Gefühl, dass ihre Schlafenszeit von den Launen anderer Leute diktiert wurde. Sie spürte die beunruhigende Mischung aus Trunkenheit und Übelkeit, die einen überkam, wenn man lange getrunken hatte, und hätte den ganzen Weinkeller gegen einen ruhigen Platz eingetauscht, an dem sie ihren Kopf anlehnen konnte.

Schließlich fand sie im Garten eine stille Ecke, wo sie sich auf eine Steinmauer setzen, den Rücken an einen Baumstamm lehnen und halbwegs versteckt aus der Ferne beobachten konnte, wie die Feier sich dem Ende neigte. Ihr war bewusst, dass sie sich, obwohl von genau den richtigen Leuten umgeben, auf einer Gesellschaft, die sie sich vor wenigen Wochen in ihren kühnsten Träumen nicht hätte vorstellen können, wieder einmal versteckte und hoffte, nicht gestört zu werden.

Wenn sie nicht mit Mr Hawksley allein sein konnte, konnte sie das Nächstbeste tun und mit ihren *Gedanken* an Mr Hawksley allein sein. Der vernünftige Teil ihres Verstandes, der die meiste Zeit des Abends durch Abwesenheit geglänzt hatte, sagte ihr, dass ein Mann wie er niemals wirklich Interesse an ihr haben konnte. Er war zu freundlich, um sie direkt zu brüskieren, wie es andere auf dieser Party taten, aber das zeigte nur, dass er gute Manieren hatte. Ganz gewiss *nicht,* dass er sich von ihr angezogen fühlte. Selbst wenn er sich zu ihr hingezogen fühlte – und Georgiana hatte im Halbdunkel des Kellers einen Moment lang tatsächlich geglaubt, dass er ihre Gefühle erwiderte –, war er vielleicht im Grunde nicht anders als seine wohlhabenden Altersgenossen, auch wenn er über Trunkenheit moralisierte und sich freundlich gab. Vielleicht hätte er sie geküsst oder sich küssen lassen, um es gleich wieder zu vergessen oder es bei der nächsten Gesellschaft fortzusetzen – nur eine Geschichte, die bei der nächsten Runde »Bekenntnisse« zum Besten gegeben werden konnte. Aber es hatte keinen Sinn, sich über die Bedeutung eines Kusses Gedanken zu machen, der noch nicht einmal stattgefunden hatte. Sie kannte den Mann kaum – der einen ausgezeichneten Weingeschmack hatte.

Sie war in Gedanken versunken, als sich jemand neben sie setzte und sie geistig und körperlich aus ihrer Träumerei riss. Sie dachte, es sei Frances, und freute sich, entdeckt worden zu sein – doch als sie sich umdrehte, grinste Christopher Crawley sie an. Sein Hemd war nun fast vollständig aufgeknöpft.

»Verstecken wir uns?«, lallte er, beugte sich zu ihr und legte seine Hand auf ihren Schenkel.

Georgiana wich vor ihm zurück, was ihr jedoch nur gelang, indem sie sich noch weiter in die Ecke schob.

»Ich bin nicht interessiert, danke, Christopher«, sagte sie und versuchte, seine Hand von ihrem Bein zu nehmen.

»Das ist kein Heiratsantrag, Georgie.« Er grinste sie an, wobei die Hälfte seines Gesichts von den Lampen in der Nähe erleuchtet wurde und die andere im Dunkeln lag. »Warum so ernst?«

So träge sie auch war, Georgiana spürte allmählich, wie Panik in ihr hochstieg. Sie waren ziemlich gut versteckt, und Christophers Griff war überraschend stark für jemanden, der so betrunken war. Er beugte sich näher zu ihr, aber irgendwie spürte sie, dass sie nicht schreien durfte – sie durfte kein peinliches Theater veranstalten, zumal sie sich in *seinem* Haus befand, umgeben von *seinen* Freunden. Er roch jedoch so stark nach Whisky, Pfeifenrauch und penetrantem Parfüm, dass sie glaubte, sich übergeben zu müssen. Ihr Herz klopfte stark, was ihr albern vorkam. Er tat ihr schließlich nicht weh – ihr Leben stand nicht auf dem Spiel –, und dennoch fühlte es sich so an. Jede Faser ihres Körpers schrie ihr zu, wegzulaufen, während sie wie erstarrt in seinem Griff festsaß.

Gerade als sie dachte, dass es tatsächlich passieren würde – dass dieser widerliche Mann, der so beiläufig Anspruch auf sie erhoben hatte, sie küssen würde –, sah sie Frances aus dem Haus kommen und rief nach ihr.

Frances wandte sich zu ihr um, und Georgiana konnte sofort erkennen, dass etwas ganz und gar nicht in Ordnung war. Ihr Gesicht war zu einer schrecklichen Fratze verzogen, als sie sich mit leerem Blick und stolpernd näherte. Christopher war von Georgianas Ausruf so überrascht, dass er sie losließ, und sie nutzte die Gelegenheit, um sich an ihm vorbeizuschieben und ihrer Freundin entgegenzueilen.

Sie erreichte sie zur gleichen Zeit wie Jonathan, und beide sahen, dass Frances unkontrolliert zitterte. Sofort zog er seine Jacke aus, legte sie ihr um die Schultern und führte sie zurück in die Ecke, die Georgiana soeben verlassen hatte. Zum Glück war Christopher verschwunden.

»Was in aller Welt, Franny?«, fragte Jonathan mit aufrichtiger Sorge. »Hast du etwas genommen?«

»Nein. Ich meine, ja«, lallte sie. »Aber das ist nicht … Ich … Es ist etwas passiert – aber ich brauche deine Hilfe, ich brauche … O Gott, wir müssen wieder rein«, sagte sie plötzlich eindringlich, sie klang fast verängstigt, lächelte aber immer noch dieses schrecklich erstarrte Lächeln.

»In Ordnung – rein? Wir können reingehen«, sagte Georgiana und tauschte einen verwirrten Blick mit Jonathan. »Wohin genau, Frances?«

»Ich zeige es euch«, sagte sie.

Jonathan legte einen Arm um sie und trug sie halb. Frances führte sie die Treppe hinauf und über den schmalen Treppenabsatz in ein von einer einzigen Lampe erleuchtetes Schlafzimmer, wo sie ihr halfen, sich auf die Kante des Himmelbetts zu setzen.

Frances schien sehr betrunken zu sein, aber das war nicht ungewöhnlich. Was wirklich beunruhigend war, war die Tatsache, dass sie halb tot und völlig betäubt aussah. Georgiana fühlte sich an Beschreibungen erinnert, die sie in Büchern über Menschen gelesen hatte, die eine Schlacht erlebt hatten. Es war so seltsam, ihren Glanz so gedämpft zu sehen, dass Georgiana nichts zu sagen wusste und sich nur den Arm rieb. Jonathan holte ihr derweil etwas zu trinken und kehrte mit Gin in der einen und einem Ale in der anderen Hand zurück. Er reichte Georgiana beides und schloss die Tür fest hinter sich zu.

»Mach schon«, sagte Jonathan, nahm das Bier und drückte es Frances in die Hand, die es betrachtete, aber nicht zu begreifen schien, was es war. »Was ist los? Was ist passiert?«

»Ihr dürft es niemandem erzählen«, sagte sie. Plötzlich wurde ihr Gesichtsausdruck grimmig, und sie sah beide abwechselnd an. »Das müsst ihr schwören. Es muss in diesem Zimmer bleiben.«

Beide schworen wie gewünscht. Frances stieß einen Seufzer aus.

»Ich war mit Jeremiah zusammen. Er hat gesagt, er wolle seine Zeit nicht mit einer anderen vergeuden. Er ist nur gekommen, weil er wusste, dass ich hier sein würde. Ich habe mir gedacht, dass er sich wirklich für mich interessiert, aber jetzt bin ich mir sicher – oh, ich glaube, er ist jetzt wohl mein Verlobter!«

»Oh, Frances!«, rief Georgiana. »Wie wunderbar! Hat er dir einen Antrag gemacht?«

»Nun ja … nicht mit ganz so vielen Worten«, antwortete Frances und lächelte auf die Hände hinunter, die den Becher mit Ale umklammerten. »Aber das ist eine Formalität. Wir sind jetzt einander versprochen.«

Bei diesen Worten erhob sich Jonathan, der neben ihr auf dem Bett gesessen hatte. Er sah plötzlich wütend aus, und Georgiana verstand nicht, warum.

»Franny, sieh mich an!« Doch das tat sie nicht. Er griff nach unten und nahm ihr den Becher aus der Hand. Daraufhin sah sie zu ihm hoch, noch immer mit diesem seltsam gequälten Lächeln. »Sieh mich an. Was ist passiert?«

Es folgte eine lange Stille. Das Gefühl, dass etwas nicht stimmte – dass etwas Schreckliches geschehen war –, lastete schwer auf Georgiana, aber sie verstand noch nicht, woher es rührte. Sie waren fast verlobt? Sie waren einander *versprochen?* Was war daran so schlimm?

»Jonathan, sieh mich nicht so an«, sagte Frances, und Georgiana war entsetzt, als ihr Tränen in die Augen stiegen und langsam und stetig über ihre Wangen liefen. Ihre Stimme brach, obwohl sie in lockerem Ton sagte: »Sonntag sind wir verlobt! Alles wird gut.«

Ihre Hände zitterten so sehr, dass Georgiana sie in ihre nahm, damit sie den erbärmlichen Anblick nicht länger ertragen musste.

Sie verstand es immer noch nicht.

»Wo?«, fragte Jonathan mit einer Stimme wie ein Donnerschlag. »*Hier?*«

»Nein.« Sie deutete mit dem Kopf auf eine Tür gegenüber des Bettes, die Georgiana bislang nicht bemerkt hatte. »Deshalb … Ich brauche eure Hilfe. Da war etwas – nun, ich habe es versucht, aber ich habe es nicht wegbekommen. Ich weiß nicht, warum.« Plötzlich lachte sie, und es klang rau und seltsam, während die Tränen auf ihrem Gesicht noch feucht waren. »Aber meine verdammten Hände hören nicht auf zu zittern.« Ihr Lachen verstummte abrupt. »Er hat gesagt … Er hat gesagt, er wolle, dass wir *zusammen* sind.«

»Ist es das, was du wolltest?«, erwiderte Jonathan. Er lachte kein bisschen.

»Vielleicht … Vielleicht nicht jetzt. Nicht so. Aber es schien mir dumm, eine Szene zu machen, Jonathan, wenn wir doch wissen, was wir vorhaben. Das hat er gesagt, Jonathan. Er hat gesagt, wir werden bald heiraten, also was soll's?«

Georgiana sah sie mit aufrichtigem Entsetzen an. Endlich dämmerte es ihr. Mit wenigen Schritten durchquerte Jonathan den Raum und öffnete die Verbindungstür. Dahinter war es dunkel, also nahm Georgiana die Lampe und folgte ihm hinein. Das flackernde Licht erhellte ein sehr kleines Ankleidezimmer.

An der Kante des Frisiertisches klebte Blut. Auf der weißen Marmorplatte waren Spritzer verteilt – auf Dielen und Teppich fanden sich einzelne Tropfen. Georgiana konnte sehen, wo Frances versucht hatte, es zu entfernen, es dadurch aber nur noch schlimmer gemacht hatte. Auf dem Spiegel waren drei blutige Fingerabdrücke. Georgiana stellte die Lampe auf die Fensterbank, kämpfte gegen eine Welle Übelkeit an, und Jonathan verließ wortlos den Raum. Er kehrte gleich darauf mit einem Tuch zurück, das dunkel genug war, dass man die Flecken darauf nicht sah, und mit einem Krug Wasser, der neben dem Bett gestanden hatte.

Schweigend und schnell wischten Georgiana und Jonathan über die Oberflächen und taten ihr Bestes, um das Blut aus dem Teppich zu entfernen, bis nur noch unbestimmbare Flecken zu erkennen waren. Als sie fertig waren, nahm Georgiana die Lampe, und sie gingen zurück ins Schlafzimmer, wo Frances sich auf dem Bett zusammengerollt hatte und schlief. Sie wirkte viel kleiner und zerbrechlicher, als Georgiana sie je gesehen hatte.

Jonathan seufzte schwer, setzte sich am Fußende des Bettes auf den Boden und nahm einen großen Schluck von dem unangetasteten Gin. Er reichte ihn an Georgiana weiter, die sich neben ihn setzte.

»Sie lebt in einer Fantasiewelt«, sagte er leise und lehnte sich erschöpft gegen das Bett. Georgiana wusste nicht, dass es möglich war, im Flüsterton so viel Gift zu versprühen, aber irgendwie schaffte er es. »Er wird ihr keinen Antrag machen. Er ist ein arroganter kleiner Scheißer mit einem gewissen Ruf. Sie denkt, sie sei etwas Besonderes. Dass es bei ihr anders sei, aber das ist es nicht. Sie ist nur ein weiteres dummes Mädchen in einer unendlich langen Reihe von dummen Mädchen.«

Georgiana fand das ziemlich gefühllos für einen Mann, der kurz zuvor noch das Blut seiner besten Freundin aufgewischt hatte.

»Sie scheint … erschüttert zu sein«, flüsterte sie zurück. »Was, wenn sie das wirklich nicht wollte, Jonathan?«

Jonathan atmete scharf durch die Nase aus.

»Selbst wenn, wer würde ihr glauben? Wer wird glauben, dass sie ihn nicht wollte, wenn sie unbegleitet auf diese Gesellschaft gekommen ist und allein mit ihm in ein Zimmer ins Obergeschoss gegangen ist? Was, wenn sie *schwanger* ist, Georgiana?«

Georgiana starrte ihn entsetzt an.

»Ich nehme an … Ich nehme an, wenn sie es nicht ist, besteht die Möglichkeit, dass sie davonkommt«, sagte Jonathan, schloss die Augen und fuhr sich mit der Hand übers Gesicht. »Jeremiah mag reden, aber es wird vielleicht nicht über die Angeberei eines Schuljungen hinausgehen.

Vielleicht werden die Leute denken, dass er lügt. Vielleicht kann sie sogar einen anderen heiraten, bevor es herauskommt. Wenn sie schnell handelt. Sie ist nicht irgendein Bauernmädchen, Georgiana, sie ist … Sie ist Frances Campbell. Herrgott.«

»Und wenn sie schwanger *ist?*«, hauchte Georgiana.

»Dann hoffe ich inständig, dass ich mich irre und Jeremiah Russell kein unerträglicher Idiot ist und dass er sich schleunigst auf den Weg macht, um durch die Nacht zu reiten und seiner Großmutter den Ring vom Finger zu stehlen, damit er morgen zurückkommen und ihr einen Antrag machen kann.«

Wenn Jonathan es so formulierte, schien die Aussicht nicht sonderlich wahrscheinlich.

»Was sollen wir tun?«

»Wir sagen absolut nichts zu niemandem. Wir hoffen, dass Jeremiah Russell mit Platzpatronen schießt, und wir beten inständig, dass er morgen unglücklich vom Pferd stürzt und mindestens vierundzwanzig Stunden lang nicht gefunden wird«, sagte er düster. »Komm mit. Ich sehe nach, ob er sich noch hier herumtreibt.«

»Ich bleibe«, sagte Georgiana, die Frances nicht allein lassen wollte und plötzlich von allem und jedem sehr erschöpft war. Jonathan zuckte mit den Schultern, klopfte ihr gedankenverloren auf die Schulter und ging.

Georgiana ließ sich so sanft wie möglich auf das Bett sinken, um Frances nicht zu stören, die das Gesicht in die Hände gepresst hatte. Sie dachte, dass sie bestimmt bis zum Morgengrauen wach liegen würde, doch dann schlief sie beinahe auf der Stelle ein.

Kapitel dreizehn

Am nächsten Morgen wachte Georgiana mit pochenden Kopfschmerzen und einem äußerst seltsamen bitteren Geschmack im Mund auf. Als sie sich vollständig bekleidet aufsetzte und sich mit verschlafenen Augen umsah, stellte sie fest, dass Frances nicht mehr im Zimmer war. Sie betrat das Ankleidezimmer und versuchte, nicht daran zu denken, was sich in der Nacht zuvor dort zugetragen hatte, während sie sich das Gesicht wusch, ihr Haar mit den Fingern kämmte und versuchte, es so gut wie möglich ohne Hilfe wieder hochzustecken. Unwillkürlich musste sie auf einen dunklen Fleck auf dem Teppich neben ihren Füßen starren.

Wie war es gewesen? Hatte er Gewalt angewendet? War so viel Blut normal? Hatte sie es genossen? Hatte *er* es genossen? Hatte sie ihn selbst hier hereingeführt und ihren Instinkten nachgegeben, wie es Georgiana fast im Keller getan hätte? Hatte es sich genauso angefühlt – angenehm kribbelnde Gefühle, Kurzatmigkeit, Herzklopfen? Oder war sie wie eine Beute gefangen gewesen, in die Ecke gedrängt worden und hatte eine Blutspur hinterlassen wie ein verwundetes Tier?

Nach ihrer kurzen Toilette ging Georgiana die Treppe hinunter, um Frances zu suchen. Sie war überrascht, dass alle bereits aufgestanden und angezogen waren. Die meisten Gäste waren in der Nacht abgereist, nur eine Handvoll war geblieben. Sie saßen an einem langen Tisch im Garten und bedienten sich an einer Auswahl von Frühstücksspeisen, die offensichtlich kurz vor Georgianas Eintreffen serviert worden waren. Am meisten überraschte es sie, Cecily und Jane zu sehen. Cecily sah müde und erschöpft aus, lächelte aber dennoch, während sie in einem gekochten Ei herumstocherte. Christopher aß überhaupt nichts, wie sie feststellte. Er hatte den Kopf in die Hände gestützt und schien kaum bei Bewusstsein zu sein; dennoch setzte sie sich so weit von ihm weg wie nur möglich.

»Geht es dir gut?«, fragte Georgiana Cecily, als sie ihr gegenüber Platz nahm. Die gleiche Frage wollte sie auch Frances stellen, die gerade über irgendetwas lachte, was Jeremiah sagte, als wäre nichts zwischen ihnen vorgefallen.

»Oh, ja«, sagte Cecily. »Thomas hat einen Arzt für mich gefunden. Jane sagt, er habe an jede Tür geklopft, bis er die richtige gefunden hatte, und habe den armen Mann geweckt. Daran erinnere ich mich nicht mehr. Er hat mir etwas Schreckliches zu essen gegeben, und ich habe überwunden, was auch immer mich so krank gemacht hat. Ich hatte eine *schreckliche* Magenverstimmung.«

»Ja«, sagte Jane und verdrehte die Augen. »Eine Magenverstimmung. Ganz bestimmt hast du etwas Falsches gegessen.«

»Ach, sei still, Jane. Thomas war wunderbar. Er musste heute eigentlich woanders sein, aber er ist beim Arzt bei mir geblieben, bis es mir besser ging, und dann hat er uns kurz vor Sonnenaufgang hierher zurückgebracht.«

»Vorsicht«, warf Frances über den Tisch hinweg ein. Georgiana war nicht bewusst, dass sie überhaupt zugehört hatte. »Du machst die arme George noch eifersüchtig.«

»Sei nicht albern«, entgegnete Georgiana und versuchte, zu lachen.

Ehrlich gesagt, *war* sie ein wenig eifersüchtig. Natürlich war es wunderbar, dass Mr Hawksley sich um Cecily gekümmert hatte. Natürlich sollte er bei Jane und Cecily bleiben, bis es Cecily besser ging. Er konnte sie ja kaum bei einem fremden Arzt am Ende der Welt allein lassen. Und natürlich konnte Cecily Mr Hawksley »Thomas« nennen, wenn sie es wünschte, auch wenn Georgiana bei dieser Vertrautheit am liebsten ihre Zähne zu Staub zermahlen hätte.

Das eigentliche Problem war Cecilys Schönheit. Wahrscheinlich hätten sich griechische Götter freiwillig aufgespießt, um einen Blick auf ihre unbekleidete Schulter zu werfen, und es bestand absolut keine Chance, dass Mr Hawksley ihre Schönheit nicht bemerkt hatte. Selbst inmitten von reichlich Erbrochenem hatte sie eine Anmut und Zartheit ausgestrahlt, die Georgiana in tausend Jahren nicht hätte erreichen können, und wenn sie sich noch so sehr bemühte. Vielleicht mochte Mr Hawksley lieber blasse kränkliche Frauen, die beim Arzt in Ohnmacht fielen, als solche, die in Weinkellern eigensinnig und kühn auftraten. Vielleicht war es anziehend, so auszusehen wie Cecily gestern Abend – als sei man bereits in der Leichenhalle aufgebahrt, bereit zur Einbalsamierung.

»Ich bin froh, dass es dir gut geht, Cecily«, sagte Georgiana mit einiger Mühe und griff ihrerseits nach den Eiern.

Sie fing über den Tisch hinweg Jonathans Blick ein – er

hatte sich mit halb geschlossenen Lidern auf einen Ellbogen gestützt, als hätte er gar nicht geschlafen – und verdrehte die Augen in Frances' Richtung, bevor er sich seinem eigenen Frühstück widmete.

Alle waren den ganzen Tag über eher gedämpfter Stimmung. Cecily schien ihre frühere Eroberung aufgegeben zu haben, und die beiden James saßen den größten Teil des Nachmittags mit Christopher und Jeremiah im Schatten eines Apfelbaums, spielten Karten und verloren unverschämt viel Geld aneinander. Georgiana spürte, dass Frances zu Mr Russell gehen und ihn in ein Gespräch verwickeln oder ihn einladen wollte, irgendwo mit ihr allein zu sein. Sie lachte immer wieder etwas zu laut über Dinge, die nicht sonderlich lustig waren, und warf ihm von ihrem Platz auf der Veranda Seitenblicke zu. All das ignorierte er jedoch und antwortete nur, wenn sie ihn direkt ansprach, und zwar mit vollendeter peinlicher Herzlichkeit.

Frances schien äußerlich nicht beunruhigt zu sein, aber Georgiana bemerkte, dass sie ständig und auf allem mit den Fingern herumtrommelte, ein sicheres Zeichen dafür, dass sie sich seiner Abwesenheit sehr bewusst war. Georgiana wollte unbedingt mit ihr allein sprechen, was ihr jedoch den ganzen Nachmittag über nicht gelang. Frances und Jonathan waren unzertrennlich, sie tranken wieder, dachten sich Limericks aus und waren für alle unerträglich außer füreinander. Stattdessen musste Georgiana dasitzen und Cecily zuhören, wie sie die Tugenden ihres lieben Freundes »Thomas« anpries, bis sie am liebsten wieder in den Keller gegangen wäre, um dort zu schreien, wo niemand sie hören konnte.

»Er ist genau so, wie ein junger Mann sein sollte, findest du nicht auch, Jane?«

Jane gab einen unbestimmten Laut von sich, der sowohl Zustimmung als auch Missbilligung hätte ausdrücken können. Sie hatte den ganzen Tag über eine steinerne Miene und einen beeindruckend leeren Blick.

»So aufmerksam. So freundlich«, fuhr Cecily fort. »Ich weiß, dass er ein bisschen langweilig sein kann, aber ich glaube, dass er durch den Vorfall mit seinem Bruder ein Feingefühl – und eine Neigung zur *Vernunft* – entwickelt hat, die vielen Männern zu fehlen scheint.«

»Was ist mit seinem Bruder passiert?«, fragte Georgiana, hin- und hergerissen zwischen dem Wunsch, Cecily möge ihren perfekt geformten schönen Mund halten, und dem, mehr über Mr Hawksley zu erfahren.

»Er ist vor ein paar Jahren gestorben – er war der jüngere Bruder. James hat es mir gestern erzählt. Oh, er hat eine schrecklich abfällige Bemerkung darüber gemacht, dass Thomas dadurch *langweilig* geworden sei – wie schrecklich, so etwas zu sagen. Es ist so traurig, wenn man so jung einen Verwandten verliert.«

»Wie ist er denn gestorben?«, fragte Georgiana und bemühte sich, nur mäßig interessiert zu klingen.

»Das weiß ich nicht genau. Das hat James nicht gesagt. Eine Krankheit vermutlich. Ich bin mir sicher, dass es Thomas ziemlich hart getroffen hat.«

Georgiana, die keine Geschwister hatte, konnte nur erahnen, wie es sich anfühlte, einen Bruder zu verlieren. Es war schlimm genug gewesen, ihre Eltern an ein besseres Klima zu verlieren, aber wenigstens konnten sie zurückkehren oder sie zum Tee einladen, auch wenn beides im Moment unwahrscheinlich schien. Der Tod war so beunruhigend dauerhaft. Sie konnte sich nicht vorstellen, was es für sie bedeuten würde, ihre Familie für immer zu verlieren – wie »langweilig« sie dadurch für ihre Mitmenschen werden könnte.

»Jedenfalls wusste er, dass es einen Arzt im Dorf gibt, weil sein Haus nicht weit von hier entfernt ist. Ich habe gehört, es soll wunderschön sein. Ich frage mich, ob er jemals …«

»Redet ihr immer noch über den verdammten Mr Hawksley?«, fragte Frances, die vom Kichern mit Jonathan abgelenkt gewesen war. »Hat er dir seine Kutsche *geschenkt,* Ces? Hat er dein Erbrochenes in seinen Händen aufgefangen, um keinen Tropfen zu verschwenden? Hat er seine Hose heruntergezogen und dir sein massives Gold gezeigt …«

»Schon gut, schon gut, ich meinte ja nur …«, sagte Cecily vorwurfsvoll.

Georgiana lachte mit den anderen und war Frances dankbar, dass sie Cecilys endloser Schwärmerei ein Ende gemacht hatte.

Den Rest des Tages verbrachten sie in aller Ruhe. Irgendwann schliefen fast alle ein und wurden erst geweckt, als Christopher von seinem Stuhl rutschte und mit einem lauten Schrei auf dem Boden aufschlug, was sie alle in Panik versetzte, ehe sie in Lachen ausbrachen. Ihm schien es nicht zu gefallen, verspottet zu werden, und er schlich sich ins Haus, um sein Nickerchen woanders zu halten. Georgiana spürte, wie sich ein Teil von ihr entspannte, als er ging, denn sie fühlte immer noch seine Hand auf ihrem Oberschenkel, als hätte er dort einen blauen Fleck hinterlassen.

Das hatte er nicht. Sie hatte es überprüft.

Es war viel angenehmer, sich in Erinnerungen an Mr Hawksleys Hände zu verlieren – wobei, je länger sie darüber nachdachte, desto mehr wurde ihr klar, dass sie sich dem armen Mann praktisch an den Hals geworfen hatte. Wahrscheinlich hatte er sich nur deshalb freiwillig angeboten, Cecily fortzubringen, um ihren unverschämten Avancen zu entgehen. In dem angenehmen Zustand zwischen Wachsein und Schlaf, während alle im Garten dösten, schrieb Georgiana die Erzählung sorgfältig um. Sie stellte sich vor, dass er später an jenem Abend zum Haus zurückkehren würde, angeblich, um sich nach Cecilys Wohlbefinden zu erkundigen, in Wahrheit aber, um sie wiederzusehen. Er würde ihren Blick auffangen und allen erzählen, dass er noch eine Flasche Wein holen wollte – ein Code, den nur sie verstand. Daraufhin würde sie sich davonstehlen, um ihn in der Dunkelheit des Kellers zu treffen, wo er ihre Hände ergriffe, sobald sie einen Fuß auf festen Boden setzte. Er würde ihr sagen, dass er nicht aufhören könne, an sie zu denken, und dass der modrige Geruch eines Kellers, solange er lebte, seine Gefühle für sie entfachen würde. Er würde sagen, dass Cecily schön sei, aber ein bisschen *zu* hübsch und dass er Brünette von durchschnittlicher Größe und mit einem lockeren Mundwerk vorziehe. Das Kribbeln, das sie in der Nacht zuvor zwischen ihnen gespürt hatte, würde zurückkehren – real, nicht eingebildet –, aber diesmal würde es keine Unterbrechung geben. Er würde sie in seine Arme nehmen, ihr Haar zur Seite streichen und sie küssen.

Und was dann? Sie konnte sich nicht vorstellen, was als Nächstes passierte. Schon gar nicht das, was sich zwischen Frances und Jeremiah abgespielt hatte. Und einen Antrag konnte sie sich auch nicht vorstellen. Nein – hier kam ihre Fantasie zu einem Ende, und sie musste wieder von vorne beginnen. Zum Glück fiel es ihr nicht allzu schwer, das Ganze noch einmal durchzuspielen; die Stelle, an der sie sich küssten, gefiel ihr besonders gut.

Als es Abend wurde und alle nach oben gingen, um sich frisch zu machen und fürs Abendessen umzuziehen, ergriff Georgiana die Gelegenheit, folgte Frances in ihr Zimmer und schloss die Tür hinter sich.

»Bist du – wie geht es dir, Frances?«, fragte sie und setzte sich auf die Bettkante, während Frances ins Nebenzimmer ging, sich scheinbar unbefangen an den Frisiertisch setzte und sich im Spiegel betrachtete. Gerade ging die Sonne unter, und der Raum erstrahlte in einem angenehmen rosa Licht, das Frances' dunkle Locken zum Leuchten brachte.

»Wie es mir geht? Mir geht es gut«, sagte Frances beiläufig, löste ihr Haar und begann, es mit kurzen gleichmäßigen Strichen vorsichtig auszukämmen.

»Aber … bist du verärgert über das, was passiert ist? Willst du darüber reden?«

»Verärgert? Warum sollte ich verärgert sein? George, du süßes Ding. Ich weiß, Jonathan hasst ihn, aber Jeremiah ist nicht der Schuft, für den er ihn hält. Er ist gut, weißt du. Ehrenhaft. Er will mir einfach keinen Heiratsantrag machen, wenn er von dieser schrecklichen Bagage umgeben ist, und das kann ich ihm kaum verdenken. Stell dir vor, du würdest im *Bastards Cottage* einwilligen, seine Frau zu werden.« Sie legte den Kamm ab und entkorkte eine Flasche mit einem süßlich duftenden Öl, das sie zwischen den Fingern verrieb, bevor sie es in ihrem Haar verteilte. »Um ehrlich zu sein, ich glaube, Jonathan ist ein bisschen eifersüchtig. Das ist traurig.«

»Eifersüchtig?«, fragte Georgiana. »Aber ich dachte …«

»Oh, natürlich nicht auf *diese* Weise. Aber er und ich sind wie Pech und Schwefel, und das schon seit Langem. Du hast uns ja erlebt. Ich glaube, er sieht Jeremiahs Gewinn als seinen Verlust. Wenn ich Mrs Jeremiah Russell bin, kann ich wohl kaum noch mit Jonathan umherziehen, oder?«

»Vermutlich nicht«, sagte Georgiana und sah zu, wie Frances ihr Haar geschickt hochdrehte und feststeckte. »Frances, ich … Was ist mit Jane?«

Ihre Freundin erstarrte kurz, dann legte sie die Haarnadeln auf den Tisch vor ihr.

»Was mit ihr ist?«, fragte sie langsam.

»Du weißt, dass ich euch gesehen habe, Frances. Es tut mir leid, ich wollte das nicht, aber … es ist passiert. Und ich weiß nicht, was es war oder was es bedeutet, aber ich weiß, dass Jane – sie scheint ziemlich verärgert zu sein.«

Frances schüttelte lachend den Kopf. »Georgiana, was glaubst du, was du gesehen hast? Hattest du noch nie eine Freundschaft wie diese? Wir sind noch jung. Es ist Sommer! Wir hatten getrunken, wir waren … Das hat *nichts* zu bedeuten.«

Georgiana war sich nicht ganz sicher, ob sie ihr gesamtes Verhalten nach ihrem zwanzigsten Lebensjahr noch als jugendliche sommerliche Unbedachtheit abtun konnten, aber sie hielt den Mund.

»Es ist eine kleine Tradition von uns, der Jahrmarkt – von Jane und mir, meine ich, seit unserer Kindheit. Aber das ist auch schon alles. Ein bisschen … Sommernostalgie. Jane, *verärgert.* Nie im Leben!« Sie steckte ihr Haar wieder mit großer Präzision fest. »Was für ein Gedanke, ehrlich gesagt – besonders jetzt, nach allem, was mit Jeremiah passiert ist …« Sie brach ab und betrachtete sich mit einem Lächeln im Spiegel, das jedoch kein volles Lächeln wurde.

Georgiana stellte sich hinter Frances und blickte auf ihre Hände hinunter, damit sie beim Sprechen ihr Spiegelbild nicht sah.

»Wie war es … mit ihm, Frances?«

Sie hatte sich sehr bemüht, diese Frage nicht zu stellen, aber es gelang ihr nicht. Frances war jetzt das Orakel für das, was hinter verschlossenen Türen mit gut aussehenden jungen Männern vor sich ging.

Ihre Freundin öffnete gerade einen kleinen Topf mit Karmin und trug es mit leichter Hand auf ihre Lippen auf. Als sie fertig war, drehte sie ihren Kopf von einer Seite zur anderen und bewunderte den Effekt im Spiegel.

»Es war … Nun, ich kann dir nicht *alles* erzählen«, sagte sie weltgewandt. »Man muss es selbst erleben. Teile davon waren … unangenehm – du hättest sehen sollen, was sich auf seinem Gesicht abgespielt hat. Er sah geradezu *besessen aus* – aber ich fühlte mich ihm sehr nahe. Sehr ausgeliefert, aber … Aber ich habe jetzt das Gefühl, dass ich ihm vollkommen vertrauen kann. Und er war sehr nett danach. Er hat mich nur verlassen, weil ich ihm gesagt habe, er solle gehen, damit wir nicht zusammen entdeckt werden. Du brauchst nicht so ein besorgtes Gesicht zu machen, und du solltest nicht auf Jonathan hören – ich bereue nicht, dass es passiert ist. Er ist wirklich ein Gentleman, George.«

»Wenn du dir sicher bist«, sagte Georgiana und hoffte inständig, dass Frances recht hatte und Jonathan nicht – dass sie beide auf ihrer Hochzeit tanzen würden, bevor das Jahr zu Ende war. Die Alternative war zu schrecklich, um sie in Betracht zu ziehen.

»Ich bin sicher. Setz dich – ich mache dir die Haare«, sagte Frances freundlich.

Georgiana nahm ihren Platz auf dem Hocker ein und genoss das vertraute Gefühl der geschickten Finger in ihrem Haar und das sanfte Ziehen des Kammes.

»Cecily war ja ganz verzückt von deinem Mr Hawksley«, sagte sie, während sie ihr das Haar kämmte. »Gott, man könnte meinen, er hätte sie persönlich von den Toten zurückgeholt, so wie sie sich aufführt.«

»Er ist nicht *mein* Mr Hawksley«, entgegnete Georgiana, aber ihr Tonfall verriet ihre wahren Gefühle, und Frances lachte.

»Nimm es dir nicht zu Herzen – die arme Ces ist einfach zu dumm, um es besser zu wissen. Sie merkt nicht, dass sie deine Gefühle verletzt. Ich glaube nicht, dass es jemals jemand geschafft hat, ihre Gefühle zu verletzen. Sie kennt das nicht. Sie scheint durch das Leben zu schweben, seine Schläge zu absorbieren, und wenn etwas schiefgeht, einfach zum nächsten Ereignis zu springen. In gewisser Weise ist das charmant – aber extrem ärgerlich, wenn man zu einem Kollateralschaden wird.«

Georgiana hatte in der Vergangenheit gefunden, dass Frances etwas unfreundlich zu Cecily war, aber diese Einschätzung ihres Charakters erheiterte sie sehr. Was auch immer Mr Hawksley war, ein Narr war er jedenfalls nicht, und sie glaubte nicht, dass er Dummheit bei einer Partnerin dulden würde. Selbst bei einer, die so groß und schlank und hilflos schön war wie ein junger Baum.

»Ich bin mir nicht sicher, ob er mich überhaupt mag«, sagte Georgiana laut. »Es ist so schwer einzuschätzen. Und dann, selbst wenn … Ich bin wohl kaum eine gute Partie.«

Es widerstrebte ihr, zu viel Aufmerksamkeit auf diese Tatsache zu lenken. Schließlich nahm sie an, dass ihre Freundschaft mit Frances ausschließlich darauf beruhte, dass ihre Freundin ihren Standesunterschied weitestgehend ignorierte.

»Oh, ich glaube nicht, dass das wichtig ist«, sagte Frances abtuend.

Sie wussten beide, dass dies offenkundig nicht stimmte, aber Georgiana tat gern so, als sei dies nicht der Fall – sowohl in Bezug auf eine imaginäre Beziehung zu Mr Hawksley als auch in Bezug auf ihre derzeitige, sehr reale Beziehung zu Frances, die gerade die letzten Nadeln in ihr Haar steckte.

»So. Du bist so hübsch wie ein Zirkus-Pony. Geh und zieh dich um, dann können wir beim Abendessen ein

Trinkspiel spielen – nimm jedes Mal einen großen Schluck, wenn Cecily den Namen *Thomas* sagt.«

Der Rest ihres Aufenthalts verlief ohne Zwischenfälle. Zum Abendessen am Samstag tranken sie ziemlich viel, und im Laufe des Abends erzählte Jonathan ihnen immer schmutzigere Geschichten, doch sie waren so erschöpft, dass sie ihn nur auslachten und sporadisch ihre Gläser nachfüllten. Christopher ließ Georgiana in Ruhe. Er hatte einen derart schrecklichen Kater, dass er ständig leidend das Gesicht verzog. Frances' Bemerkung hatte gewirkt, und Cecily zählte ihnen nicht siebenundzwanzig der vielen Tugenden von Mr Hawksley auf.

An diesem Abend taumelte Georgiana müde, im Großen und Ganzen aber recht glücklich ins Bett. Die Sorgen, die sie den ganzen Tag über beschäftigt hatten, erschienen ihr nichtig verglichen mit dem Gefühl, dazuzugehören – der Erinnerung daran, wie ihre Freunde über ihre Witze gelacht und ihr Glas nachgefüllt hatten. Mit dem Gefühl, von allen Seiten von Menschen umgeben zu sein, die sie wirklich mochten.

Am Sonntag, nach einem späten Frühstück, trafen die Kutschen ein. Plötzlich glich die Auffahrt einer geschäftigen Metropole. Diener trugen Koffer hin und her, die Pferde schnaubten und scharrten ungeduldig mit den Hufen. Georgiana hielt an der Tür inne und fragte sich, ob sie die Schwelle zum letzten Mal übertreten oder ob sie ihr vertraut werden würde, ob der Aufenthalt hier künftig ein fester Bestandteil ihres Sommers sein würde. Schließlich wurde Frances des Wartens überdrüssig und forderte sie auf, sich zu beeilen. Während die anderen sich in ihre Sitze sinken ließen und offensichtlich den ganzen Heimweg verschlafen wollten, reckte Georgiana den Hals, um zurückzublicken und zu beobachten, wie das Haus immer kleiner wurde, bis es schließlich ganz verschwand.

Kapitel vierzehn

Georgiana war in Gedanken so mit Frances und Thomas Hawksley beschäftigt und mit allem, was in dem Cottage passiert war, dass sie kaum hörte, wie Mrs Burton ihr mitteilte, dass sie Besuch erwarteten.

Sie hatte versucht, so wenig wie möglich von ihrem Aufenthalt zu erzählen und zugleich Mrs Burtons unendliche Neugier zu befriedigen. Schließlich hatte sie Kopfschmerzen vorgetäuscht, die sie zwangen, den Großteil der letzten beiden Tage im Bett zu bleiben. Mrs Burton zeigte sich verständnisvoll, aber auch ein wenig enttäuscht, als hätte Georgiana sich etwas mehr bemühen sollen, *nicht* krank zu sein, und sei es nur, um sie mit interessanten Geschichten zu versorgen.

Die Phantomkrankheit brachte es mit sich, dass Georgiana tagelang in ihrem Zimmer verweilen und ihren Kater richtig auskurieren konnte. Sie erschien nur zu den Mahlzeiten oder um neue Bücher aus der Bibliothek zu holen und war daher recht gelassener Stimmung, bis ihre Tante sie am Mittwoch beim Frühstück daran erinnerte, dass sie Miss Betty Walters und ihre Großmutter zum Tee erwarteten.

Sie wollte sich nicht beschweren und Mrs Burtons Gunst riskieren, also sagte sie nichts, zog sich rechtzeitig an und wartete unten auf die Ankunft der Walters. Als diese eintrafen, war Georgiana entschlossen, sich so freundlich wie möglich zu zeigen. Ihr Vorsatz geriet jedoch sofort ins Wanken, als Betty den Mund öffnete.

»Es kommt mir vor wie eine Ewigkeit, seit wir uns das letzte Mal gesehen haben, Miss Ellers – ich weiß nicht, ob Sie sich erinnern. Beim Picknick sahen alle so gut aus – vielleicht liegt das am Licht im Freien, man kann alle so gut sehen –, und Miss Campbell hatte ein besonders hübsches Kleid an. Ich wusste zunächst nicht, was ich von ihren Freunden halten soll, aber der erste Eindruck kann täuschen – ich täusche mich oft, also bin ich sicher, dass wir uns wunderbar verstehen werden, wenn sich unsere Wege wieder kreuzen. Am Freitag sind wir zu einer Gesellschaft bei den Gadforths eingeladen – ich glaube, sie haben gerade wunderbares neues Geschirr gekauft und wollen es ihren Freunden vorführen – werden Sie auch da sein, Miss Ellers?«

Sie schien Georgiana alles zu verzeihen, was sie ihr zuvor beim Picknick angetan hatte. Georgiana fragte sich, ob sie freundlich war oder ob sie einfach ein außergewöhnlich schlechtes Gedächtnis hatte, wie ein Achtzigjähriger oder ein Goldfisch.

»Ich bedaure, dass ich nicht dabei sein werde«, sagte Georgiana, die es keineswegs bedauerte. »Ich werde an einer anderen Gesellschaft teilnehmen.«

»Oh! Bei wem? Wir haben in letzter Zeit mit allen möglichen Leuten aus der Gegend zu Abend gegessen – ich habe so viele neue Bekanntschaften gemacht –, aber ich nehme an, Sie werden mit Miss Campbell zusammen sein? Und mit Miss Woodley? Miss Dugray? Und Mr. Smith? Mr …«

»Ja«, sagte Georgiana schnell. »Ja, mit Miss Campbell und ihren Freunden.«

»Hm«, machte Mrs Walters plötzlich, und alle sahen sie überrascht an. Während es schien, als würde Betty selbst dann nicht aufhören zu reden, wenn man sie mit einer Flinte bedrohte, war Mrs Walters normalerweise recht schweigsam. »Ich kann nicht behaupten, dass ich viel von den Campbells halte.«

»Oh, aber sie sind so reizend zu unserer Georgiana«, rief Mrs Burton und verteidigte sie sofort, obwohl sie die Leute kaum kannte. »Sie war erst kürzlich bei ihnen zu Gast, und dann haben sie sie in einen kurzen Urlaub mitgenommen und sie gepflegt, als sie krank wurde! Ich kann mir keine zwei angenehmeren Menschen vorstellen.«

»Lord Campbell ist ein seltsamer Mensch«, sagte Mrs Walters, ohne ihren Einwand zu beachten. »Ich kannte ihn schon als Jungen und mochte ihn nie. Er war noch ein halbes Kind, als er der Miliz beitrat, und ich muss sagen, dass ich Mitleid mit den Truppen habe, gegen die er kämpfen musste. Ich erinnere mich, dass ich ihn einmal dabei erwischt habe, wie er versuchte, das Kätzchen eines Nachbarn zu ertränken. Er sagte, er wolle es nur waschen, aber mir konnte er nichts vormachen.«

Mrs Burton war fassungslos. »Lord Campbell ist ein feiner Mann! Oder nicht, Georgiana? Er ist der Inbegriff eines liebevollen Vaters und Ehemannes!«

Nach all ihren kunstvoll ausgeschmückten Lügen über ihre gemeinsame Reise konnte Georgiana Mrs Burton jetzt nicht mehr widersprechen.

»Ja, Tante. Ein feiner Mann«, sagte sie ohne Gefühl.

»Hm!«, machte Mrs Walters erneut und sah Georgiana mit hochgezogenen Augenbrauen an. »Seine Frau tut mir leid.« Georgiana war einen Moment lang verblüfft über ihre Schärfe – doch dann verfiel sie erneut in Schweigen, und Betty nahm das Gespräch wieder auf.

»Haben Sie in letzter Zeit viele gute Bücher gelesen, Georgiana? Ich muss sagen, Ihre Tante hat uns erzählt, wie viel Sie lesen, und ich bin sehr beeindruckt! Ich habe nur ein paar zu Ende gelesen – sie enthalten so viele Wörter, viel zu viele! Ich glaube, ich bin nicht halb so schlau wie Sie. Bei all den Wörtern, die Sie kennen – haben Sie ein Lieblingswort entdeckt? Ein Wort, das Sie vielleicht überrascht hat?«

Georgiana unterdrückte ihren Instinkt, zu spotten, und dachte einen Moment lang ernsthaft über die Frage nach.

»Wissen Sie«, sagte sie, führte ihre Teetasse an die Lippen und nahm einen Schluck, »ich bin mir nicht sicher. Ich tue mich immer schwer damit, Favoriten zu benennen, wenn ich danach gefragt werde.«

»Ich mag Käseblatt«, sagte Mrs Walters so unvermittelt, dass Georgiana sich fast an ihrem Tee verschluckte.

»Käseblatt, Mrs Walters?«, wiederholte Mrs Burton und klang etwas schwach.

»Oh, das kenne ich gar nicht – was bedeutet es, Grandma?«, fragte Betty mit großen unschuldigen Augen. Georgiana hätte ihr voll und ganz geglaubt, hätte sie nicht bemerkt, dass ihre Mundwinkel kaum merklich zuckten, während sie auf die Antwort wartete.

»Zeitungen«, bellte Mrs Walters, »in denen nur Käse steht.«

Georgiana konnte weder Mrs Walters, die ein durch und durch ernstes Gesicht machte, noch Mrs Burton ansehen, deren Gesichtsausdruck zu einer höflichen Grimasse erstarrt war. Sie schaute in ihre Teetasse, und als sie aufblickte, sah sie, dass Betty dasselbe tat, sich auf die Lippe biss und fast aussah, als müsse sie weinen, so sehr musste sie sich beherrschen, nicht zu lachen.

Zum Glück wandte sich das Gespräch anderen Themen zu, und als Mrs Walters um einen kleinen Schluck Sherry zu ihrem Tee bat und dann prompt mitten im Satz einschlief, flüsterte Mrs Burton Georgiana zu, sie solle Betty das Haus zeigen.

Georgiana war etwas verwirrt, da es nicht viel zu zeigen gab, willigte aber dennoch ein. Sie führte Betty instinktiv durch den Flur in die Bibliothek und war überrascht, als sie die Tür öffnete und ihren Onkel dort Zeitung lesen und Pfeife rauchen sah. Der sonst so stoische Onkel wirkte etwas schuldbewusst, und sein Schnurrbart sträubte sich leicht, als er die Lippen schürzte.

»Mrs Burton sagte, Sie schliefen«, bemerkte Georgiana neugierig, und der Schnurrbart schien sich noch stärker zu sträuben. »Sie sagte, Sie machten ein Nickerchen, und ich solle Sie nicht stören.«

»Nun«, schlug Betty fröhlich vor, »vielleicht … Vielleicht sind wir nicht gleich in die Bibliothek gegangen. Vielleicht haben wir zuerst den Garten angesehen und sind dort eine Weile geblieben?«

»Ja«, sagte Georgiana, tauschte einen kurzen Blick mit Miss Walters und ging sofort darauf ein. »Ich glaube, wir waren so fasziniert von den Blumen, dass wir keine Zeit hatten, herauszufinden, wer womöglich in der Bibliothek rauchen könnte.«

»Richtig«, sagte Mr Burton und räusperte sich. »In der Tat.«

»Ich kann mir *auch* vorstellen, dass uns freundlicherweise jemand eine Pfeife und eine beträchtliche Menge guten Tabaks auf dem Schreibtisch hinterlassen hatte, als wir schließlich in die Bibliothek kamen«, fuhr Georgiana fort und war sich bewusst, dass sie hoch pokerte.

»Nein«, widersprach Mr Burton entschieden.

»Ach«, sagte Georgiana und zuckte mit den Schultern. »Wir müssen verwirrt gewesen sein – wir haben uns wohl etwas eingebildet –, weil wir von den Begonien überwältigt waren, Onkel.«

Kichernd verließen Betty und sie die Bibliothek und begaben sich tatsächlich in den Garten. Er war klein und mit einzelnen Steinplatten ausgelegt, in deren Anordnung kein System zu erkennen war. In den gepflegten Beeten hingegen standen Blumen und Sträucher in so unnatürlich ordentlichen Reihen, als sollten sie diesen Mangel ausgleichen.

»Oh, ich liebe Heckenrosen, Sie nicht auch?«, sagte Betty fröhlich, nahm eine Blüte in die Hand und strich ehrfürchtig über die Blätter. »Ich weiß, dass es heißt, sie seien gewöhnlich, und ich nehme an, dass sie nicht halb so schön sind wie eine *richtige* Rose – weniger würdevoll, wobei ich mir nicht vorstellen kann, wie eine *Blume* in Ungnade fallen kann. Nebenbei bemerkt frage ich mich, wer entscheidet, welche Blumen schön und welche hässlich sind? Was trennt das Unkraut von den Preisträgern? Ich habe oft …«

»Betty«, sagte Georgiana erschöpft und setzte sich auf die leicht verrostete Bank im hinteren Teil des Gartens. Ihr Kater schien überraschend zurückzukehren.

»Meine Mutter liebte Heckenrosen«, sagte Betty und kam damit zum eigentlichen Punkt. »Sie mochte auch Löwenzahn, langsame Pferde und Tauben – sie sagte immer, dass sie die Dinge am liebsten möge, die am unbeliebtesten seien, weil sie sie mit ihrer schlichten Schönheit überraschten. Niemand ist überrascht, wenn man eine richtige Rose mag – *natürlich* – wer mag denn keine Rosen? Man kann eine Rose zufällig mögen, ohne es zu wollen – aber eine Heckenrose zu lieben, ist etwas ganz anderes. Die kann man nicht einfach zufällig lieben.«

»Das ist … Das ist wirklich ganz reizend, Betty«, sagte Georgiana und war verwirrt, weil sie ehrlich gerührt war.

»Habe ich Ihnen schon erzählt, dass einmal eine Taube in unseren Schornstein geflogen und gestorben ist?«, fragte Betty fröhlich und ruinierte damit den Moment.

»Nein«, sagte Georgiana, und als Betty wieder zu sprechen begann, fügte sie hinzu: »Bitte tun Sie es nicht.«

»Wahrscheinlich ist es besser so«, sagte Betty, beugte sich vor, um an einem Geißblatt zu riechen, und seufzte dann. »Wir haben sie erst nach einer Woche gefunden, und Mama war furchtbar traurig. Haben Sie etwas dagegen, wenn ich etwas davon pflücke?« Sie deutete auf das Geißblatt.

»Nur zu«, sagte Georgiana und zuckte mit den Schultern. »Wo ist Ihre Mutter jetzt?«

»Meine Mutter und mein Vater sind gestorben, als ich zehn war«, sagte Betty und setzte sich mit zwei frisch gepflückten Blüten in der Hand neben Georgiana. »Sie sind bei einem schrecklichen Kutschenunfall ums Leben gekommen. Ich war ebenfalls in der Kutsche, aber ich bin irgendwie … unverletzt davongekommen. Das kommt vor, wenn man klein ist, wurde mir gesagt.«

»Das tut mir sehr leid«, sagte Georgiana. Daraufhin tätschelte Betty Georgianas Handteller und hinterließ dort eine Geißblattblüte. »Es muss furchtbar gewesen sein, sie zu verlieren.«

»Das war es«, sagte Betty nachdenklich. »Andererseits habe ich sehr nette Cousins und Cousinen, bei denen ich viele Jahre gelebt habe. Ich habe einen Onkel in Schottland, der mir sehr schöne Briefe schreibt. Und ich habe natürlich Grandma. Und ihren Hund. Er beißt zwar, aber er meint es nicht so.«

»Ich mag Hunde«, sagte Georgiana und strich mit dem Daumen über eine Geißblattblüte.

»Oh! Vorsichtig, Miss Ellers. Sie wollen doch den Nektar nicht verlieren.«

»Den was?«

»Aber – haben Sie noch nie Geißblatt gekostet? Oh, das *müssen* Sie probieren. Einfach das Ende abzwicken – so, sehen Sie? Ich habe immer das Gefühl, dass ich den Blumen wehtue, wenn ich sie pflücke – das ist natürlich dumm, denn ich kann mir nicht vorstellen, dass sie Gefühle haben – ja, sehr gut! Und dann zieht man das kleine – na ja, ich weiß nicht, wie man es nennt, den langen Teil, das Beinchen, heraus. Sehen Sie das kleine Tröpfchen? Oh, ja! Das ist der Nektar. Probieren Sie!«

Georgiana zögerte einen Moment, bevor sie ihn auf ihre

Zunge drückte. Es war so herrlich und unerwartet süß, dass sie lachte und dann Betty die Hand hinhielt, damit sie ihr noch eine Blüte reichte.

Als Mrs Walters erwachte und verkündete, es sei Zeit zu gehen, musste Mrs Burton tatsächlich in den Garten kommen, um Georgiana und Betty Bescheid zu sagen. Als die zwei sich voneinander verabschiedeten, strahlte ihre Tante übers ganze Gesicht und hatte rosige Wangen. Sie schien so stolz, als hätte Georgiana verkündet, sie habe sich verlobt.

Den Geschmack des Nektars noch auf der Zunge, sagte Georgiana Betty beim Abschied, dass sie jederzeit herzlich willkommen sei, und das meinte sie tatsächlich ehrlich.

Kaum war die Tür geschlossen, warf Mrs Burton vor Freude die Arme in die Luft und rief aus: »Ich wusste es, Georgiana! Ich wusste, ihr würdet beste Freundinnen werden, ich wusste einfach …«

»Übertreiben Sie nicht, Mrs Burton«, erwiderte Georgiana seufzend. »Sonst verleiden Sie sie mir noch, nachdem ich gerade angefangen habe, sie zu mögen.«

Mrs Burton hob ergeben die Hände, summte jedoch vor sich hin, während sie im Haus verschwand. Sie war so zufrieden mit ihrer Nichte, dass sie ihr beim Abendessen immer wieder Pudding nachfüllte, bis Georgiana ihre Schüssel wegschob und sie anflehte, damit aufzuhören.

Kapitel fünfzehn

Wenn man mit Frances und ihren Freunden auf eine Gesellschaft ging, lief das ungefähr so ab: Bei ihrem Eintreffen setzte nur für einen Sekundenbruchteil die Musik aus, ehe sie wieder einsetzte. Überall im Raum wurde geflüstert und getuschelt. Man drehte die Köpfe nach ihnen um und warf ihnen verstohlene Blicke zu. Einmal spürte ein fetter kleiner Hund den subtilen Stimmungsumschwung und urinierte seiner Besitzerin augenblicklich auf ihr Kleid. Nichts davon nahmen sie persönlich.

Jeremiah war seit dem Cottage nicht mehr gekommen. Das sagte Frances zwar nicht, aber Georgiana wusste es auch so. Sie wurde zu Kartentrinkspielen in Frances' Wintergarten eingeladen, zu langen Abenden in den Salon der Woodleys, zu Tänzen in den kleinen und ziemlich überfüllten Versammlungsräumen und zu jeder anderen Art von Zusammenkunft, die die Stadt und die umliegenden Hügel zu bieten hatten – und bei keiner einzigen davon sah sie Jeremiah Russell. Jedes Mal, wenn sie einen Salon oder einen Ballsaal betraten, war Frances unruhig, wollte nie länger als eine Viertelstunde an einem Ort bleiben und bestand ständig darauf, dass es im nächsten Raum weitaus interessantere Leute geben müsse.

Sie nahmen so eifrig am gesellschaftlichen Leben teil, dass Georgiana an beiden Füßen hartnäckige Blasen bekam und ihre Lippen ständig mit dem Karmin befleckt waren, das sie sich von ihren Freundinnen lieh. Sie verabschiedete sich von ihnen nach ausgelassenen Feiern sonntagmorgens um fünf und winkte ihnen nur wenige Stunden später in der St. Anne's Church zu, während Mrs Burton missbilligend über ihren offensichtlich schwachen Zustand die Nase rümpfte. Frances kam ein- oder zweimal in den Gottesdienst, wobei sie den Hals reckte und sich häufig zum Eingang umdrehte, bis der Vikar zu sprechen begann. Und Georgiana war klar, dass dies nicht etwa damit zu tun hatte, dass sie plötzlich fromm geworden war.

Wenn Christopher bei ihnen war, machte Georgiana einen Bogen um ihn wie um eine giftige Schlange. Sie wusste immer genau, wo er sich aufhielt, und achtete darauf, nie mit ihm allein zu sein. Manchmal war er nicht dabei – er war der Spielsucht verfallen und verschwand oft, um seinem Laster zu frönen –, und dann konnte sie sich entspannen.

Zu Georgianas unendlicher Erleichterung traf Cecily eines Abends in den Gesellschaftsräumen den pferdebegeisterten James wieder, der sie unentwegt zum Tanz aufforderte, und es schien, als sei jeder Gedanke an Mr Hawksley aus ihrem Kopf verschwunden. Etwas ungnädig dachte Georgiana, dass James' größter Vorteil darin bestand, dass er der letzte Mann war, der Cecilys Interesse geweckt hatte – er stand hauptsächlich deshalb in ihrer Gunst, weil sie sich am besten an sein Gesicht erinnern konnte.

Mr Hawksley tauchte niemals auf, doch Georgiana hörte nicht auf, nach ihm Ausschau zu halten.

Als sie einmal erst um sieben Uhr morgens aus den Gesellschaftsräumen nach Hause zurückkehrten und Georgiana mit nur einem Handschuh aus Frances' Wagen stolperte, wurde sie von Mrs Burton im Flur abgefangen. Sie deutete an, dass sie sich wie eine streunende Katze oder eine Prostituierte verhalte.

»Ich war nur lange auf einer Gesellschaft, Mrs Burton«, antwortete Georgiana und sehnte sich nach ihrem Bett. »Ich stehe nicht in einem Bordell unter Vertrag.«

»Das eine führt oft zum anderen«, antwortete Mrs Burton recht streng.

Georgiana blieb fast eine ganze Woche lang pflichtbewusst zu Hause, um zu beweisen, dass sie keiner lukrativen Tätigkeit nachging, bei der sie sich Fremden in die Arme warf. Doch irgendwann war Frances es leid, ihr Nachrichten zu schicken, und sie tauchte einfach auf, um mit Georgiana auszugehen. Sie kam zum Tee, lächelte gewinnend und unterhielt sich fast drei Stunden lang höflich und geistreich mit Mrs Burton. Schließlich blieb ihrer Tante nichts anderes übrig, als sie gehen zu lassen und ihnen zum Abschied zu winken, als sie aufbrachen, um sich zu amüsieren.

Georgiana und Frances winkten in aller Aufrichtigkeit zurück, bis sie sich weit genug entfernt hatten, dann fielen sie sich hysterisch lachend in die Arme.

Die Gesellschaft, die sie an diesem Abend besuchten, fand in Cecilys Haus statt. Georgiana war noch nie dort gewesen. Es lag weiter von der Stadt entfernt als die der anderen und sah aus wie ein Märchenschloss, was perfekt zu Cecily passte. Es hatte große Türme und Turmspitzen und einen geschwungenen Bach, der, wie Cecily betonte, kein richtiger Schlossgraben war.

Die goldblonden Dugray-Brüder waren mit ihren Frauen gekommen – es schien sich um eine Art Geburtstagsfeier zu handeln, auch wenn nicht ganz klar war, wessen Geburtstag gefeiert wurde –, und Georgiana fand sie genauso schön und stark, wie Frances sie beschrieben hatte. So reizend sie auch waren, sie konnten ihre Freundin nicht von der Tatsache ablenken, dass in keinem der prächtigen mit Gobelins geschmückten Räume Mr Russell zu finden war – und da sie im Haus nicht die Gesellschaft fand, nach der sie sich sehnte, lockte Frances sie alle nach ein paar Stunden aufs Dach.

Es war ein schrecklich schwüler Augusttag, die Wolken hingen schwer am Himmel und machten allen zu schaffen. Doch als sie auf dem Dach saßen und über die Hügel blickten, geschah etwas Magisches – zuerst leuchtete in der Ferne ein gezackter Blitz auf, dann ertönte Donnergrollen, und alle schrien vor Freude und Schrecken auf. Das Gewitter war zu weit entfernt, um eine wirkliche Bedrohung darzustellen, und es begann nicht, zu regnen. So saßen sie eine Weile in ehrfürchtigem Schweigen, lauschten dem Donnern, das im Tal widerhallte, und zeigten jedes Mal hinauf, wenn es blitzte, als würden sie nicht alle dasselbe Schauspiel beobachten. Georgiana hatte noch nie ein solches Gewitter erlebt – andererseits hatte sie auch noch nie eines beobachtet, direkt nachdem sie eine von Christophers geheimnisvollen Pfeifen geraucht hatte.

»Das erinnert mich an ein Gedicht«, sagte Jonathan und deutete mit der Hand auf die Landschaft.

»Welches Gedicht?«, fragte Frances.

»Oh, ich weiß nicht. Irgendeins.«

»*Sobald die Sonne im Osten das weite Meer verließ, Donnergrollen das Himmelszelt durchstieß*«, zitierte Georgiana, ohne nachzudenken.

Jonathan klopfte ihr anerkennend auf die Schulter.

»Mein Gott, ist das alles in deinem Kopf?«

»Ich bin mir sicher, es beansprucht wertvollen Platz«, sagte Georgiana und lächelte selbstbewusst. »Mein Vater hat mich Gedichte auswendig lernen lassen, damit ich sie bei Tisch vortragen konnte.«

»Wer hat das geschrieben? Über den Donner?«

»Äh … Phillis Wheatley Peters.«

»Wer ist sie?«

»Sie war eine Sklavin«, warf Frances kühl ein. Georgiana erschrak. Sie hatte Frances dieses Wort noch nie aussprechen hören und sich bemüht, nichts dergleichen in ihrer Gegenwart zu erwähnen, als ob das Thema dann weniger real wäre. »Sie hat ein besonders gutes Gedicht über ihre ruhmreichen und wohlwollenden Herren geschrieben, die sie zivilisiert haben – es steht in unserer Bibliothek. Vater liest manchmal daraus vor, aber ich bin mir nicht sicher, ob er die Ironie versteht. Komm schon, George, halte dich nicht zurück – ich bin sicher, du kennst es auch auswendig.«

»Ich möchte nicht«, sagte Georgiana leise.

»Mal sehen, woran ich mich noch erinnern kann.« Frances ließ das Weinglas in ihrer Hand kreisen, sodass es bei jeder Drehung überzuschwappen drohte. »*Gnade brachte mich aus meinem heidnischen Land*… Irgendetwas über Gott und Erlöser und wie teuflisch ihre Haut sei. Ich kann mich nur schwer daran erinnern, denn das ist die Stelle, an der meine Mutter jedes Mal anfängt zu weinen.«

Es herrschte lange unangenehmes Schweigen. Die Wolken zogen weiter, der Regen war nur verschwommen am sich verdunkelnden Horizont zu erkennen.

»Ich frage mich, was ihn dazu bringt«, sagte Cecily schließlich. »Den Himmel, meine ich.«

»Das ist Elektrizität, Ces«, erklärte Christopher herablassend und lockerte sein Halstuch.

Er hatte versucht, sich neben Georgiana zu setzen, als sie sich auf dem Dach verteilten, und Georgiana hatte so getan, als müsste sie Frances etwas sehr Dringendes sagen, um ihm nicht gerade unauffällig zu entkommen. Er hatte sie nie auf den Vorfall im Cottage angesprochen und Georgiana ihn ebenso wenig, aber manchmal, wenn er sie ansah, glaubte sie, ein Funkeln in seinen Augen zu sehen – als wäre zwischen ihnen noch etwas offen.

»Nun, was nützt es mir, das zu wissen?«, erwiderte Cecily und hob eine Augenbraue. »Du kannst mir genauso gut sagen, dass es … Ich weiß nicht … *Physik* ist.«

»Herrgott, Ces, du weißt doch sicher, was *Physik* ist?«

Frances' Stimmung schlug im Moment leicht in Gereiztheit um, und offenbar war Cecilys Mangel an wissenschaftlichem Grundwissen Anlass genug, sich zu empören.

»Warum sollte ich? Das ist wohl kaum von Belang«, antwortete Cecily achselzuckend.

»In Ordnung, du brauchst also ein anschauliches Beispiel. Eine praktische Lektion.«

Frances schnappte sich Cecilys grauen Pompadour, der verlassen neben ihr gelegen hatte, und trat an den Rand des Daches. Es regnete zwar nicht, aber der Wind war etwas zu stark, um so nahe an einem vielleicht fünfzehn Meter hohen Abgrund zu stehen.

»Wegen der *Physik* willst du nicht, dass ich den jetzt durch meine Finger gleiten lasse.«

»Gib ihn mir zurück, Frances«, schmollte Cecily. »Das ist mein bester!«

»Gib nicht mir die Schuld – sondern der Physik! Die Physik sorgt dafür, dass er hinunterfällt. Die Physik lässt ihn auf den Boden sausen und ruiniert ihn. Komm schon, Ces, das ist nicht schwer.«

»Die Physik ist eine grausame Geliebte«, sagte Jonathan seufzend.

»Das gilt ebenso für Frances«, murmelte Jane und stand auf.

Georgiana warf ihr einen scharfen Blick zu, ihre Miene war undurchdringlich.

Cecily war schwankend aufgestanden, um sich zurückzuholen, was ihr gehörte, aber Frances sah ihre Freundin aus schmalen Augen an und grinste. Sie wich ihr aus und ließ den Pompadour über den Rand baumeln, wo er im Wind hin und her schwang.

»Verstehst du es jetzt?«, fragte sie eindringlich. »Sag, dass du es verstehst!«

Cecily stieß einen kleinen verzweifelten Schrei aus. »Na gut, na gut, ich verstehe es!«, sagte sie. »Gib ihn mir zurück. Sofort.«

Frances rührte sich nicht, also beugte sich Cecily vor, um ihr den Beutel aus den Händen zu reißen. Frances öffnete die Finger und schien ihn fallen zu lassen, und Cecily griff verzweifelt danach, verlor das Gleichgewicht und stürzte fast über den Rand des Gebäudes in ihr sicheres Verderben.

Im Nu war Jane an ihrer Seite und zog sie grob zurück, sodass sie beide mit einem dumpfen Aufprall sicher auf dem Dach landeten. Frances hatte den Pompadour nicht wirklich losgelassen, sondern lediglich den Beutel aus ihrer Hand gleiten lassen, ihn aber an den Kordeln festgehalten. Er baumelte an ihren Fingern.

»Um Himmels willen, Frances, war das wirklich nötig?«, stieß Jane hervor. »Du hättest sie umbringen können!«

»Immer diese Amateurdramatik«, antwortete Frances und verdrehte die Augen. Sie ließ die Tasche in Cecilys Schoß fallen. »Kommt schon. Jonathan? Christopher? Ich brauche noch was zu trinken.«

Sie entfernte sich in Richtung Tür, die zum Treppenhaus führte, und Jonathan sah Georgiana mit hochgezogenen Augenbrauen an, zuckte die Schultern und folgte ihr. Christopher zögerte, als wollte er nicht den Eindruck erwecken, dass er sofort kam, wenn man ihn rief, aber schließlich streckte er sich aus, stand auf und schlenderte hinter ihnen her.

»Verdammter Mist«, sagte Jane mit wütender Miene, nachdem sie verschwunden waren.

Georgiana wünschte sich, Frances hätte *sie* ebenfalls aufgerufen, ihr zu folgen. Seit dem Cottage hatte sie es im Allgemeinen vermieden, mit Jane zu sprechen, und sie verspürte auch jetzt keine Lust dazu. Sie stand auf und schwankte leicht unsicher.

»Ist alles in Ordnung, Ces?«, fragte sie.

»Ja, ja, keine Sorge, George – es war nur ein Scherz«, sagte Cecily freundlich und untersuchte, ob ihr Pompadour irgendwie gelitten hatte.

»O ja, wirklich *lustig,* wenn du vom Dach gefallen wärst«, sagte Jane wütend. »Wahrscheinlich würde es morgen als Satire in der Zeitung stehen. *Frau stürzt sich in den Tod, um gelangweilte aristokratische Soziopathin zu besänftigen.*«

Georgiana lachte und hielt dann abrupt inne.

»Tut mir leid, das ist eigentlich nicht lustig«, sagte sie, nahm Cecilys Wein und brachte ihn ihr.

Sie wusste natürlich, warum Frances so frustriert war, aber sie war zur Verschwiegenheit verpflichtet worden. Cecily und Jane wussten, nach wem Frances suchte, wenn sie sie durch belebte Zimmer und stille Salons schleppte. Sie verstanden jedoch nicht ganz, warum sie es mit solcher Dringlichkeit tat und dabei so schlecht gelaunt war. Das entschuldigte natürlich nicht den Mordversuch auf dem Dach.

»Na dann, Prost!«, sagte Jane. »Darauf, dass wir irgendwie noch am Leben sind, obwohl Frances uns schon so oft beinahe umgebracht hätte.«

Sie stießen alle feierlich an. Jane sah Georgiana nicht in die Augen, ignorierte sie jedoch nicht und sagte auch nichts Gemeines zu ihr – was eine Verbesserung darzustellen schien.

»Wie oft kann man sich bei häuslichen Gesellschaften und Abendessen in tödliche Gefahr begeben?«, fragte Georgiana.

»Oh, du würdest dich wundern«, erwiderte Cecily fröhlich. »Einmal waren wir auf einem Fest in einem Unterwasser-Ballsaal.« Georgiana legte fragend den Kopf schief. »Oh, entschuldige, das ist … äh … Es ist wie eine große Glaskuppel unter einem See. Groß genug zum Tanzen. *Wunderbar* stimmungsvoll, wenn auch etwas feucht. Jedenfalls hatten Frances und Jonathan einen Riesenstreit, sie gingen richtig aufeinander los, und sie nahm einen Stock, den er bei sich hatte, und versuchte, eine der Glasscheiben zu zertrümmern. Es musste eine Notfallevakuierung durchgeführt werden.«

»Das war noch nicht einmal das Schlimmste«, sagte Jane. »Was ist mit der Sache beim Rennen?«

»Nun, um fair zu sein, sie wusste nicht, dass das passieren würde …«

»All die armen Pferde.«

Das wollte Georgiana nicht hören.

»Natürlich ist unsere Miss Dugray sehr nachsichtig«, sagte Jane mit einem bedeutungsvollen Blick auf Cecily.

»Oh, nicht das schon wieder«, sagte diese, seufzte traurig und schüttelte ihre prächtigen blonden Locken.

Jane nahm einen großen Schluck von ihrem Getränk.

»Als wir fünfzehn waren, schwärmte Ces für einen der Campbell-Cousins, und Frances … Nun, sie hat dem ein Ende gesetzt. Sie mag es nicht, wenn sie übertrumpft wird, unsere Franny, oder wenn unsere Aufmerksamkeit nicht ganz bei ihr ist.«

»Ich mochte ihn nicht *so* sehr«, sagte Cecily.

»Du hast ihm jeden Abend geschrieben! Du konntest an nichts anderes denken! Wenn du das tust, wenn du jemanden *nicht* so sehr magst, wird der nächste Mann, der dir gefällt, militärischen Schutz benötigen.«

Georgiana schwieg und hörte zu. Es überraschte sie, dass sie schlecht über Frances sprachen. Eigentlich konnten sie doch nicht allzu schlecht über sie denken, schließlich waren sie immer noch jeden Abend mit ihr unterwegs, hielten ihr die Drinks, folgten ihr auf Dächer, auch wenn sie vielleicht damit drohte, ihre Lieblingstasche hinunterzuschleudern.

»Aber Frances meint es doch sicher nicht so«, sagte Georgiana zu Cecily. »Oder?«

»Schwer zu sagen. Aber es spielt keine Rolle. Nicht, dass *du* das verstehen würdest«, sagte Jane abweisend. »Ich kenne sie seit ihrer Kindheit. Unsere Familien … Nun ja, wir sind im wahrsten Sinne des Wortes zusammen aufgewachsen. Manchmal treibt sie uns bis an unsere Grenzen, aber am Ende …«

»Ist es einfach unsere Frances«, beendet Cecily den Satz für sie.

Georgiana öffnete den Mund, um etwas zu erwidern – doch plötzlich begann es, zu regnen. Endlich. Es fing aber nicht etwa harmlos mit kleinen Tropfen an. Gerade waren sie noch vollkommen trocken, im nächsten Moment waren sie ganz und gar durchnässt. Die Röcke klebten an ihren Schenkeln und das Haar an ihrem Kopf. Cecily schrie,

Jane prustete, verschüttete ihren Wein und fluchte, als sie sich auf ihre Füße hochrappelte.

Georgiana musste unwillkürlich lachen, als sie alle zur Treppe zurückeilten, als hinge ihr Leben davon ab, obwohl es schon viel zu spät war.

Kapitel sechzehn

Als Georgiana in den frühen Morgenstunden zu den Burtons zurückkehrte, hatte sie ziemliche Mühe, von Frances' Kutsche bis zur Haustür zu gelangen. Sie war sich sicher, dass der Garten irgendwie umgestaltet worden sein musste. Der Blumentopf, der ihr beinahe beide Kniescheiben zertrümmert hätte, war vor ein paar Stunden noch nicht da gewesen. Zudem kam ihr der Garten auch viel größer vor, sodass sie fünf Minuten für den Weg brauchte, der eigentlich nur fünf Sekunden hätte dauern dürfen. Zum Glück regnete es nicht mehr.

Als sie schließlich die Tür erreichte, hörte sie gedämpftes Gelächter und Jubel hinter sich. Sie drehte sich um, salutierte breit grinsend zum Abschied und wandte sich dann blinzelnd dem Türgriff zu, der eine neue Herausforderung darstellte.

Nachdem es bei den Dugrays zu regnen begonnen hatte, hatten die anderen Damen und sie wieder mit Frances zusammengefunden, und obwohl sich Letztere zunächst etwas steif gab, hatten sie alle den Abend gut gelaunt beendet. *Sehr* gut gelaunt sogar. Cecily hatte den Getränkeschrank ihres Vaters geplündert und einige Schätze zutage befördert. Georgiana hatte sich so lange zurückgehalten, wie Christopher sie angestoßen und gescherzt hatte, als würden sie sich blendend verstehen. Sobald er gegangen war und allen zum Abschied einen Kuss zugeworfen hatte, was Georgiana geflissentlich überging, begann sie, ernsthaft mitzutrinken.

In dem Moment war ihr das völlig vernünftig erschienen, aber jetzt hatte sie vergessen, wie eine Tür funktionierte.

Nachdem sie es herausgefunden hatte und ins Haus getreten war, zog sie ihre durchnässten Handschuhe aus, nahm ihre Haube ab und ließ sie tropfend im Flur zurück. Aus den Tiefen der Küche beförderte sie etwas trockenes Brot hervor, dann nahm sie eine Kerze und wanderte in die Bibliothek, wobei sie eine Spur aus Krümeln hinterließ.

Mrs Burton hatte offensichtlich Korrespondenz erledigt, denn in der Ecke des Schreibtisches waren Federhalter, Tintenfass und Papier ordentlich nebeneinander aufgereiht. Kurz darauf entdeckte Georgiana einen Brief in der Handschrift ihrer Tante, der auf dem Stapel der ausgehenden Post lag. Bei näherer Betrachtung erkannte sie, dass er an ihre Eltern adressiert war.

Sofort wollte sie das Siegel aufbrechen und ihn lesen, konnte sich aber im letzten Moment zurückhalten – auch wenn sie nüchtern gewesen wäre, hätte sie diesen Eingriff vor Mrs Burton nicht verheimlichen können. Und in diesem Zustand würde sie sich am nächsten Morgen vermutlich nicht mehr daran erinnern können, dass sie den Brief überhaupt geöffnet hatte.

Georgiana versuchte, diese Information für den morgigen Tag zu speichern, und setzte sich dann an den Schreibtisch. Eine sehr gefährliche Idee begann, sich in ihrem Kopf zu formen.

Sie nahm den Federhalter in die Hand.

Lieber Mr Hawksley

Das war grässlich. Georgiana riss einen Streifen von dem Papier ab, um die verletzenden Worte zu entfernen, und knüllte ihn zu einem Ball zusammen.

Lieber Thomas

Großer Gott, das war ja noch schlimmer. Sie konnte ihn doch nicht »Thomas« nennen, als ob sie schon seit zehn Jahren verheiratet wären. Ebenso gut könnte sie dem Mann ein Aktbild von sich schicken. Sie riss wieder ein Stück von dem Blatt ab und beschloss, ganz auf einen Namen zu verzichten. Es folgten noch einige weitere Fehlversuche, bis nur noch ein schmaler Streifen Papier übrig war, auf dem ein paar kurze Zeilen Platz fanden.

Sir,
ich schreibe Ihnen, um Ihnen dafür zu danken, dass Sie sich in der Stunde ihrer Not so gut um meine Freundin Miss Cecily Dugray gekümmert haben (nebenbei bemerkt geht es ihr gut, und das Erlebnis hat sie kein bisschen vom Trinken abgebracht), und auch, um Ihnen zu sagen, dass mir der Wein, den Sie für mich ausgesucht hatten, sehr gemundet hat. Früher war ich stark geneigt, Christus für etwas

töricht zu halten, weil er einwandfreies Wasser in Wein verwandelt hat; jetzt kann ich ihn in seinem Bemühen nur unterstützen, solange er sich bei der Auswahl des Weins an Sie wendet.

Hochachtungsvoll,

Georgiana Ellers

Sie versiegelte den Brief mit einem Tropfen Kerzenwachs, schrieb Mr Hawksleys Namen auf die Vorderseite und steckte ihn ordentlich in den Poststapel im Flur. Zufrieden und mit einem angenehmen Gefühl der Verschlagenheit ging sie zu Bett und schlief ein, kaum dass ihr Kopf das Kissen berührt hatte, während die Uhr in der Ferne vier schlug.

Am nächsten Morgen beim Frühstück blinzelte Georgiana verschlafen in ihr Porridge und ignorierte geflissentlich Mrs Burtons Tadel, als Mr Burton erwähnte, dass seine Schwester ihm geschrieben habe.

Daraufhin schoss Georgianas Kopf nach oben. Ihr Onkel hielt einen Brief in der Hand, und neben seinem Platz lag ein kleiner Stapel ungeöffneter Post.

»Die Post ist gekommen, Mr Burton? Und – und haben Sie Ihre Korrespondenz mit ihr weggeschickt?«, fragte sie und bekam ein flaues Gefühl im Magen.

»Offensichtlich«, antwortete Mr Burton.

»Mist«, flüsterte Georgiana, ohne nachzudenken.

»Georgiana!«, rief ihre Tante völlig entsetzt.

Mr Burton sah aus, als wäre er versucht, unter den Tisch zu kriechen und dort Schutz zu suchen.

»Es tut mir leid – es tut mir so leid, Mrs Burton, ich habe nicht – ich sollte auf mein Zimmer gehen.«

Georgiana stieß ihren Stuhl zurück und lief aus dem Esszimmer, eilte die Treppe hinauf, schlug die Tür zu und warf sich dramatisch aufs Bett. Mrs Burton folgte ihr einen Moment später, doch als sie hörte, dass ihre Nichte offenbar in ihr Kissen weinte, zog sie sich zurück. Nachdem sie stundenlang an die Decke gestarrt und den Tag bereut hatte, an dem sie gelernt hatte, wie man einen Stift hielt, tauchte Georgiana wieder auf. Sie wirkte so zurückhaltend, dass ihre Tante im Stillen beeindruckt war und überzeugt davon, dass es ihr wohl wirklich sehr leidtun musste.

Georgiana schöpfte gerade Hoffnung, dass der Brief seinen Bestimmungsort nicht erreicht hatte – vielleicht war er als unzustellbar eingestuft worden, da er nicht richtig adressiert war, oder er war auf die Straße gefallen, oder die Postkutsche hatte einen Unfall gehabt und alles war in einem großen Feuerball aufgegangen –, als eine Antwort kam.

Ein paar Tage später, sie saß gerade am Frühstückstisch, überreichte ihr Mrs Burton den Brief. Als Georgiana das unbekannte Siegel brach, den Brief öffnete und seine Unterschrift sah, ließ sie ihn sofort fallen, als hätte sie sich die Finger verbrannt. Es gelang ihr, zu Ende zu frühstücken, wobei sie den Brief nicht aus den Augen ließ. Als sie ihn wieder zur Hand nahm und sich in ihr Zimmer zurückzog, brauchte sie all ihre Kraft und ihren Mut, um ihn zu öffnen und zu lesen, was er geschrieben hatte.

Miss Ellers,
Ihr Nachsinnen über den christlichen Glauben ist etwas beunruhigend, aber es freut mich zu hören, dass ich Sie auf Umwegen zum Licht des Herrn zurückgeführt habe.
Es freut mich ebenfalls, dass Miss Dugray wohlauf ist; dafür habe ich doch gern das Innenleben meines allerbesten Hutes geopfert.
Hochachtungsvoll,
Ihr Thomas Hawksley

Georgiana lachte und las dann so oft das »*Ihr*«, bis ihre Sicht verschwamm und das Wort jede Bedeutung verlor.

Sir,
der Verlust Ihres Hutes ist erschütternd; bitte richten Sie seinen neunundvierzig Geschwistern mein aufrichtiges Beileid aus, denn sie müssen unter seinem Verlust fast ebenso leiden wie Sie selbst. Trösten Sie sich mit der Tatsache, dass Sie der Held der Stunde, des Tages und der Woche waren (wobei wir nicht mit vielen ehrenwerten Herren verkehren, also nehmen Sie sich das Kompliment nicht zu sehr zu Herzen).
Hochachtungsvoll,
Ihre Georgiana Ellers

Miss Ellers,
es ist ein Wunder, dass Sie so bereitwillig auf unsere erste Begegnung anspielen, denn Ihre Dreistigkeit – und Ihre Andeutung, dass ich nicht in der Lage sein könnte, mir die Schnürsenkel selbst zu binden – wäre jedem klugen Mann Anlass genug, jeglichen Briefwechsel umgehend einzustellen.
Ich würde mich nie als Held bezeichnen; ich koche auch nur mit Wasser, so wie jeder andere auch.
Der Ihrige,
Thomas Hawksley

Sir,
in diesem Fall bin ich in der Tat froh, dass niemand Sie für einen klugen Mann halten könnte.
Die Ihrige,
Georgiana E.

Miss Georgiana,
ich kann nicht behaupten, dass Ihre Beobachtungen gänzlich unzutreffend wären. Ich sitze häufig in Besprechungen, studiere endlos Wirtschaftsbücher oder werde ausführlich zu verschiedenen Stoffen befragt (ich gebe zu, dass ich

keinen besonderen Bezug zu Stoffen habe – aber wenn die eigene Familie sie importiert, wird von einem erwartet, dass man zumindest so tut, als ob) und komme mir in der Tat äußerst dumm vor.
Nicht, weil ich die Aufgabe nicht verstünde, sondern obwohl ich sie verstehe und weiß, wie wichtig es ist, dass ich aufpasse, mir nichts mehr Freude bereiten würde, als alles stehen und liegen zu lassen und mir stattdessen die Stunden wie ein älterer Exzentriker am Pianoforte zu vertreiben. Zum Teufel mit Vermögen und Stoffen.
Während ich Ihnen schreibe, sitze ich in der Tat an oben erwähntem Instrument. Es wird dunkel, und ich muss diesen Brief beenden, bevor meine Kerze heruntergebrannt ist und ich das Tintenfass umstoße, das ich so gefährlich platziert habe.
Der Ihrige,
Thomas

Sir,
ich würde ja gern mit Ihnen gemeinsam über die Mühsal klagen, einer großen Anzahl von Pflichten nachkommen zu müssen, aber leider traut man mir nicht einmal zu, allein in die Stadt zu gehen. Es

könnte ja sein, dass ich entweder erkranke oder mich in einen vorbeikommenden Landstreicher verliebe und aus einer mädchenhaften Laune heraus alles für ihn aufgebe.
Wegen des Pianofortes würde ich mir keine Sorgen machen. Ich bin sicher, Sie haben noch ein zweites.
Die Ihrige,
Georgiana

Georgiana,
ich bin geneigt zu glauben, dass Ihre Briefe so kurz sind, weil Sie sich hauptsächlich kleinen Beleidigungen widmen. Es ziemt sich nicht für eine Dame, in dieser Weise das Wort an einen Herrn zu richten, oder überhaupt sollte niemand Ihre Briefe ertragen müssen, da Sie die Gepflogenheiten des Briefeschreibens nicht zu kennen scheinen. Sie sollten über das Wetter, die Gesellschaft, in der Sie sich befinden, erfreuliche Entwicklungen in Ihrem Garten und derlei schreiben. Sie sollten fragen, wen ich getroffen habe, sich nach meinen Geschäften erkundigen (Stoff!, höre ich Sie rufen. Aber das ist mein Lieblingsthema – bitte, erzählen Sie mir mehr über Schussfäden, Gewichte und den Marktwert. Ich sehne mich danach, es zu hören!) und vorgeben, großen Anteil

zu nehmen, wenn ich Ihnen berichte, dass ich in letzter Zeit viele ruhige ehrenwerte Abendessen zu Hause hatte, ohne auch nur eine einzige Auseinandersetzung mit einem Trunkenbold in einem Keller.
Ich dulde keine abfälligen Bemerkungen über das Pianoforte. Es ist, wie ich fürchte, mein engster Begleiter und Vertrauter.
Thomas

Lieber Thomas,
ich bitte um Verzeihung – bitte gehen Sie näher auf das unendlich faszinierende Thema von Schussfäden ein. Wussten Sie schon immer, dass Sie sich mit Stoffen befassen wollten?
Meine besten Grüße an Ihr Pianoforte,
Georgiana

Georgiana,
mein Vater lernte meine Mutter kennen, als seine Geschäfte ihn nach Indien führten. Sie liebten beide die Literatur und verliebten sich offenbar während einer hitzigen Diskussion über ein Gedicht von Mirabai. Sie kehrten als Mann und Frau zurück, aber aufgrund ihrer familiären Verbindungen führte ihre Partnerschaft auch zu einem florierenden

Geschäft – ein Geschäft, das nun durch meine Hand etwas zerfällt.
Das heißt, es wurde mir vollständig vererbt und war daher nur schwer abzulehnen.
Ich weigere mich, weiterzuschreiben, wenn Sie so wortkarg bleiben. Ich bitte Sie dringend, sich mit den üblichen Regeln und Gepflogenheiten des Briefeschreibens vertraut zu machen – und etwas in angemessener Länge zu verfassen, damit ich ebenso antworten kann.
Thomas

Lieber Thomas,
Papier ist teuer.
Die Ihrige,
Georgiana

Kapitel siebzehn

»Steig ein, Georgiana. Wir fahren einkaufen.« Georgiana war erst zwanzig Minuten zuvor durch das beharrliche Klopfen ihrer Tante geweckt worden und noch etwas verwirrt. In der Nacht zuvor war sie lange wach gewesen und hatte ihre Antwort auf Thomas' letzte Nachricht immer wieder umgeschrieben, bis sie schließlich ganz aufgab und nur noch eine Zeile auf einem schmalen Streifen Papier abschickte, in der Hoffnung, ihn wenigstens zum Lachen zu bringen. Frances und Jonathan waren ohne Vorwarnung gekommen und warteten ungeduldig, während sie sich ankleidete. Alle paar Minuten riefen sie ihr von der Auffahrt aus etwas zu und drohten damit, ohne sie zu fahren, während Mrs Burton aus dem Fenster schaute und auf eine langmütige Art seufzte. Jetzt stieg Georgiana endlich in die Kutsche und quietschte vor Überraschung, als Frances ihr mit dem Fächer leicht aufs Hinterteil schlug.

»Ich kann nicht glauben, dass du noch nicht einkaufen warst«, sagte Jonathan mitleidig. »Du bist seit *zwei* Monaten hier, George.«

»Ich habe mich einmal in die Stadt gewagt, um Mrs Burton bei der Auswahl von Bändern zuzusehen, aber sie ist sehr eigen, was den Gebrauch der Kutsche angeht«, sagte Georgiana, lehnte den Kopf an das plüschige Interieur und schloss die Augen, da sie noch äußerst müde war. »Hauptsächlich benutzt sie sie, um eine halbe Meile die Straße hinunterzufahren und unsere ältere Nachbarin zu besuchen. So fährt sie durch die schrecklichen Schlaglöcher, und die zwei haben etwas, über das sie sich den ganzen Nachmittag lang gemeinsam beklagen können.«

»Meine Güte, bei den Burtons ist immer was los, was?«, sagte Frances, und Georgiana verpasste ihr einen leichten Tritt. »Pass auf, du Schuft. Dieses Kleid ist aus Italien.«

»Wofür kaufen wir eigentlich ein?«, fragte Georgiana und betrachtete Frances' tadellose Kleiderwahl. Ihr fiel auf, dass sie sie noch nie zweimal im selben Kleid gesehen hatte.

»Oh, für alles und nichts. Ich habe meinen Vorrat an Ballkleidern erschöpft, also brauche ich zum Ende der Saison etwas Neues. Ich liebe es, für einen bestimmten Anlass einzukaufen, du nicht auch?«

Der letzte Anlass, für den Georgiana vor der Gesellschaft der Woodleys eingekauft hatte, war die Beerdigung eines entfernten Verwandten gewesen. Ansonsten verließ sie sich auf die immer gleichen Kleider, die überwiegend eine Freundin ihrer Mutter genäht hatte. Das Kleid, das sie für Janes Fest gekauft hatte, hatte sie nun schon viel zu oft getragen und die Tatsache, dass weder eine neue Schleife noch ein neuer Schal es wirklich anders aussehen lassen konnte, vehement geleugnet.

Es war erschütternd, dass Frances vom *Ende* der Saison sprach – sie hatte natürlich gewusst, dass sie alle nicht für immer bleiben würden, aber der September hatte sich unbemerkt herangeschlichen. Sie konnte nur hoffen, dass ihre Freunde sie am Ende des Sommers ganz selbstverständlich gleich nach London einladen würden, damit sie ihre Eskapaden ungestört fortsetzen konnten.

Sie musste ein wenig besorgt ausgesehen haben, denn Jonathan tätschelte ihr liebevoll das Knie. »Mach dir keine Sorgen, George, Frances wird sich schon um dich kümmern. Wenn sie loslegt, ist sie wie ein Wirbelsturm mit einem Geldbeutel. Sie bewirft die Leute mit Münzen und Scheinen, und sie haben Glück, wenn sie mit dem Leben davonkommen.«

»Oh, halt die Klappe«, erwiderte Frances.

Es war Georgiana gar nicht in den Sinn gekommen, dass man von ihr erwarten könnte, ebenfalls etwas einzukaufen, und der Gedanke daran bereitete ihr in der Tat Sorge. Sie hatte gehofft, einfach hinter Frances herlaufen zu können und sie zu beraten, welche Stoffe am besten zu ihr passten und welche Handschuhe zu grell wirkten. Das Geld, das Mrs Burton ihr in die Hand gedrückt hatte, als sie aus der Tür eilte, würde nicht einmal für eine Haube reichen, es sei denn, es gäbe Hutmacher im zwielichtigen Teil der Stadt, die ihre Ware günstiger anboten.

Sie hielten vor einem Geschäft, das angeblich »Strümpfe, Hüte und Köstlichkeiten« verkaufte, und stiegen aus. Ein Mann, der ziemlich heruntergekommen aussah, schlurfte an ihnen vorbei und versuchte, ihre Aufmerksamkeit zu erregen. Frances schnaubte verächtlich und legte schützend eine Hand auf Georgianas Schulter, als sie den Laden betraten.

Georgiana spürte sofort, dass alles, was sie sah, ihr Budget überstieg. Sie beschloss, nichts anzurühren, um nichts schmutzig zu machen – wie den Hut mit dem tollwütig aussehenden Frettchen, das einen Apfel fraß – und es nicht für den Preis eines neuen Pferdes erstehen zu müssen.

»Oh, sieh dir das an, George, ist das nicht reizend?«

Frances hatte sofort das teuerste Stück im ganzen Laden entdeckt, eine Pelzstola in einem wundervollen Blaugrau, und schlang sie sich um die Schultern, ganz offensichtlich ohne jegliche Sorge, sie zu beschmutzen.

»Da ist der Kopf noch dran«, bemerkte Jonathan zweifelnd.

Ein Mann mittleren Alters mit Brille und Schnurrbart eilte herbei, sein marineblauer Frack war prächtiger als alles, was Georgiana je besessen hatte, und um den Hals hatte er ein dünnes goldenes Maßband.

»Polarfuchs, Miss Campbell«, sagte er und verneigte sich tief.

Natürlich kannte er Frances bereits. Wahrscheinlich hatte sie schon den Rest der Fuchsfamilie gekauft und wollte die Sammlung nun vervollständigen.

»Das ist genau das Richtige, Basil. Was meinst du, George?«

Die glasigen Augen des Fuchses schienen sie direkt anzustarren.

»Nun … es ist Sommer«, gab Georgiana schwach zu bedenken.

»Ja, und auf den Sommer folgt der Herbst, und dann wird es Winter. Darauf ist Verlass.«

»Ignoriere sie, George«, sagte Jonathan. »Es ist das Beste, man stimmt ihr in Sachen Accessoires bei allem zu, sonst riskiert man, selbst zu einem zu werden.«

Er ahmte auf verblüffende Weise den Fuchs nach, ließ

die Glieder schlaff herabhängen und starrte mit ausgestreckter Zunge vor sich hin.

»Schicken Sie die Rechnung nach Longview, Basil«, sagte Frances und ignorierte ihn. Sie reichte den Pelz dem zuvorkommenden Basil und ging sofort weiter. »Sieh dir *die* an, George, das ist genau das Richtige für dich.«

Sie deutete auf die schönste Halskette, die Georgiana je gesehen hatte. Sie bestand aus zarten Goldgliedern und funkelnden roten Steinen, die in der Mitte in Form einer Blume angeordnet waren.

»Jaja, eine schöne Bijouterie«, sagte Jonathan und rollte mit den Augen.

»Nein, Sir! Keine *Bijouterie.*« Basil schien zutiefst beleidigt. »Das ist *Granat.* Gestatten Sie, Miss.«

Er nahm die Kette aus der Auslage, wobei die einzelnen Glieder wie Wasser durch seine Hände glitten, legte sie Georgiana um den Hals und führte sie zu einem Spiegel, ehe sie protestieren konnte.

Die Halskette wirkte so viel edler als ihr Kleid, dass sie sich fast lächerlich vorkam, aber sie konnte nicht leugnen, wie gut sie sich an ihr machte. Ihr Haar, von dem sie sich normalerweise im Stich gelassen fühlte, weil es so stumpf war, wirkte wärmer und dichter, ihre Haut war rosiger und angenehmer anzusehen. Sofort begehrte sie die Kette mehr, als sie jemals etwas in ihrem Leben begehrt hatte. Sogar Jonathan stieß bei diesem Anblick einen langen leisen Pfiff aus, woraufhin Frances ihn zurechtwies (»Wir sind hier nicht im Wirtshaus, Jonathan.«). Sobald Georgiana begriff, wie sehr sie die Kette begehrte, musste sie den schmerzhaften Prozess einleiten, sie abzulehnen.

»Sie ist wunderschön«, sagte sie traurig und nestelte an dem Verschluss herum, um ihn zu öffnen, »aber … nicht ganz das Richtige.«

»Unsinn«, sagte Frances. »Sie ist perfekt. Kauf sie, oder ich tue es.«

»Ich werde dich nicht aufhalten«, sagte Georgiana und versuchte, gleichgültig zu klingen.

Sie wollte diese Kette so sehr, dass das Verlangen danach in ihrer Brust brannte, aber sie hatte absolut keine Möglichkeit, sie zu bezahlen, außer, Basil anzubieten, im Tausch für die Ware tausend Jahre lang seinen Laden zu fegen.

»Gut, gut. Ich nehme sie«, sagte Frances, fast so, als wäre es ihr lästig.

Georgiana hatte ihrer Freundin ihren Reichtum nie missgönnt, aber das gemeinsame Einkaufen mit ihr brachte alle möglichen Gefühle zum Vorschein, die besser verborgen geblieben wären.

Nachdem ihre Einkäufe verpackt waren, führte Frances sie hinaus, und sie stiegen wieder in die Kutsche, um ihr nächstes Ziel anzusteuern, wobei Georgiana plötzlich wünschte, der Tag möge so schnell wie möglich vorübergehen.

Im nächsten Geschäft war es ein Fächer. Im übernächsten waren es Perlen – Perlenketten über Perlenketten. Es waren so viele, dass Frances sie wahrscheinlich um das ganze Haus hätte wickeln können und immer noch welche übriggehabt hätte. Jonathan trieb es nicht ganz so schlimm, aber er kaufte zwei Hüte in der Hutmacherei und ärgerte Georgiana, weil sie nicht einmal Handschuhe anprobieren wollte, die aus so zarter Spitze gefertigt waren, dass man fürchten musste, sie würden bei einem mittelstarken Niesen zerreißen.

Beim Juwelier wurde es Georgiana langweilig, Frances dabei zuzusehen, wie sie einen Ring nach dem anderen anprobierte, und sie trat ans Fenster, wo sie einen alten Mann beobachtete, der im benachbarten Hauseingang saß und erfolglos bettelte. Schließlich ging Georgiana nach draußen, um ihm eine Handvoll kümmerlicher Münzen von Mrs Burton zu geben. Jonathan und Frances schienen nicht zu bemerken, dass sie gegangen war, und als sie zurückkam, sah sie, dass Frances in ihrer Abwesenheit fröhlich mehr als fünfzig Pfund ausgegeben hatte.

Frances schien nach wenigen Stunden völlig erschöpft zu sein, denn sie kaufte sechs verschiedene Stoffe für Kleider und bestand darauf, dass der Kutscher ihnen hinterherfuhr, bis sie sechs passende Hüte und sechs Paar Handschuhe gefunden hatte. Zum Mittagessen dirigierte sie die Kutsche zu den Versammlungsräumen, und der Mann, der die Gäste empfing, stolperte fast über seine eigenen Füße, so eilig hatte er es, ihr einen Platz anzubieten. Der Raum war prächtig, aber heiß und stickig. Die runden Tische waren bis auf den letzten Platz besetzt, und Gelächter und Geplapper hallten von der gewölbeartigen Decke wider.

»Oh, um diese Jahreszeit ist das hier ein Albtraum«, sagte Jonathan und rümpfte angewidert die Nase. »Franny, bitte sie, uns draußen zu platzieren.«

»Da stauben wir ein«, protestierte Frances, aber Jonathan gab nicht nach, und Georgiana war von dem Lärm so überwältigt, dass sie ihm zur Seite sprang.

Schließlich saßen sie auf einer überdachten Terrasse, von der aus man den Platz überblicken konnte. Im Gasthaus am anderen Ende des Platzes herrschte reges Treiben, und Georgiana beobachtete eine davorstehende Gruppe junger Männer und Frauen, etwa in ihrem Alter. Sie trugen keine feinen Kleider oder Hüte – sie war sich sicher, dass ihre Begleiter sie zutiefst ungehobelt finden würden –, aber sie schienen alle ausgelassen und glücklich zu sein, scherzten, lachten und tranken. Sie hingegen trug ein Kleid, das ein halbes Jahrzehnt aus der Mode war, und hörte Frances zu, die über die Unterschiede zwischen saphirblauem und königsblauem Satin sprach, als ob das irgendeine Rolle spielte.

»Hast du jemals darüber nachgedacht«, sagte Georgiana plötzlich und unterbrach Frances mitten im Satz, »wie es den Armen in der Stadt geht? Bei uns draußen begegnet man ihnen nicht oft, aber seht – hier ist die Armut überall gegenwärtig. Wir könnten etwas dagegen tun. Vielleicht eine Sammlung starten oder durch eine Veranstaltung Geld eintreiben. Findet ihr nicht, dass das unsere Pflicht wäre?«

Beide sahen sie einen langen Moment lang an.

»Nein«, sagte Frances, und damit war das Thema erledigt.

Sie waren gerade mit dem Mittagessen fertig und bereit zum Aufbruch, als Jonathan, der nach der herzhaften Mahlzeit träge den Blick über den Platz gleiten ließ, sein Glas schwer auf den Tisch stellte und sich eine Hand vor den Mund schlug, als hätte er etwas Schreckliches gesehen. Frances hatte nicht bemerkt, wie sich seine Miene verändert hatte, aber Georgiana fragte törichterweise: »Was ist, Jonathan?«

»Nichts. *Nichts*«, sagte er wenig überzeugend und durchbohrte sie mit ihrem Blick.

»Was ist los?«, fragte Frances und folgte seinem Blick, der scheinbar gegen seinen Willen immer wieder zu dem Gasthaus wanderte.

Es dauerte einen Moment, doch dann begriff Georgiana, was er gesehen hatte. Jeremiah Russell war gerade herausgekommen, und er war nicht allein. An seinem Arm hing ein kleines, blasses, blondes Mädchen. Sie war nicht edel gekleidet – ganz im Gegenteil, sie sah sogar noch ärmlicher aus als Georgiana –, aber Jeremiah sah sie an, als wäre sie das Reizendste, was er je gesehen hatte. Sie hatte ein rundes Gesicht und große Augen, und wenn sie diese wie jetzt weit aufriss, während Jeremiah ihr etwas ins Ohr flüsterte, war sie für alle eine Augenweide – außer für die drei, die sie von der Terrasse aus entsetzt beobachteten.

Frances griff nach der steinernen Brüstung und sah aus, als wollte sie sich gleich hinunterstürzen. Sie atmete tief und gequält ein, stieß die Luft aus und lehnte sich auf ihrem Stuhl zurück.

»Bist du … Franny, bist du…«

»Bin ich was? Das hat nichts zu bedeuten, Jonathan. Nach allem, was wir wissen, ist das eine Cousine, oder … oder eine Freundin der Familie oder seine *Schuhputzerin.*«

Georgiana konnte sich nicht vorstellen, dass es üblich war, seine attraktive Schuhputzerin am Montagnachmittag in einem Gasthaus zu treffen, und nach Frances' Gesichtsausdruck zu urteilen, glaubte sie das auch nicht wirklich.

Sie schauten unwillkürlich noch einmal hinüber und sahen, wie Jeremiah sich von dem Mädchen mit einem Handkuss verabschiedete, den er deutlich zu lang ausdehnte. Sie beobachtete, wie er in seine Kutsche stieg und durch die Straßen davonfuhr, dann drehte sie sich um und ging wieder hinein.

»Glaubst du – glaubst du, dass sie eine Hure ist, Franny?«, fragte Jonathan sanft.

»Oh, daran habe ich keinen Zweifel, ganz unabhängig von ihrem Beruf«, stieß Frances hervor und packte ihre Sachen zusammen. »Kommt schon.« Ihr Ton duldete keinen Widerspruch.

Jonathan und Georgiana folgten ihr und warfen sich gegenseitig nervöse Blicke zu, während sie sich durch die Menge in den Versammlungsräumen drängten. Kaum waren sie hinausgetreten, ging sie geradewegs auf das Gasthaus zu.

»Hältst du das für klug?«, fragte Jonathan, stellte sich ihr eilig in den Weg und legte ihr energisch eine Hand auf den Arm.

»Geh mir aus dem Weg, Jonathan.«

Sie war nicht aufzuhalten, schüttelte ihn ab und stürmte in das schäbige Lokal, wo sie sich derart angewidert umsah, als hätte sie ein volles Pesthaus betreten. Auf Georgiana wirkte alles recht harmlos. Kleine Gruppen, meist Männer, tranken Ale und unterhielten sich an den Tischen und der Bar. Jetzt starrten natürlich alle auf ihre neue und viel zu elegant gekleidete Gesellschaft.

»Sie«, sagte Frances herrisch zum Barkeeper. »Haben Sie ein schäbiges blondes Mädchen gesehen? Sie ist gerade hier hereingegangen.«

»Ein schäbiges …?« Er sah ehrlich verwirrt aus, und Frances verdrehte die Augen.

»Eine junge Dame«, warf Jonathan ein, bevor sie noch mehr Schaden anrichten konnte. »Ungefähr so groß, in einem grauen Kleid. Haben Sie sie gesehen?«

»Nun, das klingt nach Miss Annabelle Baker. Sie hat oben ein Zimmer gemietet.«

»Annabelle Baker«, wiederholte Frances und verzog das Gesicht, als hätte sie etwas Saures gegessen.

Dann machte sie auf dem Absatz kehrt und marschierte wie von Dampf getrieben nach draußen, woraufhin Georgiana dem Mann noch einen schwachen Dank zurief und ihr folgte.

Das nachfolgende Schweigen war unerträglich, es raubte Georgiana die Luft zum Atmen. In der Kutsche angekommen, wollte Georgiana Frances' Hand nehmen, wurde aber abgewiesen. Sie fragte, ob sie darüber reden wolle.

»Nein«, blaffte Frances und schaute aus dem Fenster.

Sie war sicherlich verletzt, aber der einzige Hinweis, den Georgiana erkennen konnte, war ihre steife Körperhaltung. Jonathan versuchte nicht einmal, sie zum Sprechen zu bringen.

Georgiana wusste nicht, wie sie jemandem helfen sollte, der sich nicht helfen lassen wollte, und den Rest der Heimfahrt sprach keiner von ihnen ein weiteres Wort.

Kapitel achtzehn

Die Aussicht auf eine Dinnerparty an diesem Donnerstag mit Freunden der Burtons hätte eigentlich äußerst trostlos sein müssen, aber Georgiana war insgeheim ein wenig froh, dass ihr eine Atempause von Frances und ihrer stummen Wut vergönnt war. Zudem hatte sie das Gefühl, dass sie Mr und Mrs Burton einen Gefallen schuldete – oder zwei oder zehn –, sodass sie versuchte, es möglichst klaglos zu ertragen. Nur ein- oder zweimal rollte sie mit den Augen, als Mrs Burton während des gesamten Frühstücks und Mittagessens die Liste der Gäste durchging, die vermutlich geladen waren. Mr Burton entkam in letzter Minute, unter dem Vorwand, er habe Magenprobleme, und sah Georgiana nicht in die Augen, als diese versuchte, ihm einen scharfen Blick zuzuwerfen. So machten sich die Damen des Hauses allein auf den Weg.

Das Anwesen, vor dem sie hielten, war nicht so groß wie einige der Häuser, die Georgiana in letzter Zeit gesehen hatte, aber es war klassisch gebaut und sehr schön. Mrs Burton hatte behauptet, dass die Gastgeber des heutigen Abends – und, was noch wichtiger war, ihre Söhne – einigermaßen erträglich seien. Georgianas Eltern hatten nicht versucht, sie zu verkuppeln. Anscheinend gingen sie davon aus, dass Georgiana irgendwann einfach einen

Mann auf der Straße fand oder sich vielleicht spontan in Luft auflösen würde, und es schien, als ob Mrs Burton versuchte, die verlorene Zeit aufzuholen.

Die Taylors hatten drei Söhne. Einer war verheiratet, seine Frau war an seiner Seite, aber die anderen beiden waren Junggesellen, und der jüngere versuchte, Georgianas Blick auf sich zu ziehen, kaum dass sie die Eingangshalle betreten hatte. Er war nicht übermäßig gut aussehend, aber auch keineswegs abstoßend. Was sie an ihm beunruhigte, war, wie häufig und wie leidenschaftlich er zu ihr hinsah. Sie hatte das Gefühl, bereits aus der Ferne die beklagenswerten Anteile seiner Persönlichkeit zu erkennen, auch ohne dass er erst ein Wort sagen musste. Er würde jeden Augenblick den Mut aufbringen, zu ihnen herüberzukommen und sich von seinen Eltern vorstellen zu lassen, die sich gerade mit Mrs Burton unterhielten. Darum nutzte Georgiana die Gelegenheit, zu fliehen, bevor er dazu kam. Zielstrebig ging sie den Flur hinunter und stolperte in den abgedunkelten Speisesaal, in dem für mindestens zwanzig Personen gedeckt war.

Noch immer trafen Gäste ein und plauderten im Flur und im Salon, aber hier war der Lärm auf ein angenehmes Murmeln reduziert. Sie schloss die Tür hinter sich, drehte sich um und drückte sich mit dem Rücken dagegen. Als sie erleichtert aufseufzte, stellte sie überrascht fest, dass sie nicht allein war.

Am Tisch saß ein Mann um die sechzig und las im Schein einer einzigen gefährlich weit heruntergebrannten Kerze in einem Buch, was ihm sichtlich Mühe bereitete. Er sah mit zusammengekniffenen Augen auf die Worte, war völlig vertieft und schien ihr Eintreten nicht zu bemerken.

Georgiana wollte sich gerade umdrehen und leise wieder gehen, als er etwas sagte und sie zusammenzucken ließ.

»Bevor Sie gehen, meine Liebe, würden Sie mir wohl noch eine Kerze bringen?« Seine Stimme war durch das Alter ein wenig geschwächt, und er sagte es eher freundlich als im Befehlston.

»Natürlich«, sagte Georgiana und beeilte sich, seiner Bitte nachzukommen.

Als sie die Kerze ablegte, bemerkte sie einen stabilen Spazierstock neben seinem Stuhl und glaubte zu verstehen, warum er sich zum Essen gesetzt hatte, bevor man ihn offiziell zu Tisch bat.

»Ah, danke«, sagte er mit einem zufriedenen Seufzer und schob mit leicht zitternden Händen die Brille auf der Nase nach oben. »Es ist eine Liebesgeschichte, wissen Sie. Es ist schwer zu verstehen, wessen Herz vor glühendem Verlangen pocht, wenn man die Worte kaum entziffern kann.«

Georgiana lachte vor Überraschung laut auf und hielt dann schnell inne, um nicht unhöflich zu wirken.

»Ist das Ihr bevorzugtes Genre?«, fragte sie. Sie wollte ihn nicht stören, aber zugleich diesen friedlichen Raum nicht früher als nötig verlassen. »Ich mag Liebesromane sehr, aber ich bin noch keinem Mann begegnet, der zugegeben hätte, dass er ebenso empfindet.«

»Ich muss gestehen, dass *ich* sie ziemlich mag. Ich bilde mir ein, recht viel zu lesen, aber ich finde, dass einen philosophische Betrachtungen über den Sinn des Lebens oft etwas kalt lassen. Das Leben ist schließlich schon schwierig genug, ohne dass man es seziert und sich über die einzelnen Teile den Kopf zerbricht. Auf eine Liebesgeschichte ist Verlass. Der Weg zum glücklichen Ende ist selbstverständlich oft mit verschmähten und verstorbenen Liebhabern gepflastert, aber wenn man dranbleibt, wird man am Ende mit einer Hochzeit belohnt.«

»Erlauben Sie, dass ich mich setze?«, fragte Georgiana. »Ich will Sie nicht stören. Wenn Sie mir sagen, dass Sie viel zu sehr in Ihre Lektüre vertieft sind, bin ich nicht im Geringsten beleidigt und überlasse Sie den vielen Gefahren ausgesetzten Liebenden.«

»Nein – natürlich, natürlich, setzen Sie sich.« Sie zog den Stuhl neben ihm heraus. »Ich betrachte es als großes Kompliment, dass eine junge Dame mich zu ihrem Begleiter auswählt, wo es doch draußen in der Halle sicher viele unterhaltsame Gentlemen gibt, die um Ihre Aufmerksamkeit buhlen.«

»Wenn ich offen sprechen darf«, sagte Georgiana und seufzte, »bin ich hier, um solchen Aufmerksamkeiten zu *entgehen*. Ich ziehe es vor, mit Ihnen zusammenzusitzen und die Liebesaffären anderer zu besprechen, als das Risiko einzugehen, eine eigene zu beginnen.«

Er lachte. »Dann sagen Sie mir, Miss … Oh, verzeihen Sie, ich habe Sie nicht nach Ihrem Namen gefragt.«

»Miss Georgiana Ellers, Sir.«

»Ah. Sagen Sie, Miss Ellers – wer ist Ihre Lieblingsheldin? Und hat sie nach ihren vielen schrecklichen und unvermeidlichen Fehlern am Ende bekommen, was sie verdient?«

Als die Zeit für das Abendessen gekommen war, hatten Georgiana und ihr neuer Freund sich so lange fröhlich über Bücher unterhalten, dass sie fast den wahren Grund für ihre Anwesenheit vergessen hatte. Ein paar Leute betraten den Raum, aber Georgiana bemerkte es nicht und redete immer noch enthusiastisch über die Werke von Samuel Richardson. Als dann jemand ihrem Gesprächspartner eine Hand auf die Schulter legte, blickte sie mitten im Satz auf.

»Mr Hawksley?!«, rief sie, ohne ihre Überraschung zu verbergen, und ihr Begleiter strahlte sie an.

»Sie kennen meinen Sohn! Wie wunderbar«, sagte er und drückte Mr Hawksleys Hand.

»Ihr Sohn?«, wiederholte Georgiana verblüfft.

Sie war sich nicht sicher, warum sie so überrascht war, festzustellen, dass dieser Mann Mr Hawksleys Vater war – sie sahen sich nicht ähnlich, obwohl sie beide eine eher ruhige nachdenkliche Ausstrahlung hatten. Sie musste unwillkürlich sofort an die lebendigen Tagträume denken, denen sie sich in letzter Zeit hingegeben hatte. An die Briefe, die sich für zwei Menschen, die einander nie offiziell vorgestellt worden waren, nicht geziemten. Nachdem sie vor einem Vater aus Fleisch und Blut stand, erschien ihr das alles plötzlich äußerst unpassend. Sie war sich sicher, dass der sanfte liebenswürdige Mr Hawksley Senior entsetzt wäre, wenn er wüsste, was sie sich jede Nacht vorstellte, wenn sie mit dem Schlaf rang. Sie errötete, und der ältere Herr schenkte ihr ein wissendes Lächeln, das in ihr die irrationale, aber nicht minder drängende Befürchtung weckte, er könne ihre Gedanken lesen.

»Ah, ja – ich bin Mr *James* Hawksley. Miss Ellers und ich haben uns über Literatur unterhalten, Thomas. Aber ich habe viel zu viel von ihrer Zeit beansprucht. Wie ich sehe, wird zum Abendessen gebeten, und unsere Gastgeber haben sich solche Mühe mit der Tischordnung gegeben.« Er deutete auf ein sorgfältig geschriebenes Namensschild, und Georgiana ärgerte sich zutiefst, dass sie es nicht früher bemerkt hatte. Sein Name hatte die ganze Zeit über klar und deutlich dort gestanden. Sie bedankte sich etwas verwirrt bei ihm und verließ die beiden, um ihren Platz zu suchen.

Als sie ihn fand, stellte sie erschrocken fest, dass auf dem Namensschild zu ihrer Linken in sorgfältiger Schrift *Mr Thomas Hawksley* stand. Ihr Herz begann, unanständig schnell zu schlagen, als sie seinen Namen in so unmittelbarer Nähe neben dem ihrem sah. Diese Offenbarung wurde nur durch die Tatsache getrübt, dass Marcus Taylor, der jüngste Sohn, den sie gekonnt gemieden hatte, auf ihrer anderen Seite saß. Mrs Burton war praktischerweise meilenweit entfernt und am anderen Ende des Tisches platziert.

Mr Taylor stellte sich sofort vor, und Georgiana wandte sich ihm zu und gab sich alle Mühe, sich auf seine Worte zu konzentrieren, wobei sie sich der Anwesenheit von Mr Hawksley hinter ihr überaus bewusst war. Leider war Mr Taylor kein besonders begabter oder feinsinniger Gesprächspartner.

»Ihr Kleid gefällt mir«, sagte er, ohne innezuhalten, um die Suppe in seinem Mund hinunterzuschlucken, bevor er sprach, woraufhin sie ihm auf ungehörige Weise am Kinn hinunterlief. »Mutter hat mir natürlich alles über

Sie erzählt, und sie hatte recht – Sie sind nicht übel anzusehen.«

Georgiana hätte schwören können, dass sie zu ihrer Linken ein leises Lachen hörte, das schnell mit einem höflichen Räuspern überspielt wurde.

»Danke, Mr Taylor. Dieses Haus ist wunderschön.«

»Oh ja, ja – aber ich werde es nicht erben«, sagte er, plötzlich niedergeschlagen. »Mir wird es nicht schlecht gehen, aber ich bin der Jüngste von dreien, wissen Sie. Nun«, fügte er hinzu, und seine Miene hellte sich merklich auf, »mein ältester Bruder Samuel wird es erben, aber dafür hat er die schrecklichste Frau. Was soll's, man kann eben nicht alles haben. Mit der richtigen Frau würde man die Öde nicht bemerken oder den Mangel an Grund und Boden … oder die kleinen Schränke in seinem Haus.«

»Ja«, sagte Georgiana. »Sie haben ziemlich viel Suppe an Ihrem Kinn, Mr Taylor.«

»Oh! Tatsächlich?«

Er tupfte sich das Kinn heftig mit einer Serviette ab, und Georgiana war über alle Maßen erleichtert, als ihn die Frau auf seiner anderen Seite fragte, was in der Suppe sei, mit der er sich so ausgiebig geschmückt hatte. Georgiana nutzte die Gelegenheit, um sich an Mr Hawksley zu wenden, der ebenfalls seine Suppe zu genießen schien. Er grinste gerade vor sich hin.

»Das ist nicht lustig«, zischte Georgiana.

»Es *ist* komisch«, erwiderte er leise und nahm einen weiteren Löffel Suppe.

Georgiana bemerkte, dass er keine Probleme zu haben schien, seine Suppe zu essen, ohne etwas zu verschütten, woraufhin sie sich fragte, ob sie ihre Erwartungen durch ihren anderen Tischherrn zu drastisch herabgesetzt hatte.

»Ihr Vater scheint ein wunderbarer Mensch zu sein«, sagte sie, um das Thema zu wechseln.

Zu ihrem Entsetzen wurde sein Gesichtsausdruck sehr ernst, und er betrachtete seinen Löffel einen Moment lang nachdenklich, bevor er zu ihr hochsah und antwortete.

»Das ist er. Ich habe ihn schon lange nicht mehr mit jemandem so lachen sehen wie mit Ihnen.«

»Ist er … krank?«, fragte Georgiana, in der Hoffnung, nicht zu aufdringlich zu wirken.

»Ja. Zu meiner Freude wird er uns allerdings noch eine Weile erhalten bleiben. Es sind nicht die körperlichen Gebrechen, die ihn wirklich plagen. Ich glaube«, er hielt inne, schüttelte leicht den Kopf und senkte die Stimme, »ich glaube, der junge Mr Taylor *brennt darauf*, sich wieder mit Ihnen zu unterhalten.«

»Bitte«, flüsterte Georgiana eindringlich mit großen Augen, »er wird weiter über *Schränke* reden, und ich möchte niemanden heiraten, der sich zu mir bekennen will, nur um sich von seinem minderwertigen Lagerraum abzulenken.«

Er lachte, was Georgiana gehofft hatte, und fuhr mit leiser Stimme fort, damit man sie nicht belauschen konnte.

»Wir müssen so tun, als ob wir in ein höchst amüsantes und wichtiges Gespräch vertieft wären.«

»Sind wir das denn nicht?«, erwiderte Georgiana.

Er hob kaum merklich die Augenbrauen, und sie musste sich auf die Lippe beißen und sich abwenden, um nicht zu erröten.

»Ich war erfreut, als Sie – ich war erfreut zu hören, dass

Miss Dugray nach unserer letzten Begegnung keine bleibenden Schäden davongetragen hat.«

»Nein, das hat sie nicht. Miss Woodley sagt allerdings, es sei nur eine Frage der Zeit, bis sich das Ganze wiederholt.«

Der Gedanke an Wein, wenn auch wenig ansprechend, ließ sie nach ihrem Glas greifen, das sie noch nicht angerührt hatte.

»Aber *Sie* haben heute Abend nicht getrunken«, stellte er fest.

Georgiana runzelte die Stirn. »Nein. Ich kann mir vorstellen, dass es als äußerst unerzogen angesehen würde, wenn man sich auf einer so ehrenwerten Dinnerparty über alle Maßen betrinken würde. Wenn der junge Mr Taylor mich jedoch noch einmal anspricht, bleibt mir sicher nichts anderes übrig.« Sie stellte ihr Glas wieder ab. »Sie scheinen sich sehr um meine Trinkgewohnheiten zu sorgen.«

»Nein, nein, diesen Eindruck wollte ich nicht erwecken … Ich erwähne es nur, weil es unmöglich ist, den wahren Charakter eines Menschen zu erkennen, wenn man ihn nur in betrunkenem Zustand antrifft«, sagte er, hob sein eigenes Glas und nahm einen Schluck. »Aber – ah – ich scheine Sie beleidigt zu haben.«

»Sie scheinen nur sehr vorschnell zu urteilen«, sagte Georgiana. »*Sie* besuchen die gleichen Gesellschaften wie ich. Sie bewegen sich in ähnlichen Kreisen. Sie trinken! Sie trinken genau in dieser Sekunde. Warum darf ich mich nicht vergnügen, mich den gleichen Lastern hingeben wie Sie und die anderen? Gefällt es Ihnen nicht, nur … Nur weil ich eine Frau bin? Wäre es Ihnen lieber, ich würde jede Gesellschaft um neun Uhr verlassen, nie wieder einen

Tropfen Alkohol anrühren und mich jedes Mal, wenn ich mich bei einem leicht unmoralischen Gedanken ertappe, aus der Gesellschaft verabschieden?«

»Gewiss nicht«, sagte er leise, und der tiefe Klang seiner Stimme jagte ihr einen angenehmen Schauer über den Rücken. Sie tauschten einen kurzen Blick, und Georgiana fragte sich, ob er ebenfalls an den Weinkeller dachte, den derzeitigen Schauplatz ihrer verruchten Gedanken. »Ich gebe zu, ich persönlich trinke nicht gern im Übermaß. Es ist natürlich Ihre Entscheidung, was Sie mit Ihrer Freizeit anfangen. Aber *ich* genieße es, ein Gespräch mit Ihnen zu führen, bei dem Sie nicht ein einziges Mal stürzen. Ein seltenes Vergnügen.«

Diesmal errötete Georgiana tief und konnte es nicht verbergen. Obwohl sie nicht gern stürzte, interessierte sie sich sehr dafür, was passierte, wenn sie in seiner Gegenwart hinfiel – in erster Linie, da sich so eine gute Gelegenheit für eine seltene anregende Berührung bot.

»Was auch immer Sie von mir denken, Mr Hawksley, selbst *mir* würde es schwerfallen, aus dem Sitzen umzufallen«, sagte sie und lächelte den Mann an, der ihren unangerührten Suppenteller abräumte und ihn durch den nächsten Gang ersetzte. Sie schwiegen angespannt, bis alle Bediensteten sich zurückgezogen hatten und die Gespräche um sie herum wieder anschwollen.

»Sie haben mir geschrieben«, sagte er.

Es lag eine seltsame Intimität in diesen leise gesprochenen Worten. Sie wirkten wie eine kleine Oase in diesem vollen Raum. Georgiana war so überrascht, dass ihr keine geistreiche Antwort einfiel.

»Ja. Verzeihen Sie«, sagte sie unbeholfen.

Er sah sie an – er sah sie wirklich an und hielt ihren Blick fest –, dann wirkte seine Miene auf einmal leer und teilnahmslos, und er nahm Messer und Gabel auf, um zu essen.

Georgiana erkannte den Grund einen Sekundenbruchteil später: Mr Taylor räusperte sich zunehmend laut, um ihre Aufmerksamkeit auf sich zu lenken. Sie seufzte frustriert, setzte ein Lächeln auf und wandte sich ihm zu, um herauszufinden, was er wollte.

Kapitel neunzehn

Das Abendessen zog sich ewig hin, und Mr Taylor weigerte sich strikt, Georgiana aus seiner ausgesprochen grässlichen Gesellschaft zu entlassen. Sie war froh, als es vorbei war, sie mit den anderen Damen im Salon sitzen konnte und mit halbem Ohr hörte, wie sich ihre Tante mit der Mutter des beleidigenden Gentlemans unterhielt. Draußen hatte ein weiteres Sommergewitter eingesetzt, und sie konzentrierte sich auf die Regentropfen, die unablässig gegen die Fensterscheibe schlugen, während sie sich wünschte, die Zeit möge schneller vergehen. Von ihrem Platz nahe der Tür konnte sie die Männer bei den rätselhaften Ritualen hören, denen sie sich nach dem Abendessen widmeten. Sie war so erpicht darauf, Thomas wiederzusehen, dass sie Mrs Burton fast das Sherryglas aus der Hand schlug, als diese nur andeutete, man möge die beiden Parteien doch zusammenführen.

Als die Männer eintraten, war Mr Hawksley in ein Gespräch mit seinem Vater vertieft, eine Hand ruhte auf seinem Arm. Der jüngste Mr Taylor entdeckte sie sofort, und Georgiana sah keine Möglichkeit, ihm höflich zu entkommen. So konnte sie leider auch seinen Vorschlag, sie möge doch etwas auf dem Klavier vorspielen, nicht geflissentlich überhören.

»Sie sind zu freundlich. Ich fürchte nur, ich bin keine besonders begabte Pianistin, Mr Taylor«, sagte sie und wünschte sich plötzlich, sie hätte es geschafft, sich mehr zu betrinken, ganz gleich, was Mr Hawksley von ihr dachte.

»Unsinn! Sie haben so schöne Hände, ich bin sicher, sie machen schöne Musik«, antwortete Marcus unbeirrt.

Reflexartig verschränkte Georgiana die Hände hinter dem Rücken, damit er sie nicht sehen konnte.

»Ich spiele«, sagte Thomas unvermittelt vom anderen Ende des Raumes und ging zum Klavier, bevor jemand protestieren konnte.

»Sehr gut, sehr gut«, sagte Mr Taylor, wobei sein Lächeln ein wenig brüchig wurde. »Ich muss zugeben, dass ich es vorgezogen hätte, Miss Ellers spielen zu hören – was nicht heißen soll, dass Sie nicht auch schöne Hände haben, Mr Hawksley!« Er lachte viel zu laut über seinen eigenen Witz. Georgiana lächelte aus einem ganz anderen Grund in sich hinein.

Mr Hawksley setzte sich, hielt einige Sekunden lang inne, beugte kaum merklich die Finger und begann dann, zu spielen – zunächst leise, dann immer schneller, bis das Stück stürmisch, disharmonisch und mitreißend wurde. Georgiana hatte noch nie einen Mann auf dem Pianoforte spielen sehen und war sofort begeistert. Thomas spielte mit einer Zuversicht – fast aggressiv –, die eigentlich unangenehm hätte sein müssen, aber stattdessen faszinierend war. Die meiste Musik, dachte Georgiana, folgte vertrauten Mustern.. Man konnte erahnen, welche Note als Nächstes kommen würde, und das wiegte einen in einem Gefühl der Sicherheit. Diese Musik bewirkte genau das Gegenteil.

Sie fühlte sich, als würde sie ständig an einem musikalischen Abgrund stehen, Halt in etwas suchen, das halbwegs Sinn ergab, nur um dann plötzlich von einer unharmonischen Tonfolge oder einem Mollakkord überrascht zu werden – und dann war wieder vollkommen offen, wie es weiterging. Die Gespräche verstummten, und alle Blicke waren auf ihn gerichtet. Dies war keine Musik, bei der man sich unterhielt oder Tee trank. Sie wollte gehört werden. Nach ein paar Minuten endete er abrupt.

»Aber Sie müssen weiterspielen, Mr Hawksley! Sie sind so begabt!«, rief eine junge Dame atemlos von der anderen Seite des Raumes.

»Ich fürchte, das kann ich nicht.« Er zuckte entschuldigend mit den Schultern und erhob sich vom Klavier. »Es ist eine Teilabschrift, die mir ein Freund aus Wien geschickt hat. Ich habe nur etwas einstudiert.«

»Sie müssen unsere Georgiana unterrichten, Mr Hawksley«, sagte Mrs Burton. In ihren Augen lag ein manisches Funkeln, das ihre Absichten so wenig verschleierte, dass Georgiana ihr am liebsten unter dem Beistelltisch gegen das Schienbein getreten hätte. »Sie sind bei Weitem der versierteste Spieler, den ich je gehört habe, und sie braucht ein wenig Ermutigung in dieser Richtung.«

Mr Hawksley sah Georgiana an, die mit den Augen rollte.

»Was du heute kannst besorgen, das verschiebe nicht auf morgen! Es will doch sowieso niemand mehr spielen, oder?« Mrs Burton wartete nur den Bruchteil einer Sekunde, damit niemand Zeit hatte, zu protestieren. »Gut, also abgemacht.« Sie strahlte die beiden an.

Mr Hawksley deutete mit undurchdringlicher Miene auf das Klavier. Georgiana ging zu ihm hinüber und nahm auf dem Hocker Platz, während er sich einen Stuhl heranzog. Zum Glück waren die Gespräche im Raum wieder aufgenommen worden. Sie hatte keine besondere Lust, ihr musikalisches Unvermögen vor einem großen Publikum zur Schau zu stellen.

»Spielen Sie etwas«, sagte er leise, wobei sein Bein unter dem Klavier fast gegen ihres stieß.

So leicht sie konnte, ein Fuß fest auf dem Pianopedal, spielte Georgiana die ersten Takte von Mozarts *Sonata facile*. Sie spürte, wie ihr heiß vor Scham wurde. Nach dem, was Mr Hawksley eben dargeboten hatte, klang sie wie ein Kind bei seiner ersten Unterrichtsstunde.

»Es hat keinen Zweck«, sagte sie. »Ich bin ein hoffnungsloser Fall.«

Er lächelte. »Sie sind total angespannt. Setzen Sie sich ein bisschen gerader hin.«

Vorsichtig legte er eine Hand auf ihr Schulterblatt, um ihre Haltung zu korrigieren, und sie atmete erst wieder ein, als er die Hand wegnahm. Als lautes Lachen ertönte, fuhr sie herum, weil sie dachte, man habe sie beobachtet, als wäre sie bei etwas weitaus Unerlaubterem als einer kurzen Schulterberührung ertappt worden. Die anderen hatten sich am Kamin versammelt, um eine Art Gesellschaftsspiel zu spielen, bei dem es um Reime ging. Georgiana konnte hören, wie Mrs Burton sich abmühte, etwas zu finden, das sich auf »Blüte« reimte. Der ältere Mr Hawksley saß allein in der Ecke neben einer Lampe und war wieder in sein Buch vertieft.

»Versuchen Sie es noch einmal. Spielen Sie es mit mehr Sicherheit. Sie könnten es aus Versehen richtig machen und dann wird es so klingen, als hätten Sie es immer so gewollt.«

Georgiana lachte und spielte wieder, diesmal mit etwas mehr Selbstvertrauen. Es klang *tatsächlich* besser. Sie ließ eine Note aus, spielte aber einfach weiter, und Mr Hawksley lächelte ermutigend.

»Ihr Vater scheint zu wissen, wie man einen angenehmen Abend verbringt«, bemerkte sie leise, während sie spielte.

»Ah – ja. Er geht nicht gern aus, aber ich ermutige ihn dazu.«

»Ach nein?« Georgiana sah zu ihm hoch und war selbst überrascht, als ihre Finger sich weiterbewegten und fast alle Tasten richtig trafen, ohne dass sie ein wachsames Auge auf sie hatte. »Er scheint so angenehm, so liebenswürdig. Ich kann mir nicht vorstellen, dass ein solcher Mann sich abschottet und von der Welt zurückzieht.«

»Er ermüdet schnell«, sagte Mr Hawksley und sah nachdenklich auf das Klavier. »Ihre Hände müssen aussehen, als würden sie einen Apfel halten, etwa so.« Er demonstrierte es ihr mit seinen eigenen Händen. Georgiana versuchte, es ihm gleichzutun. »Nein, nicht die Handgelenke abknicken. So.« Er griff hinüber und korrigierte sie – und dann hielt er einen langen Moment inne, seine Hand neben ihrer. »Mein Bruder Edward ist vor zwei Jahren ganz plötzlich gestorben«, sagte er so leise, dass sie ihn kaum hören konnte. »Meine Mutter kurz danach. Es war für uns beide schwer, aber für meinen Vater besonders … Nun, er hat sich nicht davon erholt, und ich glaube auch nicht, dass er es jemals wird.«

»Das tut mir sehr leid«, sagte Georgiana, und ihre Hände hielten auf den Tasten inne, als sie die Bedeutung seiner Worte in sich aufnahm.

Einen Bruder zu verlieren, war schon schlimm genug, aber so kurz danach auch noch die Mutter – sie vermochte sich nicht vorzustellen, in was für eine Verzweiflung einen diese Schicksalsschläge stürzen mussten. Bevor sie es sich anders überlegen konnte, drückte sie sanft seine Hand. Er zog sie zunächst nicht weg, und sie bewunderte die Wärme seiner Finger, den Druck seiner Fingerknöchel in ihrer Handfläche – doch dann stand er plötzlich auf, schob seinen Stuhl zurück, murmelte etwas von »Luft schnappen« und verschwand.

Georgiana sah sich um. Niemand hatte seinen raschen Abgang bemerkt. Niemand achtete überhaupt auf sie, alle waren zu sehr in ihr Spiel vertieft.

Einen Moment lang saß sie allein am Klavier und lauschte dem Lachen, dann beschloss sie, mutig zu sein. Sie stand unvermittelt auf und folgte ihm. Dabei bemerkte sie, dass Mr James Hawksley von seinem Buch aufschaute und sich dann mit einem kleinen Lächeln wieder seiner Lektüre widmete.

Sie ging den Flur hinunter, der zur rückwärtigen Seite des Hauses führte, ohne zu wissen, wohin Thomas genau entschwunden war, dann sah sie ihn. Eine der Terrassentüren zum Garten war offen, und er stand direkt davor, im Schutz des darüber liegenden Balkons, und konnte wegen des strömenden Regens nicht weitergehen. Seine Hände waren zu Fäusten geballt, und er blickte über das umliegende Gelände.

Georgiana ging zur Tür und hielt einen kurzen Moment inne, eine Hand an die Glasscheibe gelegt, dann trat sie hinaus.

»Verzeihen Sie.«

Er drehte sich nicht um.

»Sie müssen aufhören, sich zu entschuldigen«, antwortete er heiser.

Durch den heftigen Regen konnte sie ihn gerade noch verstehen. Es schien, als habe er sich in dem Moment verstärkt, in dem sie über die Schwelle getreten war.

»Ich wollte nur … Ich wollte Ihnen nur dafür danken, dass Sie es mir erzählt haben. Was Sie mir erzählt haben, meine ich. Wäre ich an Ihrer Stelle, ich wüsste nicht, wie ich weiterleben sollte. Ich – äh – ich weiß, das ist nicht besonders hilfreich. Aber Sie können mit mir reden, wenn Sie das Bedürfnis haben. Ich weiß, Sie kennen mich kaum, aber das Angebot steht, also … wenn Sie darüber reden müssen, möchte ich es hören.« Sie hielt inne, um Luft zu holen, und in diesem kurzen Moment verließ sie ihr ganzes Selbstbewusstsein. »Wie auch immer, ich … Ich störe Sie. Ich lasse Sie in Ruhe.« Sie machte Anstalten, wieder hineinzugehen.

»Nicht«, sagte er.

»Wie bitte?«

»Verlassen Sie mich nicht. Ich meine – Sie stören nicht.« Er fasste sich mit einer Hand an die Stirn, als ob sein Kopf schmerzte. »Ich genieße Ihre Gesellschaft. Bleiben Sie.«

»Ich dachte … Es tut mir leid, ich dachte, ich hätte Sie verärgert.«

Georgiana trat neben ihn. Besorgt beobachtete sie sein Profil, während er sich die Schläfen massierte und seine Hand dann auf die Steinsäule neben sich legte. Auf einmal wirkte er vollkommen ermattet, als könnte er sich kaum noch auf den Beinen halten.

»Nein. Ich finde, Sie lenken mich auf angenehme Weise von den Dingen ab … Von den Dingen, die mich verärgern.«

Er holte tief Luft und versuchte offensichtlich, sich zusammenzureißen. Sie schwiegen einen Moment lang.

»Ich weiß … Ich weiß, Sie sind ein Mann«, begann Georgiana und beeilte sich, ihren Satz zu beenden, als ihr klar wurde, dass sie an einer ziemlich lächerlichen Stelle innegehalten hatte, »und es gibt wahrscheinlich alle möglichen Regeln, wie man sich fühlen und wie man sich verhalten sollte – aber ich hoffe, Sie wissen, dass Sie nicht so tun müssen, als hätten Sie keine Gefühle. Zumindest nicht meinetwegen.«

Als er sie schließlich ansah, war sie nicht auf den offenkundigen Schmerz vorbereitet, den sie in seinen Augen sah, auf die Traurigkeit, die eindeutig tief in seinem Inneren verwurzelt war. Sie spürte einen Stich in ihrer Brust und war überrascht von der Intensität ihrer Gefühle; überrascht, dass diese unerwartete Offenbarung von Verletzlichkeit sie kein bisschen beunruhigte. Keinem Helden in einem Liebesroman, den sie bisher gelesen hatte, war es erlaubt gewesen, etwas anderes als gerechten Zorn zu empfinden. Jeder Kummer verwandelte sich sofort in rasche heftige

Vergeltung. Sie war froh, dass er von ihren Büchern abwich, denn sie wusste, dass alles andere eine Lüge gewesen wäre.

Wie in einem Traum trat Georgiana näher und legte die Hand auf seine Wange. Er versuchte nicht, sie aufzuhalten. Ihr Daumen strich über seinen Wangenknochen, und er schloss die Augen. Endlich wurden seine Gesichtszüge weicher, und er entspannte sich unter ihrer Berührung, während sich zwischen seinen Wimpern eine einzelne Träne hervorstahl.

Sie wollte ihn küssen. Sie wollte ihm sagen, dass sie ihn, so töricht es auch war, schon sehr mochte – dass es sie schmerzte, ihn leiden zu sehen –, dass er zu viel auf seinen Schultern trug. Der Kuss würde all das für sie ausdrücken. Sie neigte ihr Gesicht vor, er öffnete die Augen, und auf einmal wirkte sein Blick wütend – als wollte er sie warnen, sie mit seinem Schmerz abstoßen und dazu bringen, zurückzuweichen.

Als klar wurde, dass sie das nicht tun würde, veränderte er seine Haltung, griff plötzlich mit einer Hand nach ihrer Taille, zog sie ein wenig unsanft zu sich heran und dann …

»Miss Ellers«, sagte eine Stimme hinter ihnen so genau auf den Punkt, dass Georgiana sich vorkam wie in einer Shakespeare-Komödie. Sie schreckten auseinander.

Ein hochgewachsener, leicht missbilligend dreinblickender Diener stand in der Tür und wandte bedeutungsvoll den Blick ab.

»Eine Miss Campbell ist hier und möchte mit Ihnen sprechen.« Er wies mit einer Geste ins Haus.

Georgiana schluckte das Adrenalin herunter und folgte ihm zurück in den Flur, ohne noch einen Blick auf Thomas zu wagen. In dem Moment, in dem sie ihn verließ, war sie halb davon überzeugt, dass sie die ganze Sache erfunden hatte. Hatte sie ihn wirklich berührt? Hatte er sich ihr wirklich geöffnet – sie so angesehen – sie *gewollt?*

Die Worte des Dieners holten sie ein, als sie hinter ihm hereilte. Sie hatte keine Ahnung, wie Frances sie gefunden hatte oder was sie um zehn Uhr abends an die Tür eines Fremden führte.

Als sie die Eingangshalle erreichten und Georgiana sie sah, rang sie nach Luft: Das Kleid ihrer Freundin war durchnässt, mit einer Hand umklammerte sie ihre Haube, deren Bänder traurig auf dem Boden schleiften. Ihr Haar war zerzaust, das Make-up über ihr Gesicht verschmiert, und sie weinte hemmungslos.

»Frances! Was um alles in der Welt?«, rief Georgiana. Ein anderer Diener eilte mit einer Decke die Treppe herunter, und Georgiana half, sie Frances um die Schultern zu legen. »Bist du krank? Soll ich die Taylors bitten, nach einem Arzt zu rufen? Oder, Herrgott – jemand soll dir ein Bad einlassen, du bist ja völlig durchnässt.«

»Nein, nein«, murmelte Frances und unterdrückte ein weiteres Schluchzen. Sie bedeutete dem Dienstmädchen, sich zu entfernen, und stolperte zur Treppe, wo sie sich schwer auf die unterste Stufe fallen ließ. Georgiana folgte ihr. »Ich bin gekommen, um *dich* zu sehen, George. Ich musste … Ich brauchte jemanden, der mich versteht.«

Ihre Augen waren stark gerötet, und Georgiana konnte den Alkohol riechen; er schien nicht nur aus ihrem Atem, sondern aus all ihren Poren zu strömen. Georgiana legte ihr tröstend einen Arm um die feuchte Schulter. Aus dem

Salon war immer noch Gelächter zu hören, und sie betete, dass niemand herauskommen und Frances in diesem Zustand sehen würde.

»Wie hast du mich gefunden?«, fragte Georgiana, als Frances sich eine nasse Locke aus den Augen strich.

»Ach, das war nicht schwer. Ich war bei Cecily und Jane, aber ich habe *es* ihnen nicht erzählt, und ich musste mit jemandem reden, der *es* weiß. Ich kann es Jane nicht sagen, ich kann es einfach nicht, also bin ich zu deinem Haus gegangen, und Mr Burton sagte, dass du hier bist. Er sah ziemlich komisch aus, in seinem Nachthemd«, sagte sie und schnaubte vor Lachen, das sich jedoch schnell in erneutes Schluchzen verwandelte. »Oh, George, er hat nicht geschrieben. Er hat mich nicht besucht. Und mit meinem Vater hat er auch nicht gesprochen. Es ist schon über einen Monat her. Der verdammte Jonathan hatte recht. Es ist alles so ein Durcheinander, ich kann nicht – ich *kann* einfach nicht …«

Georgiana hielt sich eine Hand vor den Mund und sprach dann leise durch ihre Finger.

»Aber … müssten vielleicht irgendwelche … Vereinbarungen getroffen werden? Er muss es seiner Familie sagen, oder Vorkehrungen treffen, oder …«

»Oder«, lallte Frances jetzt wütend, »er wollte mir nie einen Antrag machen. Er hatte es nie vor! Und ich bin genauso dumm wie jedes andere … wie jedes andere *dumme* Mädchen, das ihm jemals über den Weg gelaufen ist. Nur noch dümmer, noch dümmer, weil ich – weil wir …«

Aufs Neue schluchzend ließ sie sich an Georgianas Schulter sinken. Georgiana beruhigte sie und strich ihr über das feuchte Haar, wobei sich ihre Finger in den dichten Locken verfingen.

»Dieses Mädchen. *Annabelle Baker.* Sie ist keine Hure, George. Sie ist ein Niemand. Ein Nichts. Nur irgendeine Kaufmannstochter. Aber er trifft sich schon seit Monaten mit ihr. Heimliche Treffen in dieser Gaststätte. Er ist für alles aufgekommen – für ihr Zimmer, die Verpflegung, alles.«

»O Gott, Frances. Wie hast du das herausgefunden?«

»Was? Oh – ich habe unseren Anwalt auf die Sache angesetzt. Jeremiah muss denken, dass ich nur eine … gewöhnliche Hure bin. Er hält *mich* für ein Nichts. Aber das bin ich nicht, George. Was auch immer ich bin, ich bin … Ich bin etwas. Ich bin *jemand.*« Sie zitterte unkontrolliert an Georgianas Seite.

»Vielleicht … Vielleicht ist das noch nicht das Ende«, sagte Georgiana vorsichtig. »Er ist ein bisschen wild – aber das bist du auch, Frances, deshalb funktioniert es ja auch zwischen euch. Vielleicht muss er das nur erst überwinden.«

»Wie kann ich ihn jetzt noch wollen? Es wäre alles eine Lüge. Und ich kann nicht an ihn denken, ohne sie vor mir zu sehen. Diese *Schlampe.*« Ihre Stimme wurde lauter, und Georgiana blickte nervös in Richtung Esszimmer.

»Komm schon, Frances. Du musst nach Hause gehen. Ruh dich aus. Ich komme dich morgen besuchen, dann können wir darüber reden. Er ist eine Ratte – er ist eine miese *Ratte*, ich kann nicht glauben, dass er das getan hat –, aber es wird alles gut werden, du wirst sehen. Du musst nur jetzt ins Bett gehen.«

Frances versteifte sich, wischte sich mit dem Zipfel der Decke über die Augen und sah sie plötzlich mit finsterem Blick an.

»Oh, Verzeihung, bringe ich dich etwa in Verlegenheit, George?«, fragte sie etwas zu laut. »Vor den hochgeschätzten Freunden der *Burtons*?«

»Nein! *Nein.* Du hast nur einen schlechten Abend, das ist alles«, sagte Georgiana eilig. »Am Morgen sieht alles immer besser aus als am Abend zuvor, das weißt du doch. Ich bin sicher, dass es morgen aufhören wird zu regnen, und ich komme zu dir auf einen Drink. Dann können wir reden und Schach spielen und … und das alles klären.«

Sie hatte keine Ahnung, wie genau diese Situation »geklärt« werden konnte, aber das war ein Problem für die Georgiana von morgen. Was auch immer für einen armseligen Trost sie jetzt anbieten konnte, Frances war nicht in der Lage, ihn zu hören.

»Gut«, sagte Frances verärgert und stand unbeholfen auf. Sie rieb sich die Augen, und an ihren Fingern klebte dunkle Schminke. Dann erstarrte sie und sah über Georgianas Schulter hinweg. »Na, wenn das nicht Thomas Hawksley ist.«

Georgiana drehte sich um und bemerkte, dass Thomas tatsächlich in die Halle gekommen war. Ihm war nicht anzusehen, was zwischen ihnen vorgefallen war. Seine Miene war vollkommen neutral, als wären sie nur flüchtige Bekannte.

»Miss Campbell«, sagte er zur Begrüßung mit einer steifen Verbeugung. »Miss Ellers – ich bin nur gekommen, um zu sehen, ob Sie …« Plötzlich schien er Frances' derangierten Zustand zu bemerken. »Miss Campbell, geht es Ihnen gut?«

»Einigermaßen«, stieß Frances hervor und sträubte sich wie eine sehr nasse und gereizte Katze. »Ich muss nicht gerettet werden, Mr Hawksley, also können Sie wieder zu Ihrer kleinen Gesellschaft zurückkehren.«

»Frances«, sagte Georgiana nervös, »er fragt doch nur.«

Frances kniff die Augen zusammen und zog spöttisch die Brauen hoch.

»Ach, *wirklich,* George. Er sucht nur nach einer weiteren Gelegenheit, den Helden zu spielen. Ich bin mir sicher, dass er dachte, Cecily würde sich bei ihm *bedanken,* nach dem, was er im Cottage für sie getan hat, und jetzt sucht er nach einer anderen, die er mit rührseligen Geschichten überhäufen und ... in die er seine Klauen schlagen kann.«

Dies war ein so schreckliches Urteil über Mr Hawksleys Charakter, dass es Georgiana die Sprache verschlug.

»Ich kann Ihnen versichern, Miss Campbell, dass mir so etwas nicht im Traum einfallen würde«, widersprach er energisch. »Miss Ellers weiß, dass ich nur den höchsten Respekt ...«

»Ach, *verzieh dich,* Thomas. Wir sind nicht auf der Suche nach tragischen Einsiedlern. Mit Trübsalblasen und Jammern kannst du hier nicht punkten – sie wird dich nicht ficken, nur weil dein Bruder gestorben ist und sie Mitleid mit dir hat.« Thomas öffnete den Mund, sagte jedoch nichts. »Miss Ellers ist viel zu ... viel zu interessant, um ihre Zeit mit jemandem zu verschwenden, der so langweilig, so trocken, so ermüdend ...«

»Gute Nacht, Miss Campbell«, sagte Thomas in staubtrockenem Ton.

Er drehte sich abrupt um und verschwand wieder in Richtung der Gesellschaft.

Georgiana starrte ihm entsetzt hinterher. Wie konnte sie nur so erbärmlich sein? Wie konnte sie nur so wenig Rückgrat zeigen? Sie hatte überhaupt nichts gesagt, während Frances ihn angegriffen hatte. Nach allem, was er getan hatte – nach allem, was er ihr heute Abend anvertraut hatte –, hatte er zusehen müssen, wie sie dasaß und nichts zu seiner Verteidigung sagte. Sie war wütend auf Frances, und sie wollte sie auf der Treppe sitzen lassen und Thomas hinterherlaufen, um ihm das klarzumachen, aber Frances weinte schon wieder und versuchte mit zitternden Fingern, ihre Haube aufzusetzen. Georgiana schluckte ihre Wut hinunter und half ihr, wobei sie sich seltsam distanziert fühlte. Dann begleitete sie sie zur Tür.

»Wir werden … Wir sprechen uns morgen früh«, sagte sie.

Frances sah eine Sekunde lang völlig verloren aus, als ihre Silhouette sich vor dem Regen abzeichnete, dann warf sie sich nach vorne, um Georgiana kurz und fest zu umarmen. Georgiana erwiderte die Umarmung nicht, ihre Hände hingen nutzlos an ihren Seiten. Doch als Frances in ihre Kutsche stieg, noch immer die Decke der Taylors um ihre Schultern, hob sie eine Hand und winkte ihr halbherzig zum Abschied. Der Kutscher knallte mit der Peitsche, und sie fuhren in die Nacht hinaus.

Georgiana kehrte in den Salon zurück, aber niemand schien ihre Abwesenheit bemerkt zu haben. Sie setzte sich neben ihre Tante und versuchte, Thomas' Blick aufzufangen, aber es überraschte sie nicht, dass er ihr auswich – und nur zehn Minuten später verabschiedeten er und sein Vater sich etwas abrupt. Sie bemerkte, dass Letzterer ziemlich erleichtert aussah.

Mr James Hawksley ergriff ihre Hand und wünschte ihr alles Gute, aber Thomas nickte ihr nur kurz zu, den Blick starr auf die Wand über ihr gerichtet, bevor er seinem Vater aus dem Zimmer half. Während sie sah, wie er ging, formten sich Worte in ihrem Mund, kamen ihr jedoch nicht über die Lippen.

Mrs Burton, die sich reichlich am Sherry gütlich getan hatte, schien nicht zu bemerken, dass das Herz ihrer Nichte in diesem Moment wie Seidenpapier zerrissen wurde. Sie spielte immer noch das Gesellschaftsspiel und beugte sich nachlässig über die Lehne ihres Stuhls, um um Hilfe zu bitten.

»Georgiana, Liebes, fällt dir ein Reim auf ›schändlich‹ ein?«

Georgiana nahm das Glas ihrer Tante und trank einen großen Schluck Sherry.

»Ja, Mrs Burton. *Jämmerlich.*«

Kapitel zwanzig

Georgiana besuchte Frances am nächsten Tag nicht. Sie konnte nicht aufhören, an die giftigen Worte zu denken, die Frances auf Thomas abgeschossen hatte – daran, dass scheinbar jede einzelne Spitze gesessen hatte. An den Ausdruck auf seinem Gesicht, wie er alles ertragen und jeden Schlag ohne Widerspruch hingenommen hatte. Daran, dass er nicht eine Sekunde erwartet zu haben schien, dass Georgiana ihn verteidigen würde. Und zu ihrer großen Schande hatte er recht gehabt.

Nach allem, was Frances getan hatte – nachdem der Moment, auf den Georgiana so lange gewartet hatte, ruiniert worden war –, stellte sie fest, dass sie sich ihrer Freundin gegenüber ziemlich distanziert fühlte. Ganz gleich, wie verzweifelt sie gewesen war, das entschuldigte ihre unverhohlene Grausamkeit nicht.

Auch in den nächsten Tagen war sie nicht geneigt, Kontakt zu Frances aufzunehmen. Sie wanderte durchs Haus, tauschte mit Emmeline überraschend anstößige Liebesromane aus, aß eifrig, schrieb niemandem und erhielt auch keine Post. Hin und wieder schlenderte sie zum Schreibtisch ihres Onkels, aber jedes Mal dachte sie an Thomas – an den Moment, in dem sie sich fast geküsst hätten und Frances dafür gesorgt hatte, dass sie es wahrscheinlich nie tun würden – und beschloss, Frances an einem anderen Tag zu schreiben. Sie war der Meinung, dass Frances sich bei ihr entschuldigen müsse und deshalb diejenige sein sollte, die zuerst schrieb. Georgiana hatte noch nie eine enge Freundin gehabt, hatte noch nie jemanden wirklich gerngehabt oder sich auf diese Weise gemocht gefühlt, und so war sie auch noch nie verletzt oder enttäuscht worden. Sie würde ganz sicher *nicht* ihre Tante um Rat fragen, wie sie sich verhalten sollte. Und so musste sie sich an ihren Büchern orientieren – doch sie musste erst noch eines finden, in dem die Heldin mit den Folgen eines emotionalen Ausbruchs unter Alkoholeinfluss bei einer Dinnerparty an einem ruhigen Donnerstagabend fertigwerden musste.

Die Situation belastete Georgiana und machte sie unruhig. Eines Morgens, als sie und Mr Burton allein am Frühstückstisch saßen, weil Mrs Burton in die Stadt gefahren war, um Tapeten auszuwählen, versuchte sie, mit ihm ins Gespräch zu kommen. Wie üblich verschwand ihr Onkel schnell hinter seiner Zeitung. Da sie es recht freundlich von sich fand, ihn trotz ihrer verdrießlichen Stimmung anzusprechen, empfand sie seine Zurückweisung als ärgerlich.

Sie aß einen Apfel, und in der Stille war nichts als das Knacken zu hören. Versuchsweise biss sie so laut ab, dass es schon unanständig war. Mr Burton rührte sich nicht. Sie versuchte es erneut, und diesmal schmatzte sie. Die Zeitung zitterte. Sie wartete eine ganze Minute, um ihn in falscher Sicherheit zu wiegen, und nahm dann einen weiteren großen Bissen.

Die Zeitung wurde gesenkt, und über dem Rand tauchten Mr Burtons zusammengezogene Augenbrauen auf.

»Georgiana …«, begann er, doch Georgiana unterbrach ihn.

»George. Ich heiße jetzt George.«

Mr Burton schien verwirrt. »George?«

»Ja, ich möchte mit George angesprochen werden. So nennen mich jedenfalls meine Freunde.«

»Ich kann dich nicht George nennen«, sagte Mr Burton ungläubig. »Herrgott, das ist der Name des Königs!«

»Nie von ihm gehört«, sagte Georgiana, stand vom Tisch auf und verließ den Raum mit ihrem Apfel.

Mrs Burton, die Georgiana in letzter Zeit mit Adleraugen beobachtete, forderte sie an diesem Abend nach dem Essen mit Nachdruck auf, in den Salon zu kommen. Sobald sie Georgiana dort gefangen hatte, nahm sie ihre abscheuliche Stickerei auf und begann, zu arbeiten.

»Du hast ziemlich viel Zeit mit Miss Campbell verbracht«, bemerkte sie und vollführte einen energischen Stich.

»Ja«, sagte Georgiana, die sich nicht sicher war, ob sie gescholten oder beglückwünscht werden sollte.

»Vergisst du deine Verpflichtungen *anderen* Freunden gegenüber, Georgiana?«

Offenbar gescholten.

»Welche anderen Freunde?«, fragte Georgiana leicht verbittert.

»Nun! Du weißt, dass ich Frances sehr schätze, Georgiana – aber ich bin mir sicher, dass du Miss Walters einen weiteren Besuch versprochen hast, oder täusche ich mich?« Mrs Burton stickte noch etwas eifriger.

»Richtig, ja.« Auf einmal hatte Georgiana ein schlechtes Gewissen. Sie hatte seit geraumer Zeit keinen Gedanken mehr an Betty Walters verschwendet. »Ich werde ihr eine Nachricht schicken, Mrs Burton, versprochen.«

»Sehr gut«, sagte Mrs Burton mit einem wissenden Lächeln. »Ich habe gesehen, dass du dich bei dem Abendessen furchtbar gut mit Mr Hawksley verstanden hast, Georgiana. Und am Pianoforte.«

Wenn sie wüsste, *wie* gut sie sich verstanden hatten, dachte Georgiana, würde sie wahrscheinlich vor Schreck ein Loch in sich sticken.

»Ja, nun, er hat sehr geschickte Hände«, sagte Georgiana leichtsinnig. »Äh, er ist sehr geschickt am Klavier, meine ich.«

Aber ihre Tante schien nichts bemerkt zu haben. Vermutlich ging sie davon aus, dass Georgiana Männerhände in keinem anderen Zusammenhang kannte.

»Ich will ja nicht neugierig sein«, drängte sie, »aber meine Güte, er ist ziemlich gut aussehend, Georgiana. Und er ist … Nun, er wäre eine gute Partie.«

»Sie meinen, er ist reich genug, um uns alle zu kaufen.«

»Also, ehrlich, musst du immer so ungehobelt sein?« Mrs Burton seufzte und ließ ihre Stickerei in den Schoß sinken. »Ich meine nur, *wenn* du ihn magst, wäre es vielleicht klug, es ihm zu zeigen. Zurückhaltend natürlich. Aber nicht zu zurückhaltend.«

»Er hat kein Interesse, Tante«, sagte Georgiana fest. »Da bin ich mir sicher.«

Die Wahrheit – dass sie glaubte, dass er durchaus interessiert gewesen war, dass sie sich vor Kurzem beinahe geküsst hätten und dass sie das Gefühl hatte, ihre Chancen bei ihm gründlich ruiniert zu haben, weil sie sich unverzeihlich feige verhalten hatte – war viel zu kompliziert zu erklären. Georgiana stand auf, um das Zimmer zu verlassen, und wartete ab, ob Mrs Burton protestieren würde. Was sie nicht tat. Als sie die Tür erreichte, hörte sie jedoch, wie ihre Tante sich räusperte.

»Du solltest auf mich hören, Georgiana. Gut aussehende, wohlhabende, freundliche junge Männer sind nicht so leicht zu bekommen. Vor allem nicht solche, die … *geschickte Hände* haben.«

Georgiana eilte davon, sie wollte nicht weiter darüber nachdenken, was das genau bedeutete.

Am nächsten Morgen stand eine unbekannte Kutsche vor der Tür. Wer der Besitzer war, zeigte sich, als Jonathan sich lässig herauslehnte und rief: »Steig ein, du Landei – wir fahren zu Cecily zum Mittagessen.«

Das fragliche Mittagessen war im Schutz eines großen verschnörkelten Pavillons hergerichtet worden, denn der Tag war unangenehm heiß. Jane und Frances saßen bereits am Tisch, schienen sich jedoch ein wenig voneinander abgewandt zu haben, als hätten sie sich gerade gestritten. Georgiana mied Frances' Blick, als sie sich setzte, und fragte sich nicht zum ersten Mal, ob Frances vielleicht wütend auf sie war, weil sie ihr weder geschrieben noch sie besucht hatte. Dann beschloss sie, sich nicht darum zu scheren.

Cecily jedenfalls schien erfreut, küsste Georgiana auf die Wange und bot ihr etwas zu essen an.

»Es findet ein Ball statt«, sagte sie mit vor Aufregung geröteten Wangen.

Georgiana war verwirrt. »Es findet *immer* irgendein Ball statt«, antwortete sie, schnitt eine Scheibe Käse ab und steckte sie sich in den Mund, während Jane ein trockenes Lachen ertönen ließ.

Frances war seltsam still, zeigte keinerlei Reaktion und starrte mit leerem Blick auf ihren Teller.

»Nicht so einer«, sagte Cecily, steckte sich eine Weintraube in den Mund und seufzte verträumt.

»Der Earl, dem Haverton House gehört, ist zurück. Dort, wo ihr dieses seltsame kleine Picknick veranstaltet habt«, sagte Jane und griff nach ihrem Weinglas. »Er richtet üblicherweise die letzte große Veranstaltung der Saison aus. Ich bin überzeugt, dass es ihm egal ist, wenn wir das Haus niederbrennen, denn er hat niemanden, dem er es hinterlassen kann.«

»Oh, es wäre eine solche Verschwendung, es niederzubrennen«, sagte Jonathan. »Es ist wie eine Art Schrein der Dekadenz. Die Innenräume sind mit rotem Samt und Blattgold verkleidet und mit den abscheulichsten und obszönsten Kunstwerken vollgestopft. Und seine Bälle – man hat nicht *gelebt*, bevor man nicht auf einem von Lord Havertons Bällen gewesen ist.«

»Bin ich wirklich die ganze Zeit tot gewesen?«, fragte

Georgiana, aber ihre Neugier war geweckt. »Sind alle eingeladen? Familie, Anstandsdamen? Ich kann mir nicht vorstellen, dass Mr und Mrs Burton vor einem Hintergrund aus rotem Samt pornografische Skulpturen bewundern.«

»Oh, Anstandsdamen sind *auf keinen Fall* zugelassen«, antwortete Cecily und spießte mit ihrer Messerspitze noch mehr Käse auf. »Nur unter Dreißigjährige. Das ist eine der Regeln. Aber er ist ein Earl, nicht wahr, und sein Onkel ist meist da, also sind meine Eltern mehr als glücklich, wenn ich hingehe. Ich glaube, sie hoffen immer noch, dass er sich für mich interessiert. Da dürfte Jonathan mehr Glück haben.«

Jonathan warf mit einem Stück Brot nach ihr und verfehlte nur knapp ihr Weinglas, woraufhin sie ihn mit einem bösen Blick bedachte.

»Das wird bei den Burtons nicht funktionieren«, sagte Georgiana nachdenklich und schob Cecilys Glas aus dem Weg. »Wenn diese Bälle so anrüchig sind, wie du sagst, wird Mrs Burton sich vermutlich querstellen. Ich werde mir etwas einfallen lassen müssen.«

»Sein Onkel ist genauso schlimm wie er selbst, wenn nicht noch schlimmer«, sagte Jonathan. »Ich bin überzeugt, dass ich letztes Jahr gesehen habe, wie er gegen halb vier Uhr morgens in der Orangerie verschwunden ist. Er trug nichts als seinen Hut und lud seine Pistole, als wollte er im Adamskostüm bei Mondlicht einen kleinen Mord begehen.«

»Soweit ich mich erinnern kann, wurde niemand tot aufgefunden.« Cecily zuckte mit den Schultern.

Georgiana warf Jonathan einen gespielt entsetzten Blick zu, der daraufhin in seinen Wein schnaubte.

»Haverton sollte einfach eine tolerante Frau heiraten und sein Leben weiterführen«, sagte Frances und brach endlich ihr Schweigen. »Es ist überaus egoistisch von ihm. Am Ende wird das Haus an einen weit entfernten Verwandten gehen, von dem noch nie jemand etwas gehört hat.«

»Vielleicht erhofft er sich mehr von der Ehe als nur eine lieblose, wenn auch praktische Lösung zugunsten seines Immobilienbesitzes«, antwortete Jane.

Ihre Aussage war im Grunde harmlos, nur ihr Ton war es nicht, und Frances erhob sich augenblicklich, um etwas zu erwidern.

»Warum heiratest *du* ihn nicht?«, blaffte sie. »Ich bin mir sicher, deine Eltern wären erfreut, dich los zu sein.«

Georgianas Hand schloss sich fester um ihr Weinglas, und Jane zuckte zusammen. Es hätte als Witz durchgehen können, aber niemand lachte. Stattdessen wandte sich Jonathan Georgiana zu und legte ihr bittend eine Hand auf den Arm.

»Ich habe lange darüber nachgedacht, was ich anziehen soll – du musst mich beraten. Wenn ich noch eine Sekunde länger darüber nachdenken muss, habe ich Angst, dass mir das Hirn aus den Ohren quillt.«

»Es ist ein Kostümball«, erklärte Cecily Georgiana, die sofort die Stirn runzelte.

Sie besaß nichts, was sich für einen Kostümball eignete, und im Gegensatz zu den anderen verfügte sie nicht über endlose Ressourcen, die es ihr ermöglichten, in weniger als einer Woche etwas zusammenzustellen.

»Welche Art von Kostüm?«, fragte sie Cecily.

»Oh, eigentlich alles, was du willst, aber das Thema lautet ›Nymphen und Dryaden‹.«

»Also, was ich will, solange ich wie ein Wesen aus der griechischen Mythologie aussehe. Sehr hilfreich.«

Georgiana durchstöberte im Geiste ihren Kleiderschrank, ohne fündig zu werden.

»Vielleicht verzichte ich ganz auf Kleidung und male mich einfach blau an«, überlegte Jonathan und sah Georgiana mit hochgezogener Augenbraue an. »Schließ dich meiner Sittenlosigkeit an – lege dir einfach ein Laken um und sag, du seist eine Schlafzimmernymphe.«

»Ich bin mir sicher, dass das genau den richtigen Eindruck auf einem Ball macht, bei dem wir unbeaufsichtigt sind und alle Glück haben, wenn wir nicht von einem älteren Mann im Adamskostüm erschossen werden.«

Alle lachten – bis auf Frances.

»James wird kommen«, sagte Cecily, ließ geistesabwesend eine Traube in ihr Weinglas fallen und beobachtete mit einem seligen Lächeln, wie sie auf und ab wippte. »Ich habe ihn neulich Abend gesehen – er sagte, er wolle mir ein *Pferd* kaufen. Wisst ihr, ich glaube, er könnte mir einen Antrag machen.«

»Cecily! Das ist ja wunderbar«, sagte Georgiana ehrlich erfreut, während Jonathan Cecily auf den Rücken klopfte. »Ich finde es wirklich erstaunlich, dass du nicht gleich geheiratet hast, als du achtzehn geworden bist. Du musstest die Freier doch sicher mit dem Stock abwimmeln.«

»Nun – ich *war* vor ein paar Jahren verlobt und wollte heiraten«, sagte sie leise. Georgiana blieb der Mund offen stehen. »Nur lief … Nun, es lief alles ziemlich schief.«

Frances stieß ein trockenes, amüsiertes Schnauben aus. »Immer so viel Pech in der Liebe, nicht wahr, Ces? Du bist in der falschen Kirche aufgetaucht, oder?«

»Nein«, murmelte Cecily und wirkte leicht verlegen.

»Ach, ignoriere sie«, sagte Georgiana, etwas schärfer als beabsichtigt. »*Ich* will es wissen.«

Alle schienen kollektiv den Atem anzuhalten, während sie auf Frances' Reaktion warteten, aber sie ließ sich nur in ihren Stuhl zurücksinken. Georgiana tat so, als würde sie nicht bemerken, dass Jane mit Jonathan auf der anderen Seite des Tisches einen bedeutungsvollen Blick tauschte.

»Ich mochte ihn eigentlich sehr. Er war der erste Mensch, den ich mochte, nachdem … Nun, der erste Mensch, den ich seit geraumer Zeit mochte«, sagte Cecily und senkte den Blick. »Er sollte ein Herzog werden. Seine Familie war nicht sehr erfreut über unsere Verbindung – sie wollten, dass er eine Adelige heiratet –, aber sie hatten sich damit abgefunden. Dann bekam er kurz vor der Hochzeit kalte Füße. Er sagte, dass er auch ein anderes Mädchen möge, die von viel höherem Rang sei, und dass er sich nicht zwischen uns entscheiden wolle.« Sie seufzte. »Ich sagte ihm … Ich sagte ihm, er solle seinem Herzen folgen, und wenn ihm die Entscheidung zu schwerfalle, würde ich mich zurückziehen. Ich hasse es, Entscheidungen zu treffen, sie fallen mir furchtbar schwer. Manchmal brauche ich eine Stunde, um mich zu entscheiden, was ich zum Frühstück möchte, darum hatte ich wirklich Mitgefühl mit ihm. Und ich wusste, dass seine Familie sehr erfreut sein würde. Es wäre schwer gewesen, ihn zu heiraten, wenn ich gedacht hätte, dass ich seine Chancen ruiniere, und sie waren so begeistert von der anderen Partie.«

Georgiana wusste nicht, was sie sagen sollte. Sie ergriff Cecilys Hand und drückte sie.

»Du bist ein Schatz, Cecily. Viel zu gut für diese Welt. Jeder Gentleman würde sich glücklich schätzen, dich zu bekommen.«

»Oh, das weiß ich nicht«, antwortete sie und wurde rot.

»Wenn er dir keinen Antrag macht, heirate ich dich«, sagte Jonathan.

Jane machte ein spöttisches Geräusch.

»Doch, ich meine es ernst«, fuhr er fort. »Ich habe darüber nachgedacht, und ich glaube, wir würden uns prächtig amüsieren. Ich bewahre dich vor dem drohenden Schreckgespenst der Ehelosigkeit. Du kannst auf dem Land herumtollen und deine Pfeile abschießen, und ich unterhalte die Herren, während du unterwegs bist. Es wäre das perfekte moderne Arrangement. Zumindest für mich. Keine heimlichen Treffen mehr auf Kirchhöfen und in Gärten. Kein Schmachten, kein Leiden und keine Geheimnisse mehr.«

»Oh, aber ist das nicht irgendwie romantisch?«, fragte Georgiana.

Sie wusste sofort, dass sie etwas Falsches gesagt hatte, als Jonathan das Gesicht verzog.

»Nicht wirklich, George. Es fühlt sich nicht ganz so poetisch an, wenn das alles ist, was man jemals haben kann. Ich fürchte, es ist keine märchenhafte Geschichte, bei der sich der ganze Schmerz am Ende gelohnt hat. Man bekommt den schönen Teil nur mit all dem Schmerz.«

Georgiana war sich nicht sicher, ob sie es sich nur einbildete, aber die Spannung zwischen Jane und Frances schien sich plötzlich zu verstärken.

»Gott, es tut mir leid, Jonathan. Das ist furchtbar«, sagte sie leise.

Jonathan zog die Nase kraus und zuckte mit den Schultern.

»Kein Grund, sich zu beklagen. Es gibt schlimmere Schicksale als meins – stell dir zum Beispiel vor, du wärst Christopher.«

Georgiana lachte.

»Ich möchte wissen«, sagte Frances plötzlich, »wann wir alle so verdammt *langweilig* geworden sind.«

Sie richtete sich jetzt wieder in ihrem Stuhl auf, richtete den Blick auf Georgiana und sah sie aus schmalen Augen irgendwie herausfordernd an. Plötzlich spürte Georgiana die Hitze des Tages, die Lehne des Stuhls brannte in ihrem Rücken, wo sich die Sonne unter dem Pavillon hereingeschlichen hatte, aber sie ließ sich nicht unterkriegen.

Sie ging nicht auf Frances ein. Niemand tat es. Und Georgiana verspürte ein seltsames Gefühl – sie empfand auf einmal völlig unerwartet unerbittliche Genugtuung –, als sie feststellte, dass sie alle stattdessen erwartungsvoll zu ihr blickten.

Kapitel einundzwanzig

Georgiana dachte lange darüber nach, wie sie mit Mrs Burton über den Ball von Lord Haverton sprechen sollte, doch dann kam ihre Rettung in Form eines Briefes von Betty Walters. Sie verspürte ein leichtes Schuldgefühl, als sie in sauberen runden Buchstaben ihren Namen las. Sie hatte ihr noch immer nicht geschrieben, und Betty war des Wartens offensichtlich überdrüssig geworden. Glücklicherweise schien sie sich schriftlich viel besser ausdrücken zu können als mündlich.

Liebe Miss Ellers,
nach dem Tee und dem Gespräch, das wir letzten Monat hatten, ist es mein sehnlichster Wunsch, einmal mehr Ihre Gesellschaft zu genießen. Ich konnte kaum glauben, dass so viele Tage vergangen sind, aber dann zählte ich mit meinen Fingern nach, und es ist so! Wie ich höre, waren Sie sehr beschäftigt, und deshalb schreibe ich Ihnen, um Sie zu fragen, ob Sie diese Woche an dem Ball auf dem Anwesen der Havertons teilnehmen werden. Ich habe aus zuverlässiger Quelle erfahren, dass man dort die faszinierendsten Bälle ausrichtet! Grandma wird natürlich nicht teilnehmen, aber wenn Sie mich

begleiten, erlaubt sie, dass ich hingehe. Ich schlage vor, dass wir uns um neun Uhr am Westeingang treffen – das heißt, wenn Sie nicht möchten, dass ich Sie in unserer Kutsche abhole –, denn ich würde mich nicht trauen, allein hinzugehen! Bitte antworten Sie so bald wie möglich.
Hochachtungsvoll,
Ihre Miss Elizabeth Walters

»Verstehen Sie? Betty braucht mich als Begleiterin«, sagte Georgiana und schwang den Brief wie eine Waffe, sobald Mr und Mrs Burton ihr Abendessen beendet hatten.

»Die Teller sind noch nicht einmal abgeräumt, Georgiana, du wirst Butter darauf schmieren.«

Mrs Burton rettete den Brief vor seinem buttrigen Schicksal und las ihn. Sie zeigte ihn Mr Burton, der so schnell und reflexartig nickte, dass er ihn unmöglich gelesen haben konnte.

»Ich weiß nicht, Georgiana. Lord Haverton schien immer ein ziemlich seltsamer Kerl zu sein. Das gefällt mir nicht. Das gefällt mir ganz und gar nicht.«

»Ich glaube … Ich glaube, er wird ganz schrecklich missverstanden«, rief Georgiana und klammerte sich an einen Strohhalm. »Er ist einfach einsam, das ist alles. Stellen Sie sich vor, Sie hätten ein so großes Haus und kaum Familie, die es ausfüllt.«

»Nun, ich nehme an, wenn Mrs Walters keine Bedenken hat …« Mrs Burton geriet ins Wanken.

»Betty braucht mich. Sie kann nicht allein hingehen, Tante, das wissen Sie. Wir passen aufeinander auf und achten darauf, dass wir uns von allem fernhalten, was sich nicht geziemt. Und … Und Lord Haverton braucht uns, um den schrecklichen Schatten der Einsamkeit zu vertreiben!«

Georgiana dachte, dass sie jetzt vielleicht etwas zu dick auftrug, aber es schien zu funktionieren.

»Nun gut. Aber du musst bis Mitternacht zu Hause sein, Georgiana. Und pass auf Betty auf, ja? Sie ist eine empfindsame Seele. Sie wird Mrs Walters' Kutsche nehmen, vermute ich – lass dich von ihr abholen, damit ihr zusammen ankommen könnt.«

Liebe Betty,
haben Sie herzlichen Dank für Ihren Brief, der mir unvorstellbare Freude bereitet hat. Ich werde an dem Ball in Haverton House teilnehmen – wir sehen uns dort!
Hochachtungsvoll,
Ihre Georgiana Ellers

Am Ende musste Georgiana tatsächlich in einem Bettlaken zum Ball gehen. Es war eines von Mrs Burtons besten Stücken. Sie hatte keine Ahnung, wie sie all die Löcher erklären sollte, die sie hatte hineinmachen müssen, damit es hielt. Doch sobald sie sich entschlossen hatte, es zu stehlen, erfand sie wilde Geschichten über bösartige Mäuse in den Schlafzimmern und dachte sich, dass sie die Details später klären würde. Sie sorgte dafür, dass die Burtons nicht da waren, als sie es stibitzte, und am Balltag sagte sie Mrs Burton, dass sie sich vor dem Ball etwas »ausruhen« würde, schloss dann ihre Tür ab und fertigte so etwas wie ein Kleid an. Es war um ihre Taille gewickelt und führte über beide Schultern, doch es neigte dazu, sich unschön zu bauschen, wenn sie es nicht alle paar Minuten zurechtrückte.

Eine saubere Flucht im Kostüm erforderte eine genaue Planung. Mrs Burton hatte sich nach dem Abendessen in den Salon zurückgezogen, und Mr Burton war wie gewohnt zu seinem Abendspaziergang aufgebrochen. Wenn ihre Tante jedoch nur den Hauch einer Bewegung wahrgenommen hätte, wäre sie herbeigeeilt, um Georgiana zu verabschieden und Betty Guten Abend zu sagen. Georgiana hatte dafür gesorgt, dass Cecily und Jonathan sie abholten, und Betty wäre sicher aus Höflichkeit hereingekommen. Hätte Mrs Burton Georgiana zudem in ein Laken gekleidet gesehen, hätte sie ihr sicherlich verboten, auch nur einen Schritt in Richtung Haverton House zu machen – sie musste also für eine todsichere Ablenkung sorgen.

Als Georgiana schließlich das leise Rumpeln einer herannahenden Kutsche hörte, eilte sie zur Rückseite des Hauses, wo eine hässliche Vase auf der Fensterbank über der Treppe stand. Normalerweise waren die Fenster geschlossen, aber Georgiana hatte sie ein paar Stunden zuvor geöffnet, um keinen Verdacht zu erregen. Sie zögerte eine Sekunde lang, dann verzog sie das Gesicht und gab der Vase einen kräftigen Stoß. Sie fiel wie ein Stein und zerschellte spektakulär auf der Terrasse, so laut, dass Georgiana nach Luft schnappte, obwohl sie selbst für ihr Schicksal verantwortlich war. Augenblicklich hörte sie Mrs Burton aufschreien und lauschte einen Moment.

Und tatsächlich eilte ihre Tante zur Rückseite des Hauses und rief ihr zu, ob sie etwas gehört habe.

»O nein, das ist ja eine schöne Bescherung! Das muss der Wind gewesen sein – und die Fenster sind offen! Wer hat die *Fenster* offen gelassen?«

Georgiana ergriff ihre Chance und sprang immer zwei Stufen auf einmal nehmend die Treppe hinunter, wobei sie in ihrer Eile fast über das Laken gestolpert wäre. Sie hatte es fast geschafft, als sie abrupt stehen blieb – Emmeline stand in der Tür zum Esszimmer, in der Hand das Silber, das sie poliert hatte, und starrte Georgiana schockiert an.

»Bitte«, sagte Georgiana und riss flehend die Augen auf.

Eine Sekunde lang sah es so aus, als würde Emmeline sich ihr womöglich in den Weg stellen, doch dann seufzte sie nur, schüttelte verwirrt den Kopf und folgte der jammernden Mrs Burton in den Garten. Georgiana schloss die letzte Phase ihrer Flucht ab und stieg schwer atmend in Cecilys Kutsche.

»Du bist eine Schlafzimmernymphe!«, rief Jonathan aus und reichte Georgiana, noch bevor sie sich gesetzt hatte, eine Flasche Wein.

»Ja! Ces, wir sollten schnell verschwinden«, keuchte sie und schaute verstohlen zum Haus zurück.

»Oh! Du hast dich weggeschlichen, stimmt's? Alles klar.« Cecily lehnte ihren Kopf aus dem Fenster. »Fahren Sie weiter, Simon! Beeilen Sie sich!«

Sie fuhren zügig los, und Georgiana konnte sich endlich auf dem Sitz entspannen und einen kräftigen Schluck

Wein trinken, während sie die Kostüme ihrer Freunde betrachtete.

Cecily war grün gekleidet und hatte etwas in ihr Haar geflochten, das wie echtes Laub aussah. Sie hatte einen Schal in einem Mooston erstanden, der mit Blättern gemustert war und so leicht, dass er um ihre Schultern zu schweben schien. In ihren Ohren steckten Smaragde, und um die Wirkung vollkommen zu machen, war sogar ihr Dekolleté mit Grün- und Goldtönen bemalt. Sie sah so ätherisch aus, dass Georgiana ohne Weiteres glaubte, dass sie aus einem völlig anderen Reich stammte als eine Frau, die ein Bettlaken trug. Jonathan hatte sich glücklicherweise entschlossen, Kleidung zu tragen, und glänzte in einem himmelblauen Gehrock.

Georgiana schwankte zwischen Nervosität und Aufregung, als sie einen weiteren Schluck aus der Weinflasche nahm und versuchte, Cecily zuzuhören, die vom Axtwerfen erzählte, einem neuen Hobby, das sie offenbar seit der letzten Woche hatte. Georgiana war sich nicht sicher, was sie auf diesem Ball erwartete, aber er schien irgendwie bedeutungsvoller zu sein als alle anderen, die zuvor stattgefunden hatten. Es war ihr nicht entgangen, dass Cecily ihr angeboten hatte, sie mit der Kutsche abzuholen, ohne dass sie darum gebeten hatte, und dass Frances nicht da war. Dass sie auch *ohne* Frances' Einladung irgendwie dazugehörte. Wenn Frances Georgiana nicht einlud, im September nach London zu kommen – was, wenn diese Kälte zwischen ihnen anhielt, sehr wahrscheinlich war –, würden es sicherlich Cecily oder Jonathan tun, überlegte sie.

Als sie die imposante Auffahrt hinaufgefahren waren, waren Georgianas Handflächen feucht, und ihr Kopf fühlte sich leer an, aber sie wusste mit Sicherheit, dass sie genau dort war, wo sie sein sollte.

Sie mussten in einer Schlange von Kutschen warten, bevor sie vor Haverton House halten konnten, und als Georgiana ausstieg, wurde sie von hoch aufragenden grauen Mauern empfangen, von Säulen, die so breit wie uralte Baumstämme waren, und von einem Publikum aus grinsenden Wasserspeiern und steinernen Einhörnern, die von den Balustraden auf sie herabblickten. Die breiten Stufen, die zu einer riesigen Eichentür führten, wurden von Fackeln und kostümierten Dienern flankiert, die Tabletts mit Getränken in der Hand hielten. Jonathan bestand darauf, dass sie auf dem Weg nach oben mehrmals anhielten, um sich für den letzten Aufstieg zu stärken.

Auch das Innere des Hauses enttäuschte nicht. Es erinnerte an ein Pfandhaus, das nur von unglaublich exzentrischen und unverschämt wohlhabenden Menschen aufgesucht wurde. Jede Wand und jede Oberfläche war mit diversem Krempel verziert. Im Flur wurden sie vom Anblick eines riesigen Schiffsmodells mit einer Galionsfigur begrüßt, die, wie Cecily erklärte, Lord Haverton recht ähnlich sah, auch wenn sie etwas geschmeidiger und muskulöser war. Eine ganze Wand war mit Hunderten von Messern, Gabeln und Löffeln bestückt, die in sorgfältigen Mustern angeordnet waren, so wie man Säbel ausstellen würde. Auf ihrem Weg kamen sie an etwas vorbei, das wie ein Modelldorf aussah. Bei näherer Betrachtung handelte es sich um eine Nachbildung ihrer eigenen Stadt, und sie stießen Freudenrufe aus und zeigten auf ihre jeweiligen Häuser (Georgiana versuchte, nicht beleidigt zu sein, dass das der Burtons durch einen winzigen anonymen braunen Kasten dargestellt wurde).

Die Gäste drängten sich im Ballsaal, der anscheinend mit echten Bäumen dekoriert worden war. In regelmäßigen Abständen waren Wasserspiele aufgebaut, die hübsch vor sich hinplätscherten. Es war, als stolpere man durch einen verwunschenen Wald – das Licht war seltsam grün, die Gäste waren alle geschminkt, kostümiert und wirkten überirdisch. Frances und Jane standen bereits an einem der Springbrunnen, als Jane sie entdeckte und ihnen zuwinkte.

Sie waren beide genauso erlesen kostümiert wie Cecily und Jonathan, und Georgiana zupfte verlegen an ihrem Laken und hoffte, dass sie nicht ganz so albern aussah, wie sie sich fühlte. Jane war in warme herbstliche Rot- und Brauntöne gehüllt und trug eine Krone aus giftig aussehenden Beeren auf dem Kopf. Frances war ebenfalls in fließendes Weiß gekleidet, aber ihr Kleid hatte rein gar nichts von Georgianas Bettlaken. Der Stoff war so fein, dass er sie wie Wasser umfloss.

Es war sofort klar, dass Frances den Abend lange vor den anderen begonnen hatte – vielleicht sogar vor dem Frühstück. Sie schwankte und drohte ständig, Wein aus ihrem Glas auf ihr Kleid zu verschütten.

»Da seid ihr ja«, sagte sie etwas überschwänglich, als sie auf sie zukamen.

Jane entwand ihr geschickt das Glas, bevor es herunterfiel, denn Frances achtete gar nicht mehr darauf und legte Jonathan einen Arm um die Schultern. Georgiana war auf einen Konflikt vorbereitet gewesen und angenehm überrascht, wie liebenswürdig sie wirkte, auch wenn dies eindeutig auf eine chemische Reaktion zurückzuführen war.

»Geht es ihr gut?«, flüsterte Georgiana Jane zu, nachdem sie sich aus Frances' schwitzigem Griff befreit hatte.

Jane rollte mit den Augen, schüttelte kurz den Kopf und stellte das Glas außer Sichtweite auf die andere Seite des Brunnens, bevor Frances es sich wieder nehmen konnte.

»Christopher sagte, er habe etwas für uns«, lallte Frances, lehnte sich an Jonathan und wurde sanft von ihm wieder aufgerichtet. »Wir sollen ihn treffen.«

»Ach ja?«, erwiderte Jonathan und zog eine Grimasse. »Ich kann nicht behaupten, dass ich geneigt bin, diese Einladung anzunehmen.«

»Ach, sei nicht … Sei nicht so *schlau,* Jonathan«, sagte Frances gereizt. »Das passt nicht zu dir. Kommt schon, Ces, Janey.«

Niemand rührte sich.

Georgiana sah, wie Frances ihre Reaktion traf, sah, wie Überraschung und Wut sich auf ihrem Gesicht spiegelten – sie war zu betrunken, um es zu verbergen. Was für eine Macht sie normalerweise auch über sie alle ausübte, schien unerwartet ins Wanken geraten zu sein. Sie öffnete erneut den Mund, und Georgiana beschloss, die Katastrophe abzuwenden.

»Besser, wir gehen jetzt«, sagte sie achselzuckend, »und treffen ihn, solange wir noch halbwegs bei Verstand sind. Es ist schwieriger für ihn, uns zu bestehlen oder uns Bacchus zu opfern, wenn wir noch aufrecht stehen können.«

»Wer steht aufrecht?«, fragte Jane und richtete ihren Blick auf Frances – doch als diese sich von Jonathan abstieß und den Raum durchquerte, folgten ihr alle.

Sie schlängelten sich an den anderen Gästen vorbei. Frances beugte sich vor, um sich von einem als Faun verkleideten Kellner ein weiteres Weinglas zu schnappen, dann zwängten sie sich durch einen überfüllten Korridor, bis sie einen scharlachroten Salon erreichten, der bis zum Rand mit allen möglichen ausgestopften Kreaturen gefüllt war. Dort hielt sich Christopher auf, der wie der Inbegriff eines bösen griechischen Gottes aussah, von vier ähnlich gekleideten Männern umgeben war und etwas rauchte, das den Raum mit einem dichten scharfen Nebel erfüllte. Offenbar hatte er beschlossen, dass das Tragen eines Hemdes optional war, und Georgiana schaute überallhin, nur nicht zu ihm; ihre Haut prickelte vor Unbehagen.

»Ah, Miss *Georgiana*«, sagte er träge.

Georgiana erkannte, dass er sich auf eine große tote gestreifte Katze stützte – es konnte sich nur um einen Tiger handeln, obwohl sie noch nie einen in natura gesehen hatte. Sie nickte und schenkte ihm ein angespanntes Lächeln, da er sich momentan viel zu langsam bewegte, um eine wirkliche Gefahr darzustellen.

»Du bist gekommen, um einige meiner *vielen* Köstlichkeiten zu probieren, nicht wahr?«

»Ach, wenn wir sie doch nur identifizieren könnten«, sagte Jonathan, aber Frances war bereits an Christophers Seite und streckte die Hand nach der winzigen dunklen Flasche aus, die an seinen Fingern baumelte. Als er sie ihr reichte, grinste er Georgiana an, drehte sich dann aber scharf zu Frances um, als sie ungeschickt den Korken entfernte.

»Vorsicht«, bellte er und packte ihr Handgelenk, von seiner zuvor demonstrierten Coolness war nichts mehr zu spüren. »Verschütte nichts. Du brauchst nur ein oder zwei Tropfen.«

Frances konzentrierte sich lange genug, um zwei dicke Tropfen Flüssigkeit in ihr Weinglas zu geben, und trank es dann in einem Zug aus.

»Was ist das?«, fragte Georgiana zweifelnd, als Frances die Flasche an Jane weiterreichte.

»Blut von Unschuldigen«, antwortete Jane ernst, fügte ihrem Getränk jedoch ebenfalls etwas von dem Zeug hinzu und verzog das Gesicht, als sie es hinunterschluckte.

»Es handelt sich um ein *spezielles Gebräu* von mir«, erklärte Mr Crawley, was vielleicht noch beunruhigender war, als überhaupt keine Informationen zu erhalten.

Dennoch wollte Georgiana in der wildesten Nacht des Jahres nicht zurückstehen. Sie tröpfelte etwas in ihr Glas, trank einen großen Schluck und reichte die Flasche dann an Cecily weiter. Als die bittere Tinktur auf ihre Zunge traf, hustete und spuckte sie.

»Etwas zu stark für dich, oder?«, höhnte Christopher und streckte die Hand aus, um ihr über den Rücken zu streichen, während sie außer Gefecht gesetzt war.

»Fass mich nicht an«, stieß sie hervor und machte sich von ihm frei.

Der Raum drehte sich bereits um sie, und sie hatte den seltsamen Verdacht, dass sich ihre Hände nicht mehr an den Enden ihrer Arme befanden. Sie streckte sie vor sich aus und stellte fest, dass sie noch völlig intakt waren – doch wenn sie die Finger bewegte, schien das mit einigen Sekunden Verzögerung zu geschehen. Eigentlich hätte sie das alles etwas beunruhigen müssen, aber sie fühlte sich auf angenehme Weise gleichgültig.

Einer von Christophers Freunden reichte seine Pfeife herum, und sie wanderte träge von Hand zu Hand. Als Cecily an der Reihe war, blies sie den Rauch sehr zur Freude aller in Ringen heraus. Nur Frances rollte mit den Augen und zerstörte die Ringe mit der Hand.

»Ich fühle mich im Moment sehr beobachtet«, sagte Jonathan.

Er deutete auf die vielen ausgestopften Köpfe, die Geweihe über dem Kamin, die fremd wirkenden Tierfelle, die über die Rückenlehne eines der Sofas geworfen waren. Jetzt, da er es erwähnte, hatte Georgiana das Gefühl, dass ein paar gläserne Augen zu viel sie durch die Düsternis anstarrten – allen voran Christophers.

»Oh, Gott. Ich habe das Gefühl, dass sie mir direkt in die Seele schauen«, sagte Georgiana und hob eine Hand, dic plötzlich halb durchsichtig zu sein schien, um sich vor den Blicken eines extrem streng aussehenden Zebras zu schützen.

»Welche Seele?«, sagte Frances in bewusst lockerem Ton, der jedoch nicht überzeugend wirkte.

»Komm schon, George«, sagte Cecily und legte ihre Hand auf Georgianas Schulter. »Du hast noch keine große Führung erhalten. Sonst noch jemand? Jane?«

Jane beobachtete Frances kopfschüttelnd, die gerade die Ohren eines Wolfsfells kraulte, als wäre das Tier noch lebendig und könnte die Streicheleinheiten genießen.

Georgiana ließ sich sanft aus dem Zimmer ziehen. Die Luft draußen war angenehm frisch, und Georgiana atmete tief ein, als wäre sie gerade aus einer Höhle aufgetaucht oder vom Grund eines Brunnens gezogen worden.

Sie kämpften sich durch die lärmende Menge, schüttelten kichernd jeden ab, der sich ihnen in den Weg stellte, und stolperten dann eine große Treppe hinauf, bis sie einen langen weitläufigen Flur erreichten, der weit weniger bevölkert war. Cecily drückte wahllos irgendeine Klinke herunter und stellte fest, dass die Tür verschlossen war. Sie versuchte es mit dramatischer Geste bei der nächsten Tür, wobei sie offensichtlich nicht damit rechnete, dass diese ebenfalls verschlossen war. Und so kreischten sie beide erschrocken auf, als die Tür tatsächlich aufschwang und ein älterer Mann in einer sehr freizügigen Toga zum Vorschein kam. Er stand auf einer hölzernen Truhe in der Mitte des Raumes, während drei Frauen, die sich auf großen Kissen rekelten, ihn zu bemalen schienen. Alle im Raum drehten sich zu ihnen um, und Cecily schloss schnell die Tür und versuchte, sich ein Lachen zu verkneifen.

Langsam näherte sie sich der nächsten Tür, legte einen Finger an die Lippen und machte übertrieben »*Pssst*«, als sie die Tür nur einen Spalt öffnete, damit sie erst sehen konnten, was dahinter vor sich ging.

Zuerst konnte Georgiana nur erkennen, dass sich etwas rührte – dann sah sie eine sich windende Masse, irgendein riesiges Wesen mit vielen Armen und Beinen, die sich unabhängig voneinander bewegten – und schließlich begriff sie, dass es *Körper* waren. Georgiana schlug sich vor Schreck beide Hände vor den Mund und blinzelte schnell.

Es waren nackte Menschen, die sich ihrer Nacktheit und der Tatsache, dass sie sich berührten, küssten und *Unzucht trieben,* anscheinend überhaupt nicht schämten.

»Oh«, sagte Cecily mit schwacher Stimme. »O Gott.«

»Aber sie sind … Was machen sie denn da?«, flüsterte Georgiana und stützte sich an der Wand ab.

Cecily ließ die Tür zufallen und drehte sich mit großen Augen zu ihr um.

»Nun – sicher nicht malen! Meine Güte. Ich glaube, Lord Haverton könnte irgendwo da drin gewesen sein, aber ich habe mich nicht getraut, genauer hinzusehen.«

»Ich – ich fasse es nicht«, sagte Georgiana wahrheitsgemäß.

Sie hatte geglaubt, nichts könnte sie mehr erschüttern – sie hatte gedacht, sie hätte das Unerhörteste gesehen, was diese Welt zu bieten habe –, aber für manche Menschen gab es offensichtlich keine Grenzen. Sie wusste, dass sie dieses Bild nie wieder vergessen konnte. Es hatte sich unauslöschlich in ihr Gedächtnis eingebrannt und würde sie wahrscheinlich noch jahrelang verfolgen.

»Meine Güte, es ist, als wären wir in der *Hölle*«, sagte Cecily und klang recht zufrieden. »Schnell, schnell!«

Sie zog Georgiana wieder den Korridor hinunter, dieses Mal äußerst entschlossen.

»O Gott – was jetzt?«, fragte Georgiana ehrlich besorgt und versuchte, sich zu beruhigen, als sie eine weitere Tür erreichten.

»Mach dir keine Sorgen. Ich weiß, was hier drin ist, und es ist wunderschön«, sagte Cecily und schob die Tür auf.

Sofort schlug ihnen der Geruch von Dung entgegen.

Georgiana hielt sich die Hand über Nase und Mund, weil sie das Schlimmste befürchtete – und dann gewöhnten sich ihre Augen an das schwache Licht, und sie verstand, warum es so stark nach Dung roch.

Es *war* Dung. In dem Raum waren Strohballen gestapelt, und in der hintersten Ecke stand ein riesiges schwarzes Pferd, das interessiert die Ohren aufstellte.

»Ist das …? Ist das das *Schlafzimmer* seines *Pferdes*?!«, fragte Georgiana ungläubig und vergaß ihre Bedenken.

»Ja!«, rief Cecily vergnügt. »Auf dem Rückweg kannst du im Korridor … so kleine Dellen in den Dielen sehen, bis ganz nach unten. Er führt es immer hierher, wenn er zu Besuch kommt, so kann es ihm nahe sein. Ist das nicht das Schönste, was du je gesehen hast?«

»Das ist das *Lächerlichste,* was ich je gesehen habe. Dieses Pferd hat ein schöneres Zimmer als ich. Aber es ist ein *schönes* Pferd.«

Sie streckte ihre flache Hand aus, und das Pferd wieherte leise und rieb seine samtige Nase an ihren Fingern, um zu sehen, ob sie etwas zu fressen hatte. Als es feststellte, dass ihre Hand leer war, fraß es wieder aus einem Korb, der an der Wand hing. Georgiana kraulte es hinter den Ohren, und es wehrte sich nicht. Als Georgiana sich umschaute, sah sie, dass alle Gemälde in diesem Raum Pferde darstellten. Sie fühlte sich etwas überspannt.

»Sind das die Vorfahren des Pferdes?«, stammelte sie und zeigte auf ein sehr feierlich aussehendes Porträt eines ähnlichen Pferdes, das in feinstem Gold gerahmt war.

»Ja«, kam eine sanfte Stimme von hinten. Georgiana und das Pferd erschraken gleichermaßen.

Ein kleiner dunkelhaariger Mann, der nur mit einem lockeren roten Gewand bekleidet war und dem kunstvolle Hörner aus dem Kopf ragten, hatte den Raum betreten und beobachtete sie mit verschränkten Armen. Cecily machte einen kurzen Knicks, und Georgiana tat es ihr gleich.

»Es heißt übrigens Atlas. Das Pferd.«

»Oh«, sagte Georgiana nervös und fragte sich, ob man sie von dem Ball werfen würde, »was für ein schöner Name.«

»Sie dürfen ihn besuchen – er mag Gesellschaft –, aber bitte, bringen Sie ihn nicht mit zum Ball. Er benimmt sich *schrecklich,* wenn er trinkt.«

Georgiana biss sich auf die Lippe, um nicht zu lachen, aber der Mann, bei dem es sich um Lord Haverton handeln musste, schien nicht zu scherzen.

»Das machen wir nicht«, beruhigte ihn Georgiana. »Wir gehen einfach.«

Vorsichtig kletterte sie über das Stroh zur Tür und versuchte, ihre Schuhe oder das sehr weiße Laken nicht mit Mist zu beschmutzen.

»Warten Sie – lassen Sie sich ansehen.«

Georgiana blieb neben Cecily stehen und drehte sich zu ihm um. Er lehnte sich mit der Hand unter dem Kinn zurück und musterte sie einen Moment lang schweigend.

»Hervorragend. Wunderbar. Beide. Sie«, er deutete auf Cecily, »sind ein Engel unter den Sterblichen. Und Sie«, er zeigte auf Georgiana, »ich *liebe* Ihre Wahl. Minimalistisch, zurückhaltend. So wie Götter auf der Erde wandeln würden. Gehen Sie und treiben Sie einigen Unfug!«

Er scheuchte sie weg, und sie wandten sich kichernd zum Gehen.

»Viel Spaß, die Damen!«, rief er ihnen durch den Flur hinterher. »Und wenn Sie ein Feuer sehen, was immer Sie auch tun – löschen Sie es nicht.«

Sie schafften es nur bis zum oberen Treppenabsatz, dann brachen sie auf dem Boden zusammen und lachten so sehr, dass ihnen die Tränen kamen.

»Oh, er ist ein seltsamer Mann«, sagte Cecily, als sie wieder sprechen konnte, was eine großzügige Untertreibung zu sein schien.

»Er ist wunderbar«, schwärmte Georgiana und wischte sich die Augen. »Ich liebe ihn. Ich werde ihm einen Heiratsantrag machen und Frances' Sorge um das Haus ausräumen. Wenn jede Frau von ihm nur halb so gut behandelt wird wie dieses Pferd …«

»Ich wünschte, Frances würde mit ihren Sticheleien gegen Jane aufhören«, sagte Cecily seufzend. »Ständig redet sie von Vernunftehen, aber Jane war noch nie eine, die … Nun ja.« Sie schien plötzlich zu denken, dass sie zu viel gesagt hatte.

Georgiana behielt ihre neutrale Miene bei.

»Frances stichelt gerade gegen jeden.«

»Sie war furchtbar, nicht wahr? Viel schlimmer als sonst. Vielleicht geht es ihr jetzt besser, da Annabelle – *oh*. Gott, das hätte ich nicht sagen sollen.«

»Annabelle?«, fragte Georgiana verwirrt. »Annabelle wer? Annabelle *Baker*?«

»Ich denke. Das Mädchen, du weißt schon, aus dem Gasthaus. Jonathan sollte es mir nicht sagen, aber natürlich hat er es mir erzählt – und außerdem ist sie jetzt weg, also ist es ohnehin egal.« Sie zog bestürzt die blassen Augenbrauen zusammen. »Du wirst doch nicht sagen, dass *ich* es erzählt habe, oder?«

»Ich weiß nicht, *was* du mir erzählt hast«, sagte Georgiana wahrheitsgemäß.

»Oh, das ist eine dumme Sache, wirklich. Frances hat herausgefunden, wer ihr Vater ist. Sie hat ihm geschrieben, um ihm zu sagen, was Annabelle mit Jeremiah angestellt hat, und jetzt ist sie wohl … irgendwo hingeschickt worden.«

»Irgendwo hingeschickt? Wohin?«

»Oh, das weiß ich nicht. Auf eine Schule? In ein Kloster? Wo auch immer sie … Du weißt schon. Leute *hinschicken*.« Cecily schien das nicht im Geringsten zu beunruhigen.

Georgiana war der Mund offen stehen geblieben. »Aber Ces, sie hat doch nicht … *Wusste* sie überhaupt etwas von Frances? Und was wäre, wenn Jeremiah ihr ein Märchen vom Heiraten aufgetischt hat, oder … oder …«

»Du bist süß«, sagte Cecily und klopfte Georgiana auf den Fuß – das nächstgelegene Körperteil, das sie erreichen konnte. »Ich würde mir deshalb keine Sorgen machen. Ich bin sicher, es ist ein sehr schönes Kloster. Oh!« Plötzlich schien ihr ein Gedanke zu kommen, und sie stand unsicher auf und hielt Georgiana die Hand hin. »Wir müssen nach unten. Es ist Zeit zum Tanzen.«

»Zum Tanzen?«, fragte Georgiana zweifelnd, mit den

Gedanken noch ganz bei Annabelle Baker, als sie von einem überraschend starken Arm auf die Beine gezogen wurde. Sie wagte kaum, sich vorzustellen, was auf einem Ball wie diesem getanzt werden sollte.

»Ja, George, natürlich! Was wäre das für ein Ball ohne Tanz?«

Kapitel zweiundzwanzig

Die Gäste stellten sich bereits auf, als Cecily und Georgiana den Ballsaal wieder betraten. Sie stimmten in den Applaus ein, als die Musiker ein mitreißendes Lied anstimmten und der Tanz begann – zum Glück schien er ganz normal zu sein und weder mit nackten Körpern noch mit Dung zu tun zu haben.

»Da seid ihr ja!«

Jane hatte sie entdeckt. Sie hatte eine Hand auf Frances' Rücken gelegt, und so wie Letztere wankte, schien sie sie aufrechtzuhalten. Cecily stieß einen Freudenschrei aus und küsste Jane enthusiastisch auf die Wange, als hätte sie sie nicht nur eine halbe Stunde, sondern wochenlang nicht gesehen. Oder – waren es vielleicht sogar Stunden gewesen? Es fiel Georgiana schwer, den Überblick zu behalten. Die Minuten flossen ineinander, schienen eine Ewigkeit zu dauern und zugleich von jetzt auf gleich zu vergehen. Von der schnellen Bewegung war ihr etwas übel, als hätte sie die Zügel eines Pferdes verloren, das unkontrolliert davongaloppierte.

Plötzlich erschien Jonathan neben Frances und beugte sich zu ihr, um ihr etwas zu sagen.

»Er ist hier«, hörte sie ihn in Frances' Ohr murmeln. Georgiana brauchte eine Sekunde, um zu begreifen, wer

»er« sein könnte. »Ich habe ihn erst vor ein paar Minuten in der Eingangshalle gesehen.«

Frances' Miene verfinsterte sich, aber sie nickte, biss sich auf die Lippe und sah dabei äußerst entschlossen aus. Ohne ein weiteres Wort drehte sie sich um und bahnte sich einen Weg durch die Menge zum Eingang des Hauses.

Georgiana sah ihr nach und wandte sich dann an Jonathan, um ihn zu fragen, ob sie sie wirklich allein gehen lassen sollten – aber er war bereits weg. Er schien sich spontan entmaterialisiert zu haben, und Jane war mit ihm verschwunden. Bevor Georgiana ihre Besorgnis äußern konnte, packte Cecily sie an der Hand und zog sie in den nächsten Tanz. Sie wirbelten umeinander und wurden von allen Seiten angestoßen. Georgiana war kaum in der Lage, Cecily im Auge zu behalten, und vergaß für einen Moment ihre Sorgen. Der Raum verschwamm, und ihre Füße stolperten im Takt der Musik. Sie schloss die Augen, warf den Kopf zurück und lachte darüber, wie lächerlich alles war.

Nach der Hälfte des Liedes teilte sich die Menge für einen Moment, und Georgiana sah eine hochgewachsene Gestalt mit lockigem Haar, die für den Anlass völlig falsch gekleidet war. Er stand steif mit dem Rücken an der Wand und beobachtete Tänzerinnen und Tänzer mit wachsamem Blick.

Sie bemühte sich sehr, nicht zu ihm zu stürzen, und hoffte, dass sie einen lockeren, würdevollen Schritt machte, als sie Cecily stehen ließ und sich zu ihm vordrängte. Thomas sah sie, bevor sie ihn erreichte, was sie in die unangenehme Lage versetzte, ein halbwegs normales Gesicht aufsetzen zu müssen. Schließlich blickte sie beim Gehen auf ihre Füße, eine notwendige Vorsichtsmaßnahme, auch wenn die unmittelbare Wirkung von dem rätselhaften Inhalt aus Christopher Crawleys Flasche ein wenig nachzulassen begann.

»Sie sind nicht kostümiert«, stellte sie fest, als sie ihn erreichte. Sie sprach laut, damit er sie über die fröhliche Stimmung hinweg hören konnte.

»Nein«, antwortete Thomas, der immer noch den Tanz beobachtete. Er schien sie nicht ansehen zu wollen.

»Würden Sie – würden Sie mit mir tanzen?«

Georgiana war nicht überzeugt, dass sie eine besonders gute Tänzerin war. Aber es war besser, bei einem verrückten Unfall im Ballsaal zu sterben, als blindwütig ignoriert zu werden.

»Nein.«

Nun war Georgiana verzweifelt. Nicht wegen Thomas, sondern ihrer selbst wegen. Sie wollte unbedingt, dass es zwischen ihnen wieder gut war, aber das schien sie geistig zu überfordern.

»Begleiten Sie mich nach draußen? Ich muss … Ihnen etwas sagen«, bat sie leise.

Zunächst hörte er sie nicht, und sie musste sich vorbeugen und ihre Bitte wiederholen. Sie überschätzte den Abstand etwas und spürte, wie eine Haarsträhne von ihm ihre Wange streifte. Fast rechnete sie damit, dass er sie wieder abweisen würde, doch stattdessen nickte er knapp und folgte ihr hinaus auf die Terrasse. Sie war voller Menschen, die tranken, schrien und lachten – der Ball ergoss sich in die Nacht. Die frische Luft hatte eine leicht ernüchternde Wirkung, und Georgiana wurde klar, dass sie sich hier inmitten der Orgie, wo ständig Leute vorbeitaumelten, nicht ernsthaft mit ihm unterhalten konnte.

»Kommen Sie mit«, sagte sie und fasste ihn mit einer Kühnheit am Arm, von der sie nicht gewusst hatte, dass sie sie besaß. Überraschenderweise leistete Thomas keinen Widerstand und ließ sich über das Gelände dorthin führen, wo Georgiana die berühmte Orangerie vermutete.

In dem Raum roch es gut, er war warm und dunkel. Er war nur von Kerzen erleuchtet, die vermutlich ein großes Brandrisiko darstellten. Andererseits war es wahrscheinlich nicht romantisch, an die Brandgefahr zu denken, und dies sollte sicherlich der Bereich des Balls sein, der romantischen Begegnungen vorbehalten war. Die Bäume wuchsen wild und unkontrolliert, die geschwungenen Äste bildeten über ihren Köpfen eine Art Baldachin. Sie hörte Gekicher und das Scharren von Schuhen auf dem Weg durch das Laub, konnte aber nicht erkennen, wer die Verursacher waren. Dann wurde in der Ferne eine Tür geöffnet und geschlossen, anschließend herrschte Stille, und Georgiana wusste, dass sie allein waren. Sie setzte sich auf eine Steinbank und versuchte, sich zu sammeln.

Thomas blieb stehen und musterte sie misstrauisch, als könnte sie ihn jeden Moment angreifen. Vermutlich hatte sie das im Grunde getan. Einen Mann aus einer Gesellschaft in ein dunkles Gewächshaus zu zerren, galt vermutlich selbst auf diesem Ball als etwas dreist.

»In Ordnung. Nun … Zunächst einmal wollte ich mich entschuldigen«, begann Georgiana zögernd.

Er deutete ein knappes Nicken an.

»Bei unserer letzten Begegnung haben wir uns nicht

so voneinander getrennt, wie ich es mir gewünscht hätte, und ich … Nun, ich habe keine Entschuldigung. Ich habe mich furchtbar benommen. Es ist manchmal sehr schwer, Frances zu widersprechen, aber ich hätte etwas sagen sollen. Sie hat sich völlig danebenbenommen. Und ich hoffe, Sie wissen, dass ich es sehr zu schätzen weiß, dass Sie sich mir anvertraut haben. Ich weiß, dass es Ihnen vermutlich nicht … leichtgefallen ist, das zu sagen.«

Er sah sie ernst an, und Georgiana empfand starke Zuneigung zu ihm, als sie sah, wie er die Stirn runzelte, dann schüttelte sie leicht den Kopf, um sich wieder zu konzentrieren.

»Was sie über Sie gesagt hat, ist nicht wahr – das wissen wir beide. Sie war wütend und verletzt und … wie auch immer. Sie müssen ihr nicht verzeihen. Sie müssen sie auch nicht mögen. An manchen Tagen mag ich sie selbst ja kaum. Aber sie *ist* meine Freundin, und das ist mir wichtig.«

»Gut«, sagte Thomas und verschränkte die Arme.

»Ich weiß, ich muss Sie schrecklich enttäuscht haben – aber ich glaube, Sie verstehen nicht. Hierherzukommen war wie eine *Wiedergeburt,* Thomas. Ich hatte mich mit der Vorstellung abgefunden, dass das Leben an mir vorbeigehen würde – dass es keine großen Abenteuer geben würde, keine engen Gefährten, keine Geschichten, die man erzählen könnte. Ich würde nichts sein – ein Niemand, für den sich kein Mensch interessiert.« Georgiana hielt inne, um Luft zu holen, überrascht von der plötzlichen Wucht ihrer Gefühle. »Ich habe nie gewagt, von einem Leben zu träumen, in dem ich Freunde wie Frances haben könnte, mich an wichtigen Orten aufhalte und *Ansehen* genieße. Vielleicht ist es unverzeihliche Eitelkeit, aber jetzt, wo ich einen Blick auf diese Welt geworfen habe, weiß ich nicht, wie ich mich in mein altes Leben zurückziehen und zufrieden sein kann.«

Thomas kam vorsichtig näher – als ob die Möglichkeit bestünde, dass sie tollwütig sei und er nicht in Bissnähe kommen wollte – und setzte sich neben sie auf die Bank.

»Ohne Frances hätte ich nichts von alledem. Bevor ich sie getroffen habe, war ich einsam. Vielleicht klingt das wie eine schlechte Ausrede für noch schlechteres Verhalten, aber ich wollte nur … Nun, ich wollte Ihnen das nur sagen. Um mich zu erklären. Denn es ist mir sehr wichtig, was Sie von mir denken, auch wenn ich es nicht gut genug gezeigt habe. Ich mochte Sie vom ersten Moment an.«

»Georgiana …«

»Vielleicht mache ich mich lächerlich, indem ich es laut ausspreche«, sagte Georgiana und stieß die Worte leicht panisch hervor, »aber – ich *will* lächerlich sein. Das war mir bis jetzt nie erlaubt.«

»*Georgiana* …«

»Es tut mir alles sehr leid, Thomas, wirklich. Wenn ich Ihnen das Gefühl gegeben habe, dass Sie mir nicht wichtig sind, dann war das die schlimmste Lüge, die man sich vorstellen kann.«

Sie spürte, wie eine einzelne Träne über ihre Wimpern floss. Sie konnte ihn nicht ansehen und starrte stattdessen auf ihre Hände, die fest in ihrem Schoß gefaltet waren.

»Sind Sie jetzt fertig?«, fragte Thomas, der immer noch sehr ernst klang.

»Ja«, antwortete Georgiana mit leiser Stimme.

»Werden Sie mich ansehen?«

»Nein«, sagte Georgiana ebenso leise.

»Warum nicht?«

»Weil ich fürchte, dass Sie mich für eine unverzeihliche Närrin halten.«

Thomas seufzte, und sie spürte, wie er sich auf der Bank neben ihr bewegte.

»Sie sind keine Närrin«, sagte er, und seine Stimme klang viel näher und sanfter, als sie erwartet hatte. »Oder zumindest – wenn Sie eine sind, dann bin ich mindestens ein doppelt so großer Narr.«

Sie spürte, wie sie ein Schreck durchfuhr, als er eine warme Hand um ihr Kinn legte und mit dem Daumen über ihren Mundwinkel strich. Sie dachte, er wollte ihr vielleicht die Träne fortwischen – doch dann beugte er sich zu ihr, legte seine Hand auf ihre Wange und drückte ihr einen ganz und gar zärtlichen Kuss auf die Lippen, als hätte er Angst, sie zu zerbrechen. Und sie spürte, dass er das in gewisser Weise tat. Ein Teil ihres Verstandes hatte sich offensichtlich vom Rest von ihr gelöst, denn sie ließ alle Hemmungen fallen, alle Bedenken, dass sie diese Grenze niemals überschreiten durfte, und streckte die Hand aus, um ihn an sich zu ziehen. Kurz bevor sie die Augen schloss, lag ein fast gequälter Ausdruck auf seinem Gesicht, aber er öffnete die Lippen für sie, und für einen herrlichen Moment gestattete sie ihrem Körper die Nähe, nach der er sich seit ihrer ersten Begegnung gesehnt hatte. Seine Hand glitt an ihrem Kiefer entlang und hinter ihr Ohr, er strich über ihr Haar und verfing sich darin, als er versuchte, sie noch näher an sich heranzubringen – doch dann zog er sich plötzlich zurück. Er atmete schwer, hatte die Augen geschlossen und die Stirn gefurcht, als wäre etwas Furchtbares geschehen.

»Es tut mir leid. Es tut mir so leid«, sagte er, stand auf und entfernte sich tatsächlich von ihr.

»Nein, sagen Sie das nicht«, erwiderte Georgiana atemlos. Sie hatte keine Ahnung, wie er es geschafft hatte, aufzustehen, geschweige denn, wie er auf den Gedanken gekommen war, zu gehen. »Bitte. Bleib.«

Er blieb in der Tür stehen, anscheinend nicht in der Lage, sie anzusehen.

»Nein, das ist … Wir wissen beide, dass das falsch ist. Sie sind indisponiert, Sie sind aufgewühlt, und ich habe Sie ausgenutzt, und …«

»Mich ausgenutzt?« Nun war Georgina etwas empört. »*Ich* habe *dich* hierhergebracht! Ich – ich habe dich praktisch ins Gebüsch geschleppt. Und ich kann dir versichern, dass ich nicht wusste, dass das passieren würde, aber ich bin froh, dass es so ist. Thomas, ich *will* das, betrunken oder nüchtern – ich hätte dich schon bei den Taylors geküsst. Ich würde dich jederzeit küssen, wenn du mich lässt.«

»Bitte nicht – das kannst du nicht wollen«, sagte er aufgeregt. »Wir sind nicht verlobt – wir haben nicht einmal einen leidlichen Versuch unternommen, umeinander zu werben. Du hast zu viel Zeit mit diesen Leuten verbracht, mit Leuten, die keine Rücksicht auf die Konsequenzen nehmen. Du willst doch nicht …«

»Nein, nein! Sag mir nicht, was ich will«, bat Georgiana, stand zittrig auf und ging zu ihm. »Sieh mich an.«

Er wandte sich ihr zu, schloss jedoch seufzend die Augen und schüttelte verzweifelt den Kopf.

»Georgiana, ich …«

»Thomas. Ich bitte dich. Sieh mich an.«

Endlich tat er ihr den Gefallen. Er sah sie an, als hätte er Angst vor ihr und vor sich selbst und vor allem, was als Nächstes passieren könnte. Sie streckte eine Hand aus und schob langsam eine lose Haarsträhne aus seinem Gesicht, so zärtlich, wie er sie beim ersten Mal berührt hatte. Er zitterte leicht und schloss erneut die Augen – und dann küsste sie ihn entschlossen, drängte ihn zurück gegen den Türrahmen und spürte, wie sein Atem stockte und er sie in seine Arme zog. Wieder legte er die Hände auf ihre Wangen, dann in ihren Nacken, auf ihren Rücken. Er küsste sie, als ob er sie *bräuchte,* als ob er sterben würde, wenn er damit aufhörte, und sie wollte ihm nur noch näher sein, obwohl sie sich in jeder Hinsicht schon so nahe wie möglich waren. Obwohl sie jede Kontur seines Körpers an ihrem spürte, als seine Hände wieder ihren Rücken hinunterwanderten, ihre Taille umfassten und alles verbrannten, was sie berührten.

Diesmal war es Georgiana, die von ihm abrückte und einen Arm ausstreckte, um sich an der Glaswand abzustützen. Ihr Körper widersprach jeder Logik, verletzte alle Regeln, die zu ihrer Sicherheit aufgestellt worden waren. In diesem Moment *wollte* sie ihn, in jedem Sinne des Wortes, mehr als sie je etwas in ihrem Leben gewollt hatte. Es bestand keine wirkliche Gefahr, irgendwie bezweifelte sie, dass er sie auf die feuchte Erde unter den Orangenbäumen ziehen und sie dort leidenschaftlich lieben würde, selbst wenn sie ihn anflehte. Doch die Erkenntnis, dass sie mehr wollte, dass es ihr nicht einmal reichte, ihn *zu küssen*, war ein ausgesprochen ernüchternder Gedanke.

Sie sahen sich an, außer sich und derangiert wie nach einem Kampf, dann durchbrach Thomas die Spannung, indem er leise lachte. Er wischte sich übers Gesicht, nahm sie dann bei der Hand und führte sie wortlos zurück zur Bank. Sie saßen nebeneinander, beide noch ein wenig außer Atem, und schwiegen einen Moment lang, während sie über ihre Sünden nachdachten.

»Georgiana«, sagte er leise, »lass mich … Lass mich versuchen, diese eine Sache richtig zu machen. Ich mag dich. Offensichtlich. Ich hätte nicht … Jedenfalls möchte ich nicht, dass du denkst, das bedeute mir nichts. Und ich will nicht, dass du durch mein Verhalten entehrt wirst. Ich werde mit deiner Tante und deinem Onkel sprechen. Ich werde deinen Eltern schreiben …«

»Du wirst – was? Du musst mir keinen Heiratsantrag machen, weil du *Mitleid* mit mir hast«, sagte Georgiana entsetzt. »Oder aus irgendeinem Gefühl des – ich weiß nicht – des Anstands heraus. Du musst nicht vor jedem Mädchen auf die Knie gehen, das dir gesteht, dass es dich mag, oder … Es ist niemand hier, Thomas. Keiner hat uns gesehen. Ich betrachte meine Ehre als völlig unversehrt.«

Noch während sie es aussprach, hatte sie das Gefühl, sich selbst zu betrügen. Sie glaubte nicht, dass er ihr etwas schuldete, aber das bedeutete nicht, dass sie sich nicht trotzdem danach sehnte.

»Du denkst, ich hätte *Mitleid* mit dir? Bei allem, was ich empfinde, ist das … Gott, das hast du völlig falsch verstanden.« Er stützte den Kopf in die Hände, und Georgiana sah ihn mitleidig an und wartete. »Die Wahrheit ist, dass ich fasziniert von dir war und, ehrlich gesagt, auch ein wenig *Angst* vor dir hatte. Du sagst einfach, was du denkst, egal, ob du betrunken oder nüchtern bist, und du scheinst die gleiche Ehrlichkeit von allen anderen zu verlangen. Und du hast *mich* dazu gebracht, das ebenfalls zu wollen. Ehrlich zu sein. Offen zu dir zu sein, auch wenn es mir Angst macht. Ich liebe … Ich liebe es, in deiner Nähe zu sein, aber dann ist da immer…«

Er setzte sich auf und sah sie an, und sie war erstaunt zu sehen, dass er wirklich verärgert aussah.

»Dann ist da immer was?«, fragte Georgiana äußerst beklommen.

Es folgte eine Pause. Thomas sah sich um, als wüsste er nicht, wo er anfangen sollte, dann biss er sich auf die Lippe und versuchte es.

»Du weißt, wenn … Wenn mein Bruder Edward noch leben würde, hätte ihn keine Macht der Welt von diesem Ball fernhalten können. Als Kinder standen wir uns sehr nahe. Er hat mir nie verziehen, dass ich der Ältere war, er schien es als persönliche Kränkung zu empfinden. Ich glaube, er dachte tatsächlich, dass er die drei Jahre und den Rückstand aufholen könnte, wenn er sich nur genug anstrengte. Alles, was ich tat, musste er auch tun. Manchmal versuchte er, vorherzusehen, was ich seiner *Meinung nach* tun würde, nur damit er es zuerst tun konnte.« Er lächelte, obwohl es ihn zu quälen schien.

»Er muss dich sehr geliebt haben«, sagte Georgiana sanft. Zu ihrem Entsetzen sah sie, wie er schwer schluckte, als wollte er Tränen hinunterschlucken.

»Ich glaube, das hat er. Ich habe ihn jedenfalls sehr geliebt. Es ist komisch – das habe ich ihm eigentlich nie gesagt. Ich dachte, ich wüsste, was es heißt, ein Mann zu sein – ein Bruder, ein Sohn –, aber jetzt glaube ich, dass ich das völlig falsch verstanden habe.«

»Ich bin mir sicher, dass das nicht stimmt«, sagte Georgiana.

»Das sagst du nur, weil du es nicht *weißt*«, sagte er und schüttelte den Kopf. »Edward war siebzehn, als er gestorben ist, Georgiana. Ich weiß nicht, welche Gerüchte du gehört hast – welche Geschichten die Leute über uns erzählen, um die Lücken zu füllen, aber das ist die Wahrheit: Er hat sich zu Tode getrunken. Eines Abends ging er auf einen Ball, und das war sein Ende. Er schaffte es noch nach Hause, Gott weiß, wie, aber dann …« Thomas' Stimme brach, und er brauchte eine Sekunde, um sich zu sammeln. »Er starb allein in seinem Schlafzimmer, während ich am anderen Ende des Flurs schlief. Eine dumme Sache – ihm wurde schlecht, und er schlief auf dem Rücken. Jeden Tag denke ich … Ich denke daran, wie allein er war, wie er erstickt ist, vielleicht einen Moment lang Angst hatte und dann einfach – tot war. Jeden Tag denke ich daran, wie es anders hätte sein können. Was ich hätte tun müssen, um es zu verhindern.«

Georgiana fing an zu weinen. »Aber … Aber es war nicht deine Schuld.«

»Wenn irgendjemand Schuld hat, dann ich. Ich meine, ich hätte dort sein sollen. Ich weiß nicht einmal mehr, warum ich nicht zu diesem Ball gegangen bin, Kopfschmerzen oder so etwas … Na ja, das spielt keine Rolle.

Ich war sein Bruder und hätte bei ihm sein sollen, aber ich war nicht da. Aber es geht um *mehr* als das. Überall, wo er hinging, alle Entscheidungen, die er traf – er folgte nur meinem Beispiel. Damals trieben Jeremiah und ich die Dinge immer zu weit, segelten immer zu hart am Wind, und Edward versuchte nur, mitzuhalten. Er wollte beweisen, dass er genauso ein Mann sein konnte wie ich. Und jetzt ist er tot, weil ich viel zu spät gemerkt habe, dass ich überhaupt kein Mann bin.«

»Thomas«, sagte Georgiana hilflos und drückte eine Hand auf seine Schulter. »Nein. Es war ein Unfall. Ein *schrecklicher* Unfall, aber dennoch ein Unfall.«

»Wenn ich anders gehandelt hätte, wäre er vielleicht noch hier. Meine Mutter auch. Ich weiß nicht, ob es wirklich möglich ist, an Liebeskummer zu sterben, aber ich glaube, sie ist daran gestorben. Vorher war sie so voller Freude, so voller Leben. Sie war diejenige, die dafür sorgte, dass alles lief, das Geschäft *und* unsere Familie – aber den Verlust meines Bruders hat sie nicht verkraftet. Die Familie war alles für sie, und sie hatte schon so viel verloren, als sie hierherkam und das meiste zurückließ. Nachdem Edward gestorben war, konnte sie weder essen noch sprechen. Mein Vater tat alles, um sie am Leben zu erhalten, um sie hier zu halten, aber es war nicht genug – und als sie weg war, war er völlig hilflos. Wir … Wir haben *alles* verloren, und das nur, weil ich dachte, dass es das sei«, er machte eine ausladende Geste und deutete auf den Ball, »was wirklich zählt.«

»Das glaube ich nicht«, sagte Georgiana heftig. »Nein, Thomas. Du musst wissen, dass es keine Version gibt, in der du alles hättest richtig machen können und alles gut wäre. Es gibt nur diese eine. Wenn es nicht auf diese Weise geschehen wäre, hätte es einfach die nächste Nacht sein können. Der nächste Ball. Du hättest ihm vielleicht gesagt, er sollte sich ändern, und er hätte vielleicht genau das Gegenteil getan, weil er jung und eigensinnig war. Das kannst du nicht wissen, und du kannst nichts daran ändern, wenn du dir jetzt … Wenn du dir nur genug Vorwürfe machst.«

Er schloss fest die Augen, als sich endlich die Tränen lösten, und hob dann eine Hand, um sie wegzuwischen. Sie schwiegen eine Weile; die einzigen Geräusche waren das leise Tropfen des Kondenswassers vom Glasdach und die fernen Laute der Feiernden.

»Es tut mir leid«, sagte er schließlich, »dass ich dich mit all dem belaste. Ich weiß nicht einmal, warum ich dir das erzähle, wir haben nie wirklich … Ich spreche nicht darüber. Jeremiah war in den schlimmsten Zeiten bei mir, aber wir reden nicht darüber, und ich glaube, er hat erwartet, dass ich bald wieder mein altes Ich sein würde. Ich glaube, er ist enttäuscht, dass ich mich verändert habe. Er hat sich auch verändert, oder vielleicht … Vielleicht habe ich ihn vorher nur nicht richtig gesehen. Diese Bälle, diese Szene – ich finde nichts mehr daran. Und doch bin ich hier und klammere mich an mein altes Leben, versuche, mich daran zu erinnern, wie es war …« Er brach ab, und Georgiana drückte verständnisvoll seine Schulter. »Gott. Es tut mir so leid. Du musst mich für verrückt halten.«

»Du musst aufhören, dich zu entschuldigen«, sagte Georgiana sanft durch ihre Tränen und lächelte ihn verhalten an. Er versuchte, das Lächeln zu erwidern, und als ihm das nicht gelang, nahm sie sein Gesicht in ihre Hände. »Thomas, ich habe dich nicht eine Sekunde lang für verrückt gehalten. Du trauerst um das, was du verloren hast. Und ganz gleich, was du selbst glaubst, mich konntest du nicht davon überzeugen, dass du nicht gut bist. Ein guter Bruder. Ein guter Sohn. Ein guter Mann.«

Sie strich ihm das Haar aus dem Gesicht und küsste ihn sanft auf die Stirn. Er lehnte sich an sie, und sie spürte, wie seine Schultern vor dem Kummer bebten, den er viel zu lange zurückgehalten hatte. Als er von ihr abrückte, waren seine Wimpern tränennass. Er öffnete den Mund, um erneut zu sprechen – wurde aber von einem erschütternden Knall unterbrochen, der von irgendwo außerhalb der Orangerie kam. Sie sprangen auf und sahen verschwommen durch die Glasscheibe, wie Lichtblitze am Nachthimmel explodierten.

Jemand zündete auf dem Rasen Feuerwerkskörper.

Thomas schüttelte verwirrt den Kopf, dann lachten beide unter Tränen.

»Ich habe das auch so gemeint, was ich vorhin gesagt habe«, beteuerte Georgiana, als es eine kurze Pause beim Feuerwerk gab, und wischte sich die Augen. »Dass du nicht … Du bist mir gegenüber zu nichts verpflichtet. Aber ehrlicherweise kann ich nicht so tun, als würde ich es nicht wollen. Ich will dich. Ich meine, *zweifellos,* denn man kann sich darauf verlassen, dass ich dich, sobald ich in deiner Nähe bin, in einem Keller oder in einem Gewächshaus belästige.«

»Das kann ich dir kaum verdenken«, sagte Thomas und lächelte schwach. »Es gibt natürlich nichts Attraktiveres als einen Gentleman … Einen Gentleman, der dich küsst und dich dann in einem fremden Garten vollweint.«

Er wollte offensichtlich jovial klingen, aber sie wusste, dass er sich schämte. Sie schüttelte den Kopf über ihn und lächelte liebevoll. »Du hast völlig recht«, sagte sie und verschränkte ihre Finger mit seinen. »Nichts beschwingt eine Dame so wie nächtliches Weinen.«

Er lachte, dann führte er ihre Hand zum Mund und küsste sie.

»Ich bin mir nicht sicher, ob man das so nennen kann. Höchstens abendliches Weinen – es ist kaum elf.«

»Oh.« Georgiana hatte gar nicht bemerkt, wie die Zeit vergangen war. Um ehrlich zu sein, hatte sie vorübergehend sogar vergessen, dass sie überhaupt auf einem Ball waren. »Elf? Ich nehme an … Ich nehme an, ich sollte zu meinen Freunden zurückgehen.«

Plötzlich musste sie an Frances denken, die mit zusammengebissenen Zähnen und hochgezogenen Schultern auf eine Katastrophe zusteuerte. Jetzt, da sie wusste, dass Thomas nicht wütend auf sie war, fiel es ihr viel leichter, zu verzeihen, und sie hatte leichte Schuldgefühle ihrer Freundin gegenüber. So furchtbar sie auch gewesen war, heute Nacht sollte Frances nicht allein sein.

Sie bemerkte, dass Thomas kaum merklich das Gesicht verzog.

»Du musst nicht mitkommen«, sagte Georgiana schnell, und er schien sofort erleichtert. »Ich werde dich danach wiederfinden.«

»In Ordnung«, sagte Thomas, räusperte sich, stand auf und reichte ihr die Hand, um ihr aufzuhelfen. »Such deine Freunde. Ich kehre auf den Ball zurück und werde die Stimmungskanone sein – jeden Tanz anführen und Geschichten erzählen.«

»Nein, das wirst du nicht«, sagte Georgiana.

»Nein, das werde ich nicht«, stimmte Thomas zu, als sie sich auf den Weg zum Ausgang machten. »Aber ich denke, ich könnte uns beiden etwas zu trinken besorgen.«

Kapitel dreiundzwanzig

Der Ball schien Georgianas Freunde verschluckt zu haben. Als wäre er ein lebendiges Wesen, drang er in jeden Winkel des Hauses vor, wurde in manchen Teilen zu einem Murmeln und wuchs dann plötzlich wieder zu einem Crescendo an, ohne dass Georgiana den Auslöser dafür erkennen konnte. Im Gedränge des Ballsaals stieß eine als scharlachroter Vogel verkleidete Frau Georgiana heftig in die Seite, küsste sie dann mit ihrem falschen Schnabel auf die Wange, um sich zu entschuldigen, und eilte zu den Tanzenden. Einige von Christophers halb nackten Freunden hatten einen der Wasserbrunnen mit Wein gefüllt und tranken daraus wie durstige Welpen. Die Korridore waren voller kichernder Paare und hysterisch kreischender Menschen, die nach Türklinken tasteten und in Räumen verschwanden, die Georgiana nicht zu betreten wagte.

Nachdem sie im Haus niemandem begegnete, den sie kannte, ging sie wieder nach draußen und fragte sich einen Moment lang, ob sie halluzinierte. Traten da wirklich Leute in voller Militärmontur – bewaffnet und mit allem Drum und Dran – auf dem Rasen gegeneinander an? Eine Zuschauermenge hatte sich versammelt, und als ein Horn ertönte, stürmten die beiden Reihen mit lautem

Geschrei und erhobenen Schwertern aufeinander zu. Sie sah ein Mädchen, das als Eichel kostümiert zu sein schien, allein am Rande der Zuschauermenge und gesellte sich zu ihr, um sie zu fragen, was hier vor sich ging.

»Oh – sie kämpfen um die Gunst von Lord Haverton«, antwortete sie, als ob dies offensichtlich sein sollte.

Tatsächlich saß der Mann selbst in einer Sänfte und sah mit gelangweilter Miene zu, während das Geräusch von aufeinanderprallenden Schwertern durch die Nacht hallte.

»Sie werden sich doch nicht gegenseitig umbringen, oder?«, fragte Georgiana und zuckte zusammen, als ein Schwert so nah am Gesicht eines Gentlemans vorbeisauste, dass es ihm ein wenig von seinem Barthaar abschnitt. Offensichtlich waren die Schwerter nicht stumpf.

»Ach? Wahrscheinlich nicht«, lautete die recht beunruhigende Antwort des Mädchens.

»Haben Sie Frances Campbell gesehen – kennen Sie sie?«, fragte Georgiana laut über die Schlachtrufe der Betrunkenen hinweg, aber das Mädchen zuckte nur mit den Schultern.

»Miss Campbell?«, fragte ein anderes Mädchen und sah sich um. »Die habe ich gerade mit einem blonden Dandy im Skulpturengarten gesehen. Sie hat mich gebeten, zu gehen. Sie war sogar ziemlich unhöflich.«

Das klang ganz nach Frances. Georgiana bedankte sich bei ihr und ging. Sie war nicht erpicht darauf, zu sehen, wie die Kämpfenden sich schreckliche Verletzungen zuzogen, was unvermeidlich schien. Sie hatte keine Ahnung, wo sich der Skulpturengarten befand, und folgte auf gut Glück einem Weg, der um das Haus herumführte, bis sie sich in einem extravaganten fremdartigen Hain wiederfand. Griechische Statuen ragten auf weißen Marmorsockeln über ihr auf, und die zahlreichen Formschnitte waren zu seltsam kugelförmigen Objekten gestutzt. Als sie gerade eines näher betrachtete, um herauszufinden, was es wohl darstellen sollte, vernahm sie Unruhe vor sich.

Als sie näher kam, hörte sie durch das Gebüsch eine zittrige Stimme, die ihr vage bekannt vorkam. Als sie lauter wurde, bemerkte sie, dass es Frances war. Georgiana hatte sie zuerst nicht erkannt, weil sie schnell, fast manisch sprach. Georgiana hatte sofort den Eindruck, dass sie Zeugin einer sehr persönlichen Szene wurde. Sie duckte sich hinter einen besonders üppigen Formschnitt und sah, dass Frances mit Jeremiah Russell sprach. Er lehnte sich mit gewohnter Leichtigkeit auf einer Bank zurück, während er zuhörte, doch Georgiana konnte selbst aus der Ferne erkennen, dass er unablässig ungeduldig mit den Fingern auf den Stein trommelte.

Frances versuchte gar nicht erst, gelassen zu wirken. Sie stand vor ihm und gestikulierte beim Sprechen wild mit den Armen. Georgiana fühlte sich an die Illustrationen von Gerichtssälen erinnert, auf denen Verteidiger engagiert ihren Fall vortrugen, während die Geschworenen teilnahmslos zusahen. Sie wusste, dass sie gehen sollte, aber wie Jeremiah sich von Frances abwandte und ihren Blick mied, dazu ihr verzweifelter Tonfall – all das ließ sie Schlimmes ahnen, und sie beschloss, zu bleiben.

»Ich bin nicht dumm, Jeremiah«, sagte Frances jetzt etwas sanfter, als sei sie um Verständnis bemüht. »Ich weiß, dass du mir aus dem Weg gehst. Nur … Was auch immer es ist, wir können darüber reden. Vielleicht war das alles zu früh, vielleicht … sollten wir einander umwerben. Lass uns die Dinge richtig angehen. Warum nicht? Wir können unter Aufsicht zu Abend essen, ich kann … Ich kann Zeit mit deinen Eltern verbringen.«

Jeremiah seufzte und rieb sich die Schläfe.

»Was *willst* du eigentlich? Ich dachte, wir hätten uns verstanden«, fuhr Frances fort, die sich sichtlich bemühte, ihre Gefühle zu beherrschen, ein Zittern in ihrer Stimme aber nicht verbergen konnte.

Nach einer gefühlten Ewigkeit antwortete Jeremiah endlich.

»Bitte mach nicht mehr daraus, als es ist, Frances«, sagte er.

Georgiana atmete scharf ein, und Frances schien genau das Gleiche getan zu haben.

»Mehr als …? Wir waren doch beide dabei, Jeremiah. Habe ich das geträumt? Wir waren in diesem verdammten Cottage, und du hast gesagt … Du hast gesagt, du könntest nicht warten, du könntest nicht warten, bis wir verheiratet sind. Was hätte *mehr* sein können als das? Wie könnte ich – wie kann es weniger bedeuten?«

Jeremiah schien sich sichtlich unwohl zu fühlen. »Es tut mir leid, wenn du das Gefühl hast, dass ich dir unrecht getan habe, Frances. Aber … komm schon. Jedes Mal, wenn ich mich umgedreht habe, warst du da. Du hast dicht neben mir gesessen, hast aus meinem Glas getrunken und bist praktisch bei jeder Gelegenheit auf mich geklettert. Ich glaube, wir wussten beide, wohin das führen würde. Diese Nacht, das war einfach die … die natürliche Folge.«

»Die *natürliche Folge?*«, zischte Frances, und Georgiana konnte die Wut richtiggehend sehen, die von ihr abstrahlte. »Die natürliche Folge, wenn man von Heirat spricht, wenn man *Versprechungen* macht? Die natürliche Folge ist eine *Hochzeit,* Jeremiah.«

»Du bist betrunken, Frances. Du bist nicht bei Verstand – und das ist *immer* so mit dir. Denkst du, ich will, dass du Zeit mit meinen *Eltern* verbringst? Bist du *verrückt* geworden? O ja, Vater, bitte lerne meine Verlobte kennen, sie war auf Laudanum und auf Opium und weiß Gott was noch …«

»*Von dir!* Woher bekomme ich denn die Hälfte von dem Zeug, Jeremiah …?«

»Ja, aber wir trinken, wir rauchen – wir tun es, um *Spaß* zu haben. Wir wissen, wann wir aufhören müssen. Wir sind nicht alle so verzweifelt, der Realität zu entfliehen wie du, Frances. Du hast völlig die Kontrolle verloren. Ich weiß, was du Annabelle angetan hast, ich weiß, dass du Jagd auf sie gemacht und ihren Vater gefunden hast – welches Recht hattest du dazu? Wenn du wirklich heiraten willst, wenn du einen guten Partner finden willst, musst du zur Ruhe kommen und aufhören, dich wie ein beleidigtes Kind zu benehmen. Unter diesen Umständen kann ich es deinem Vater nicht verübeln …«

»Fick dich«, sagte Frances, und ihre Stimme drang klar und deutlich durch die Nacht. Sie schien eine dröhnende Stille zu hinterlassen.

»Na, bitte. Das unterstreicht nur, was ich sage. Mein Vater hat mich gewiss gewarnt, dass so etwas passieren würde – er hat mir gesagt, ich solle mir ein nettes normales Mädchen suchen …«

»Ich *bin* ein nettes Mädchen«, sagte Frances, schien jedoch jeden Kampfgeist verloren zu haben.

»Ach, komm schon, Frances. Du bist nicht *nett,* und das weißt du auch. Gott, man kann nicht mit dir reden, wenn du so bist.« Jeremiah schüttelte den Kopf und stand auf. »Es tut mir wirklich leid, Franny. Es war einfach nicht … Für mich war es einfach nicht so.«

Ein Schrei ertönte in der Nähe, und Georgiana zuckte vor Schreck zusammen. Zwei von Jeremiahs Freunden schlugen sich durch das Gebüsch und riefen ihm einen Gruß zu. Georgiana biss sich auf die Lippe, ihr Blick war auf Frances gerichtet. Sie zitterte, ließ sich aber nicht unterkriegen. Unglaublich, dass sie nicht weinte.

»Jeremiah«, sagte sie leise. »Bitte.«

»Oh, *bitte,* Jeremiah«, äffte sie einer seiner Freunde in einem grausamen Falsett nach.

Georgiana erwartete, dass Jeremiah ihn zumindest zurechtweisen – sich entschuldigen, irgendetwas anderes tun würde, als Frances unendlich gedemütigt dastehen zu lassen, während sie über sie grinsten –, aber das tat er nicht. Er *lachte.* Er lachte, und dann stand er träge auf und ging weg.

Er drehte sich nicht noch einmal um.

Daraufhin brach Frances auf der Bank zusammen, die er verlassen hatte, als wäre sie erschossen worden.

Georgiana verdrängte den Umstand, dass ihr plötzliches Erscheinen etwas peinlich war, eilte an ihre Seite und griff nach ihrem Arm.

»Frances, geht es dir gut? Ich habe ihn gehen sehen, ich habe ihn gehört …«

Frances' Miene brachte sie zum Schweigen. Anstatt verzweifelt sah sie empört aus, als hätte *Georgiana* sie beleidigt.

»Behalte deine Hände bei dir«, sagte sie kühl, und Georgiana erstarrte, eine Hand albern über Frances' Schulter schwebend.

»Ach, komm schon, Frances, du kannst doch nicht …«

»Nein.« Frances stand auf und schlang beide Arme um sich, als ob sie frieren würde. »Ich brauche deine Hilfe nicht.«

Georgiana starrte sie an. »Warum bist du böse auf *mich*?«

»Tu nicht so unschuldig«, stieß Frances hervor. Auf einem ihrer elfenbeinfarbenen Handschuhe befand sich ein großer Rotweinfleck, und Georgiana musterte ihn, als Frances den Arm hob und auf sie zeigte. »Ständig tust du, als wärst du so gut, so eine tolle Freundin. Wenn ich dich aber vor irgendeinem zweitklassigen Mann, der dir gefällt, in Verlegenheit bringe, bin ich plötzlich Luft für dich.«

»Moment mal«, sagte Georgiana und spürte, wie ihr heiß wurde, »warte. So war das nicht, Frances. Du warst gemein zu Thomas. Er hat nur versucht, zu helfen, und du warst …«

»*Ich* war gemein?«, entgegnete Frances und versuchte, weiter ruhig zu sprechen, bebte jedoch von der Anstrengung. »Ich bin zu dir gekommen, weil ich … *Gott,* ich dachte, du verstehst mich! Ich dachte, du wärst anders. Ich habe am nächsten Tag auf dich gewartet, Georgiana. Du hast gesagt, du würdest mich besuchen, und ich habe dir geglaubt. Und als du dann nicht gekommen bist und nicht geschrieben hast, habe ich nicht verstanden, warum.«

»Ich habe dir gerade gesagt, warum. Ich habe auf eine Entschuldigung gewartet, Frances, ich habe darauf gewartet …«

»Nein«, sagte Frances und schüttelte mit einem grimmigen Lächeln den Kopf, als ob nichts, was Georgiana jetzt sagen könnte, ihre Meinung ändern würde. »Das ist nicht wahr. Als ich dich bei Cecily gesehen habe, habe ich es begriffen. Du willst nicht meine Freundin sein. Du willst dich wichtig fühlen. Du willst zu netten Bällen eingeladen werden und den besten Wein trinken. Die Leute sollen auf dich zeigen und sagen: Schau, da ist *Georgiana Ellers,* ist sie nicht etwas Besonderes? Du wolltest meine Freunde, meine Position, meinen Einfluss. Nun, ich hoffe, es ist alles, was du wolltest, *George.* Hoffentlich bist du jetzt glücklich.«

»Du irrst dich«, sagte Georgiana und hörte, wie erbärmlich ihre Erwiderung klang. »Das stimmt nicht …«

»O Gott sei Dank, da seid ihr ja.« Plötzlich stolperte Jonathan durchs Gebüsch zu ihnen, und ein paar Sekunden später folgten ihm Jane und Cecily. Wenn er die Spannung spürte, hatte er offensichtlich beschlossen, sie zu ignorieren. »Ich dachte schon, die Franzosen hätten dich geschnappt. Kommt schon, hört auf, im Garten herumzulungern – gehen wir auf den Ball.«

»Ja«, sagte Frances und blickte Georgiana fest an. »Gehen wir.«

»Oh, oh«, sagte Jonathan eine halbe Stunde später, als er von seinem Glas mit purem Gin aufschaute, das er unsicher auf dem Rand von einem von Lord Havertons Zierbrunnen balancierte. Er deutete auf die andere Seite des Ballsaals. »Naturkatastrophe im Anmarsch.«

»O *Gott*«, sagte Jane sofort und verdrehte die Augen. »Sieh … einfach nicht hin, dann sieht sie uns vielleicht nicht.«

Frances, die seit dem Vorfall im Garten beunruhigend still gewesen war, schnaubte in ihr Getränk.

Es war zu spät. Betty Walters kam mit rotem Gesicht und ein paar herabhängenden Blumen im Haar entschlossen auf sie zu.

»Georgiana?«, sagte sie. »Miss – Miss Ellers?«

Georgiana verzog das Gesicht und tauschte einen gequälten Blick mit Jonathan, dann setzte sie eine neutrale Miene auf und wandte sich Betty zu.

»Kann ich Ihnen helfen, Betty?« Es klang weniger herzlich als beabsichtigt, der Gin verlieh ihrer Stimme eine gewisse Schärfe, und Georgiana hörte, wie Jonathan hinter ihr ein Lachen unterdrückte.

»Nun, es ist nur – wir waren verabredet«, sagte Betty und wurde noch roter.

Georgiana spürte, wie ihr mulmig wurde. Das hatte sie vergessen, das hatte sie vollkommen vergessen.

»Wir hatten gesagt, wir treffen uns vor dem Eingang, wissen Sie, und ich dachte – nun, ich war wie verabredet um neun Uhr da und habe gewartet. Ich dachte, vielleicht sind Sie aufgehalten worden oder Sie haben etwas vergessen und mussten zurück, und ich wollte nicht weggehen, falls Sie kommen. Also habe ich gewartet, eine Stunde oder – vielleicht waren es zwei Stunden –, aber schließlich dachte ich, vielleicht kommen Sie nicht. Also ging ich hinein, um zu sehen, ob ich Sie irgendwie verpasst habe, und habe einige sehr interessante Leute getroffen, aber Sie waren nicht dabei. Ich dachte, Sie wären vielleicht am falschen Eingang hereingekommen oder würden woanders auf mich warten oder …«

»Betty«, sagte Georgiana und versuchte, die Wogen zu glätten. Sie wusste, dass sie sich bei Betty entschuldigen musste, aber dazu fühlte sie sich nicht in der Lage, solange sie hören konnte, wie Jane unverhohlen neben ihr lachte. Zu ihrem Entsetzen schien Betty den Tränen nahe zu sein.

»Ich dachte nur – wir waren uns einig, dass wir zusammen hineingehen, das haben Sie in Ihrem Brief geschrieben, und da dachte ich, es muss ein Missverständnis gewesen sein. Es ist doch ein Missverständnis, nicht wahr? Denn ich dachte, wir hatten eine so schöne Zeit, als ich zum Tee bei Ihnen war, wir hatten so viel Spaß …«

Ein unangenehmes Gefühl stieg in Georgianas Kehle auf. Je mehr Betty sprach, desto heißer wurde ihr und desto mehr schämte sie sich. Sie spürte, wie sich die Blicke ihrer Freunde in ihren Hinterkopf brannten, wie sie sich anstießen und lachten und wahrscheinlich gerade den Respekt vor ihr verloren. Der Gin, den sie großzügig genossen hatte, weil es ihr so unangenehm war, neben Frances zu stehen, als ob nichts gewesen wäre, schien sie von innen heraus zu vergiften.

Unglaublich, aber Betty redete *immer noch* weiter.

»Ich wollte Sie zu uns nach Hause einladen, Grandmama sagte, ich solle Sie einladen. Sie sagte, es sei nur höflich, nachdem wir bei Ihnen waren, und dass, wenn Sie meine besondere Begleiterin sein sollten …«

»*Betty*«, sagte Georgiana mit so viel Nachdruck, dass Betty schließlich innehielt. »Werden Sie niemals müde, sich selbst beim Reden zuzuhören?«

Betty sah einen Moment lang so aus, als ob sie sich sehr bemühte, diesen Satz wohlwollend aufzufassen, als sei sie nicht beleidigt worden. Als ihr das nicht gelang, schien ihr Gesicht in sich zusammenzufallen.

»Ich dachte … Ich dachte, wir wären Freundinnen«, sagte sie leise.

Georgianas Mund fühlte sich sehr trocken an. Sie hob schwach eine Hand, als wollte sie nach Betty greifen und sich entschuldigen, konnte sie aber nicht weiterbewegen.

Betty warf noch einen letzten Blick auf die Gesichter hinter Georgiana und ergriff dann unter Tränen die Flucht.

»Oje«, sagte Jonathan, als Georgiana sich wieder zu ihm umdrehte, und klang nicht im Geringsten bedauernd. »Ich glaube, du hast ihr armes Herz gebrochen, George.«

»Gott, irgendetwas an ihr geht mir gehörig auf die Nerven«, sagte Jane.

Frances lachte humorlos, aber Cecily runzelte die Stirn.

»Ach, sie tut mir leid«, sagte sie und schüttelte langsam den Kopf. »Sie kann nichts dafür, dass sie so lächerlich ist. Und es ist schließlich ein Ball. Niemand sollte auf einem Ball weinen.«

»Unsinn«, sagte Jonathan. »Einer der Hauptzwecke eines Balls besteht darin, dass die Leute am Rande des Balls weinen.«

Cecily wirkte immer noch ziemlich enttäuscht.

»Ich denke, wir sollten ihr ein Friedensangebot machen«, sagte Frances plötzlich. Georgiana warf ihr einen verwirrten Blick zu, aber sie schien es ernst zu meinen. »Im Sinne des Balls.«

»Oh, bitte«, sagte Cecily. »Sonst verdirbt mir das Bild dieses traurigen kleinen Gesichts den Abend.«

»Wir sollten ihr einen Drink anbieten«, sagte Frances und hob ein Glas mit Gin hoch.

»Das mach ich«, sagte Georgiana schnell und nahm es ihr ab, wobei sie etwas Schwierigkeiten mit der Koordination hatte. »Ich bin diejenige, die sie verärgert hat. Ich regle das.«

»Du bist ein Schatz«, sagte Cecily und klopfte ihr auf die Schulter, als sie sich auf den Weg machte.

In dem Raum war es viel zu laut, zu hell, zu heiß. Georgiana stieß unterwegs mindestens gegen zwanzig Leute, aber das schien belanglos zu sein, als ob alle Fremden Teil des Mobiliars geworden wären und sie sich nicht zu entschuldigen brauchte, wenn sie gegen jemanden stolperte. Sie hielt inne und schüttelte langsam den Kopf, um klar denken zu können, was nur dazu führte, dass sich weitere Strähnen aus ihrer Frisur lösten, die ohnehin in desolatem Zustand war. Sie fragte sich, wie das Laken, ehemals bekannt als ihr Kleid, jetzt wohl aussah. Wenn es noch alles Entscheidende bedeckte, wäre das, ehrlich gesagt, ein Wunder.

Sie entdeckte Miss Walters draußen, wo sie auf einer Bank saß und niedergeschlagen einen Rosenstrauch betrachtete.

»Da bist du ja«, sagte Georgiana, und Betty sah sie aus geröteten, verweinten Augen an. »Betty, hör zu, ich habe viel, viel zu viel Gin getrunken, um in der Weise vor dir zu Kreuze zu kriechen, wie du es eigentlich verdienst, aber …

Hier, bitte, nimm ein Getränk. Von mir. Nun, eigentlich von uns allen.«

Es war ein schwacher Entschuldigungsversuch, aber Betty ließ sich leicht beschwichtigen und nahm ihr das Glas ab.

»Ich bin sicher … Ich bin sicher, dass du nicht so grausam sein wolltest«, sagte sie mit zittriger Stimme.

Georgiana fühlte sich schuldig. Sie wusste, dass sie ein so wohlwollendes Urteil nicht verdient hatte, aber von Betty hätte sie nichts anderes erwarten dürfen. Sie war nicht in der Lage, etwas anderes als freundlich und nachsichtig zu sein.

»Und, na ja, ich trinke normalerweise nicht mehr als ein paar Finger breit Wein, Grandmama sagt, das reicht, damit ein Abend läuft. Aber wenn man in Rom ist, nehme ich an …« Sie probierte einen Schluck Gin und verzog angewidert das Gesicht, sobald er auf ihre Zunge traf. »Das ist, oh, das ist ja fürchterlich!«

»Ja, nicht wahr? Man gewöhnt sich daran«, sagte Georgiana und fragte sich, ob sie sich vielleicht schon etwas zu sehr daran gewöhnt hatte.

Betty nahm tapfer einen großen Schluck, stellte dann das Glas ab, schniefte und wischte sich mit den behandschuhten Händen über die feuchten Augen.

»Du hast mich vergessen, oder? Das ist in Ordnung, du kannst es mir sagen, das passiert mir nicht zum ersten Mal, ich habe mir gleich Gedanken gemacht, als du nicht da warst, denn natürlich erinnert man sich sofort an vergangene Enttäuschungen. Man lebt immer in Angst, sie könnten sich wiederholen …«

Sie stand auf und versuchte offensichtlich, sich zu sammeln, doch dann nahm ihr Gesicht einen äußerst seltsamen Ausdruck an.

»Betty?«, fragte Georgiana beunruhigt und beobachtete, wie Betty zu schwanken schien und sich dann abrupt wieder auf die Bank setzte. Sie war sehr blass geworden und hielt sich plötzlich beide Hände vor den Mund, als müsste sie sich gleich übergeben. Instinktiv wich Georgiana zurück.

»Was ist los?«, fragte sie.

»Ich fühle mich … Ich fühle mich sehr seltsam«, sagte Betty mit großen Augen.

»Oh. Bist du … äh … Bist du krank?«

»Nein, ich bin mir nicht sicher.« Sie versuchte, erneut aufzustehen, musste sich jedoch an der Bank festhalten, um sich in eine halbwegs aufrechte Position zu bringen. »Oh, Miss Ellers, mir ist so komisch zumute, ich glaube, ich sterbe gleich!«

Georgiana war selbst zu wackelig auf den Beinen, dennoch stand sic auf und hielt ihr einen Arm hin. Als Betty jedoch versuchte, sich auf ihn zu stützen, verlor Georgiana das Gleichgewicht, woraufhin Betty ziemlich spektakulär zu Boden stürzte. Einige Gäste in der Nähe schrien auf, andere eilten ihnen zu Hilfe.

»O Gott, Betty. Es tut mir so leid …«

Sie wurden von plötzlichem Gelächter unterbrochen, und Georgiana blickte auf und sah, dass Frances sie mit zusammengekniffenen Augen beobachtete.

»Sie trinken wohl nicht viel, Miss Walters?«, sagte sie.

Georgiana blickte von ihrer Freundin zu dem halb ausgetrunkenen Glas Gin neben ihnen. Frances hielt etwas Kleines, Dunkles in der Hand, und Georgiana wurde ganz mulmig, als sie die schreckliche Flasche mit *Christophers bestem Tropfen* erkannte.

»Was hast du getan?«, fragte Georgiana bestürzt, als Betty sich mühsam aufrappelte. »Es geht ihr nicht gut, ich denke wirklich, wir sollten …«

»Miss Walters?«

Georgiana erstarrte. Sie kannte die Stimme.

Sie drehte sich um und sah, dass Thomas mit zwei Gläsern Champagner in der Hand hinter ihr stand und stirnrunzelnd die Szene vor sich betrachtete.

Auch wenn sie es versucht hätte, hätte Georgiana sich keine schlimmere Situation vorstellen können.

Immer mehr Leute versammelten sich um sie, die sehen wollten, was los war. Betty schwankte und fiel fast in Ohnmacht, woraufhin Thomas den Champagner abstellte und zu ihr eilte, um sie aufzufangen, bevor sie erneut stürzte.

»Geht es Ihnen gut? Brauchen Sie einen Arzt? Was ist passiert?«

Besorgt sah er von Betty zu Georgiana und wunderte sich ganz offensichtlich über deren Untätigkeit.

»Oh, Mr Hawksley«, keuchte Betty, und Tränen liefen ihr über die Wangen. »Da war etwas in … in meinem Getränk … Ich dachte, es täte ihr wirklich leid. Ich dachte, sie wollte es wiedergutmachen, aber stattdessen hat sie … Sie hat mich *vergiftet.*«

»Wer hat Sie vergiftet?«, fragte Thomas eindringlich und legte seinen Arm um ihre Schulter.

Georgiana fühlte sich unwohl, als Betty mit zitternder

Hand auf sie zeigte. Sie hob die Hände und versuchte auf herzergreifende Weise, ihre Unschuld zu beteuern.

»*Georgiana?*«, sagte er in ungläubigem Ton.

»Oh, es war nur eine sehr *kleine* Vergiftung«, erklärte Frances herablassend. »Wir alle wissen, dass du nicht so leicht zu erledigen bist, Betty.«

Georgiana sah entsetzt zu Frances, als diese sich derart ungerührt äußerste, doch Frances lachte nur. Thomas starrte Georgiana mit größtem Entsetzen und Abscheu an, als hätte sie selbst seine geringsten Erwartungen enttäuscht.

»Sie sagte, wir würden uns treffen, damit ich nicht allein hineingehen müsste, und dann ließ sie mich dort stehen. Sie ließ mich einfach dort stehen, es war entsetzlich.« Betty schluchzte an Thomas' Schulter. »Und als ich sie schließlich fand, war sie so unhöflich zu mir, und ich dachte … Ich dachte, sie wäre meine *Freundin*.«

Georgiana versuchte, etwas zu ihrer Verteidigung zu sagen, schaffte es aber nur ein »Nein!« zu stammeln, dann wurde sie von zu Hilfe eilenden Gästen zur Seite gedrängt, die Betty ihre Kutschen anboten. Zwei von ihnen nahmen sie Thomas ab und stützten sie zwischen sich, um sie in Sicherheit zu bringen. Erst als sie schluchzend und gefolgt von einer kleinen Gruppe aus dem Haus getragen wurde, drehte sich Thomas um und sah Georgiana an.

»Was ist passiert?«, fragte er matt. Frances schnaubte.

»Lass uns allein, Frances«, murmelte Georgiana, und Frances legte eine Hand auf ihre Brust und tat beleidigt.

»Ich bleibe lieber und verfolge die Vorstellung, wenn es dir nichts ausmacht.«

»Miss Campbell, das geht Sie nichts an.« Thomas'

Stimme war rau vor Wut, und sein Ton duldete keinen Widerspruch.

»Hmmm … Ich fürchte, das stimmt nicht ganz, aber ich überlasse euch eurem Liebesgeplänkel.« Frances griff sich die beiden abgestellten Champagnergläser und sagte im Gehen. »Viel Glück, George.«

Georgianas Frisur befand sich in Auflösung, und das Laken war ihr von einer Schulter gerutscht, sodass ein Teil ihres Unterkleids zu sehen war. Ihre Lippen waren vom Wein befleckt, ihr Geist vom Gin benebelt, und ein unerträglicher Kopfschmerz begann, hinter ihrer linken Schläfe zu pochen.

Thomas hingegen wirkte völlig nüchtern – aufrecht und stolz in seinem Zorn. Ihm war lediglich eine Locke ins Gesicht gefallen, und trotz seines Gesichtsausdrucks wollte sie nichts lieber, als sie hinter sein Ohr zurückzustecken.

»Ich habe sie nicht vergiftet«, sagte sie, als sich in ihrem Kopf endlich die Worte formten und sie sie über die Lippen brachte.

»Was ist dann passiert?«

»Es ist nicht … Es ist kein Gift, Thomas. Nur etwas, das Frances genommen hat – und ich auch. Sie stirbt nicht. Sie wird wieder gesund.«

»Bitte verzeih«, sagte Thomas und drückte die Fingerspitzen an seine Stirn, als hätte er ebenso schreckliche Kopfschmerzen wie Georgiana. »Verstehe ich das richtig? Sagst du, dass du ihr tatsächlich etwas ins Getränk getan hast?«

Georgiana schien sich nicht gut auszudrücken, aber sie konnte dem Gespräch nur halb folgen. Am liebsten hätte sie sich auf die Terrasse gelegt und geschlafen oder wäre gestorben – je nachdem, was zuerst eintrat.

»Nein! Nein. Das war Frances. Frances hat es hineingetan und mir gesagt, ich solle ihr das Getränk bringen. Ich habe ihr nur das Glas gegeben, aber ich wusste nicht, dass da etwas drin war.«

»Es kam dir also gar nicht verdächtig vor, dass Frances Campbell wollte, dass du Betty Walters ein Getränk bringst aus … aus was? Aus reiner Freundlichkeit?«

»Nein!«, sagte Georgiana, aber er hatte recht. Wieso hatte sie es nicht durchschaut? »Du hörst mir nicht zu. Ich war das nicht. Es war Frances' Schuld, es war alles *Frances …*«

»Frances hat dich also gezwungen, Miss Walters zu versetzen und sie auf einem Ball allein auf dich warten zu lassen, auf dem sie so gut wie niemanden kannte? Frances hat dich mit einer Waffe bedroht und dich gezwungen, schreckliche Dinge zu Betty zu sagen, obwohl das arme Mädchen nichts anderes als nett zu dir war?«

Er sah nicht mehr wütend aus, sondern enttäuscht und verletzt, was unendlich viel schlimmer war.

»Nein«, sagte Georgiana verzweifelt. »Nein, aber wenn Frances nicht gewesen wäre …«

»Du kannst Frances nicht für alles Übel der Welt verantwortlich machen, Georgiana – und auch nicht für deins. Betty Walters ist äußerst aufgelöst und womöglich schwer gekränkt, weil sie verlassen und herabgesetzt wurde und … Und im Stich gelassen wurde von jemandem, den sie als ihre Freundin betrachtet hat. Und das war nicht Frances, Georgiana. Das warst du.«

Georgiana, der jetzt die Tränen über die Wangen liefen, versuchte, etwas zu sagen, hielt inne, öffnete erneut den Mund und stellte dann fest, dass sie nichts zu ihrer Verteidigung vorzubringen hatte.

Thomas schüttelte den Kopf und ließ sie dann ohne ein weiteres Wort stehen.

Kapitel vierundzwanzig

Georgiana konnte sich nicht vorstellen, dass irgendjemand auf der Welt noch bedauernswerter war als sie. Sie dachte vage daran, dass pestkranke Waisenkinder sich vielleicht annähernd so armselig fühlten – aber die waren wahrscheinlich noch nie auf einem Ball gewesen, und vielleicht war das auch besser so, wenn es sich um ein derart katastrophales Fest wie dieses handelte. Sie hörte, dass um sie herum überall fröhliche Stimmung herrschte, aber sie fühlte sich so elend, dass nichts ihre Laune heben konnte. Wenn überhaupt, ärgerte es sie nur noch mehr, dass andere die Nacht genossen, während sie im Laufe eines kurzen Abends fast alle verärgert hatte, die ihr lieb und teuer waren. Als sie wie ein betrunkenes Gespenst verloren durch das Haus stolperte, ließ sie ihren Tränen freien Lauf.

Sie wollte sofort aufbrechen, aber da war noch die Sache mit dem Transport. Sie war in Cecilys Kutsche hergekommen, aber bis jetzt war Cecily nirgends zu finden. Sie entdeckte viele helle goldblonde Köpfe unter den Tänzern, aber keiner davon gehörte ihrer Freundin. Sie spielte nicht mit den verdächtig aussehenden Männern und Frauen im Salon Karten. Sie befand sich nicht im Schlafzimmer des Pferdes. Sie schwamm nicht halb nackt im See oder belästigte die Schwäne, wie es einige Leute taten.

Fast wäre Georgiana über eine riesige Gestalt gestolpert, die im Gras neben der Terrasse lag. Doch als sie sich unter Tränen bei demjenigen entschuldigen wollte, stellte sie fest, dass es sich keineswegs um einen Betrunkenen, sondern um einen großen Hund handelte. Er schien sich nicht im Geringsten von dem Treiben um ihn herum stören zu lassen und schaute ruhig zu Georgiana auf, den Kopf auf den großen braunen Pfoten abgelegt. Sie sah sich nach einem Besitzer um, konnte aber niemanden entdecken. Vermutlich gehörte er zur Menagerie von Lord Haverton und war von Leuten, die einen Platz für ein Schäferstündchen suchten, aus seinem palastartigen Zwinger vertrieben worden.

»Guten Abend, Hund«, sagte sie, und weitere Tränen stiegen ihr in die Augen.

Sie setzte sich neben ihn und vergrub ihre Finger in seinem dicken muffigen Fell. Der Hund stieß einen kleinen zufriedenen Seufzer aus.

»Alles ist ganz schrecklich schiefgelaufen«, flüsterte sie ihm ins Ohr.

Der Hund verurteilte sie nicht, stand nicht auf und ging nicht weg. Er schien sie voll und ganz zu akzeptieren, auch wenn sie ganz offensichtlich eine schreckliche Person war. So genoss sie eine Weile seine ruhige Gesellschaft, streichelte ihn zum Dank, und er seufzte.

Als sie schließlich aufstand, um zu gehen, und der Hund ihr zum Abschied sanft die Hand leckte, kam ihr eine Eingebung: Sie hatte gesehen, wie Cecily vorhin den pferdebegeisterten James interessiert gemustert hatte, und die Orangerie leuchtete immer noch verlockend in der Ferne. Wenn sie einen etwas privateren Ort gesucht hatten, wäre das sicher ihr Ziel gewesen. Georgiana machte sich entschlossen auf den Weg durch den Garten und fluchte jedes Mal, wenn sie über ihr Laken stolperte, was ziemlich häufig vorkam.

Die Orangerie war riesig, und jenseits des Eingangs, wo sie und Thomas vorhin miteinander gesprochen hatten, führte ein Holzsteg durch die Bäume, der vermutlich auf der anderen Seite noch weiterging. Sie folgte ihm und stieß dabei gegen Äste und Blätter. Je weiter sie vordrang, desto intensiver wurde die Hitze, und der Geruch von Zitrusfrüchten war so überwältigend, dass Georgiana sich tatsächlich an einen tropischen Ort versetzt fühlte. Sie schob sich an einem ziemlich widerwärtigen Baum vorbei, der ihr fast den Weg abschnitt, und bog um eine Ecke, wo sich eine weitere kreisförmige Lichtung befand.

Sie war besetzt. Nicht von Cecily und James, sondern von Jeremiah Russell, der sich seiner Freunde entledigt zu haben schien und schlecht gelaunt vor sich hin qualmte – das Hemd halb aufgeknöpft, die Blätter, die sein Haar geschmückt hatten, waren im Laufe des Abends größtenteils verloren gegangen, der Rest wirkte etwas derangiert.

Er drehte sich um und musterte Georgiana mit mildem Interesse, die sich etwas Schmutz von ihrem Handschuh klopfte. Bei seinem Anblick empfand sie schlagartig Wut und Empörung.

»Das ist wahrscheinlich schlecht für die Orangen«, zischte sie gereizt.

Es gab einiges, wofür sie ihn tadeln wollte. Der beißende Geruch seines Rauchs war noch die geringste seiner Sünden, aber irgendwo musste sie ja anfangen.

»Wahrscheinlich tut es mir auch nicht gut, aber das scheint mich nicht davon abzuhalten«, antwortete er.

Im Gegensatz zu sonst wirkte er wirklich äußerst schlecht gelaunt und verschlossen. Wenn er sich allerdings darüber aufregte, wie sich die Dinge zwischen ihm und Frances entwickelt hatten, dann war das allein seine Schuld.

»Nun … gut. Ich hoffe, du kippst um und … stirbst daran«, sagte sie, verschränkte die Arme und sah ihn finster an. »Ich habe gehört, was du zu Frances gesagt hast.«

»Ach, tatsächlich?«

Er stand auf, und Georgiana wurde plötzlich klar, wie betrunken er war – sogar noch betrunkener als sie. Bei ihm äußerste es sich anders – er stolperte nicht und suchte nicht nach Worten –, seine Augen waren so blutunterlaufen, dass sie in dem schwachen Licht purpurrot aussahen, und er bewegte sich so langsam, als würde er durch Wasser waten. Dennoch war sein Schritt entschlossen, während sie vor Erschöpfung zitterte und das Gefühl hatte, dass ihre Beine jeden Moment nachgeben könnten.

»Ja, und ich denke, das war unanständig. *Du* bist unanständig. Du kannst nicht so tun, als hättest du nicht gewusst, was du ihr bedeutest, Jeremiah. Wir haben alle gesehen, wie ihr zusammen wart. Du verstehst nicht …«

»Nein«, sagte er, und seine Stimme klang plötzlich viel weniger matt. »*Du* verstehst nicht. Du bist nicht die Alleinerbin eines riesigen Anwesens, Miss Ellers. Du bist nicht … Manches ist mir einfach nicht möglich … Ich weiß, du denkst, es ist alles furchtbar glamourös, furchtbar einfach, aber auf meinen Schultern lastet eine unvorstellbare Verantwortung. Wenn ich heirate, geht es nicht um

Liebe oder Anziehung – das ist eine geschäftliche Angelegenheit. Man kann nicht mit jemandem eine Partnerschaft eingehen, der … der so unverantwortlich ist. Mit jemandem, der ständig droht, ohnmächtig in eine Hecke zu stürzen, der keine Grenzen kennt. Sie ist einfach nicht die Richtige, Georgiana. Aber«, er verengte die Augen, grinste höhnisch und legte den Kopf schief, um sie zu betrachten, »für solche Schwierigkeiten hast du kein Verständnis – du, die … was erbt? Eine einzige Kuh? Eine einzige Kuh und eine kaum benutzte Schachtel Kautabak von ihrem Vater?«

»Wie kannst du mit einem Grinsen auf dem Gesicht dastehen und so grässlich sein!« Georgiana wusste auf einmal nicht mehr, was sie oder Frances oder Annabelle Baker oder überhaupt irgendjemand jemals an diesem arroganten aufgeblasenen Dreckskerl gefunden hatte. »Du … Du verdammter Mistkerl!«

»Oh, sei doch nicht so, *George.*«

Plötzlich stand er viel zu nah vor ihr, obwohl Georgiana nicht einmal gesehen hatte, dass er sich bewegt hatte. Sein Atem roch derart stark nach Alkohol, dass ihr allein von den Dämpfen schwindelig wurde. Ihr war unangenehm bewusst, wie allein sie waren – wie völlig verborgen vor Blicken von außen. Trotz der warmen feuchten Luft fröstelte sie, als Jeremiah sie von oben bis unten musterte. Er schien sie zum ersten Mal zu sehen – zu bemerken, wie gewagt ihr Kleid gewickelt war, wie zerzaust und unsicher sie aussah.

»Nenn mich nicht so«, sagte sie schwach, trat einen Schritt zurück und zog verlegen das Laken hoch, sodass es mehr von ihrer Brust bedeckte. »*Du* hast kein Recht, mich so zu nennen.«

Er lachte, und das Geräusch zerrte an ihren Nerven. Schreckliche Panik schnürte ihr die Luft ab. Es kam ihr lächerlich vor, wegzurennen oder zu schreien, wenn er nichts getan hatte. Er war nur betrunken. Vielleicht würde dieser unangenehme Moment im Handumdrehen vorbei sein.

»Herrgott, was hast du denn da an? Komm her«, sagte er, und seine Stimme war ein tiefes gefährliches Grollen.

Georgiana machte einen kleinen Schritt rückwärts. »Nein.«

»*Komm her*«, wiederholte er scharf – und diesmal versuchte Georgiana tatsächlich wegzulaufen.

Doch sie hatte nicht an ihr Kleid gedacht, und sofort verhedderten sich ihre Beine darin. Sie bereitete sich darauf vor, gleich auf den Boden aufzuschlagen, doch dazu kam es nicht. Stattdessen packte er sie so fest an den Handgelenken, dass es wehtat, und riss sie hoch. Trotzdem dachte sie verzweifelt, dass er sie vielleicht nur auffangen wollte. Vielleicht war das alles ein Missverständnis, und er würde sie jeden Moment loslassen. Sie versuchte, sich loszureißen, aber er hielt sie wie in einem Schraubstock gefangen, und sie spürte, wie ihr vor Schreck die Luft wegblieb. Ihr wurde klar, dass sie insgeheim darauf gehofft hatte, dass etwas sie unterbrechen, dass ihr jemand zu Hilfe kommen würde, wie Frances unwissentlich im Bastards Cottage, als Christopher sie in die Enge getrieben hatte – doch das geschah nicht.

Er zog sie zu sich heran und küsste sie – grob. Sie erstarrte, in der Hoffnung, dass ihn das abschrecken würde, doch dass sie nicht auf ihn einging, schien ihn nicht im

Geringsten zu stören. Mit einer Hand hielt er immer noch ihr Handgelenk fest, doch die andere wanderte zu ihrem Hals, ignorierte die Tatsache, dass sie bei seiner Berührung erschauderte, fuhr hinunter zu ihrem Schlüsselbein und packte sie derart fest, dass sie sich fragte, ob seine Finger dort so etwas Ähnliches wie Einschusslöcher hinterlassen hatten.

Seine Hand bewegte sich weiter nach unten zu ihrer Brust, und sie keuchte empört auf, als sie spürte, wie seine Finger unter den Stoff des Lakens glitten und wild nach ihr griffen. Ein Teil ihres Verstandes versicherte ihr, dass das unmöglich sei – aber der Schmerz bestand darauf, dass es so war. Er zog mit einer Hand an ihrem Laken, und ihr kam der Gedanke, dass er versuchen könnte, es ihr auszuziehen. Sie holte tief Luft, um zu schreien – um etwas zu tun, irgendetwas –, und dann hörte sie plötzlich erleichtert, dass sich jemand hinter ihnen durch die Bäume kämpfte. Wer auch immer es war, er entfernte sich, doch Jeremiah war für einen Moment abgelenkt und lockerte seinen Griff, um sich umzudrehen und zu sehen, wer sie entdeckt haben könnte.

Und der Moment genügte Georgiana. Sie raffte das zusammen, was von ihrem Rock noch übrig war, und lief unbeholfen in die entgegengesetzte Richtung, doch selbst als die Nachtluft ihr entgegenschlug, empfand sie noch keine Erleichterung. Sie blieb erst stehen, als sie etwas Abstand zwischen sich und den Duft der Orangenbäume gebracht hatte. Einer ihrer Schuhe blieb im Rasen stecken, sie hielt kurz inne, um den anderen abzustreifen, und sprintete in ihren Strümpfen, bis sie nicht mehr weiterlaufen konnte.

Als sie es so weit zum Haus geschafft hatte, dass sich andere Menschen in Rufweite befanden und sie einigermaßen sicher war, brach sie schließlich zusammen. Sie sank auf eine niedrige Mauer und versuchte, zu atmen, wobei ihr das Schluchzen im Hals stecken blieb.

Jeremiah schien ihr nicht gefolgt zu sein. Sie konnte ihn nicht sehen – er war nicht an der Tür der Orangerie, kam nicht den Hang hinauf hinter ihr her –, es bestand keine unmittelbare Notwendigkeit zu fliehen. Sie konnte sich nicht vorstellen, dass er ihr nachlief und versuchte, sie vor den Augen der Gäste zu packen, doch andererseits genoss er ein solches Ansehen bei allen und war so beliebt – vielleicht hätten sie einfach schweigend zugesehen, wie er sie wegzerrte.

Dieser Gedanke, so irrational er auch war, ließ ihr das Blut in den Adern gefrieren. Sie stand unsicher auf und wollte nur noch nach Hause. Wie sehr wünschte sie jetzt, sie hätte die Kutsche der Burtons genommen, um leicht entkommen zu können. Ihre Brust fühlte sich wie zugeschnürt an und ihr Magen, als ob sie sich jeden Moment übergeben müsste. Ganz gleich, wie sehr sie sich bemühte, gleichmäßig zu atmen, sie konnte nicht aufhören, zu keuchen und gierig nach Luft zu schnappen.

Wieder dachte sie an Cecily und ihre Kutsche, und sofort ermüdete sie die Vorstellung, dass sie die Jagd wiederaufnehmen musste und zugleich so weit wie möglich von Jeremiah Russell entfernt sein wollte. Sie spürte, dass sie mit der Zeit unsagbar wütend werden würde, aber im Moment, nachdem die größte Angst abgeklungen war, empfand sie nur noch Übelkeit und Müdigkeit.

Sie hatte die Nase voll von diesem Abend und von allen Leuten hier. Sie konnte es nicht mehr ertragen – nicht noch eine betrunkene Person, noch ein unsinniges Gespräch oder ein Glas Wein. Sie brauchte ihr Haus, ihr Bett und das vertraute Geräusch von Mr Burtons Schnarchen aus dem anderen Zimmer, um einzuschlafen.

Es war seltsam, sich auf einem Anwesen, das sich über sieben- oder achthundert Morgen erstrecken musste, eingeengt zu fühlen. Beim Gehen schaute sie zwanghaft über ihre Schulter zurück, um sich zu vergewissern, dass noch immer kein Schatten hinter ihr war, ihr keine Schritte folgten – und stattdessen sah sie Frances.

Sie stand in einiger Entfernung am Rande des behelfsmäßigen Schlachtfeldes und blickte über die abfallenden Rasenflächen, die zum See hinunterführten, und das Mondlicht hob die zarten Konturen ihres weißen fließenden Kleides hervor.

Georgiana überlegte einen Moment lang, dass sie vielleicht zu ihr gehen sollte. Nicht um ihre in Schieflage geratene Freundschaft zu richten. Sie war viel zu erschöpft, um die nötigen Entschuldigungen, Argumente und Erklärungen parat zu haben, und wusste nicht, wo sie überhaupt anfangen sollte. Nein, vielmehr schwante ihr, dass Frances womöglich die einzige Person war, die es verstehen würde. Sie erinnerte sich an ihren entsetzten Gesichtsausdruck, als Jonathan und sie ihr im Cottage zu Hilfe geeilt waren, und wusste mit einem Mal mit grausamer Gewissheit, was Jeremiah wirklich getan hatte.

Mit hängenden Schultern stellte sie fest, dass sie heute Nacht keine Worte fand, um mit Frances zu sprechen. Ihr

Handgelenk war wund und rot, ihr Hals schmerzte an der Stelle, an der Jeremiah ihn gepackt hatte. Das alles würde bis zum Morgen warten müssen. Sie war völlig erschöpft.

»Sie sehen ja *furchtbar* aus.«

Eine Stimme riss sie aus ihren Gedanken, und sie blickte auf und sah Lord Haverton – prächtig in einem neuen Kostüm, das wie echtes Laub aussah und mit einer dünnen Goldschicht überzogen war. Sein Ton war nicht anklagend oder gemein, es war eine simple Feststellung.

»Ja«, antwortete sie, wohlwissend, dass sie sich völlig niedergeschlagen anhörte.

»Sie amüsieren sich nicht«, fügte er hinzu. Es war keine Frage.

»Äh … Nein, nicht wirklich«, sagte Georgiana und hielt dies für die Untertreibung des Jahrhunderts.

»Dann müssen Sie nach Hause gehen. Der Ball ist für Sie vorbei.«

Georgiana lächelte ihn schwach an. »Ich habe keine Kutsche«, antwortete sie. »Ich kann meine Freunde nicht finden.«

Er musterte sie einen Moment lang.

»*Ich* habe eine Kutsche«, sagte er. »Ich möchte sie zurückhaben, wohlgemerkt. Ich mag diese Kutsche sehr. *Und* den Mann, der sie fährt.«

Georgiana spürte eine so überwältigende Erleichterung, dass sie einen unbeholfenen Schritt nach vorne tat und ihn umarmte. Sie merkte eine Sekunde zu spät, dass sie wahrscheinlich deutlich zu weit gegangen war, und wollte sich sogleich entschuldigen, als sie von ihm abließ, aber er tätschelte ihr nur liebevoll den Kopf, als wäre sie ein ungezogener Hund, und schickte sie dann weiter.

Der gut aussehende Kutscher stellte ihr keine Fragen, sah sie nicht einmal misstrauisch an, als sie in ihrem derangierten Zustand in das kunstvolle weiße Gefährt stieg. Er fragte nur nach ihrer Adresse, dann fuhr er los.

Sie war ihm äußerst dankbar für seine Freundlichkeit und dafür, dass er schwieg, legte sich in die Kissen zurück und schloss die Augen, froh, Abstand zwischen sich und die schrecklichste Nacht ihres Lebens zu bringen.

Kapitel fünfundzwanzig

Georgiana traf, lange nachdem die Burtons zu Bett gegangen waren, zu Hause ein und erwachte früh am nächsten Morgen mit großem Unbehagen, das von einem unruhigen Magen und stundenlangen, unzusammenhängenden Albträumen herrührte. Immer wieder sah sie die schrecklichen Bilder von der verletzten und verratenen Betty vor sich. Von Frances' zitternden Händen im Schlafzimmer im Bastards Cottage. Von Jeremiah, der sie im Dunkeln angrinste. Von Betty, die hereingelegt und vergiftet worden war und hysterisch schluchzte, als barmherzige Samariter sie wegtrugen.

Die Sonne ging gerade erst auf, und selbst ihr sanftes rosafarbenes Licht fühlte sich wie ein Angriff auf ihren pochenden Schädel an. Sie zog sich schnell an und schlich nach unten, um mit leiser Stimme die Kutsche herbeiholen zu lassen, bevor ihre Tante erwachen und es ihr verbieten konnte.

Von allen Menschen, denen Georgiana jemals auf der Welt begegnet war, hatte Miss Walters es am wenigsten verdient, dass man ihr etwas Gemeines antat. Georgiana war zwar immer noch ziemlich durcheinander, aber sie wusste, wenn sie irgendetwas in ihrem Leben in Ordnung bringen wollte, musste sie mit Betty anfangen.

Bei ihrer Ankunft stellte sie überrascht fest, dass das Haus der Walters wunderschön war – geschmackvoll und gepflegt, weder zu groß noch zu klein, mit einem blühenden Garten, der intensiv und köstlich duftete. Das Haus sah ziemlich alt aus, war aber offensichtlich im Laufe der Jahre gut erhalten worden. Da es noch weiter außerhalb der Stadt lag als das der Burtons, verfügte Mrs Walters über reichlich Land und hatte es sehr ansprechend gestaltet.

Nachdem sie ins Haus eingelassen worden war, wartete Georgiana nervös in einem kühlen gepflegten Salon, während ein freundlich aussehendes Dienstmädchen ihre Ankunft ankündigte. Von oben kam ein Mann herunter, schaute herein und nickte ihr kurz zu, bevor er mit einer großen Ledertasche in der Hand das Haus verließ, und Georgiana erkannte ängstlich, dass es sich um den Arzt handeln musste. Schließlich hörte sie langsame Schritte auf der Treppe, und Mrs Walters betrat das Zimmer mit Betty am Arm, die zwar blass aussah, aber zum Glück ctwas lebendiger, als Georgiana befürchtet hatte. Ein kleiner struppiger Hund folgte ihnen dicht auf den Fersen und blickte ängstlich von Georgiana zu seinen Herrinnen und wieder zurück.

»Guten Morgen, Miss Ellers. Gehen wir in den Garten.« Betty klang ungeheuer erschöpft, aber es lag mehr Sicherheit in ihrer Stimme, als Georgiana je zuvor gehört hatte. »Es ist alles in Ordnung, Grandmama.«

Stattdessen ergriff sie Georgianas Arm, und gemeinsam gingen sie langsam in den Garten hinaus, wo sie sich inmitten einer Vielzahl von Rosen jeder Sorte und Farbe niederließen. Eine Minute lang schwiegen sie und lauschten dem Vogelgezwitscher und den schläfrigen Bienen, die um sie herum summten, bis Georgiana es nicht mehr aushielt.

»Du siehst gut aus, Betty – so gut, wie man es erwarten kann, meine ich«, sprudelte es aus ihr heraus. »Hier … Ich habe dir ein paar Spitzen mitgebracht, die Mrs Burton für mich aufbewahrt hat, und ein paar Heckenrosen und Geißblatt aus dem Garten, und einen Kräuterlikör. Ich weiß nur nicht, was man jemandem schenkt, um zu sagen: ›Es tut mir leid, dass ich dich vergiftet habe.‹ Aber es tut mir wirklich *furchtbar* leid, Betty. Es war ein Unfall. Na ja … Es war natürlich kein Unfall, aber *mein* Anteil daran war ein Unfall. Frances hat dir etwas in dein Getränk getan, und ich hatte keine Ahnung, dass sie so weit gehen würde. Ich meine, ich hätte es mir denken können, ich hätte es wissen müssen, aber ich habe es nicht gewusst.« Ihr ging die Luft aus.

Betty betrachtete sie nachdenklich. »Es war furchtbar, weißt du. Ich habe mich noch nie so … von meinem eigenen Körper getrennt … gefühlt«, sagte sie ernst, und Georgiana nickte und verzog schuldbewusst das Gesicht. »Nachdem mir nicht mehr so schwindelig und übel war, war ich ziemlich ausgelassen. Als die Kutsche vorfuhr, hielt ich mich offenbar für eine echte Fee, eine Nymphe, und die Salisburys – das reizende Ehepaar, das mir half – mussten mich festhalten, weil ich durch die Gegend sauste und sagte, dass ich ›meine Magie verbreite‹.« Georgiana nickte wieder, wobei sie sich bemühte, bei diesem letzten Satz eine neutrale Miene zu bewahren. »Als ich nach Hause kam, ging es mir richtig schlecht. Ich habe mich sogar auf Großmutters Dandie Dinmont Terrier übergeben.«

Georgiana befürchtete, sie könnte lachen und Bettys Gefühle verletzen, doch zu ihrer Erleichterung lachte Betty zuerst.

»Es tut mir so leid, Betty. Ich weiß, es ist nicht wirklich lustig«, sagte Georgiana und versuchte, sich zu fassen.

»Nein, nein«, sagte Betty milde, »es *ist* ziemlich lustig. Kaum hatte ich es getan, drehte sich das arme Ding um und erbrach sich ebenfalls, und zwar über den ganzen Teppich.«

Sie kicherten beide schwach, doch dann wurde Georgiana wieder ernst.

»Ich habe vergessen, dich am Eingang zu treffen, Betty. Ich habe vergessen, was ich dir versprochen hatte, und anstatt mich bei dir zu entschuldigen, war ich schrecklich zu dir. Ich weiß, dass du geneigt bist, schnell zu vergeben, aber mein Verhalten war unverzeihlich, und niemand würde schlecht von dir denken, wenn du nie wieder mit mir sprichst. Aber wenn du mich lässt, Betty, möchte ich es wiedergutmachen.«

Betty seufzte, beugte sich vor und tätschelte ihre Hand.

»Ich kann nicht sagen, dass alles vergessen ist, das ist es nicht – aber auch wenn ich heute daran denke, kann ich nicht die Kraft aufbringen, mich zu ärgern. Vielleicht hast du Glück, dass ich kein Auge zugetan habe, aber ich denke, ich kann dir noch eine Chance geben. Und außerdem hat mir noch nie jemand Heckenrosen gebracht.«

Georgiana spürte, wie ihr ein Stein vom Herzen fiel.

Bettys Freundlichkeit war Balsam, auch wenn sie wusste, dass sie sie nicht verdient hatte.

»Ich danke dir, Betty. Wahrhaftig. Es tut mir leid wegen Frances – sie hat sich furchtbar schlecht benommen, wobei ich nicht so tun kann, als ob die Schuld allein bei ihr läge. Ich habe mich genauso schlecht benommen wie sie. Gott, ich wünschte, ich könnte die Zeit zurückdrehen und beschließen, nicht auf diesen elenden Ball zu gehen. Es war ein Albtraum, von Anfang bis Ende.«

»Sie ist … Sie ist manchmal ein kleines *Ekel,* nicht wahr?«, sagte Betty, und dass es ihr so schwerfiel, ein schlechtes Wort über jemanden zu sagen, der sie buchstäblich vergiftet hatte, ließ Georgiana starke Zuneigung für sie empfinden.

»Nun … ich auch«, erwiderte Georgiana reumütig.

Betty lächelte. »Was hat den Rest des Abends so schrecklich für dich gemacht hat, wenn ich mir die Frage erlauben darf?«

Georgiana wollte wieder ablenken, denn dies war wohl kaum der richtige Zeitpunkt oder Ort, um über sich zu sprechen. Doch irgendetwas an Bettys freundlichen Augen oder ihrer friedlichen Umgebung – oder vielleicht die Erkenntnis, dass Betty und ihre Großmutter nicht zum Wachtmeister rennen und sie wegen versuchten Mordes anzeigen würden – beruhigte sie so sehr, dass sie Betty die ganze Geschichte erzählte.

Man musste Betty zugutehalten, dass sie an genau den richtigen Stellen nach Luft schnappte – vor allem, als Georgiana ihr erzählte, wie Thomas und sie sich geküsst hatten. Sie erzählte es ihr gleichwohl recht schnell, um

Betty nicht so zu schockieren, dass sie wieder aufs Krankenbett geworfen wurde. Sie blieb absichtlich vage, was ihrer Meinung nach zwischen Frances und Jeremiah vorgefallen war, und stockte ein wenig, als sie zu ihrer eigenen Begegnung mit ihm in der Orangerie kam.

»Ich glaube nicht, dass mir irgendjemand auf diesem Ball glauben würde, aber ich bin dort hingegangen, um Cecily zu suchen. Ich habe mich nicht mit ihm verabredet oder dergleichen. Er war so betrunken, Betty, so … Na ja … Sagen wir einfach, was immer er genommen hatte, hatte nicht die gleiche Wirkung auf ihn wie auf dich. Er wollte mich nicht gehen lassen.« Ihre Hand fuhr zu ihrem Handgelenk, das jedoch keine Spuren mehr aufwies. »Er hat mich geküsst und versucht … Ich glaube, er hätte noch viel mehr getan, wenn wir nicht unterbrochen worden wären.«

Sie spürte einen Kloß in ihrem Hals, der sie zu ersticken drohte, dennoch weinte sie nicht.

»Oh, Georgiana, das tut mir so leid. Er ist abscheulich. Einfach *abscheulich*«, sagte Betty, entsetzt. »Wenn ich – nun, wenn ich ein Mann wäre – würde ich ihn verprügeln!«

Georgiana lachte zittrig. »Würdest du das wirklich tun, Betty?«

»Also … Nein, ich glaube nicht, denn ich habe keine Lust, ins Gefängnis zu wandern. Großmutter sagt, man darf sich nur einmal im Monat waschen, und das auch noch ohne Seife! Aber ich würde ihm bestimmt eine Standpauke halten.«

»Das glaube ich dir«, sagte Georgiana und lächelte.

Der Gedanke, dass sie Betty mögen könnte, weil sie in

ihrer Gesellschaft keinen Druck verspürte – kein dringendes Bedürfnis, sie zu beeindrucken –, kam ihr gemein vor. Andererseits war es vielleicht gar nicht so schlecht, sich so entspannt zu fühlen. Vielleicht war es ein Zeichen wahrer Freundschaft.

»Um ehrlich zu sein, Betty, weiß ich nicht, was ich jetzt tun soll.«

»Ich denke – wenn ich mir einen kleinen Rat erlauben darf –, dass Ehrlichkeit die beste Strategie ist. Erzähl Mr Hawksley, was wirklich geschehen ist – sag ihm, wie du dich fühlst. Wie es mit deiner Freundschaft zu Miss Campbell weitergehen soll, musst du allein entscheiden, obwohl ich sagen muss, dass ich es vorziehen würde, wenn sie im Gefängnis säße. Ohne Seife oder irgendwelche Freunde.« Das hatte sie sehr schnell hervorgestoßen, doch dann hielt sie inne und schien es sich noch einmal zu überlegen. »Oder vielleicht, nein, das ist zu unfreundlich – vielleicht findet sie ein oder zwei kriminelle Freunde – ich kann mir vorstellen, dass man während der Inhaftierung Freunde fürs Leben findet, das könnte also ganz angenehm für sie sein …«

»Du hast natürlich recht, Betty«, unterbrach Georgiana, bevor die Sache aus dem Ruder lief. »Ich muss die Dinge in Ordnung bringen. Ich hoffe nur … Ich hoffe, ich habe nicht alle meine Freundschaften so zerstört, dass sie sich nicht mehr heilen lassen.«

Betty tätschelte ihre Hand, die auf der Bank lag, und lächelte.

»Nun, was auch passiert – du hast mich, Georgiana. Ich bin vielleicht nicht ganz so lustig wie der Rest, aber ich bin ziemlich gut im Kartenspielen, und bisher war es nicht nötig, einen Arzt zu einem meiner Loo-Spiele zu rufen.«

Es war fast Mittag, als Georgiana zu den Burtons zurückkehrte. Der zuvor klare Himmel hatte sich stark zugezogen, und es hatte zu nieseln begonnen. Sie eilte gebückt zum Haus, um dem Regen zu entkommen.

Doch die Tür ging bereits auf, bevor sie sie öffnen konnte.

Frances stand in der Tür, makellos gekleidet, und war offenbar gerade dabei, sich zu verabschieden. Sie drehte sich um und lächelte Georgiana freundlich an, die sie daraufhin verwirrt ansah.

»Frances? Bist du …? Ich war aus, aber wenn du reden willst …«

»Oh, keine Sorge, George, ich habe mich den ganzen Morgen *wunderbar* unterhalten. Ich bin ganz aus dem Häuschen. Ich lasse dir Zeit, dich auf den neuesten Stand zu bringen.«

Sie nickte zum Abschied, immer noch mit demselben beunruhigend freundlichen Lächeln, und ging dann in gemächlichem Tempo den Gartenweg hinunter. Dann fuhr ihre Kutsche vor, um sie abzuholen.

Dieser Wortwechsel verwirrte Georgiana nur noch mehr, und sie eilte ins Haus, hängte ihren Hut auf und zog ihre Handschuhe aus.

»Mrs Burton, ich …«

Sie hörte ein Räuspern, und als sie sich daraufhin umdrehte, ließ sie vor Schreck fast ihre Handschuhe fallen.

Durch die offene Tür sah sie, dass Mrs Burton unbeholfen neben dem Esstisch stand, an dem zwei Leute saßen und Georgiana steif über zwei Tassen Tee hinweg anstarrten – ihre Eltern.

»Aber ihr seid … Was macht ihr hier?«, fragte Georgiana und fühlte sich für einen Moment, als sei sie aus der Zeit gefallen.

Sie hatte absolut keine Ahnung, warum sie hier waren. Sie hatte seit Wochen nicht mehr an sie gedacht, und jetzt, wo sie an demselben Tisch saßen, an dem sie in den letzten drei Monaten jeden Morgen gefrühstückt hatte, ergab das für sie absolut keinen Sinn.

»Deine Eltern waren auf dem Weg nach London, Georgiana, um einige Angelegenheiten zu regeln … Nun, und ich hatte ihnen geschrieben«, sagte Mrs Burton und knetete eine Serviette in den Händen. »Um sie zu bitten, dich zu besuchen, da ich wusste, dass du sie vermisst – und so dachten sie, sie könnten auf dem Weg vorbeikommen, und – hier sind sie.«

Mr Ellers, ganz in Braun gekleidet und mit einem dazu passenden gepflegten Schnurrbart, machte einen blendenden Eindruck. Mrs Ellers, die genauso aussah, wie Georgiana vermutlich in fünfundzwanzig Jahren aussehen würde, hatte noch ein paar graue Strähnen mehr in ihrem festgesteckten Haar und einen sehr verkniffenen Gesichtsausdruck. Wenn die Seeluft ihr tatsächlich gutgetan hatte, war davon in ihrem blassen Gesicht jedenfalls keine Spur zu erkennen.

»Ja, hier sind wir«, sagte ihr Vater mit zusammengebissenen Zähnen.

»Ich verstehe das nicht. Frances war hier? Und ihr …«

»Ich würde an deiner Stelle den Mund halten«, sagte Mrs Ellers scharf.

Georgiana zuckte so heftig zusammen, dass sie fast einen Schritt zurückmachte.

»Setz dich.«

Sie gehorchte, wobei sie das Gefühl hatte, dass ihr das Herz nicht nur bis in die Kniekehlen rutschte, sondern gleich durch die Dielen stürzte.

»Deine Freundin Miss Campbell hat uns gerade über dein absolut verwerfliches Verhalten informiert. Sie hat uns gesagt, dass du dich in … in … dass du verwickelt bist in …« Ihr Vater war so wütend, dass es ihm schwerfiel, die Worte herauszubringen.

»In was verwickelt?«, fragte Georgiana mit einer Stimme, die kaum mehr als ein Flüstern war, während ihre Gedanken rasten und sie versuchte, zu begreifen.

Sie hatte zwar in letzter Zeit eine Menge Dinge getan, die ihre Familie nicht gutheißen würde. Doch sie konnte nicht glauben, dass Frances zu ihr nach Hause gekommen war, um mit ihren Eltern über ihre Trinkgewohnheiten zu plaudern. Schließlich war meist Frances diejenige, die ihr die Flaschen reichte.

»Du hast *Geschlechtsverkehr* gehabt, Georgiana!«, rief ihre Mutter und verzog das Gesicht, als sie das Wort aussprach.

Georgiana war so schockiert, dass es ihr für einen Moment die Sprache verschlug. Bei allem, was sie von ihrer Mutter nach einer so langen Trennung vielleicht zu hören erwartet hatte, das Wort »Geschlechtsverkehr« gehörte nicht dazu. Sie hatte ihre Eltern in ihrem ganzen Leben noch nie so emotional erlebt und warf Mrs Burton einen panischen Blick zu, aber ihre Tante sah ihr nicht in die Augen.

»Das hatte ich ganz sicher nicht!«, widersprach Georgiana entrüstet und war ebenso wütend wie ihre Mutter.

»Miss Campbell schien ziemlich verzweifelt zu sein, im Zwiespalt, ob sie etwas sagen sollte oder nicht. Aber ehrlich gesagt, Gott sei Dank hat sie es getan«, sagte ihr Vater und schlug mit der Hand auf den Tisch, sodass die Teetassen nervös klapperten. »Du hast vollkommen den Halt verloren, Georgiana. Und damit ist jetzt Schluss.«

»Ich verstehe das nicht«, sagte Georgiana und schaute flehend zwischen den beiden hin und her. »Was genau soll ich denn getan haben?«

»Miss Campbell sagt, dass du dich mit einem Mann herumgetrieben hast«, erklärte Mrs Burton leise. »Dass du uns angelogen hast, Georgiana, dass du mich angelogen hast. Darüber, wo du gewesen bist, oder dass die Veranstaltungen, die du besucht hast, beaufsichtigt waren. Dass du vorgegeben hast, bei den Campbells gewesen zu sein, dabei warst du in Wahrheit mit diesem Woodley-Mädchen unterwegs und mit ihrem Freund …«

Georgianas Herz brach ein wenig, als sie in der Stimme ihrer Tante hörte, wie betrogen diese sich von ihr fühlte.

»Mrs Burton, bitte, ich kann Ihnen versichern …«

»Nein! Kein Wort mehr«, schnauzte ihre Mutter. »Miss Campbells Verlobung stand bevor, sagte sie, mit einem Mr Russell. Ehrlich, wie kannst du einem Mädchen so etwas antun, das du als deine Freundin bezeichnest? Sie sagte, du hättest mit ihm geflirtet, dich höchst unangemessen verhalten, und dann hättet ihr zwei … Guter Gott, Georgiana! Wir sind alle ruiniert.«

Georgiana versuchte immer noch, sich einen Reim darauf zu machen – sie sollte mit Jeremiah geflirtet haben? Mit ihm geschlafen haben? Was könnte Frances dazu gebracht haben, so etwas zu behaupten?

»Mr *Russell?*« Georgiana wandte sich wieder an ihre Tante. »Mrs Burton, bitte, ich gebe zu, dass ich mich in Gesellschaft begeben habe, die Sie nicht ganz billigen würden – und es ist wahr, dass ich an einigen … einigen Bällen und Ausflügen teilgenommen habe, die nicht ganz angemessen waren, aber ich habe Mr Russell noch nie in meinem Leben so angesehen, und ich …«

»Leugne es nicht, Georgiana«, sagte Mr Ellers ernst. »Miss Campbell sagte, du seist mit ihm in einem Cottage verschwunden. Es gab keine Aufsicht, sagte sie, ihre Eltern waren weg, sie dachte, deine Tante sei unterrichtet. Sie sagt, du hättest ihr recht unmissverständlich erklärt, dass du mit ihm nach oben gegangen seist und etwas Unaussprechliches mit ihm getan hättest.«

»Im Cottage? Das war *Frances,* Vater. Es war Frances! Warum sie nicht will, dass das allgemein bekannt wird, ist mir klar, aber warum sie stattdessen behauptet, dass *ich* es war …«

»Sie sagt, sie habe versucht, dir zu helfen, dir sogar zu verzeihen, aber das ist unverzeihlich, Georgiana.« Ihre Mutter schüttelte den Kopf. »Nach allem, was sie für dich getan hat, sagt sie, dass sie gestern Abend wieder gesehen habe, wie du diesen Mr Russell geküsst hast.«

»Georgiana, sie sagte, du hättest versucht, Miss Walters zu verletzen«, bemerkte Mrs Burton traurig. »Dass du ihr etwas in ihr Getränk getan hast, nur um gemein zu ihr zu sein.«

Ihre Mutter sagte noch etwas, aber Georgiana konnte es nicht hören, denn ein seltsames Klingeln in ihren Ohren übertönte alles. Plötzlich wurde ihr einiges klar. Aber natürlich. Ja, natürlich. *Frances* war diejenige gewesen, die sie unterbrochen hatte. Sie hatte gesehen, was Jeremiah in der Orangerie mit ihr gemacht hatte. Wie er sie angefasst hatte, wie sie in der schwülen Dunkelheit eng zusammengestanden hatten, und hatte ihre eigenen Schlüsse gezogen. So wütend Georgiana auch war, sie verstand es, und sie war auch ein wenig beeindruckt. Sie selbst hätte einen so perfekt ausgeklügelten Rachefeldzug in tausend Jahren nicht führen können.

»Ich mache meiner Schwester keine Vorwürfe«, sagte Mrs Ellers steif. »Ich hätte mir nie vorstellen können, dass du zu so etwas fähig bist, Georgiana, sonst hätte ich mir große Mühe gegeben, dich aus Schwierigkeiten herauszuhalten. Ich kann nur hoffen, dass es noch nicht zu spät ist. Pack sofort seine Sachen – ich bin sicher, dass der Orden der Heiligen Lucy dich aufnehmen wird, bis wir entschieden haben, was wir als Nächstes tun.«

Der Orden der Heiligen Lucy klang verdächtig nach einem Kloster. Diese Tatsache drang deutlich durch all den Lärm in Georgianas Kopf.

»Nein«, sagte sie leise.

Ihr Vater schüttelte den Kopf.

»Es ist bereits entschieden.«

»Nein. Nein! Das mach ich nicht, Vater. Dahin gehe ich nicht. Ich habe eine schlechte Menschenkenntnis, ich habe mich der Lüge schuldig gemacht – ich habe Sie angelogen, Tante, und das tut mir schrecklich leid, das haben Sie nicht verdient –, aber der anderen Dinge bin ich nicht schuldig. Ich habe keine *Unzucht getrieben.* Ich habe Betty Walters nicht vergiftet. Nicht einmal Betty selbst glaubt das! Ich habe soeben mit ihr gesprochen, und sie hat mir alle Freundlichkeit erwiesen. Und ich werde *nicht* weggeschickt – ich gehe nicht weg!«

»Vielleicht …«, sagte Mrs Burton zu ihrer Schwester mit tränenerstickter Stimme. »Vielleicht wäre es das Beste, ihr eine Chance zu geben, zu …«

»Nein«, sagte Mrs Ellers und stand auf. »Dein Ruf ist zerstört, Georgiana. Und unserer wird es auch sein. Wir müssen zum Wohle aller Beteiligten handeln. Was sollen wir jetzt mit dir machen? Wie können wir hoffen, einen passenden Mann für dich zu finden? Wer soll dich jetzt noch nehmen?«

»Oh, das weiß ich nicht!«, rief Georgiana leichtsinnig und stand wütend auf, um ihrer Mutter in die Augen zu sehen. »Du schienst vorher kein besonderes Interesse an mir zu haben, also warum interessiert es dich jetzt? Du kannst mich nicht ignorieren, wenn ich brav bin und klaglos alles befolge, und dich dann plötzlich als Mutter aufspielen, wenn ich endlich mein eigenes Leben lebe. Wenn du nur willst, dass sich deine Investition in mich gelohnt hat, warum bringst du mich dann nicht zu den Docks und verkaufst mich an irgendeinen Piraten? Ich bin sicher, die haben mindestens fünftausend im Jahr, selbst wenn es sich um gestohlene Waren handelt!«

»Das ist nicht zum Lachen, Georgiana«, sagte Mr Ellers und erhob sich, sodass sie nun alle um den Tisch herumstanden. »Du kommst jetzt mit, ohne groß eine Szene zu machen, und wir werden … *Wo willst du hin?*«

Doch Georgiana war schon weg. Es war klar, dass sie nichts sagen konnte, um sie zu überzeugen, und sie war sich nicht einmal sicher, ob sie das überhaupt noch wollte. Das Einzige, was sie bedauerte, war der Gesichtsausdruck von Mrs Burton, als sie floh. Sie war die Einzige, der sie eine Entschuldigung und die Wahrheit schuldete.

Sie musste sich beeilen, aber natürlich konnte sie nicht nach der Kutsche rufen. Aufgelöst überlegte sie, wohin sie gehen sollte, und dachte an Betty, obwohl sie wusste, dass das Haus mindestens acht Meilen entfernt war. Betty kannte die Wahrheit und konnte helfen, ihren Namen reinzuwaschen. Betty würde ihr Zuflucht gewähren. Selbst wenn Mrs Burton ihre Eltern sofort dorthin schickte, würden sie zuhören müssen, wenn Betty an ihrer Seite war, und dann würden sie vielleicht anfangen zu verstehen.

Der Regen wurde stärker, aber Georgiana blieb nichts anderes übrig, als weiterzugehen. Sie senkte den Kopf und begann, so schnell ihre müden Beine sie trugen, in Richtung der Walters zu laufen.

Kapitel sechsundzwanzig

Im Vorgarten des Hauses war es recht einfach gewesen, festzustellen, welcher Weg nach Nordwesten führte. Nach zwei Stunden Fußmarsch im strömenden Regen hätte Georgiana allerdings nicht mehr aus einer Pfütze herausfinden können – und leider stand sie gerade knöcheltief in einer. Ihr Kleid klebte an ihrem Körper, und ihr Haar hing ihr in nassen Strähnen ins Gesicht, die sie immer wieder aus den Augen streichen musste, damit sie überhaupt etwas sehen konnte. Wäre sie der Straße gefolgt, hätte sie vielleicht irgendwann einen vertrauten Punkt erreicht, aber in ihrer Panik hatte sie übereilt beschlossen, den direkteren Weg zu nehmen. Hier meinte sie schneller voranzukommen und nicht entdeckt zu werden. Sie hatte schon früher kurze Spaziergänge durch die Wiesen und Waldwege rund um das Haus der Burtons unternommen, wo es viele Pfade und leicht begehbare Wege gab, aber so weit von der Zivilisation entfernt, konnte sie meilenweit nur hügeliges Moorland sehen.

Das war kein ermutigender Anblick.

Nichts deutete darauf hin, dass der Regen, den Georgiana für ein kurzes Sommergewitter gehalten hatte, bald nachlassen würde. In den ersten zwanzig Minuten hatten Verletzung und Wut sie angetrieben, doch als sie merkte, dass sie nicht mehr weiterkam, waren sie unwiderruflich in Verzweiflung umgeschlagen. Seitdem stapfte sie mit dem zunehmend beunruhigenden Gefühl durch den Matsch, einen schrecklichen Fehler begangen zu haben. Vor allem musste sie sich jetzt eingestehen, dass sie keine Ahnung hatte, wo sie war.

Gelegentlich konnte sie durch die dichte Wolkendecke gerade noch den schwachen Schimmer des Sonnenlichts erkennen und nutzte den Stand der Sonne, um sich neu zu orientieren – aber wenn sie so darüber nachdachte, war sie sich noch nicht einmal ganz sicher, dass Bettys Haus überhaupt im Nordwesten lag. Es befand sich zumindest in westlicher Richtung oder grenzte an den Westen. Sie lernte jedoch schnell, dass dieses jämmerliche Pfadfinderwissen nicht für eine Soloexpedition genügte, bei der sie nicht einmal eine Haube zum Schutz vor dem Regen trug. Sie hatte eine schnelle Flucht geplant, in der Annahme, dass sie jetzt bei Betty wäre und sich alles aufklärte. Stattdessen hatte sie es geschafft, sich im Moor zu verlaufen.

Sie konnte nichts anderes tun, als weiterzugehen, und während des Gehens konnte sie nichts anderes tun, außer nachzudenken.

Georgiana verstand, warum Frances so wütend war. Sie konnte nur erahnen, wie schlimm das alles für sie ausgesehen und wie verraten sie sich gefühlt haben musste. Sie war womöglich etwas zu weit gegangen, indem sie gleich zu Mrs Burton gegangen war, ohne erst Georgiana um eine Erklärung zu bitten. Indem sie versuchte, Georgianas Leben mit Lügen und skurrilen Anschuldigungen zu ruinieren, und das vor niemand Geringeren als ihren Eltern –

aber Frances war verletzt, und zwar sehr. Georgiana wollte es ihr unbedingt erklären, ihr sagen, dass sie jetzt genau wusste, was für ein Mensch Jeremiah war, und was es sie gekostet hatte, das herauszufinden.

Ihre Eltern hätten keinen schlechteren Zeitpunkt wählen können, um auf eine Tasse Tee vorbeizukommen.

Georgiana beschloss jedoch, sich keine Sorgen zu machen, dass sie sie enttäuschte. Es war ziemlich befreiend, sich einzugestehen, dass *sie* sie eigentlich schon sehr lange enttäuscht hatten – es war nur fair, sich zu revanchieren. Die Burtons hatten in einem Sommer mehr an Georgianas Leben teilgenommen, als ihre Eltern es je getan hatten. Und es war Mrs Burton, die Georgiana jetzt verletzt, verwirrt und fassungslos in der Ecke des Esszimmers vor sich sah.

Ihre Eltern sollten zur Hölle fahren.

Wenn sie es jemals zu den Walters schaffte, würde Betty Mrs Burton erzählen, was wirklich auf dem Ball passiert war. Selbst wenn ihre Eltern entschlossen waren, sie wegzusperren, würden die Burtons so wenigstens die Wahrheit erfahren. Vielleicht konnten sie ihre Mutter und ihren Vater davon überzeugen, sich nicht ganz so mittelalterlich zu verhalten. Georgiana dachte schuldbewusst daran, dass sie Mrs Burton gegenüber *fast* vollkommen ehrlich sein musste, wenn sich ihre Beziehung jemals wieder erholen sollte. Sie konnte nur hoffen, dass Mrs Burton ein bisschen Trinken und Rauchen – und vielleicht ein paar unerlaubte Küsse, wenn Georgiana sich zu einem Geständnis durchringen konnte – für weniger schrecklich hielt als Unzucht und versuchten Mord.

Der Gedanke an besagten unerlaubten Kuss hätte ihr eigentlich große Freude bereiten sollen, ließ sie jetzt aber nur Bedauern und Angst empfinden. Es war schwierig, alles zu entwirren: den Duft von Orangen. Das Gefühl von Thomas' sanfter Hand auf ihrer Wange. Den Ausdruck auf seinem Gesicht, als er sich über Bettys geschwächte Gestalt gebeugt hatte. Den Schmerz von Jeremiahs Fingern, die sich immer fester in ihre Haut bohrten. Sie wollte Thomas erzählen, was wirklich geschehen war. Sie wollte die Wahrheit aufdecken, aber das bedeutete auch, ihm zu gestehen, was Jeremiah getan hatte. Es war schon schwer genug gewesen, es Betty zu sagen.

Es war, dachte Georgiana verzweifelt, ein völliges Durcheinander.

Die Georgiana von vor nur drei Monaten wäre sowohl beeindruckt als auch entsetzt, was in diesem Sommer aus ihr geworden war. Draußen im Moor, wo sie endlos Zeit und Raum hatte, über alles nachzudenken, sah sie schließlich alles klar vor sich. Sie war Betty, die nur eine Gefährtin gesucht hatte, keine gute Freundin gewesen. Sie war auch Frances keine gute Freundin gewesen. Frances hatte sich schlecht benommen, ja – sie war aber auch zu ihr gekommen, als sie Trost und Unterstützung brauchte. Georgiana hatte sie im Stich gelassen, als sie am Ende war. Es stimmte, was Frances sagte – Georgiana hatte nur für einen Moment gewagt, sich vorzustellen, dass sie aus eigener Kraft eine Person von Bedeutung sein könnte. Sie hatte sich vorgestellt, im Herbst in der Londoner Gesellschaft als eine solche Person aufzutreten. Niemand würde sich mehr daran erinnern, dass sie eigentlich nicht dazugehörte.

Sie hatte sich eingebildet, dass all die Macht und der Status zum Greifen nah waren, so lächerlich es ihr jetzt auch vorkam. Sie würde Frances Campbell niemals ersetzen können – und jemand zu werden, der log und intrigierte und Menschen vor Bällen stehen ließ, änderte nichts an dieser Tatsache.

Alles, was Thomas über sie gesagt hatte, war in vollem Umfang und in erschreckender Weise wahr.

All diese einsichtigen Gedanken waren natürlich unbedeutend, wenn sie hier im Moor sterben würde, weil sie durch ihre eigene Unvernunft ungeschützt der Natur ausgesetzt war. Die Vorstellung, wie hart sie arbeiten musste, um alles wieder in Ordnung zu bringen, hätte Grund genug sein sollen, aufzugeben, sich mit dem Gesicht ins Gras fallen zu lassen und nie wieder aufzustehen. Sie biss jedoch die Zähne zusammen und kämpfte weiter, ohne zu wissen, wohin sie ging, aber mit der schwachen Hoffnung, dass es ungefähr die richtige Richtung sein könnte.

Als es zu blitzen begann, hatte Georgiana es fast bis zu einem kleinen Wäldchen geschafft. Die Bäume ächzten unter der Anstrengung, sich gegen den aufkommenden Wind zu stemmen, und schlugen um sich, als würden sie angegriffen. Mit dem Blitz kam der Donner und ließ ihr den Atem stocken, weil er so nah schien. Sie war sich sicher, gelernt zu haben, es sei gefährlich, der höchste Punkt in der Landschaft zu sein, falls ein Blitz einschlug. Vielleicht war es aber auch äußerst gefährlich, unter dem höchsten Punkt Schutz zu suchen, und plötzlich betrachtete sie die

Bäume, in denen sie bisher ihre Rettung gesehen hatte, mit größtem Misstrauen. Schließlich entschied sie, dass sie sonst vermutlich ertrinken würde, und vertraute sich den Bäumen an. Sie suchte sich die am wenigsten nassen Wurzeln und setzte sich, um ihre schmerzenden Beine auszuruhen, bis das Unwetter nachließ. Es roch nach Moos und feuchter Erde, und sie atmete tief ein. Nachdem sie stundenlang das Gefühl gehabt hatte, der heulende Wind würde ihr die Luft zum Atmen abschneiden, war ihr die relative Ruhe jetzt willkommen. Der Donner grollte weiter, der Regen hielt an, aber die Luft war schwülwarm von der Sommerhitze. So nickte sie trotz ihres durchnässten Kleides an einem rauen Kissen aus Rinde ein und fühlte sich, als seien all ihre körperlichen und seelischen Kräfte aufgebraucht.

Sie erwachte in Panik, als ein gewaltiger Donnerschlag den Boden unter ihr zu erschüttern schien. Als sie die Augen öffnete, sah sie, wie nicht weit von ihr entfernt weitere Blitze über den Himmel zuckten, gefolgt von einem weiteren ohrenbetäubenden Knall. Sie zitterte – es war jetzt viel kälter –, und zu ihrem Entsetzen stellte sie fest, dass es um sie herum dunkel geworden war.

Unglaublicherweise wurde ihr erst jetzt bewusst, dass sie allen Grund hatte, Angst zu haben. Wenn es ihr schon bei Tageslicht unmöglich war, den Weg zu finden, wie sollte sie es dann bei Nacht schaffen? Und wie sollte irgendjemand anderes sie finden, wenn sie selbst überhaupt nicht wusste, wo sie war? Ihr blieb nichts anderes übrig, als in ihrem Elend auszuharren, auf das Morgenlicht zu warten und inständig zu hoffen, dass sie sich recht erinnerte und es in England keine Wölfe mehr gab. Hätte sie die Kraft dazu besessen, hätte sie vielleicht geweint. Vermutlich war es zumindest ein recht dramatisches Ende. Schließlich hatte sie sich immer gewünscht, die Hauptrolle in einer großen aufregenden Geschichte zu spielen.

Allerdings nicht in einer, die so endete.

Sie befand sich in einem Zustand zwischen Schlafen und Wachen, als sie ein seltsames Geräusch hörte, das nicht zu ihren Träumen zu gehören schien. Es wurde lauter, und als sie erkannte, was es war, stützte sie sich mit den Händen auf den Wurzeln ab, rutschte kurz ab und stand taumelnd auf. Die Morgendämmerung brach gerade an, und in der unwirklichen rosigen Dämmerung galoppierte ein fuchsfarbenes Pferd über das Moor auf sie zu – es war bis zu den Flanken mit Schlamm bespritzt, der Reiter hatte sich tief über den Hals gebeugt.

Sie hob kraftlos die Arme und versuchte, zu rufen, doch ihre Stimme versagte. Zum Glück schien der Reiter keine Ermutigung zu brauchen. Er kam direkt auf sie zu, hielt kurz vor den Bäumen an, stieg mit einer raschen Bewegung ab und entledigte sich des Hutes, der sein Gesicht verdeckt hatte.

»Oh«, sagte Georgiana töricht. »*Oh.* Es ist … vollkommen absurd, dass du hier bist.«

Thomas Hawksley war triefend nass, von oben bis unten mit Schlamm bespritzt, und sah so zutiefst besorgt aus, dass Georgina den letzten Rest Beherrschung verlor. Sie holte tief Luft, wollte etwas Lächerliches sagen (sie dachte an so etwas wie: »Kommst du oft hierher?«) und brach dann in lautes, beschämendes, zweifellos hässliches Schluchzen aus.

Er kam mit ausgebreiteten Armen auf sie zu, und sie ließ sich zitternd vor Kälte, Erschöpfung und Erleichterung gegen ihn sinken.

Thomas hielt sie eine ganze Zeit lang, dann ließ er sie los, um seinen ruinierten Mantel auszuziehen und ihn ihr vorsichtig um die Schultern zu legen. Sie zog ihn fest um sich und setzte sich zitternd wieder auf die Baumwurzeln, während er sich schnell um sein Pferd kümmerte.

Jede Sekunde, in der er sie nicht berührte, fühlte sich wie ein schrecklicher Verlust an, und als er sich wieder neben sie setzte, streckte sie wortlos eine zitternde Hand aus. Sie hätte auf der Stelle vor Freude vergehen können, als sie spürte, wie er seine warmen behandschuhten Finger mit ihren verschränkte. Sie begegnete seinem Blick, und für einen Moment waren alle Probleme vergessen. Es war einfach und richtig und gut, hier zu sitzen und seine Hand zu halten, während der Morgen dämmerte. So schmutzig wie er war, wusste sie, dass sie im Vergleich dazu wie eine Gartenstatue aussehen musste, die man dem Schimmel überlassen hatte. Plötzlich verlegen wandte sie das Gesicht ab, und er schien ihre Gedanken zu lesen und bot ihr sein Taschentuch an, um ihr gerötetes, tränenüberströmtes Gesicht abzuwischen.

»Wie …? Wie um alles in der Welt hast du mich gefunden?«, fragte sie, nachdem sie sich gefasst und den überaus attraktiven Schleimfluss aus ihrer Nase gestoppt hatte.

»Du sitzt unter den einzigen Bäumen im Umkreis von mehreren Meilen. Dem einzigen Orientierungspunkt. Es wäre schwieriger gewesen, dich *nicht* zu finden, nachdem ich erst einmal in der richtigen Gegend war.«

»Oh, verstehe«, sagte Georgiana. »Aber … Warum bist du überhaupt hier?«

»Leider hatte Mrs Burton den Eindruck, dass du tot sein könntest. Ich habe heute Morgen Miss Walters aufgesucht, um mich nach ihrem Befinden zu erkundigen, und traf dort auf deine Tante und zwei Personen, die behaupteten, deine Eltern zu sein. Sie sagten, du seist seit vielen Stunden verschwunden und sie seien mit der Kutsche zu den Walters gefahren, um zu sehen, ob du dort seist. Betty und deine Tante waren ziemlich … aufgelöst.« Bei der Erinnerung wirkte er etwas gequält, dann wurde seine Miene ernst. »Du kannst dich glücklich schätzen, eine so versöhnliche Freundin wie Betty Walters zu haben.«

»Ich weiß«, sagte Georgiana und holte tief Luft. »Ich war furchtbar zu ihr, Thomas. Das weiß ich. Ich habe ihr gesagt, wie leid es mir tut, aber das genügt nicht. Ich werde es ihr immer wieder sagen und es ihr zeigen, bis sie weiß, dass es mir ernst ist. Du hattest recht auf dem Ball. Betty Walters ist eine wahre Freundin, und ich habe mich wie eine absolute Schurkin verhalten. Ich habe eine unverzeihliche Charakterschwäche bewiesen. Ich werde alles in meiner Macht Stehende tun, damit das nicht wieder vorkommt, denn das … So ein Mensch möchte ich nicht sein.«

»Nun«, sagte Thomas, seufzte und lächelte sie schwach an, als wäre sie eine Närrin, die er zufällig ins Herz geschlossen hatte, »das freut mich zu hören. Ich hatte erst vor Kurzem beschlossen, dich sehr gernzuhaben, und es wäre schade, wenn ich diese Entscheidung so schnell wieder rückgängig machen müsste.«

Vor lauter Erleichterung stiegen Georgiana erneut die

Tränen in die Augen, und sie blinzelte sie mit einem zittrigen Lächeln weg.

»Ich kann nicht … Nun, ich kann dir kaum verübeln, dass du schlecht von mir denkst. Ich habe alles so furchtbar falsch gemacht. Waren sie … War Mrs Burton sehr wütend?«

»Nein, nur … besorgt«, sagte er. »Wir waren alle besorgt.«

»Meine Eltern?«, fragte Georgiana und las die Antwort in den Falten auf seiner Stirn, noch ehe er antwortete.

»Ah … ja. Nun ja. Sie schienen etwas verärgert zu sein.«

»Ich habe nicht versucht … Ich weiß nicht … Mir etwas anzutun oder so«, sagte sie verlegen. »Ich befand mich in einer Art Zwangslage und wusste nicht, was ich tun sollte. Eigentlich war ich auf dem Weg zu Betty, aber ich … Na ja. Ich habe keinen sonderlich guten Orientierungssinn.«

»Was glaubst du, wo du gerade bist?«, fragte er, und sie schaute sich um, als ob das Moor ihr heute mehr Antworten geben könnte als gestern.

»Äh … Etwa fünf Meilen nordwestlich von den Burtons?«, fragte sie hoffnungsvoll.

Er lachte, aber es klang nicht unfreundlich. »Du bist nur etwa zwei Meilen von zu Hause entfernt. Du musst dich verlaufen haben. Wenn du diesen Weg weitergegangen wärst, wärst du mindestens noch einen Tag lang durch Moorlandschaften gelaufen.«

Georgiana erschauerte bei dem Gedanken und war froh, dass sie eine unbequeme Nacht unter einem Baum verbracht hatte, anstatt in der Dunkelheit ihrer unvermeidlichen Vernichtung entgegenzustolpern.

»Ich danke dir. Dafür, dass du mich gesucht hast, meine ich. Trotz … Nun, trotz allem.«

»Da du es kaum bis zum Ende eines Gartens oder in einen Weinkeller schaffst, ohne fast in den Tod zu stürzen, dachte ich, jemand sollte dich retten, bevor du eine Klippe hinunterstürzt«, sagte er und drückte ihre Hand. »Warum hattest du es so eilig, zu Miss Walters zurückzukehren? Diesen Teil konnte deine Tante nicht erklären.«

Georgiana holte tief Luft, dann sprudelte es aus ihr heraus.

»Frances hat … Nun, sie hat etwas missverstanden. Sie dachte, ich hätte ihr etwas angetan, was sie verletzt hat, und anstatt mich danach zu fragen, beschloss sie, sich gleich an mir zu rächen. Sie hat meiner Tante und meinen Eltern schreckliche Lügen erzählt. Sie wollen mich wegschicken, weil sie denken … Sie denken, ich sei völlig ruiniert. Ich weiß, warum Frances wütend ist, ich verstehe es, aber ich wünschte, sie hätte mir nur fünf Sekunden Zeit gegeben, es ihr zu erklären. Sie glaubt, ich sei ausgerechnet mit Jeremiah verbandelt, ausgerechnet mit diesem lächerlichen … Nun ja. Wenn sie mich nur nicht mit ihm in der Orangerie gesehen hätte …«

»In der … Orangerie?«, sagte Thomas sanft, mit Besorgnis in der Stimme.

Georgiana versuchte, sich anzustrengen, um alles laut auszusprechen. Sie wusste, dass Jeremiah der Bösewicht in dieser Geschichte war, aber sie fürchtete sich trotzdem davor, sie zu erzählen. Besonders, wie ihr jetzt bewusst wurde, da er sich ihr nur ein paar Meter von dem Ort entfernt aufgedrängt hatte, an dem Thomas und sie sich geküsst hatten. Sie wollte nicht, dass er den Eindruck bekam, sie sei eine Art notorische Orangerie-Küsserin.

»Ich habe Cecily gesucht, aber stattdessen ihn getroffen, und ich habe nicht bemerkt, wie betrunken er war – ich hätte es gleich sehen müssen. Aber, *nein* …« Sie schüttelte den Kopf. »Er hätte das nicht tun dürfen. Ich habe versucht, ihm zu entkommen, aber es war zu spät, und er hat mich gepackt, und … Na ja. Er hat mich nicht losgelassen.«

»Er … Was?«, sagte Thomas langsam.

Georgiana wand sich. »Ich weiß, es ist eigentlich nichts Besonderes – ein heimlicher Kuss, ich bin sicher, das passiert tausendmal am Tag, aber … Nun, ich *wollte* ihn nicht küssen, Thomas. Und ich glaube nicht, dass er es dabei belassen wollte. Er hat mir wehgetan, er war hartnäckig, und wir wurden unterbrochen, Gott sei Dank, aber es war wirklich … Es war beängstigend. Es war nicht so, wie es … Na ja. Wie bei dir.«

Thomas war ganz still geworden und starrte auf ihre Hände. Sie hätte ihn gern gebeten, etwas zu sagen, denn sie wurde immer nervöser, je länger er schwieg, doch sie biss sich auf die Zunge.

»Ich werde ihn umbringen«, sagte er leise in seinen Schoß.

»Nein, das tust du nicht«, sagte Georgiana und drückte ihren Daumen leicht in seine Handfläche. Die Berührung schien ihm zu helfen, zur Besinnung zu kommen.

»Nein, das tue ich nicht«, sagte er seufzend und schüttelte den Kopf, dann sah er sie endlich an: »Aber guter Gott, Georgiana, jemand sollte es tun. Bist du …? Bist du verletzt? Geht es dir gut?«

»Ein wenig. Ich weiß nicht so recht. Wenn es mir jetzt nicht gut geht, denke ich, wird es mir bald gut gehen«, sagte sie, berührte unbewusst mit den Fingern ihren Kragen und hoffte, dass es stimmte.

»Ich wusste, dass er verloren ist«, sagte Thomas bedauernd, »aber nicht *so* verloren. Das habe ich nicht gesehen oder wollte es nicht sehen. Jemand muss etwas tun – ihm etwas Verstand einbläuen.«

»Bitte nicht«, sagte Georgiana und versuchte, die Stimmung aufzulockern. »Betty sagt, dass es im Gefängnis keine Seife gibt.«

Er lachte nicht, sondern musterte sie aufmerksam und suchte nach Hinweisen auf Verletzungen. Sein Blick glitt zum Ausschnitt ihres Kleides hinunter, und mit quälender Sanftheit streckte er die Hand aus und hob den Stoff ein Stück an. Georgiana hatte noch nicht nachgesehen, ob sich dort blaue Flecken gebildet hatten, sie wollte nicht von Jeremiahs Hand gezeichnet sein, und doch konnte sie an Thomas' wütendem Ausdruck erkennen, dass sie es war.

Aus irgendeinem Grund schämte sie sich, war verlegen, als wäre dies ein Beweis für ihre Schwäche – aber als sie Thomas ansah, schien er den Tränen nahe. Sie legte eine Hand auf seine Wange, um ihn irgendwie zu trösten, und er nahm sie sanft in seine und drückte ihr einen Kuss auf die Fingerspitzen.

»Es tut mir leid«, sagte er.

Georgiana biss sich auf die Lippe und dachte einen Moment lang nach, bevor sie wieder sprach.

»Er ist mit Frances ins Bett gegangen«, sagte sie leise.

»Ich glaube nicht … Ich glaube nicht, dass sie es wollte. Nicht wirklich.«

Er holte scharf Luft und ließ sie dann langsam entweichen.

»Ich hätte … Hätte ich aufgepasst und wäre nicht nur mit mir beschäftigt gewesen, hätte ich es vielleicht verhindern können. Das mit dir. Mit Miss Campbell … Wie viele haben gelitten, weil ich nicht erkannt habe, was aus ihm geworden ist?«

»Sie haben *seinetwegen* gelitten, Thomas«, sagte Georgiana. »Nicht deinetwegen. Es ist nicht deine Aufgabe, alle zu retten.« Sie streckte die Hand aus und berührte ihn sanft am Arm. »Obwohl du heute bemerkenswert gute Arbeit geleistet hast, indem du mich gerettet hast. Wenn ich Mrs Burton jetzt noch davon überzeugen kann, dass ich nicht wahllos durch die Gegend gebrunstet habe …«

Er lachte kurz schockiert auf, was ihre Absicht gewesen war.

»Ich zweifle nicht daran, dass Betty in dieser Minute ernsthaft versucht, deinen Ruf zu retten, auch wenn es ihr schwerfällt. Als ich ging, war die arme Frau ganz außer sich vor Sorge.«

»Wir sollten sie von ihrem Elend erlösen«, sagte Georgiana.

Thomas nickte. Er schien aufstehen zu wollen, doch dann zögerte er.

»Georgiana, ich muss dich warnen – ich kann meine Zeit nicht mehr mit dieser verkommenen Szene verschwenden. Ich kann nicht zusehen, wie die Menschen sich halb zu Tode saufen und sich gegenseitig zu neuen und noch schrecklicheren Taten treiben – ich ertrage das nicht. Ich kann das nicht … Ich sehe meinen Bruder, Georgiana. Jedes Mal. Ich sehe alles, was ich verloren habe. Ich dachte, wenn ich mich von Jeremiah und meinen alten Freunden löse, verliere ich das letzte Fitzelchen von mir selbst, an das ich mich verzweifelt geklammert habe. Jetzt sehe ich jedoch ein, dass das kein Verlust ist. Ich habe mit dem Mann abgeschlossen, der ich war, und werde keine Schande über Edwards Andenken bringen, indem ich etwas anderes behaupte. Ich werde … Ich werde lernen müssen, nach meinen eigenen Regeln zu leben.«

Er schien leicht besorgt, als würde Georgiana sagen, dass sie sich nichts Schlimmeres vorstellen könne, als die Bälle und die Dramatik und die große Sorglosigkeit der gehobenen Gesellschaft aufzugeben, derer sie bereits unendlich überdrüssig war.

»Weißt du, ich bin das alles ziemlich leid«, sagte sie. »Ich gestehe, nichts würde mich glücklicher machen, als bis zum Ende des Sommers mit Betty Karten zu spielen, wenn sie mich haben will, und ein langes Nickerchen zu machen und ein wenig Frieden und Ruhe zu genießen.«

»Ich kann mir nichts Besseres vorstellen«, sagte Thomas, und die Erleichterung ließ seine Züge weicher wirken.

»Ich könnte gelegentlich ein Glas Wein zum Abendessen trinken«, warnte Georgiana. »Ich könnte mich sogar ein bisschen betrinken, wenn ich mir eine von Mrs Burtons Geschichten über Pastinaken anhören muss. Aber … Wirklich, Thomas. Du brauchst dir keine Sorgen zu machen.«

»Kein leichtes Unterfangen, da du häufig genug Anlass zu größter Sorge gibst«, sagte er.

Er nahm ihre kalten Hände in seine und strich mit den Daumen über ihre Handgelenke, wo ihr Puls heftig schlug, und sie fragte sich kurz, ob sie vor lauter Freude ohnmächtig würde. Doch dann befand sie, dass das vollkommen absurd wäre.

»Natürlich spielen meine Absichten kaum eine Rolle, wenn es meinen Eltern gelingt, mich fortzuschleppen, damit ich anständig für meine Sünden büße«, sagte sie stattdessen und seufzte.

Thomas zog sie an sich, und sie lehnte sich schwer an ihn und wunderte sich, dass sie der ganze Matsch nicht im Geringsten störte.

»Das sollen sie nur versuchen«, sagte er, und seine Lippen streiften ihre Stirn. »Egal, ob mit Schwertern, Hunden oder Höllenfeuer, ich lasse nicht zu, dass sie dich holen.«

»Also, immer mit der Ruhe«, sagte Georgiana und lächelte. »Ich glaube nicht, dass es zu all dem kommen wird.«

Kapitel siebenundzwanzig

Georgiana kehrte durchnässt und schmutziger als je zuvor in ihrem Leben zu den Burtons zurück und wappnete sich für den Kampf. Sie war sich nicht sicher, was sie ihren Eltern sagen wollte, aber allein die Tatsache, dass Thomas bei ihr war – er half ihr vom Pferd herunter und stand neben ihr, als sie die Haustür öffnete –, beruhigte ihre Nerven und stärkte sie für das, was sie im Haus erwartete.

Sie hätte sich jedoch keine Sorgen zu machen brauchen. In dem Moment, in dem Mrs Burton sie sah – erschöpft und voller Schlamm, mit verweinten Augen und Tränenspuren auf den Wangen –, eilte sie zu ihr, um sie fest in die Arme zu schließen.

»Oh, Georgiana, ich bin ja so froh, dass du in Sicherheit bist«, murmelte sie in Georgianas feuchtes Haar.

Georgiana wusste, dass es sicherlich nicht sonderlich angenehm war, sie im Moment zu umarmen, und erwiderte die Umarmung so fest wie möglich, um ihrer Tante zu zeigen, wie dankbar sie war.

Vielleicht erwartete Mrs Burton ähnliche Zuneigungsbekundungen von ihren Eltern. Stattdessen standen sie unbeholfen im Flur, beobachteten sie mit skeptischen Mienen, und in der Schläfe ihres Vaters pochte eine Ader.

Mr Burton, der offensichtlich so weit wie möglich von dem Gespräch entfernt sein wollte, ohne das Haus zu verlassen, stand in der Tür zum Salon und wirkte erleichtert, aber auch besorgt.

»Wie dem auch sei«, sagte ihre Mutter, »dieses kleine Ablenkungsmanöver ist nun vorbei. Keine Verzögerungstaktik mehr, keine Hysterie. Du kommst mit uns.«

»Ablenkungsmanöver?«, wiederholte Mrs Burton, löste ihren Griff um Georgiana und starrte ihre Schwester an. »Sie hätte stürzen können! Sie hätte sterben können!«

»Sie wollte unsere Aufmerksamkeit, und die hat sie«, sagte Mrs Ellers gleichmütig. »Das ändert nichts.«

»Wenn Sie gestatten«, begann Thomas, »es gibt gewisse Umstände, die Ihnen vielleicht nicht bekannt sind …«

»Ich weiß sehr wohl, was geschehen ist oder was *dieses Mädchen* behauptet, was geschehen sei.« Mr Ellers deutete mit der Hand auf die offene Esszimmertür, wo Georgiana Betty Walters mit einem Taschentuch in der Hand stehen sah. Sie hatte offensichtlich geweint, bemühte sich aber jetzt, Georgiana ein schwaches Lächeln zu schenken. »Vielleicht gibt es ein paar Diskrepanzen zwischen der Geschichte, die Miss Campbell erzählt hat, und der, die Miss Walters gerade wiedergegeben hat, aber die Tatsache bleibt, dass unsere Tochter unbeaufsichtigt Bälle besucht hat – getrunken hat – und sich damit anfällig für Annäherungsversuche von allen möglichen Schurken und Gaunern gemacht hat.«

»Mr Ellers«, sagte Thomas steif, wohl wissend, dass auch er in diese Rede eingeschlossen war, »ich kann Ihnen versichern …«

»Und wer sind Sie?«

»Mein Name ist Thomas Hawksley, und ich muss sagen, dass ich auf das Schärfste protestiere …«

Er hörte abrupt auf zu sprechen, denn Mrs Burton hatte die Hand ausgestreckt und tätschelte ihm den Arm.

»Keine Sorge, Mr Hawksley«, sagte sie, wandte sich an Georgianas Eltern und richtete sich zu ihrer vollen Größe auf. »Ich kläre das.«

»Du tust *was?*«, fragte Mrs Ellers kühl. »Ich fürchte, das ist nicht mehr deine Angelegenheit.«

»Du wirst dir anhören, was meine Frau zu sagen hat«, schaltete sich plötzlich Mr Burton ein. Alle drehten sich um und sahen ihn an, einen Moment lang irritiert von der Tatsache, dass er tatsächlich etwas gesagt hatte.

»Ja. Du hast mich gehört, Mary«, sagte Mrs Burton, gestärkt durch die Unterstützung ihres Mannes. Georgiana tauschte einen erschrockenen Blick mit Betty, deren Hand zum Mund geflogen war. »Ich werde nicht leugnen, dass Georgiana ein fragwürdiges Urteilsvermögen an den Tag gelegt hat, und ich mache mir Vorwürfe, weil ich sie nicht besser im Auge behalten habe. Doch, doch, Georgiana, es ist wahr – ich weiß, du bist kein Kind mehr, aber ich bin immer noch dein Vormund, solange du hier lebst, und ich habe dich enttäuscht. Aber ich werde nicht hier stehen und zulassen, dass du«, sie zeigte auf Mrs Ellers, deren Mund vor Empörung offen stand, »sie beschuldigst, beschämst und bestrafst, nachdem Miss Walters uns gerade erzählt hat, was dieser abscheuliche Mr Russell ihr angetan hat. Sie ist keine Kriminelle, sie ist nicht der Teufel, sie ist nur eine junge Frau, die Fehler gemacht und teuer für sie bezahlt hat. Sie muss sich ausruhen. Sie braucht jemanden, der sich um sie kümmert. Sie muss ihre Vorstellungen überdenken, ja, und sie hat eine Menge harter Arbeit vor sich, wenn sie will, dass man ihr unter diesem Dach jemals wieder vertraut – aber ich werde nicht zulassen, dass du sie irgendwo hinbringst. Und wenn du es immer noch versuchen willst, wirst du mit der gesamten Miliz Englands zurückkommen müssen. Ich meine es ernst, Mary.«

»Das ist doch lächerlich«, entgegnete Mr Ellers und machte einen Schritt auf Georgiana zu. »Sie ist *unsere* Tochter. Wir entscheiden, was das Beste für sie ist – wie wir am besten mit dieser Sache umgehen.«

»Ich glaube«, sagte Thomas und legte eine schützende Hand auf Georgianas Schulter, »das ist bereits entschieden. Georgiana?«

»Ich bleibe hier«, sagte Georgiana mit feuchten Augen. »Solange meine Tante und mein Onkel mich haben wollen.«

»Richtig«, sagte Mrs Burton, verschränkte die Arme und starrte Mr und Mrs Ellers an, als wären sie zwei Ratten, die sich in ihrem Hausflur eingenistet hätten, und keine engen Verwandten. Georgiana fand, dass ihre Eltern noch nie so klein ausgesehen hatten. »Das war's dann wohl.«

Den Rest des Tages nahm sie leicht surreal und verschwommen wahr. Georgianas Eltern reisten ab und wechselten auf dem Gartenweg noch ein paar Worte mit Mrs Burton. Thomas blieb so lange, bis Mrs Burton aufhörte, sich zu sorgen, und Georgiana stattdessen wissend zulächelte, woraufhin Georgiana die Augen verdrehte und ihm sagte, er solle nach Hause gehen und sich ausruhen.

Betty rührte sich nicht von der Stelle, bedeutete Georgiana fröhlich, nach oben zu gehen, und sagte, sie werde im Salon auf sie warten und an ihrer Schreibkunst arbeiten – »Grandmama benötigt die Kutsche sowieso nicht, heute ist ihr Schlaftag, also kann ich so lange bleiben, wie du mich brauchst« –, und Mrs Burton wies Emmeline an, ihrer Nichte ein Bad einzulassen.

»Es tut mir so leid, Mrs Burton«, sagte Georgiana bedauernd, als ihre Tante ihr die Treppe hinaufhalf. »Es tut mir unendlich leid. Ich verspreche, mich zu bessern. Sie waren immer nur freundlich zu mir, und ich habe mich fürchterlich benommen.«

»Ach, sei still. Ich werde später wütend auf dich sein, Georgiana, aber jetzt kann ich mich noch nicht dazu durchringen«, sagte ihre Tante, wischte sich die Augen und hieß ihre Nichte, ein Bad zu nehmen.

Georgiana empfand das warme Wasser wie einen Segen und spürte, wie sich ihre Muskeln entspannten. Sie wusch so viel Schlamm ab, als hätte sie wochenlang und nicht nur eine einzige Nacht in der Natur übernachtet.

Die Flecken auf ihrem Schlüsselbein blühten in hässlichem Violett, Gelb und Grün. Sie strich mit den Fingern darüber, zuckte vor Schmerz zusammen und dachte schließlich an die Hand, die sie verursacht hatte.

Thomas glaubte, er hätte Jeremiah Russell aufhalten können, wenn er gewusst hätte, wie tief er gefallen war. Georgiana befand sich in der unangenehmen Lage, nicht nur zu wissen, sondern auch selbst erlebt zu haben, wie sehr er die Kontrolle verloren hatte. In der Sicherheit ihres Zuhauses – denn es *war* jetzt wirklich ihr Zuhause, wie sie gerührt feststellte – war sie versucht, die Sache abzuschließen. Sie war völlig erschöpft und wollte nicht mehr darüber sprechen, sie wollte es verdrängen und einfach vergessen.

Sie konnte sich jedoch des Gedankens nicht erwehren, dass er einfach weitermachen würde, um das alles zu wiederholen – und Schlimmeres. Es war unwahrscheinlich, dass Frances einer anderen Seele erzählen würde, was sich in jener Nacht zwischen ihnen im Cottage zugetragen hatte – schuldig oder nicht, sie wäre ruiniert –, aber vielleicht konnte Georgiana es erzählen und trotzdem unbeschadet daraus hervorgehen. Selbst wenn sie als Hure und als Lügnerin abgestempelt wurde – selbst wenn die halbe Grafschaft auf seiner Seite war –, vielleicht war es das wert, um die Saat des Zweifels zu säen. Vielleicht würden die Damen Abstand halten, die Eltern würden sich zweimal überlegen, ob sie ihre Töchter der Gesellschaft von Jeremiah Russell überlassen wollten. Vielleicht würde man in der Gesellschaft über sie tuscheln. Vielleicht würde sie es schwer haben, einen anderen Mann zu finden, wenn Thomas seine Meinung noch einmal änderte – aber es gab mehr als eine Möglichkeit, als ruiniert zu gelten, und Georgiana hatte erkannt, welche sie am wenigsten störte.

Sie wusste jetzt, wie sie diese Geschichte beenden wollte.

Nach dem Bad schlief sie kurz ein, konnte sich aber nicht völlig entspannen und verbrachte den Rest des Tages in einem Zustand großer Unruhe, den sie Mrs Burton nicht erklären konnte. Diese führte ihn wahrscheinlich auf eine allgemeine nervliche Erschöpfung zurück.

Betty wurde zum Abendessen eingeladen. Georgiana aß nicht viel, obwohl ihre Tante ein großes Bohei machte, und Betty warf ihr immer wieder besorgte Seitenblicke zu, während sie ihre Pastete aß.

Als sie danach endlich mit ihrer Freundin allein war, zog Georgiana sie zur Seite und vertraute ihr einen Plan an, der irgendwo zwischen der Pastete und dem Pudding, den sie nicht angerührt hatte, in ihrem Kopf Gestalt angenommen hatte. Betty schien etwas beunruhigt, nickte aber fröhlich. Ein paar Stunden später, als die Burtons sich ins Schlafzimmer zurückgezogen hatten und Betty angeblich nach Hause gefahren war, saß Georgiana wieder an der Tür und lauschte aufmerksam auf das Geräusch von Hufen auf der Straße. Als die Kutsche kam, stieg sie so leise wie möglich ein und schaute bei der Abfahrt stumm aus dem Fenster. Sie merkte nicht, wie angespannt und still sie war, bis Betty ihr beruhigend die Hand tätschelte.

»Danke, Betty«, sagte sie leise, als sie ihr Ziel erreicht hatten. »Bitte, wenn es dir nichts ausmacht – ich glaube, ich muss das allein machen.«

Georgiana stieg aus und ging das letzte Stück der riesigen Auffahrt hinauf. Sie zitterte ein wenig, ohne dass sie hätte sagen können, ob das an der Aufregung, der Nachtluft oder der Müdigkeit lag. Trotz der späten Stunde waren viele Räume im Erdgeschoss des Hauses noch beleuchtet. Georgiana klopfte zögernd an die Tür, fast hoffte sie, dass man ihr nicht öffnen würde und sie sich davonschleichen könnte, als wäre sie nie da gewesen.

Doch ein Diener öffnete die Tür und ging, um ihre Nachricht zu überbringen, während sie unsicher auf der Schwelle wartete. Er kehrte jedoch allein zurück. Seine Herrin war angeblich »unpässlich«. Georgiana überlegte, ob sie mit mehr Nachdruck um Einlass bitten sollte – kurz erwog sie, sich an ihm vorbeizudrängen und einfach ins Haus zu laufen –, aber stattdessen bedankte sie sich bei ihm und tat, als würde sie gehen.

Anstatt zur Kutsche zurückzukehren, schaute sie sich um und ging dann schnell um das Haus herum, in der Hoffnung, dass sie nicht von einem aufmerksamen Gärtner entdeckt und auf der Stelle erschossen würde. Sie erreichte die vertraute Rasenfläche hinter dem Haus, und durch die geschlossenen Terrassentüren sah sie, wonach sie gesucht hatte.

Dort saß Frances und aß mit ihren Freunden zu Abend. Im Kerzenlicht sah sie mürrisch und erschöpft aus, in der Hand hielt sie ein volles Weinglas, das Kleid fiel ihr nachlässig von den Schultern. Jonathan sprach mit Jane. Cecily hörte Christopher zu, der beim Sprechen wild mit der Gabel gestikulierte. Sie glänzten im Kerzenschein, aber die Gesellschaft, an der Georgiana einst unbedingt teilhaben wollte, machte auf sie jetzt einen etwas anderen Eindruck. Sie sah nicht die Jugend, die Lebendigkeit und den Glanz. Sie sah Menschen, die älter wirkten, als sie eigentlich waren. Menschen, die meistens unglücklich schienen, Menschen, deren Wünsche und Bedürfnisse häufig unerfüllt blieben. Selbst jetzt, trotz allem, konnte sie nicht wütend auf Frances sein. Ihre Freundin sah so dünn aus, so mitgenommen, dass das Licht Schatten auf ihre hohlen

Wangen warf. Georgiana glaubte, eine Ahnung zu haben, wie sie sich fühlte, nachdem sie nur ein paar Monate versucht hatte, mit ihr Schritt zu halten. Sie konnte sich nicht vorstellen, welchen Tribut ein ganzes Leben fordern musste.

Einen Moment lang starrte sie alle an, noch ganz gefangen von ihnen, als Frances aufschaute und ihre Blicke sich trafen. Sie dachte, Frances würde so tun, als hätte sie sie nicht gesehen, oder vielleicht nach den Hunden ihres Vaters schicken und sie vom Gelände jagen lassen, anstatt mit ihr zu sprechen. Stattdessen stand sie unsicher auf und kam zur Tür. Die anderen Freunde drehten sich um, als sie die Türen aufstieß und auf Georgiana hinunterstarrte.

»Was?«, fragte sie unverblümt.

»Frances …«

Georgiana wusste nicht, wo sie anfangen sollte. In der Kutsche war sie von ihrem Vorhaben überzeugt gewesen, doch jetzt zitterte ihre Stimme. Jonathan erhob sich langsam von seinem Stuhl und trat wortlos und mit wachsamer Miene hinter Frances.

»Ich bin gekommen, um dir zu sagen, dass das, was du gesehen hast – was du *glaubst,* zwischen Jeremiah und mir gesehen zu haben –, keine romantische Umarmung war. Wärst du nicht gekommen … Nun, ich möchte mir gar nicht ausmalen, was er dann getan hätte. Ich bin dankbar, dass du da warst. Du hast mich gerettet, wenn auch unabsichtlich. Ich schwöre, ich habe nicht nach ihm gesucht, ich war auf der Suche nach Cecily und dann … hat er mich *angegriffen,* Frances.«

Frances holte tief Luft, während sie diese Information verarbeitete. Sie sagte nichts, aber Georgiana sah in ihren Augen, dass sie verstand – wie ihre Schultern sich entspannten, als ein Teil des Zorns aus ihr wich. Einen Moment lang spürte sie Erleichterung. Frances *glaubte* ihr. Dessen war sie sich sicher. Jonathan sah aus, als ob er es ebenfalls glaubte. Seine Augenbrauen waren so weit nach oben geschossen, dass sie fast von seinem Haar verdeckt wurden, und er beobachtete Frances genau, als ob er in ihrem Gesicht nach Hinweisen suchte.

»Und ich wollte sagen … Ich wollte sagen, dass es mir leidtut. Ich war dir keine gute Freundin, als du wirklich eine gebraucht hättest. Ich glaube nicht, dass das entschuldigt, was du Betty angetan hast oder was du versucht hast, mir anzutun. Ich verstehe jedoch, warum du es getan hast, auch wenn ich wünschte, du hättest es nicht getan. Und … Frances«, fuhr Georgiana fort und senkte ihre Stimme fast zu einem Flüstern, »was vorletzte Nacht passiert ist, hat mir zu Bewusstsein gebracht, dass … Jeremiah dich auch angegriffen hat. Damals im Cottage.«

Augenblicklich ging eine Veränderung in Frances vor, die sich nur in kaum wahrnehmbaren Details in ihrer Haltung zeigte. Sie richtete sich auf, straffte die Schultern und neigte ganz leicht den Kopf, während sie Georgiana betrachtete.

»Du hast absolut keine Ahnung, wovon du redest«, sagte sie mit kalter schneidender Stimme. »Und ich an deiner Stelle würde diese kleine Fantasie, die du dir da ausgedacht hast, nicht wiederholen.«

Nach all dem, was sie bereits durchgemacht hatte, überraschte es Georgiana, dass diese Worte sie immer noch zutiefst erschütterten.

»Frances, ich sage das nicht, um dich zu verletzen. Du hast zwar versucht, mich zu ruinieren, du hast Betty verletzt, und ich sollte wütend sein – ich *bin* wütend –, aber das hier ist wichtiger. Warum sonst sollte ich jetzt zu dir kommen? Bitte … Nur … Du musst damit nicht allein sein.«

»Dieses pathologische Bedürfnis, ständig im Mittelpunkt zu stehen, ist ermüdend«, sagte Frances und klang dabei fast gelangweilt. »Du bist nicht die *Hauptperson* in unserem Leben, Georgiana. Du bist nicht einmal besonders interessant. Ich verstehe, warum du so etwas erfindest, warum du alle deine Melodramatik auf mich projizierst …«

»Ich habe nichts erfunden«, sagte Georgiana und spürte, wie ihre Wangen vor Verzweiflung rot anliefen. »Er … Ich habe *blaue Flecken,* Frances.« Sie zerrte am Ausschnitt ihres Kleides. Frances beobachtete sie stumm, doch sie bemerkte, wie Jonathan bei dem Anblick erschrak und über seine Schulter zurückblickte, wo Jane, Cecily und Christopher saßen und schweigend zusahen. »So ein Mann ist er. Das wissen wir beide. Was auch immer zwischen uns geschehen ist – du bist mir wichtig. Ich denke … Ich denke, dass er in irgendeiner Form der Justiz zugeführt werden muss. Ich möchte den Leuten erzählen, was er mir angetan hat. Ich werde deine Geschichte nicht für dich erzählen oder dich bitten zu sprechen, denn das ist deine Entscheidung und nur deine. Aber ich brauche meine Freundin …« Ihre Stimme brach, und sie versuchte, die Tränen herunterzuschlucken: »Ich muss wissen, dass ich dabei deine Unterstützung habe.«

Sie wusste, dass Frances Schwäche verabscheute, aber es war nicht zu ändern; sie fühlte sich schwach. Seit zwei

Tagen hatte sie nicht mehr richtig geschlafen. Sie fühlte sich verletzlich und ausgeliefert, und je länger Frances sie kalt anstarrte, als sei sie verrückt, desto schwieriger wurde es, einen klaren Gedanken zu fassen.

»Ich habe dir nichts weiter zu sagen«, erklärte Frances.

Da wusste Georgiana, dass sie sie verloren hatte. Es war ein alles verzehrender und heftiger Schmerz, wie ein Schuss in die Brust. Ein ganzer Sommer der Freundschaft – alles, was sie geteilt hatten – war an einem Tag ausgelöscht.

»Warum?«, hörte sie sich fragen, und es war ihr zuwider, dass es wie ein verzweifeltes Flehen klang.

»Warum?«, wiederholte Frances spöttisch. »Warum? Hast du wirklich geglaubt, du könntest dich an mich klammern, an all meine Freunde – so tun, als wärst du reich und hättest gute Beziehungen und wärst für immer wichtig? Dies war nie deine Welt, Georgiana. Du warst nur zu Besuch. Du warst dabei, weil du mich amüsiert hast – aber du amüsierst mich nicht mehr. Ich finde nicht eine Unze Vergnügen an dem Umgang mit Mädchen, die versuchen, mich zu verdrängen, und dann feststellen, dass sie den Platz nicht halten können – die den ganzen Spaß und den ganzen Ruhm wollen, aber mit Anschuldigungen um sich werfen, wenn sie etwas nicht gewachsen sind …«

»Er hat dir wehgetan, Frances!«, rief Georgiana. »Das wissen wir doch beide. Jonathan weiß es. Und du musst wissen, dass ich dir die Wahrheit sage. Was auch immer passiert ist, du warst nicht schuld – er ist *gefährlich,* und ich bin sicher, dass er es schon einmal getan hat. Was ist mit diesem Mädchen, Kitty, vom letzten Sommer? Was ist mit Annabelle Baker? Er wird es wieder tun. Er … Jonathan?«

Verzweifelt wandte sie sich an ihn. Er war blass, sein Kiefer angespannt. Es schien fast so, als wollte er etwas sagen, doch dann schüttelte er traurig den Kopf und sah zu Frances, die ihm mit grimmiger Entschlossenheit in die Augen blickte.

Georgiana begriff, dass sie eine verschworene Gemeinschaft waren, und nachdem sie jetzt nicht mehr dazugehörte, waren sie gegen sie. Was immer Frances sagte, würde als Wahrheit gelten. Jonathan würde ihr nicht widersprechen. Sie würden für immer mit dieser Lüge leben und ihren Frieden damit machen.

Georgiana konnte das nicht. Sie drängte sich an den beiden vorbei ins Esszimmer und sah zu Cecily und zu Jane, während ihr Tränen der Verzweiflung über die Wangen liefen.

»Ihr wisst, dass ich die Wahrheit sage, oder? Warum sagt ihr nichts? Warum tut ihr nicht ausnahmsweise mal etwas? Ihr wart meine Freundinnen«, sagte sie flehend.

Cecily weinte, hielt sich eine Hand vor den Mund, sah ihr aber nicht in die Augen. Jane schon, aber ihr Gesicht verriet nichts. Christopher besaß die Dreistigkeit zu grinsen.

Georgiana kam sich wie ein Kind vor, das einen Wutanfall hatte. Es war, als wäre sie in einen Albtraum geraten. Oder besser gesagt, als hätte sie geträumt, dass man sie tatsächlich mochte, und würde jetzt mit der Realität konfrontiert.

»Verschwinde aus meinem Haus«, sagte Frances mit verschränkten Armen.

»Bitte, Frances …«

»Verschwinde aus meinem Haus«, wiederholte sie klar und deutlich.

Georgiana schaute sich ein letztes Mal im Zimmer um – sie sah Jonathan an, den sie für einen wahren Freund gehalten hatte, aber er blickte nur auf den Boden –, dann gab sie auf.

Sie verließ das Zimmer und konnte durch die Tränen kaum ihre Füße vor sich sehen. Sie hörte Christophers Lachen hinter sich – grausam, unbekümmert, herablassend. Sie hatte es fast bis zur Auffahrt geschafft, als sie stolperte und in den rauen Kies fiel. Erschöpfung und Verzweiflung übermannten sie. Sie blieb schluchzend auf dem Boden knien und machte keine Anstalten, aufzustehen. Sie hatte das Gefühl, ihre Beine könnten sie nicht halten. Die Geräusche, die sie von sich gab, klangen fast animalisch. Sie schlug sich eine Hand vor den Mund, um sie zu dämpfen, aber irgendetwas in ihr hatte sich gelöst, und sie konnte sich nicht beruhigen.

Sie hatte mit Wut gerechnet, mit Verärgerung, ja – aber ein sehr törichter Teil von ihr hatte sich vorgestellt, dass sie alles haben konnte. Dass sie es laut aussprechen und Frances trotzdem auf eine Art behalten konnte.

Aber Frances konnte sich dem nicht stellen, was Jeremiah ihr angetan hatte, und Georgiana konnte es nicht verdrängen. Ihre Strategien, damit zurechtzukommen, widersprachen sich, ihre Realitäten hatten sich auseinanderentwickelt. Georgiana an ihrem Leben teilhaben zu lassen, hieße zu akzeptieren, dass sich alles so zugetragen hatte, wie Georgiana es sagte – und dazu war Frances nicht bereit.

Georgiana schluchzte noch immer, als sie Schritte über den Kies knirschen hörte. Plötzlich zog Betty sie in ihre Arme, beruhigte sie und streichelte ihr über den Rücken, als wäre sie ein kränkliches Kind.

»Na, na«, murmelte sie und ließ Georgiana weinen, wobei sie ihr etwas unbeholfen den Kopf tätschelte. »Es wird alles gut. Du wirst schon sehen. Wie heißt es so schön? Es ist immer am dunkelsten, bevor … Irgendwas. O Gott, was noch? Am dunkelsten vor dem Licht? Das klingt nicht gut – na ja, jedenfalls ist es jetzt ziemlich dunkel – aber es wird nicht ewig dunkel bleiben.«

Kapitel achtundzwanzig

Am nächsten Tag erwachte Georgiana verwirrt und mit verquollenen Augen, nachdem sie zwölf Stunden lang geschlafen hatte. Sie saß eine Weile an ihrem kleinen Frisiertisch in der späten Vormittagssonne und nahm ihren ganzen Mut zusammen. Die Dinge waren ziemlich anders gelaufen als geplant, aber es lag in ihrer Hand, die Regie für den Rest ihrer Geschichte zu übernehmen. Dazu musste sie nur etwas tun, was sie den ganzen Sommer über vermieden hatte: die Wahrheit sagen.

Der erste Schritt war ein Gespräch mit Mrs Burton.

»Was für ein Schurke. Ein *Schuft.* Ich kann nicht glauben, dass er dir so etwas angetan hat, du armes Kind«, sagte ihre Tante mit Tränen in den Augen, nachdem Georgiana ihr von dem Vorfall zwischen ihr und Jeremiah erzählt hatte. Mrs Burton hatte schon davon gehört, aber aus zweiter Hand und ziemlich verkürzt von einer verzweifelten Betty. Die ausführliche Version schien sie zutiefst zu erschüttern, und Georgiana fand sich in der seltsamen Lage, Mrs Burton trösten zu müssen, anstatt umgekehrt.

»Mir geht es gut, Mrs Burton. Oder … Das wird schon wieder. Aber Sie haben recht, er ist ein Schurke. Und ich denke … das sollten alle wissen.«

»Bist du dir sicher?«, fragte Mrs Burton und griff nach

ihrer Hand. »Wenn es einmal bekannt ist, Georgiana, kannst du es nicht mehr rückgängig machen.«

»Ich weiß«, sagte Georgiana finster. »Aber das gilt für ihn genauso wie für mich. Ich riskiere, dass niemand in dieser Stadt mehr eine gute Meinung von mir hat, aber wenn das auch für ihn gilt, ist es das allemal wert.«

»In Ordnung«, sagte Mrs Burton energisch. »Also gut. Ich werde ein paar Briefe verfassen ... Nun, ich werde jeder anständigen Person schreiben, die ich kenne. Und ... Und ich werde seiner Mutter schreiben.«

Sie klang so kämpferisch, dass Georgiana über alle Maßen froh war, sie auf ihrer Seite zu haben. Ihre Tante hätte sich gegen sie stellen können, hätte sie bitten können, alles unter Verschluss zu halten, um sie vor Schande und Spott zu bewahren. Die Tatsache, dass sie das nicht tat, obwohl es für sie lebenswichtig war, was die Nachbarn über sie dachten, war weitaus mutiger und loyaler von ihr, als Georgiana zu träumen gewagt hatte.

»Ich muss dich warnen – die Leute werden sicherlich reden, Georgiana, und ich habe keinen Zweifel, dass sie im Gegenzug viele schreckliche Dinge über dich sagen werden. Er wird das nicht unkommentiert lassen, und seine Familie wird ihren Namen bis zum Ende verteidigen. Aber *wir* werden wissen, dass wir im Recht sind. Ich hoffe, das gibt dir etwas Trost. Mir auf jeden Fall.«

Getreu ihrem Wort widmete sich Mrs Burton fast den ganzen Tag lang ihren Briefen, saß über den Schreibtisch ihres Mannes gebeugt und schrieb und korrigierte stundenlang, bis sie mit dem, was sie verfasst hatte, zufrieden war. Mr Burton wurde für einen sehr langen Spaziergang nach draußen verbannt. Georgiana schien es, als sei er sehr froh darüber. Irgendwann kam er herein, um für sich ebenfalls Papier und Tinte zu holen, und küsste Mrs Burton zärtlich auf den Kopf, woraufhin ihre Tante ein wenig erschrak und einen lustigen Schrei von sich gab.

Oben in ihrem Zimmer schrieb Georgiana ihre eigenen Briefe. Sie schrieb an Jonathan und an Cecily. Sie schrieb sogar einen Brief an eine Miss Annabelle Baker und adressierte ihn aus einer Ahnung heraus an den Orden der Heiligen Lucy. Es schien völlig sinnlos, aber bevor sie das erledigt hatte, kam sie nicht zur Ruhe. Sie rechnete mit keiner einzigen Antwort. Sie konnte nur hoffen, dass ihre Worte einen schwachen Punkt in ihnen berührte – oder zumindest die Seite, die Jeremiah Russell fast so sehr hasste wie sie.

Der letzte Brief, den sie schrieb, war der einfachste.

Lieber Thomas,
erstens möchte ich mich noch einmal bei dir bedanken, und bitte richte auch deinem ausgezeichneten Pferd meinen aufrichtigen Dank aus. Zweitens kann man durchaus sagen, dass das Band der Freundschaft zwischen Frances und mir endgültig zerschnitten ist. Ich bedaure die Art und Weise unseres Abschieds – aber keine Sorge, denn Betty und meine Tante haben sich gut um mich gekümmert. Vielleicht sogar zu sehr, wenn das möglich ist. Ich musste viel stärkendes Brot und Käse zu mir nehmen und viele lange Bäder bewältigen.

Es ist wahrscheinlich skandalös, dir das zu erzählen – über die Bäder, meine ich –, also hoffe ich, dass du ausreichend empört bist.

Ich habe beschlossen, die Wahrheit über Jeremiah zu sagen. Ich hoffe, dass du meine Gründe verstehst und dich nicht durch deine Verbindung zu mir beeinträchtigt fühlst. Selbst wenn dies der Fall ist, muss ich so tun, als sei ich in meinen Überzeugungen nicht zu erschüttern, als sei es mir egal, was du denkst, und muss dir sagen, dass es mir vollkommen gleich ist, ob es dir missfällt.

Frances hat sich anders entschieden, aber ich darf nicht schlecht über sie denken. Es gibt wohl keinen richtigen Weg, damit umzugehen – ich kann nur entscheiden, was für mich richtig ist.

Bitte komm mich bald besuchen. Ich sehne mich danach, dich zu sehen, und ich glaube nicht, dass meine Tante mich jemals wieder aus dem Haus lassen wird. Wenn man mich ihr überlässt, werde ich vielleicht bald unter einem Haufen Brot und Käse ersticken.

Hochachtungsvoll

– wirklich und wahrhaftig die deine,

Georgiana

Die Antwort kam noch am selben Abend.

Georgiana,

es wäre eine ungeheure Schande, wenn du sterben würdest, nachdem ich mir so viel

Mühe gegeben habe, dich heldenhaft aus dem Moor zu retten. Bitte mach nicht gleich all meine harte Arbeit zunichte, sondern bemühe dich, wenigstens noch ein wenig länger auf dieser sterblichen Ebene zu bleiben.

Ich hoffe, du weißt, dass ich dich selbstverständlich unterstützen werde. Ich gehöre zu der Sorte von Narren, die dich bedingungslos in allem unterstützen werden. Solltest du dich jemals dazu berufen fühlen, Premierminister zu werden, werde ich den Spott meiner Kollegen ignorieren und die Stadt mit Plakaten mit deinem Gesicht tapezieren, selbst wenn sie anfangen, mit verfaultem Obst und Gemüse zu werfen.

Ich werde sehr bald zu Besuch kommen, und sei es nur, um Brot und Käse Mrs Burtons wohlwollenden Händen zu entreißen.

Den Teil über die Bäder ignoriere ich höflich.

Ganz und gar dein,
Thomas

Mrs Burton war ein wenig beunruhigt, als Georgiana eine Einladung zum Abendessen bei den Hawksleys erhielt. Sie konnte es ihrer Tante nicht verübeln und versicherte ihr, dass Thomas' Vater wirklich anwesend sein werde und dass sie von ihrem Besuch nichts zu befürchten habe. Eine Zeit lang sah es so aus, als ob man ihr den Besuch verbieten würde, um sie für ihr unverschämtes Verhalten während des Sommers zu bestrafen. Beim Abendessen gab Mrs Burton jedoch nach, denn im Herzen war sie eine Romantikerin.

Nachdem man sie überredet und ihre Bedenken ausgeräumt hatte, schien Mrs Burton tatsächlich Gefallen an der Angelegenheit zu finden, half Georgiana mit Begeisterung bei den Vorbereitungen und lieh ihr sogar einige ihrer schönsten Schmuckstücke.

Auf dem Weg zu den Hawksleys war Georgiana krank vor Nervosität. Sie hatte versucht, sich auf den Anblick von Thomas' Haus vorzubereiten, und meinte, dass die vielen Bälle in dekadenter Umgebung sie gegenüber der Extravaganz großer Gebäude vielleicht hatten abstumpfen lassen, es raubte ihr dennoch den Atem. Sie erreichten es über eine lange gewundene Auffahrt, die auf beiden Seiten von Bäumen gesäumt war, die einen üppigen Torbogen bildeten und den Blick auf ein herrschaftliches Anwesen freigaben. Das Haus war aus verwittertem cremefarbenem Stein gebaut, der ganz von Efeu überwuchert war. Eine kleine Schar von Dienern kam auf sie zu, um sich zu vergewissern, dass die Kutsche, die Pferde und der Kutscher gut versorgt waren, und allein ihr Anblick schüchterte sie ein. Doch dann trat Thomas aus der Tür, strahlte sie an, und alle ihre Ängste lösten sich in Luft auf.

»Ich glaube, ich hätte sie bitten können, mich zum Haus zu tragen, und sie hätten mich hochgehoben und erst am Esstisch wieder abgesetzt«, bemerkte sie, als er ihre Hand nahm und ihr aus der Kutsche half.

»Unsinn, das machen sie nur für mich. *Dich* würden sie fallen lassen.«

Mr Hawksley Senior freute sich sehr, sie zu sehen, und küsste ihr souverän die Hand. Die drei setzten sich zum Abendessen in einen großen luftigen Speisesaal, in dem leicht sechzig Personen hätten Platz finden können. Thomas beobachtete lächelnd, wie sie sich erneut mit seinem Vater angeregt über Literatur unterhielt. Schließlich, nach dem Hauptgang, wurde das Gespräch unterbrochen, und Mr James Hawksley räusperte sich.

»Ich habe kürzlich einen Brief von Ihrer Tante erhalten, Miss Ellers, in dem einige schockierende Fakten über unseren Freund Mr Russell standen.«

»Er ist nicht mehr unser Freund«, erklärte Thomas mit Nachdruck. »Ich bedaure nur, dass ich so lange gebraucht habe, um das zu erkennen.«

»Oh, Thomas. Du bist zu hart zu dir selbst«, sagte sein Vater. »Du bist nicht für alles Übel dieser Welt verantwortlich.«

Thomas seufzte und schüttelte den Kopf, als ob er sich weigerte, das zu glauben.

»Ich muss leider sagen, dass ich ebenfalls schon einen Brief von Mrs Elizabeth Russell erhalten habe, die mir einst eine gute Freundin war, so wie Jeremiah unserem Thomas ein guter Freund war. Sie ist entschlossen, zu verbreiten, dass Jeremiah ein guter Mann ist, der aus einer anständigen Familie stammt, und dass alle Anschuldigungen, die auf etwas anderes hindeuten, niederträchtiger Natur sind. Sie hat kein besonders schönes Bild von Ihnen gezeichnet, das muss man sagen, auch wenn sie

Ihren Namen nicht erwähnt hat. Möchten Sie den Brief sehen?«

»Nein, nein. Das ist nicht nötig«, sagte Georgiana schnell.

Die Lektüre dieses Briefes konnte nichts Gutes bringen. Sie hatte natürlich gewusst, dass das passieren konnte, hatte aber naiverweise gehofft, dass die Russells zu verlegen sein würden, die Gerüchte direkt anzusprechen.

»Ich weiß, dass es vielleicht nicht so aussieht, aber ich glaube, dass das ein gutes Zeichen ist, Georgiana«, sagte Thomas ernst und griff nach ihrer Hand. »Wenn es sie nicht über viele angesehene Kanäle erreicht hätte, hätten sie es einfach ignoriert. Dass sie meinen, sie müssten schreiben, um ihn zu verteidigen, bedeutet, dass einige Leute – Leute, deren Meinung sie respektieren – *dir* glauben.«

»Vermutlich. Ich bin mir allerdings nicht sicher, ob ich mich besser fühle, wenn ich weiß, dass ich in der ganzen Grafschaft verleumdet werde.« Georgiana war heiß, und sie trank zur Beruhigung einen Schluck von ihrem Wein. »Manchmal habe ich das Gefühl, dass ich zu viel Aufhebens darum mache und dass viele Leute ebenso denken.«

»Nein. Sie sind vollkommen im Recht, meine Liebe«, sagte Mr Hawksley entschieden. »Es wird immer Leute geben, die Ihnen nicht glauben – oder solche, die Ihnen glauben, aber die ganze Angelegenheit als harmlosen Jungenstreich abtun –, aber ich bezweifle, dass sich einer unter ihnen wünscht, so verletzt zu werden wie Sie. Und genau das ist die Wahrheit: Sie wurden verletzt.«

Georgianas Hand zuckte reflexartig zu den blauen Flecken unter ihrem Hals, die allmählich braun wurden und zu verblassen begannen. Doch der eigentliche Schaden, den Jeremiah angerichtet hatte, hatte keine erkennbaren Spuren hinterlassen. Plötzlich spürte sie, dass ihr die Tränen kamen, und sie grub ihre Fingernägel fest in die Handfläche, um sich zu fassen. Mr Hawksley schien es zu bemerken.

»Thomas, würdest du bitte um den Portwein bitten? Eigentlich kannst du auch den aus meinem Arbeitszimmer holen. Du weißt, wo ich den Schlüssel für den Schrank aufbewahre.«

Thomas warf einen Blick auf Georgiana, stand aber gehorsam auf und verließ den Raum.

»Miss Ellers, ich kann mir nicht vorstellen, wie Sie sich im Moment fühlen müssen«, fuhr Mr Hawksley fort, »aber ich versichere Ihnen, dass Sie die Unterstützung der Hawksley-Männer haben. Wobei ich mir sicher bin, dass ich Ihnen das nicht zu sagen brauche – Thomas scheint ganz vernarrt in Sie zu sein.«

Das sagte er mit einem so schelmischen Funkeln in den Augen, dass Georgiana gegen ihren Willen lachte, dann wurde seine Miene wieder ernst.

»Ich weiß, ich habe Thomas viel zu viel zugemutet. Es mag den Anschein erwecken, als sei es ein *Vergnügen*, mit mir zusammen zu sein, aber ich versichere Ihnen, dass ich dunkle Tage habe. Sehr dunkle Tage. Thomas hat sie alle überstanden, obwohl er genauso unter dem Verlust leidet. Ich bin sicher, er hat Ihnen von dem Unglück erzählt, das uns als Familie widerfahren ist. Ich habe ihn schon sehr lange nicht mehr in der Gesellschaft anderer gesehen. Er hat hier in Highbourne keine Freunde beherbergt. Als Rashmi – meine verstorbene Frau – noch lebte, war dieses Haus immer voller Freude. Sie war es gewohnt, Familie um sich zu haben. Ich weiß, dass sie sich sehr isoliert fühlte, als sie hierherzog, also versuchte sie, alles für ihre Jungs zu sein. Sie wollte nicht, dass sie etwas verpassten – wir feierten Diwali und begannen dann direkt mit den Vorbereitungen für Weihnachten. Das hat die Dienerschaft verwirrt, aber bei Gott, Edward und Thomas haben es geliebt.« Er seufzte. »Den Jungen, der so viel gelacht hat, hatte ich schon lange nicht mehr gesehen. Er geisterte im Haus herum, machte lange Ausritte und sprach sehr wenig. Er begab sich nur in Gesellschaft, um mir als Anstandswauwau zu dienen und mich davon abzuhalten, in meinem Arbeitszimmer zu verkümmern.« Er lächelte traurig. »Es war nicht fair ihm gegenüber. Er hat sich um mich gekümmert, obwohl es andersherum hätte sein sollen. Ich sage das nicht, um ihn zu bemitleiden oder um Sie übermäßig zu belasten – aber es ist *wunderbar*, Miss Ellers, ihn wieder aufblühen zu sehen. Sie haben ihm die Chance gegeben, glücklich zu sein – ihn wissen lassen, dass es das Glück für ihn noch geben kann. Dafür bin ich Ihnen unendlich dankbar.«

»Ich mache mir Sorgen …«, sagte Georgiana leise. »Ich mache mir manchmal Sorgen, dass ich den ganzen Ärger, den ich verursache, gar nicht wert bin. Ich habe mich diesen Sommer nicht sehr gut benommen, Mr Hawksley. Ich versuche, mir nicht die Schuld für das zu geben, was mit Mr Russell passiert ist, aber manchmal frage ich mich, ob ich es nach all meinen Fehlern nicht verdient habe. Und – und ich möchte Thomas nicht noch mehr Ärger bereiten, wo er doch schon so viel durchgemacht hat.«

»Oh, liebes Kind, ich kann nichts zu dem sagen, was zuvor geschehen ist oder wie unverschämt Sie sich verhalten haben, aber ich weiß mit absoluter Sicherheit, dass Sie niemals Schuld an den Taten von Jeremiah Russell tragen, und ich weiß, dass Thomas nicht vor etwas zurückschreckt, nur weil es schwierig ist. Sie sind kein Problem, Sie machen keinen Ärger. Mein Sohn mag Sie sehr – ich mag Sie auch sehr gern, wenn auch nicht so sehr wie er –, und was auch immer jetzt auf Sie zukommt, wenn Sie beide zusammen sein sollen, werden Sie es gemeinsam durchstehen.«

»Ich … Danke, Mr Hawksley.«

Georgiana war so überwältigt, dass sie kaum wusste, was sie tun sollte. Sie begnügte sich damit, aufzustehen und ihm einen Kuss auf die Wange zu geben.

»Natürlich, natürlich«, sagte er, errötete und winkte mit einem zufriedenen Gesichtsausdruck ab.

»Thomas ist schon eine ganze Weile auf der Suche nach dem Portwein, nicht wahr?«

»Ja«, sagte er milde. »Ganz bestimmt. Ich habe den Schlüssel nämlich vor fast vier Monaten verloren.«

Kapitel neunundzwanzig

Mr Burton war so wortkarg wie eh und je, aber um seiner Nichte seine Unterstützung zu zeigen, hatte er sich angewöhnt, ihr jedes Mal im Vorbeigehen beruhigend auf die Schulter zu klopfen, was vielleicht ohnehin mehr sagte als Worte. Als Georgiana eines Morgens die Bibliothek aufsuchte, fand sie einen kleinen Stapel neuer Bücher vor, die mit einer Schnur ordentlich zusammengebunden waren, als wären sie gerade erst geliefert worden. Mr Burton wollte weder bestätigen noch dementieren, dass er sie besorgt hatte. Als Mrs Burton jedoch nur seufzte und mit den Augen rollte, als Georgiana sie darauf ansprach, wusste sie, dass ihr Onkel auf andere Art und Weise versuchte, ihre Stimmung zu heben – und das war ihm hervorragend gelungen.

Obwohl Mrs Burton Georgiana ihr Verhalten während des Sommers weitgehend verziehen hatte, ließ sie in der Frage der Kirche nicht locker. Georgiana fürchtete sich vor der Fahrt nach St. Anne's am folgenden Sonntag und vor der Möglichkeit, Cecily oder Jane oder – Gott bewahre – Frances selbst zu begegnen. Mrs Burton war überzeugt, dass ihre Nichte ihr Gesicht zeigen und respektabel aussehen musste, da inzwischen bekannt war, was zwischen ihr und Jeremiah vorgefallen war. Georgiana hingegen glaubte nicht, dass ein hochgeschlossener Ausschnitt und makellos weiße Bänder an ihrer Haube die öffentliche Meinung zu ihren Gunsten beeinflussten. Dennoch ertrug sie Mrs Burtons Getue, da sie wusste, dass dies aus reiner Freundlichkeit geschah.

Thomas würde in der Kirche sein, um sie zu unterstützen, und sie wusste, dass auch Betty dort sein würde. Mit Mrs Burton an ihrer Seite (und Mr Burton, dem die ganze Sache etwas peinlich war, der aber trotzdem zu beiden hielt) verfügte sie über eine kleine Armee eher unkonventioneller Soldaten, die ihre Ehre verteidigten.

Sie trafen früh ein. Es war ein schöner Tag, auch wenn Georgiana das kaum bemerkte. Die strahlende Augustsonne wurde durch eine leichte Morgenbrise ausgeglichen, und der Kirchgarten bot eine leuchtende Mischung bunter Wildblumen.

Georgiana hielt ihren Blick auf den Boden gerichtet, als sie eintraten und ihre Plätze suchten, und spürte, wie die Blicke der anderen auf ihrem Hinterkopf brannten. Ihre Tante hatte darauf bestanden, dass sie ganz vorne Platz nahmen, um zu zeigen, dass sie sich nicht schämen mussten. Georgiana hatte sie jedoch angefleht, einen weniger auffälligen Platz zu wählen und sich in diesem Fall durchgesetzt. Jetzt, wo sie saß, konnte sie die anderen Kirchgänger beobachten, die eintrafen und sich in den Gängen und über die Bänke hinweg unterhielten. Thomas war noch nicht aufgetaucht. Betty war mit ihrer Großmutter gekommen und winkte ihr begeistert von der anderen Seite des Raumes zu.

Als Cecily eintrat, spürte Georgiana, wie ihr der Atem

stockte. Sie machte sich auf einen Zusammenstoß gefasst, hätte sich jedoch keine Sorgen zu machen brauchen. Cecily ging an ihr vorbei, als ob sie sie nicht gesehen hätte – vielleicht hatte sie sie tatsächlich nicht gesehen –, und setzte sich nach vorne. Als Jane eintrat, warf sie einen kurzen Seitenblick in Georgianas Richtung und ging weiter. Christopher war der Einzige, der sie wahrnahm. Er ertappte sie dabei, wie sie ihn ansah, und zwinkerte ihr lüstern und unfreundlich zu, was eindeutig darauf abzielte, sie einzuschüchtern – und es gelang ihm.

Mrs Burton erzählte leise von denjenigen, denen sie geschrieben hatte und die ihr geantwortet hatten, war aber so klug, sich an ihren Mann zu wenden, da sie wusste, dass ihre Nichte nicht in der Verfassung war, ihr zuzuhören. Kurz vor Beginn des Gottesdienstes warf Georgiana einen Blick zurück zur Tür und erstarrte, das Herz schlug ihr bis zum Hals. Dort stand Frances Campbell in ihrem Sonntagskleid, wirkte etwas blutleer und schien sich nicht recht wohlzufühlen.

Der Vikar nahm seinen Platz ein und blätterte in der Bibel, Frances nahm jedoch immer noch nicht Platz und schaute hinter sich, als ob sie jemanden erwartete. Gerade als die letzten Nachzügler eintrafen – Thomas war nicht unter ihnen, wie Georgiana mit einem Anflug von Besorgnis feststellte –, sah sie, wie sich Frances' Gesicht plötzlich belebte. Sie schien mit jemandem zu sprechen, der auf der anderen Seite der Tür stand. Indem sie unbeholfen den Hals reckte, konnte Georgiana gerade noch den Arm eines Mannes gestikulieren sehen. Er tat einen Schritt auf sie zu, und in diesem Augenblick erkannte Georgiana, wer es war.

Sie stand unvermittelt auf, und Mrs Burton sah sie fragend an.

»Ich brauche … Ich brauche nur etwas Luft, Tante. Es dauert nur einen Moment.«

Mrs Burton tätschelte Georgiana tröstend den Arm, versuchte aber nicht, sie aufzuhalten.

Georgiana machte sich auf den Weg zur Tür, dankbar, dass im Raum noch genügend Unruhe herrschte, sodass sie weitgehend unbemerkt blieb.

Jeremiah Russell stand jetzt ein Stück den Gang hinunter mit Frances und forderte sie mit einer eindringlichen Geste auf, ihm zu folgen. Georgiana war nicht auf den Ansturm von Wut und Hass vorbereitet, der bei seinem Anblick in ihr aufstieg. Sie wollte weglaufen – nein, sie wollte ihn schlagen. Sie wollte ihn schlagen und *dann wegrennen,* sehr schnell, um ihm nie wieder über den Weg zu laufen. Frances schien sich zu wehren und schüttelte den Kopf, als er versuchte, sie dazu zu bewegen, mit ihm zu gehen. Dann packte er sie plötzlich energisch am Arm und zog sie mit sich zum anderen Ende des Kirchhofs, wo sie wahrscheinlich nicht gestört werden würden.

Georgiana zögerte einen Moment und folgte ihnen dann. Sie unterhielten sich in gedämpftem Ton, Frances zischte ihre Antworten. Georgiana erkannte in Jeremiahs Stirnrunzeln und Frances' hochgezogenen Schultern, wie groß die Spannung zwischen ihnen war, verstand aber nicht genau, was vor sich ging. Vielleicht, so dachte Georgiana außer sich, hatten sie sich versöhnt – vielleicht würde Frances *seine* Seite der Geschichte bestätigen, wenn das bedeutete, dass sie wieder in seiner Gunst stand? Sie wusste, dass die meisten wohlhabenden Familien zusammenhielten, um ihn zu schützen, aber Frances würde doch nicht eine solche Lüge für einen Mann auf sich nehmen, der sie so abscheulich behandelt hatte?

Als sie näher kam, wobei sie sich weiter zwischen den Bäumen versteckte, konnte Georgiana hören, dass Jeremiah betrunken war. Er lallte und war schwer zu verstehen, als hätte er schon seit Stunden getrunken. Vielleicht war er noch gar nicht zu Bett gegangen; er sah jedenfalls nicht besonders ausgeruht aus. Er wurde immer lauter, und Frances wich vor ihm zurück.

»Die Sache gerät außer Kontrolle. Allmählich hat sie Auswirkungen … Einige Männer sagen ihre Besprechungen mit mir ab. Meine eigenen Eltern sehen mich an, als wäre ich irgendein – irgendein *Krimineller*, Frances, das muss aufhören. Ich habe sogar einen Brief von *Annabelle* erhalten, ausgerechnet aus diesem verdammten Kloster, und auch ihre Eltern erheben alle möglichen Anschuldigungen. Ich weiß, ich war unfreundlich zu dir, ich … Ich sehe ein, dass es nicht so gelaufen ist, wie wir gehofft hatten …«

»*Nicht so, wie wir gehofft hatten*, Jeremiah?«, fragte Frances ungläubig. »Ich glaube, es ist genau so gelaufen, wie du gehofft hattest.«

»Bitte, Frances. Ich befinde mich in einer sehr schwierigen Lage.« Seine Stimme hatte einen beschwörenden Ton angenommen, und Georgiana rümpfte angewidert die Nase. »Können wir nicht einfach schätzen, was wir hatten, und die Vergangenheit ruhen lassen?«

»Irgendwie ist es schwer, ein paar gute Erinnerungen zu

bewahren, wenn man weiß, was danach kam, Jeremiah«, sagte sie.

»Oh ja, die *arme* Miss Campbell. Du bist natürlich die personifizierte Unschuld. Wenn du dich negativ über mich äußerst, ist dir hoffentlich klar, dass ich auch so einiges über *deinen* besonderen Charakter zu sagen habe, und es wird niemandem schwerfallen, das zu glauben …«

»Sei still, Jeremiah«, gab Frances kalt zurück. »Das ist ja peinlich. Du hast keinen Grund zur Sorge. Ich werde mich nicht in deinen Schlamassel verwickeln lassen.«

Georgiana bemerkte, wie sich die Anspannung in Jeremiahs Schultern löste. Er war so betrunken, dass er ein wenig schwankte. Wenn sie ihn jetzt betrachtete, sah sie keinen reichen, gut aussehenden jungen Mann, sondern einen betrunkenen Mann, der gestrauchelt war. Einen selbstsüchtigen verwöhnten Jungen, der noch nie für seine Taten hatte einstehen müssen und wie ein schreiendes Kleinkind reagierte, wenn man ihn darauf ansprach. Frances musterte ihn, als hätte sie endlich dasselbe Bild von ihm.

»Ich weiß, dass du es getan hast«, sagte sie leise und warf ihm einen trotzigen Blick zu. »Ich posaune es vielleicht nicht herum, aber ich möchte, dass *du* weißt, dass ich genau sehe, was für ein Mann du bist. Ich weiß, dass George die Wahrheit sagt.«

Georgianas Finger schlossen sich fest um den Ast des Baumes, der sie verbarg. Bis zu diesem Moment hatte sie nicht gewusst, wie viel es ihr noch bedeutete, Frances diese Worte sagen zu hören.

»Diese … Diese widerliche *Schlampe*«, knurrte Jeremiah.

Er hatte Frances erneut am Arm gepackt. Sie versuchte, ihn abzuschütteln, aber er ließ sie nicht los und zog sie näher an sich. »Sie lügt, Frances, sie ist eine Lügnerin und eine Hure, die zu mir gekommen ist und mich angebettelt hat, um …«

»Lass los, Jeremiah. Gott, du tust mir weh!«

Frances wehrte sich und versuchte, seine Finger von ihr zu lösen – aber er lächelte sie triumphierend an und genoss es sichtlich, wie sie gegen ihn kämpfte und verlor. Georgiana konnte es nicht länger ertragen.

»Lass sie los!«, rief sie.

Sie trat aus ihrer Deckung hervor, und Jeremiah sah sich erschrocken um. Frances nutzte die Gelegenheit, um sich zu befreien, und wich zurück. Jeremiah richtete den Blick auf Georgiana, und sobald er merkte, wen er vor sich hatte, musterte er sie aus schmalen Augen.

»Du! Du willst mich ruinieren!«, schrie er.

Georgiana versuchte erfolglos, auszuweichen, als er unbeholfen auf sie zukam. Er packte sie an den Schultern, und aus der Nähe sah sie, wie blutunterlaufen seine Augen waren, wie unfokussiert sein Blick. Sein Atem stank nach Alkohol und Rauch und überwältigte sie, als sie versuchte, sich von ihm abzuwenden, und plötzlich war sie wieder in der Orangerie. Ein Schrei blieb ihr im Halse stecken. Jeremiah schien furchtbar weit weg zu sein, fernab von jeder Vernunft. Es hatte keinen Sinn, ihm zu widersprechen – er würde ihr sowieso nicht zuhören. Stattdessen versuchte sie vergeblich, sich von ihm zu befreien.

»Frances! Hol Hilfe!«, rief sie.

Jeremiah brachte sie aus dem Gleichgewicht, und sie fiel

zu Boden, schlug mit dem Kopf hart gegen einen Grabstein und kämpfte darum, wieder aufzustehen, während ein stechender Schmerz in ihrer Schläfe explodierte. Mit halb geschlossenen Augen sah sie, wie Frances zu entkommen versuchte, aber Jeremiah war ihr schon auf den Fersen. Georgiana griff nach etwas, das sie nach ihm werfen konnte, und ihre Hand schloss sich um einen großen Kieselstein, den sie mit aller Kraft nach ihm warf. Er prallte an seinem Bein ab und fügte ihm keinen Schaden zu – aber sie hatte wieder seine volle Aufmerksamkeit, sodass Frances entfliehen konnte.

Georgiana schaffte es, sich aufzurichten und den bröckelnden Grabstein als Stütze zu benutzen, doch er war schon wieder bei ihr. Mit einer schnellen Bewegung drehte er ihr den Arm auf den Rücken und drückte so fest zu, dass sie das Gefühl hatte, er würde ihn ihr ganz sicher brechen. Selbst in diesem Zustand war er noch so stark – es war widerlich.

»Nimm es zurück«, zischte er ihr zu. »Gib zu, dass du eine Lügnerin bist. Sag allen, was wirklich passiert ist. Dass du es so gewollt hast.«

»Nein«, sagte Georgiana mit zitternder Stimme und wunderte sich schon währenddessen über ihre Dummheit.

Jeremiah holte wütend Luft, und seine Augen weiteten sich, dann verdrehte er ihr plötzlich derart heftig den Arm, dass es sich anfühlte, als hätte er ihn ihr abgerissen. Georgiana hörte, wie er brach, genauso klar und deutlich, wie sie sich selbst schreien hörte. Einen solchen Laut hatte sie noch nie von sich gegeben, und sie war ziemlich beeindruckt, dass sie dazu in der Lage war. Sie sank zurück auf den Boden und umklammerte den einen nutzlos herabhängenden, schmerzenden Arm mit dem anderen, ihr wurde schwarz vor Augen, und sie fragte sich, ob sie sich übergeben musste. Jeremiah schien selbst überrascht, was er getan hatte, und war sogar im Begriff, sich zu entschuldigen. Mit ausgestreckten Armen machte er ein paar taumelnde Schritte auf sie zu – und dann war, wie aus dem Nichts, plötzlich Thomas bei ihm.

Er stürzte sich mit solcher Wucht auf Jeremiah, dass beide zu Boden fielen. Dort kämpften sie weiter. Jeremiah versuchte erfolglos, ihn wegzustoßen, und einen Moment lang schien es, als sei alles vorbei. Thomas hatte einen Arm gegen Jeremiahs Kehle gepresst, um ihn zu Boden zu drücken – doch dann sah Georgiana, was Thomas nicht gesehen hatte.

»Pass auf!«, rief sie.

Thomas bemerkte den Dolch, den Jeremiah aus dem Mantel gezogen hatte, eine Sekunde nach ihr und warf sich gerade noch rechtzeitig zur Seite. Mit zitternder Hand richtete Jeremiah ihn auf seinen ehemaligen Freund.

»Hast du den Verstand verloren?«, schrie Thomas und rappelte sich auf, wobei ihm Blut aus einer Wunde an der Wange tropfte.

Jeremiah ließ ein hohles Lachen erklingen. »Ich? Was ist mit *dir?* Du wirfst Jahre unserer Freundschaft weg, für *so etwas?* Nach allem, was ich für dich getan habe … Du versuchst, mir alles wegzunehmen, Hawksley. Ich – ich fordere dich heraus!«, brüllte er, wobei ihm Spucke aus dem Mund flog.

Georgiana starrte ihn entsetzt an und konzentrierte sich

darauf, gleichmäßig ein- und auszuatmen, damit sie nicht vor Schmerzen ohnmächtig wurde.

»Mach dich doch nicht lächerlich«, sagte Thomas und hob langsam die Hände.

Die beiden Männer starrten sich einen Moment lang an und atmeten schwer. Jeremiah erhob erneut die Hand, in der er den Dolch hielt – dann ertönte plötzlich ein lautes Knacken, und Jeremiah stolperte, neigte sich zu einer Seite und sank schlaff zu Boden.

Betty Walters stand dort, wo Jeremiah eben noch gestanden hatte, hielt einen dicken Ast wie ein Schwert in die Höhe, und im Nu wich der Ausdruck höchster Konzentration auf ihrem Gesicht blankem Entsetzen.

»O *Gott*«, flüsterte sie. »O Gott, o Gott. Habe ich ihn etwa umgebracht?«

»Ich glaube nicht«, sagte Frances atemlos, die soeben mit der gesamten Gemeinde im Schlepptau aus Richtung der Kirche gekommen war. Alle gaben schmerzhaft laute Entsetzensbekundungen von sich. Frances hielt kurz inne, um zu Atem zu kommen, dann ging sie zu Jeremiah hinüber, der mit dem Gesicht nach unten im Dreck lag, und stupste ihn mit ihrer Stiefelspitze an. »Er atmet noch, was ein Jammer ist. Er ist nur ohnmächtig.«

Nun, da die Gefahr vorüber war, ging Georgianas tiefes Atmen eher in ein Hyperventilieren über, und sie gestattete sich, in Ohnmacht zu fallen. Als schwarze Flecken vor ihren Augen tanzten, hörte sie Mrs Burton schreien. Sie spürte noch, wie Thomas seine Arme um sie legte, dann verschwand die Welt in der Dunkelheit.

Kapitel dreißig

Als Georgiana wieder zu sich kam, lag sie auf einer harten Holzbank mit einem Stoffbündel unter ihrem Kopf. Es schien der Sommermantel von Mr Burton zu sein, denn er stand mit besorgtem Gesichtsausdruck über ihr. Ein Fremder war dabei, ihren Arm mit einem Holzstab und einigen Stoffstreifen zu schienen, und der Schmerz, den das verursachte, hatte sie wieder zu Bewusstsein gebracht.

»Aua«, sagte sie überflüssigerweise.

Thomas, der, wie sich herausstellte, hinter ihr saß, wo sie ihn nicht gesehen hatte, nahm ihre gesunde Hand.

»Drück, bis sie bricht«, sagte er, als sie ihr Gesicht zu ihm drehte und ihn anschaute. Er lächelte sie schwach an, unfähig, seine Besorgnis zu verbergen.

»Das würde doch den Zweck vereiteln«, sagte Georgiana, die schwer atmete, während ihr Arm fest auf die Schiene gebunden wurde. »Wenn ich dir die Finger brechen würde, müssten wir fünf winzige Schienen anfertigen, und du müsstest *meine* Hand drücken und immer so weiter.«

Sie keuchte, als der letzte Streifen befestigt war, und bedankte sich dann zähneknirschend bei dem Mann, der sie versorgt hatte.

»Sie brauchen einen Chirurgen«, sagte er. »Ich habe ihn nicht ordentlich gerichtet, aber vorerst geht es so. Es ist ein sauberer Bruch, aber ein schlimmer, Miss.«

»Oh«, sagte Georgiana, der immer noch schwindelig war.

Mrs Burton schaute auf sie herab, die Augen vom Weinen gerötet.

»Haben sie ihn verhaftet?«, fragte Georgiana ihre Tante, während ihr Onkel ihrem Behelfsarzt die Hand schüttelte.

Mrs Burton schüttelte den Kopf, ihre Sorge schlug in Wut um.

»Sie haben nach dem Wachtmeister geschickt, aber die ganze Sorge galt dir. Ein Mann hat auf ihn aufgepasst, aber er wachte auf und entwischte ihm. Als Hilfe kam, war er längst weg.«

»Vermutlich wird er in das Haus seiner Familie nach Manchester zurückkehren«, sagte Thomas grimmig, »wo sie die Türen eine Weile geschlossen halten, bis sie hoffen, dass alles vergessen ist.«

Georgiana seufzte, setzte sich vorsichtig auf und ignorierte die Proteste von Mrs Burton. Ihr Kopf pochte schmerzhaft. Als sie danach tastete, stellte sie fest, dass in ihrem Haar getrocknetes Blut war, dass sie aber nicht mehr zu bluten schien. Sie sah sich in der noch immer in der Kirche versammelten Menge um – in nächster Zeit würde niemand die Kirche verlassen, schließlich wollte jeder die Geschichte später in allen Details wiedergeben können –, bis sie Frances in einer Kirchenbank sitzen sah, Janes Arm fest um ihre Schultern.

»Ich würde gern mit Miss Campbell sprechen, wenn sie herkäme«, sagte sie zu Thomas.

Er nickte und ging, um sie zu holen, wobei er die Burtons nach seiner Rückkehr höflich weglockte, damit sie allein sein konnten.

Frances sah erschüttert, aber auch sehr wütend aus; jetzt, da sie sie herbeigerufen hatte, wusste Georgiana nicht recht, was sie sagen sollte.

Zum Glück sprach Frances zuerst.

»Betty Walters, die Heldin des Tages«, sagte sie ungläubig, und Georgiana lachte und hörte abrupt auf, als es zu sehr schmerzte. »Ihr war aufgefallen, dass du weg warst. Sie war auf der Suche nach dir, als ich in sie hineinlief. Ich holte die anderen, aber sie rannte einfach weiter. Wer hätte gedacht, dass sie so gut mit einem stumpfen Gegenstand umgehen kann?«

»Sie ist wunderbar«, sagte Georgiana mit Nachdruck.

Frances zuckte mit den Schultern. »Ich wünschte, sie hätte ihn getötet«, sagte sie schlicht. »Hätte Ces doch nur ihren Bogen mitgebracht. Du sahst aus, als wärst du gestorben, als du ohnmächtig wurdest und dein Kopf voller Blut war.«

»Es hätte nicht viel gefehlt.«

»Übrigens«, fuhr Frances fort, »war es ziemlich dumm von dir, uns zu folgen.« Sie nestelte an den Fingern ihrer Handschuhe herum, als sei sie tatsächlich nervös. »Offen gesagt, es ging dich nichts an.«

»Nun, ich denke, wir haben in letzter Zeit alle einige zweifelhafte Entscheidungen getroffen«, sagte Georgiana mit einem schiefen Lächeln.

Frances versteifte sich, als würde sie das vielleicht als Beleidigung auffassen, rollte dann aber nur mit den Augen und erhob sich.

»Sprich nur für dich selbst.«

Georgiana versuchte, sich aufrechter hinzusetzen, und stellte fest, dass sie dafür zu große Schmerzen hatte.

»Hör zu – ich weiß, dass wir keine Freundinnen mehr sind. Ich werde nicht mehr zu dir nach Hause kommen. Aber wenn du reden willst – über irgendetwas davon –, bin ich immer noch da.«

»Du siehst furchtbar aus«, sagte Frances steif, ohne darauf einzugehen. »Du solltest das Kleid verbrennen.«

»In Ordnung, Frances«, sagte Georgiana, seufzte und schloss die Augen. »Ich gebe auf.«

Sie war viel zu müde – wahrscheinlich war es dumm von ihr gewesen, es überhaupt zu versuchen.

Als sie die Augen wieder öffnete, erwartete sie, dass Frances gegangen wäre, aber sie war immer noch da und musterte sie mit einem angespannten Zug um den Mund.

»Ich bin … Ich denke, im Großen und Ganzen«, sagte sie mit einiger Anstrengung, »bedauere ich, dass alles so gekommen ist. Er ist sicher nicht der Mann, für den ich ihn gehalten habe, und es gibt einiges, das ich hätte … Na ja, egal. Ich bin froh. Dass du nicht tot bist, meine ich.«

Sie nickte ein letztes Mal, blinzelte schnell, um zu verbergen, dass es sich, wie Georgiana vermutete, um echte Tränen handelte, und entfernte sich dann.

Georgiana sah, wie sie die Kirchenbank erreichte, in der ihre ehemaligen Freunde saßen, sah, wie Jane nach Frances griff – und dann zu ihrer Überraschung, wie Frances ebenfalls die Hand nach ihr ausstreckte. Sie setzte sich, lehnte sich an Jane und erlaubte ihr, wieder einen schützenden Arm um sie zu legen und einen schnellen, keuschen Kuss auf ihr Haar zu drücken.

Vielleicht, dachte Georgiana, gab es ja doch noch Hoffnung auf eine Art von Glück für Frances Campbell. Es war sicherlich ungewöhnlich – aber das war auch fast alles andere an ihr.

Thomas setzte sich neben sie.

»Alles in Ordnung?«

»Ja«, sagte Georgiana, veränderte ihre Haltung und verzog erneut das Gesicht, als ein stechender Schmerz in ihren Arm schoss. »Sie hat gesagt, sie sei froh, dass ich nicht tot bin. Ich denke, eine andere Entschuldigung werde ich nie von ihr bekommen.«

»Ich finde, du bist ganz schön anspruchsvoll für jemanden mit einer Kopfverletzung«, sagte Thomas, und sie schenkte ihm ein Lächeln.

»Ich habe mich gar nicht bei dir dafür gedankt, dass du dich kopfüber in einen Kampf mit einem bewaffneten Mann gestürzt hast, nicht wahr?«

»Nun, ich habe nichts dagegen, wenn du beim Erzählen zu erwähnen vergisst, dass ich keine Ahnung hatte, dass er bewaffnet war«, sagte Thomas und nahm ihre unversehrte Hand.

»Er wird damit durchkommen, oder?«

Ihre Stimme bebte, als sie sprach. Der Gedanke, dass er immer noch Macht über sie hatte, war ihr zuwider. Die Vorstellung, dass sie ihm eines Tages wieder begegnen könnte, ihn auf irgendeiner Party oder Hochzeit oder in dieser Kirche auf der anderen Seite des Raums zu sehen und nichts dagegen tun zu können, machte ihr Angst.

»Ich glaube nicht, dass er verhaftet wird«, sagte Thomas sanft, »aber wir wissen jetzt alle, wer er wirklich ist. Er wird nicht so schnell zurückkehren. Und Mrs Burton ist nicht die Einzige, die in der Lage ist, wütende Briefe zu schreiben. Mein Vater zum Beispiel ist sehr begeistert von der Aussicht, sich ihrer Kampagne anzuschließen.«

Georgiana seufzte und sah ihn dann richtig an. Sie betrachtete ihre verschränkten Hände, die aufrichtige Zuneigung in seinen Augen und die Wunde an seiner Schläfe, die davon zeugte, dass er sich zu ihrer Verteidigung buchstäblich vor sie geworfen hatte.

»Du siehst sehr hübsch aus mit dem Blut im Gesicht«, sagte sie, und er lachte, beugte sich vor und küsste sie ganz sanft auf die Stirn.

»Du hast einen sehr merkwürdigen und verstörenden Geschmack für eine so nette junge Dame. Komm, wir bringen dich nach Hause.«

Kapitel einunddreißig

Mr und Mrs Gadforth veranstalteten ihre bisher vielleicht ungewöhnlichste Dinnerparty. Sie hatten ein wahrhaft grausiges Stück für ihre Sammlung erworben – einen echten Eisbären, der im Ausland erlegt und von einem Bekannten von Mr Gadforth ausgestopft worden war, der nur eine vage Vorstellung davon zu haben schien, wie ein Bär – oder überhaupt ein Tier – aussehen sollte. Der Bär blickte anzüglich durch den Saal und brachte alle, die ihn sahen, aus der Fassung – alle außer den Gadforths, die ihn behandelten, als sei er ihr lang vermisster Sohn, der aus dem Krieg heimgekehrt war. Nach ein paar Drinks wurde Mrs Gadforth dabei beobachtet, wie sie ihm einen Schluck aus ihrem Weinglas gab, bis Mr Gadforth sie anbrüllte, sie würde »das Konservierungsmittel beschädigen«, woraufhin sie mit ihrem Fächer nach ihm schlug und weitermachte, als hätte sie kein Wort gehört.

Wegen des Bären hatten sie angekündigt, dass der Abend dem Thema »Arktis« gewidmet sein würde. Dabei hatten sie die Arktis ganz nach Lust und Laune nach ihren englischen Vorstellungen gestaltet, anstatt eine Person zu fragen, die vielleicht weiter in den Norden gereist war und ihnen einen Bericht hätte geben können. Dementsprechend servierten sie einen seltsam blauen »Polarpunsch«, der überwiegend aus Cider zu bestehen schien, ein Quartett spielte nur flotte, irisch klingende Jigs, und die Dienerschaft war mit ziemlich mottenzerfressenen Pelzmützen kostümiert.

Mrs Burton fand das alles ganz entzückend und sagte das fortwährend zu ihrem Mann und Georgiana, die ihr Getränk umklammerte und aufmunternd lächelte, wenn es nötig war. Ihr Arm war noch nicht ganz verheilt, und sie hatte das Gefühl, ihn, auch wenn er nicht mehr in einer Schlinge steckte, immer noch in irgendeiner Form stützen zu müssen. Gelegentlich tat er auch noch weh, aber sie war sich nicht sicher, ob es sich dabei um den Restschmerz des Bruchs handelte oder ob es die Erinnerung daran war, wie es zu dem Bruch gekommen war. Jedes Mal, wenn sie daran dachte, spürte sie ein unangenehm flaues Gefühl im Magen und hatte die seltsame Vorstellung, dass der Arm ganz abfallen könnte, wenn sie ihn nicht gut festhielt.

Seit fast zwei Monaten, seit dem Tag des Balls in Haverton House, war sie nicht mehr wirklich betrunken gewesen. Sie hatte ein wenig mit Opioiden experimentiert, als der Chirurg ihren Arm richten musste, aber sie war der festen Überzeugung, dass dies nicht gegen sie sprach. Sie nippte an Mrs Gadforths ekelhaftem Punsch und wusste, dass sie keinen weiteren brauchte – wobei das jedem, der das abscheuliche Gebräu gekostet hatte, nicht wie eine Meisterleistung in Zurückhaltung vorkommen würde.

»Fühlst du dich gut genug, um zu tanzen, Georgiana?«, fragte Mrs Burton eifrig, als die Band einen weiteren Tanz anstimmte und sich die Tänzer unten in der Halle formierten.

»Ich denke, ich werde … äh … dieses Mal aussetzen«, sagte Georgiana und deutete vage auf die andere Seite des Raumes.

Mrs Burton zuckte mit den Schultern, nahm die Hand von Mr Burton und zog ihn ins Schlachtgetümmel.

Georgiana hatte schon lange nicht mehr an einem so großen gesellschaftlichen Ereignis teilgenommen, und sie fand es offen gesagt anstrengend. Sie konnte sich nicht länger in der Anonymität verstecken, im hinteren Teil des Raumes stehen und ihr Getränk genießen, während die anderen schwelgten. Seit den Vorfällen mit Jeremiah war sie Gegenstand von endlosem Klatsch und Intrigen, und wenn sie nur den Raum betrat, ertönte allgemeines Gemurmel, das so subtil war wie Mrs Gadforths Bär. Selbst jetzt, als die Tänze begannen, konnte sie leicht erkennen, welche Gespräche sich um sie drehten – die Leute beugten sich zueinander, um laut über sie zu tuscheln, und schauten weg, wenn sie ihren Blick bemerkten. Es schien ihr unmöglich, dass sie einmal in diesem Raum gestanden und sich zu Tode gelangweilt hatte; jetzt war sie so nervös, dass sie sich nach Ruhe sehnte.

Sie stellte ihr Glas auf einem Beistelltisch ab und verließ zügig den Raum. Das Haus war genauso spärlich beleuchtet wie bei ihrem letzten Besuch – »Nun, die Arktis ist ziemlich dunkel, nicht wahr?«, hatte Mrs Burton zur Verteidigung der Gadforths gesagt, aber Georgiana konnte gerade noch die Geografie des Flurs erkennen. Sie machte sich auf den Weg zu einer vertrauten griechischen Säule, die sich blass in der Dunkelheit abzeichnete.

Nach allem, was geschehen war, kam es Georgiana

lächerlich vor, dass sie sich wieder einmal in einer Nische in diesem schrecklichen Haus versteckte und dem Stimmengewirr und den leisen Tönen der Musik lauschte, während sie inständig hoffte, unentdeckt zu bleiben. Anstelle der unerträglichen Langeweile, die sie beim letzten Mal hier empfunden hatte, beruhigten sie diesmal das Gefühl der festen Wand in ihrem Rücken und die Aussicht, dass auf dieser Party absolut nichts Ungewöhnliches passieren würde. Niemand erwartete von ihr mehr, als dass sie höflich war und vielleicht eine von Mrs Gadforths »Pinguinpasteten« probierte (Mr Burton hatte eine probiert und ihr versichert, dass es sich um Hühnchen handelte, das irgendwie blau angemalt war).

Sie hörte Schritte im Flur und wagte einen Blick aus ihrem Versteck – dann lächelte sie breit, als sie sah, wer sich ihr näherte.

»Betty!«, zischte sie. »*Betty!* Komm her!«

»Was? Was machst du da?«, antwortete Betty laut, und Georgiana lachte.

»Um Himmels willen, Betty, sei still! Wir verstecken uns«, flüsterte sie so laut, wie es ihr möglich war.

Betty folgte pflichtbewusst dem Klang ihrer Stimme und gesellte sich zu ihr in die Nische, wobei sie höchst unelegant ihre Röcke raffte, während sie sich neben ihrer Freundin auf das Sims kämpfte.

»Warum versteckst du dich? O Gott – *reden* sie immer noch? Die Leute fragen mich immer wieder, und ich habe es schon so oft erzählt, aber in der Mitte verliere ich immer etwas den Faden – und ehrlich gesagt, macht es mir keinen Spaß, die Stelle noch mal zu durchleben, an der sein Kopf dieses furchtbare Knacken von sich gegeben hat«, sagte Betty und schüttelte sich.

Sie bot Georgiana ein frisches Glas arktischen Punsch an, das diese jedoch schnell ablehnte.

»Ja. Sie reden immer noch. Fairerweise muss man sagen, dass es wahrscheinlich das Interessanteste ist, was hier seit Jahrhunderten passiert ist.«

»Das ist nicht sehr fair von dir«, tadelte Betty, und Georgiana seufzte.

»Du hast natürlich recht. Ich bin launisch und mürrisch, und ich sollte diese armen Leute in Ruhe lassen, damit sie ihre Feier mit dem toten Bären genießen können.«

Betty nickte, offensichtlich erfreut über die moralischen Fortschritte ihrer Freundin.

»Tut es noch weh?« Sie berührte sanft Georgianas Arm. »Als Kind habe ich mir einmal den Knöchel gebrochen, und anscheinend schleppte ich das Bein monatelang, vielleicht sogar ein Jahr lang, hinter mir her – Grandmama sagt, es war nur eine List, um mehr Kekse zu bekommen, denn jedes Mal, wenn ich weinte, war es das Einzige, was mich beruhigen konnte. Sie sagt, sobald ich begriffen hatte, dass Schmerzen zu Süßigkeiten führten, versuchte ich, so viele Schmerzen wie möglich zu haben. Meine Eltern ließen mich von Ärzten untersuchen, es war die Rede davon, dass ich eine Ganzkörperbandage bräuchte. Ich glaube, irgendwann haben sie sogar erwogen, einen Priester zu rufen, falls es sich um eine Krankheit spiritueller Natur handelte! Das Lustigste ist, dass das Gleiche mit ihrem Hund passierte – nicht der Teil mit dem Priester, ich glaube nicht, dass sie um Fifis Seele fürchteten –, aber er tat so, als würde er hinken, um einen persönlichen Vorteil zu bekommen. Kekse.«

»Du bist wirklich ein faszinierendes Geschöpf«, sagte Georgiana.

»Oh! Ist das etwas Schlechtes oder etwas Gutes? Faszinierend klingt nicht halb so gut wie ›charmant‹ oder ›wortgewandt‹ oder … oder …«

»Es ist wunderbar«, beruhigte Georgiana sie. »Betty Walters, es ist eine Freude, mit dir zusammen zu sein. Eine unerschöpfliche Quelle der Freude. Ich kann ehrlich sagen, dass ich nie eine Ahnung habe, was du wohl als Nächstes sagen wirst.«

»Ich auch nicht, um ehrlich zu sein«, erwiderte Betty, und sie klang so aufrichtig entsetzt darüber, dass Georgiana lachte und sie spontan umarmte.

»Oh, pass auf deinen Arm auf«, sagte Betty und errötete, als Georgiana sie losließ. »Ist Thomas schon da?«

»Noch nicht.«

Georgiana konnte sich ein Lächeln nicht verkneifen und presste ihre Lippen zusammen, um sich zu beherrschen.

»Meinst du, er wird … er wird *fragen?* Würde er es hier tun? Oh, ich hoffe, er fragt dich, Georgiana. Es ist längst Zeit, und es ist allen klar, die euch zusammen sehen, dass ihr zusammengehört. Ich kann mir dich als strahlende Braut vorstellen, wobei es vielleicht am besten wäre, eine andere Kirche zu wählen, die weiter entfernt ist. Ich denke, dein Kopf hat Blutflecken auf den Bänken in St. Anne's hinterlassen, und an deinem Hochzeitstag willst du doch nicht auf dein eigenes Blut blicken. Oh! Und wenn du dich in Highbourne House eingelebt hast, musst du mich einladen. Am liebsten hätte ich ein Zimmer mit Südlage, denn Grandmama war dort und sagt, das seien die besten und schönsten Zimmer von allen …«

»Betty, er hat mich noch nicht gefragt, und wenn er mir hier einen Antrag macht, inmitten von Mr und Mrs Gadforths seltsamen Freunden und Dienern, die sich wie absonderliche Entdecker verkleidet haben, werde ich ihn vehement abweisen«, sagte Georgiana und lachte.

Thomas hatte ihr noch keinen förmlichen Heiratsantrag gemacht, aber sie war nicht im Geringsten besorgt – er gab ihr keinen Grund, an ihm zu zweifeln. Seit dem Tag, an dem sie sich den Arm gebrochen hatte, waren sie fast unzertrennlich gewesen. Sie hatte viele Abendessen bei den Hawksleys genossen, und er hatte ebenso viele am Tisch von Mrs Burton ertragen. Bei einigen Gelegenheiten hatten sie Mr Burton bei seinem Morgenspaziergang begleitet, waren auf Thomas' Pferden ausgeritten und kehrten vom Wind zerzaust und glücklich zurück. Er hatte für sie auf seinem geliebten Klavier gespielt, und sie hatte gebannt zugesehen, wie er sich ganz in der Musik verlor und lächelnd zu ihr zurückkam.

Viele Teile seines Hauses waren lange verschlossen gewesen, aber jedes Mal, wenn sie ihn besuchte, schien sich ein weiterer zu öffnen, und die Räume wurden wieder lebendig, wenn Thomas ihr Geschichten über sie erzählte.

Er hatte sie durch die Gärten und zu dem Baumhaus geführt, das er für seinen Bruder gebaut hatte, zu all den geheimen Orten, die sie miteinander geteilt hatten, solange sie Kinder waren. Er hatte ihr das Porträt seiner Mutter gezeigt, auf dem sie stoisch und ernst in Braun- und Blautönen dargestellt war und das über dem Kamin in dem Zimmer hing, das ihr als Salon gedient hatte. Doch dann holte er ein anderes Gemälde hervor – das sein Vater in Auftrag gegeben hatte, als sie in Indien geheiratet hatten, und das die beiden in glänzende Seide gehüllt, mit Goldschmuck und Blumen zeigte.

Auf jenem hatte sie gelächelt.

Erst letzte Woche hatte Thomas seine Diener angewiesen, einen Raum zu öffnen, den sie in den Weiten von Highbourne irgendwie noch nicht betreten hatte: die Bibliothek. Sie hatte sich sofort in sie verliebt, jedes Regal erkundet, alte Lieblingsbücher herausgezogen und ehrfürchtig mit den Fingern über die Buchrücken schöner Ausgaben gestrichen, die sie durch ihre Berührung zu zerstören fürchtete. Die Hälfte der Bücher gehörte seiner Mutter, und wenn sie herausgeholt wurden, stiegen kleine Staubwolken von ihnen auf, als ob sie schon sehr lange nicht mehr aufgeschlagen worden wären. Sie hatte ihm gerade von einem ihrer Lieblingsbücher erzählt – einem gotischen Roman, der derart fesselnd war, dass sie die ganze Nacht am Schreibtisch ihres Vaters durchgelesen und es erst bemerkt hatte, als der Morgen vor dem Fenster graute –, als er das Buch sanft zuklappte, es ihr aus den Händen nahm und sie küsste. Nicht mit der Leidenschaft der heimlichen Küsse ihrer Vergangenheit, sondern zärtlich, voller Verheißung für die Zukunft.

»Wir werden hier ein Tagesbett aufstellen lassen«, hatte er lachend gesagt. »Wenn man die ganze Nacht am Schreibtisch liest, bekommt man einen schrecklich steifen Nacken.«

Betty war nicht vom Thema Ehe abzubringen, und Georgiana ließ sie über Kleider für Brautjungfern und Blumenarrangements und die romantischsten Symphonien zum Tanzen reden, bis sie weitere Schritte im Flur hörte – und plötzlich stand Thomas selbst vor ihnen.

»Oh, wir haben nicht von Ihnen gesprochen«, sagte Betty wenig überzeugend, und Georgiana hob die Augenbrauen.

»Freut mich zu hören«, erwiderte Thomas. »Mrs Burton sagte, du seist verschwunden und ich würde dich höchstwahrscheinlich in einem unpassenden Versteck finden.«

»Es ist nicht unpassend, Mr Hawksley, es ist eine Nische«, sagte Betty hilfsbereit. »Ich lasse Sie beide allein, damit Sie sich unterhalten können.«

Sie zwinkerte Georgiana übertrieben zu, als sie vom Sims rutschte, und eilte dann in Richtung der Gesellschaft davon.

»Möchte ich wissen, worum es da ging?«, fragte Thomas und bot ihr seinen Arm an, damit Georgiana einigermaßen anmutig hinuntersteigen konnte.

Sie stand auf und strich ihr Kleid glatt. »Ich wollte nicht wissen, worum es ging, und musste mir trotzdem alles anhören. Dir erspare ich das aus reiner Herzensgüte.«

»Verbindlichsten Dank. Hattest du einen angenehmen Abend?«

»Nicht besonders«, sagte Georgiana. »Aber gerade ist er deutlich besser geworden.«

»Ausgezeichnete Neuigkeiten«, sagte Thomas. Georgiana brauchte nicht den Kopf zu drehen, um genau zu wissen, wie er sie ansah. »Hör zu, ich muss dich um einen

Gefallen bitten – ich hoffe, es macht dir nicht allzu viel aus.«

»Was ist los?«, fragte Georgiana misstrauisch, als sie sich dem Salon näherten. »Ich werde deinen Punsch nicht für dich trinken, wenn du darauf abzielst – aber wenn du ihn Mrs Gadforth gibst, füttert sie ihren Bären damit.«

»Gott sei Dank«, sagte Thomas. »Ich habe bereits ein Glas hinter einer Skulptur zurückgelassen, und sie haben sofort versucht, mir ein neues zu geben.«

»Hör auf, Zeit zu schinden – was für einen Gefallen?«

»Oh. Nun ja. Ich weiß, es ist dir sicher schrecklich unangenehm, weil du immer noch etwas indisponiert bist, und ich weiß, dass du das öffentliche Leben in letzter Zeit sehr ermüdend findest – aber ich habe das egoistische Verlangen, heute Abend mit dir zu tanzen. Was sagst du dazu?«

Er küsste Georgiana die Hand, die daraufhin die Augen verdrehte und wohlwollend seufzte.

»Na, komm schon. Du bist unausstehlich, wenn du darum bittest – aber ich denke, einen ganz kurzen Tanz kann ich erlauben.«

Sehr geehrte Miss Ellers,
ich habe Ihre vielen Briefe erhalten. Bitte seien Sie versichert, dass es absolut nicht nötig ist, mir noch weitere zu schicken. Ihre Handschrift ist so erbärmlich, dass es eine äußerst mühsame Aufgabe sein muss, und ich möchte nicht, dass Sie eine Verletzung riskieren. Wie Sie sicher schon wissen, habe ich auch an Miss Betty Walters geschrieben, sodass Sie auch hiervon absehen können. Ich habe gewiss nicht vor, daraus eine Gewohnheit zu machen.
Um auf Ihre letzte Nachricht zu antworten: Ja, Miss Woodley und ich werden an Ihrer Hochzeit im März teilnehmen. Meine Mutter und mein Vater werden nicht dabei sein, da sich mein Vater im Ausland befindet und meine Mutter in Bath bei Freunden ist. Beide beabsichtigen, auf unbestimmte Zeit fortzubleiben.
Frances Campbell
PS: Im Übrigen möchte ich darauf hinweisen, dass es sehr anmaßend und unverschämt von Ihnen war, die Einladung an Jane an mein Haus zu adressieren. Ganz gleich, welche Gerüchte Sie gehört haben mögen, Jane wohnt ganz sicher nicht hier.
PPS: Jane hat mich gebeten, eine Empfehlung beizufügen, dass Sie kein grünes Band tragen sollen, da Sie darin nicht gut aussehen. Wir sehen uns am Achten.
Nicht in Grün, Georgiana.
Ich meine es ernst.

Dank

Ich habe vielen Menschen zu danken, aber zunächst möchte ich etwas zum historischen Kontext dieses Buches anmerken.

Zum Zeitpunkt der Veröffentlichung versuchen die britische Regierung und große Teile der Medien, die Geschichte Großbritanniens zu beschönigen. Sie behindern aktiv die Fortschritte, die wir gemacht haben – und weiterhin machen müssen –, um die Vergangenheit des Vereinigten Königreichs zu verstehen, einschließlich seines Imperialismus und seiner herausragenden Rolle im transatlantischen Sklavenhandel. Diese Geschichte hat die Machtstrukturen des heutigen Großbritanniens geprägt und prägt sie weiterhin.

In diesem Roman wird ein multikulturelles Großbritannien der Regency-Zeit dargestellt, um dem Trend entgegenzuwirken, die historischen Geschichten, die wir erzählen, weiß zu färben. Auch wenn es sich bei *Girls before Earls* um eine fiktive Geschichte handelt, so gab es doch viele Schwarze und Inder in verschiedenen gesellschaftlichen Positionen, die während der Regency-Zeit und im Laufe der Geschichte in Großbritannien lebten, und es war mir wichtig, dass diese Gemeinschaften einen Platz in dieser Erzählung finden.

Jetzt ist es an der Zeit, die Ärmel hochzukrempeln und mich bei einigen Menschen überschwänglich zu bedanken.

Unendlicher Dank gilt meiner brillanten Agentin Chloe Seager dafür, dass sie Georgiana sofort verstanden hat, dass sie sich immer für mich einsetzt und dass sie einfach eine nette und lustige Person ist. Für mich ist ein Lebenstraum in Erfüllung gegangen, und ohne deine Hilfe wäre das nicht möglich gewesen. Vielen Dank auch an das gesamte Team von Madeleine Milburn für die Unterstützung und für die wirklich hervorragende Weihnachtsfeier.

Vielen Dank an meine Lektorinnen Sarah Bauer und Katie Lumsden, die diese Erfahrung so wunderbar gemacht haben, und an Blake, Grace, Jenna, Eleanor, Louise und alle anderen bei Bonnier Books, die an der Entstehung dieses Buches beteiligt waren. Danke an meine Coverdesignerin Sophie McDonnell und die Illustratorin Louisa Cannell, die Georgiana und ihre Freunde zum Leben erweckt haben. Dank auch an Sarah Cantin von St Martin's Press, die Georgiana auf ihrer Reise über den Großen Teich in die USA begleitet hat.

Dieses Buch gäbe es nicht ohne meinen Partner Nick, der mir in unendlich vielen Gesprächen darüber zugehört hat und der mir Mahlzeiten vorgesetzt hat, als ich mehr Word-Dokument als Mensch war. Und auch nicht ohne meine Schwester Hannah, die die Erste war, die mich durch leichtes geschwisterliches Drängen davon überzeugt hat, dass die Geschichte tatsächlich lesenswert sein könnte. Jeden Tag danke ich meiner geliebten und besonderen Gefährtin Rosianna, die mich während des Veröffentlichungsprozesses oft beruhigt und mir mit Feder und Tinte ihre Lieblingsstellen beschrieben hat.

Ebenso danke ich meinen Eltern für all die Liebe und all die Bücher. Kez, die vorausgelesen hat, um zu sehen, ob Thomas auf dem Ball sein würde. Anna und Photine, für die Beruhigung und Begeisterung, als mir die Luft ausging. Und Venessa, Jeska, Rose und Bhavna für ihre wunderschöne Kunst.

Die frühen Leserinnen und Leser, mit denen ich zusammengearbeitet habe, haben dieses Buch sehr geprägt, und ich bin Helen, Caolinn (die mehr als das getan hat), Sapan, Chloe, Iori, Lynn und Georgina unendlich dankbar für ihre Anleitung. Hannah und Liberty, danke, dass ihr mir eure Augen geliehen habt. Jazza, danke, dass ich einen eurer Nachnamen stehlen durfte (obwohl ihr, ehrlich gesagt, einen zweiten habt, also war das das Mindeste, was ihr tun konntet).

Mein besonderer Dank gilt den Communitys, die ich beim Schreiben entdeckt habe, einschließlich meiner Online-Schreibgruppe (wir sehen uns alle in der Hölle), und den Freunden, die ich durch die Bücher, die ich liebe, gefunden habe. Wenn du nach Menschen suchst, die unermüdlich daran arbeiten, etwas zu erschaffen, einfach, weil es Spaß macht, die sich gegenseitig unterstützen und sich jeden Tag gegenseitig auf vielfache Weise aufrichten – man findet sie unter seinen Fans.